외솔 최현배의 문학·논술·논문 전집 1

- 문학 편

외솔 최현배의

문학·논술·논문 전집 1

문학 편

최현배 지음
외솔회 엮고 옮김

채륜

외솔 최현배의 '문학·논술·논문 전집'을 내면서

우리 회의 숙원이던 외솔의 '문학·논술·논문 전집'을 여러분께 드리게 되었습니다. 이 책들은, 먼저 나온 《외솔 최현배 전집》이 저서 중심으로 엮어진 것과는 달리 '시·시조·수필'을 묶어 〈문학〉편으로, '논설문·설명문' 등을 묶어 〈논술 1, 2〉편으로, 작은 논문들을 묶어 〈논문〉편으로 엮었습니다. 그렇게 분류한 것은, 단지 방대한 분량을 한 권으로 만들기 어려운 까닭도 있고, 내용이 달라서인 까닭도 있습니다. 그 책임은 오직 우리 외솔회 편집진에 있습니다.

글쓴 이의 생각과 가르침에 흠집이 되지 않도록 하기 위하여, 원래 실려 있던 신문이나 잡지, 책들에 있는 글들을 원래 모습 그대로 살려 옮겼습니다. 단 그 당시 편집이나 인쇄 때문에 나타난 잘못만은 고치고, 원문이 맞춤법이나 표준어 등 제 규정 때문에 달라져서 생긴 것들은, 이해를 돕기 위하여 고친 곳도 있습니다. 글 쓴 시절의 상황 때문에 한자로 쓴 것은 괄호 안에 한글로 바꾸어서 넣었습니다. 시조에 붙어 있는 각주들은 '외솔 최현배 선생 기념사업추진위원회'에서 낸 《외솔 최현배 시조집》에 있는 것을 그대로 옮기고, 없는 것은 보탰습니다.

외솔 최현배 선생님은 1894년(고종31년) 10월 19일, 경남 울산 하상면 동리에서 최병수님의 맏아드님으로 태어나셨습니다. 이 해는 갑오경장이 일어나서, 폐쇄적인 조선 사회에서 새로운 세계로 나아가는 여명이 열리는 때였으니, 외솔의 개척적이고, 개방적이며, 혁명적인 일생이 우연이 아닌 셈입니다.

선생님은 어려서 고향에 있던 서당에서 한문을 배우고, 초등 교육을 마친 후 1910년 관립 한성고등학교에 다니는 한편, 보성학교 '조선어 강습원'에서 주시경 선생의 강의를 들으며, 애국사상을 정립하였고, 평생 국어 연구와 올바른 쓰기에 매진하는 계기를 갖게 되었습니다. 또한 1908년에 만든 '국어연구학회'가 나중에 '한글모'로 이름을 바꾸었는데, 여기에 가입하여, 한국어를 배우고 연구하였으며, 1913년 '조선어 강습원'에서 '높은 말본'의 과정을 이수하였습니다.

1915년 관립 한성고등학교(경성고등보통학교)를 졸업한 선생님은, 관비 유학으로 '히로시마 고등사범학교 연구과'를 거쳐, '교토 제국대학 철학과'를 졸업하고, 대학원에서 공부하는 등 학자로서의 기틀을 갖추어 나갔으며, 1925년에 졸업논문으로 '페스탈로찌의 교육학설'이라는 졸업논문을 썼습니다.

일본 유학 중 교육학을 접하면서, 민족 계몽의 필요성을 깨달아, 1920년에 사립 동래고등보통학교 교원으로 부임하여, 우리말을 가르치며 연구하였고, 1925년부터 1926년까지 '조선 민족 갱생의 도'라는 장편의 논문을 동아일보에 연재하였습니다. 그리고 국어의 문법 체계를 세울 목적으로 《우리말본》의 저술을 계속해 나갔습니다. 또한 1926년 '조선어학회'의 전신인 '조선어연구회'의 회원이 되어, '한글'지를 창간하고, '한글날' 제정에 참여하였습니다. 1926년 연희전문 교수가 되었으며, 《우리말본》을 집필하여 교육하는 한편, 1929년 조선어 사전편찬회의 준비위원 및 집행위원으로 활동하면서, 1933년까지 '한글 맞춤법 통일안'을 이루어 내기 위해 진력하였습니다. 그리고 마침내 1937년 《우리말본》을 출판하는 등 겨레말을 지키기 위해 헌신적인 노력을 하였습니다.

그러나 1938년 이른바 '흥업구락부'사건으로 경찰에 검거되어, 옥고를 치르고, 연희전문학교 교수직에서 강제 퇴직 당하였습니다. 이렇게 실직해 있는 중에도 선생님은 한글을 역사적으로 또 이론적으로 연구한 《한글갈》을 짓기 시작하여, 1942년 출판하였고, 같은 해 10월 다시 '조선어학회 사건'으로 검거되었습니다. 이 사건으로 선생님은 해방이 될 때까지 옥고를 치러야 했습니다. 이러한 노력으로 일제 36년의 지배를 받고도, 우리는 한 국가로서의 위신을 살리고, 우리 언어의 말본 체제를 만드는 데 성공할 수 있었습니다.

선생님은 해방 후 미군청정 편수국장, 대한민국 수립 후 문교부 편수국장을 지냈으며, 이후 연세대학교 교수, 부총장 등을 역임하면서, 연구와 교육활동을 계속하였습니다. 정부는 선생의 공훈을 기려, 1962년 건국훈장 독립장을 서훈하였으며, 1970년 돌아가신 후 국민훈장 무궁화장을 수여하였습니다.

이처럼 선생님은 우리 말·글의 연구에 큰 업적을 남기신 큰 학자이시자, 나라와 겨레의 사랑에 모든 삶을 바친 애국자이십니다. 그러나 이미 돌아가신 지가 오십 여 년이 지나다 보니, 그 분의 가르침과 얼과 학문이 많이 잊혀져 갑니다. 이제 다시 이 전집의 펴냄을 계기로 하여, 많은 분들이 외솔에 대하여 알게 되고, 나라와 겨레와 우리 말·글에 대해서 사랑하는 마음을 가지게 되기를 바랍니다.

2019년 3월

외솔회 회장 성 낙 수 씀

차례

첫째 매 시와 시조

둘째 매 산문

| 첫째 가름 외솔의 길 |

| 둘째 가름 겨레의 길 |

일러두기

- 이 책은 외솔 최현배 선생이 남긴 글 중 '시·시조·수필'을 묶은 것이다.
- 원문에 충실함을 글자 옮김의 기본으로 삼았으나, 당시의 편집 혹은 인쇄상의 문제로 생긴 잘못은 고쳐 넣고, 〈한글 맞춤법 통일안〉이 나오기 전에 쓴 글의 띄어쓰기는 읽는 이의 이해를 위하여 될 수 있는 대로 지금의 맞춤법을 따랐다.
- 원문 가운데 단독 한자로 적힌 부분은 한글로 될 수 있는 대로 음을 달아 읽기 쉽게 하였다.
- '첫째 매: 시와 시조' 부분에서 부가설명은 《외솔 최현배 시조집》의 것을 그대로 가져오고, 없는 것은 찾아서 보탰다.
- '둘째 매: 산문' 부분에서의 각주는 독자의 이해를 돕기 위해 엮고 옮긴 이가 덧붙인 것이다.

첫째 매

시와 시조

가사굴(袈裟窟)*

금강산(金剛山) 만물초(萬物草)를 작년(昨年)에 보앗더니
가사굴(袈裟窟) 만물초(萬物草)를 금추(今秋)에 보앗도다
흉중(胸中)에 만물초(萬物草) 둘이니 억물초(億物草)ㄴ가 하노라.

금강산(金剛山) 만물초(萬物草)는 천하(天下)의 기관(奇觀)이요
가사굴(袈裟窟) 만물초(萬物草)는 지하(地下)의 기관(奇觀)이라
일생(一生)에 두기관(奇觀) 다 보앗으니 청복(淸福)인가 하노라.

---

* 1930. 12. 5. 기행수필 속에 실려있음.
중화군(中和郡) 풍동면(楓洞面) 가수동(嘉殊洞) 굴봉산(窟峰山) 중턱에 위치함.

감우(感遇)*

노 없는 조각배를 한바다에 놓았더니
몹시도 사나웁게 바람 물결 부딪친다
두어라 물결치는 대로 가 본들 어떠리.

---

* 묵은 일기장에서
1925년 〈조선문단〉 제8호

강서(江西)의 세 묻엄*

세묻엄 들인지가 몇삼추(三秋)니 지낫관대
헐히고 파내혀서 구경감이 되단말가
추풍(秋風)이 풀끝에부니 못내설워 하노라.

네벽에 사신(四神)들이 예런 듯 지켜잇다
지키기는 하건마는 지키는 것 무엇인가
흥망(興亡)이 저승에도 잇으니 낸들어이 하리오.

이 좋은 그림두고 우리님은 어대간고
찾아도 자최없고 불러도 대답없네
백설(白雪)이 산(山)에 오르니 뜻잇는 듯 하여라.

---

* 1930. 10. 22.에 지은 기행수필 속에 들어있음.
강서군(江西郡) 우현리(遇賢里) 대묘, 중묘, 소묘

고구려(高句麗)의 장안성(長安城)*

하늘은 높다랗고 산빛은 말쑥한데
예런 듯 대동강(大同江)은 밤낮 없이 흐르놋다.
묻노니 우리 옛 서울 잘잇는가 마는가.

세월(歲月)이 반만년(半萬年)에 일고집이 몇번인가
씩씩한 젊은 학도(學徒) 철마(鐵馬)로 돌아드니
분명(分明)코 고구려(高句麗) 용사(勇士)라 다시인 듯 하여라.

기린굴(麒麟窟)이 어디메며 조천석(朝天石)이 저기런가
절승(絶勝)한 추경(秋景)이 고사(古事)를 어우르니
석양(夕陽)에 지나는 손이 갈줄 몰라 하노라.

여보소 벗님네야 무엇하러 여기 왓나
그림 같은 승경(勝景) 두고 어인걸음 그리 바뻐
저해가 아직도 서발이나 쉬어간들 어떠리.

---

* 〈연희(延禧)〉 7호(1931. 1.)연전학생회 발행.
1930. 10. 20.에 기행수필(수학여행) 속에 「고구려 고지(故地)를 찾아서」에 '고구려 장안성, 강서 세 묻엄, 을지문덕 묘, 가사굴'이 있음.
세로로 된 시조를 가로로 하였음.

고향 생각

내 고향은 병영이다 경상도 좌병영이
날 길러준 이 고장이 언제나 나의 고향
그림을 한 아름 안고 또 다시 들렀세라.

십 칠세 홍안 소년 책보 끼고 떠났더니
칠십 세 흰머리로 못 잊어 다시 왔네
길거리 닫는 아이야 너가 누구 소자인가.

저 집이 국민학교 옛날에 배움털세
서당을 피하고서 옮아들은 일신학교
양숫자 첨 배우던 일 아직도 선하구나.

삼일사 여기로다 문을 열고 경례하니
기미년 만세운동 어제런 듯 도로생각
왜중에 쓰러진 충혼이 고장을 지키누나.

자갈길 밟으면서 동문으로 가노라니
이 집 저 집 간데 없고 배추밭이 되었구나!
어즈버 울산의 신흥도시 어이 이리 처량한고.

고향 온 나그네가 예 살던 집 찾아보니

아랫 채에 살던 사람 어데 가고 비었는데
몸체는 지붕마저 꺼졌으니 한숨에 눈물 진다.

회포를 가득 안고 동문 성터 올라서니
동문루는 간데 없고 가을 바람 소슬하다
산전물 이고 가는 이 없어 더욱 답답하구나.

성곽은 허물어져 평지나 다름없고
이젯 사람 밭을 갈고 고추가 붉어 있다
갈바람 찾아온 손이 못내 설워하노라.

성 위에 둘러섰던 백년 묵은 고목 간데 없고
망월루 옛터에 초석조차 안 보인다
좌병영 나라 지키던 일 꿈이런가 하노라.

비석 옆에 노송 하나 굽게 휘어 늙어 있다
우리 엄마 이 남게서 아들 배웅 서울 갔다
이 솔아, 네가 청년 그 솔이어든 말 좀 하여 주렴.

공부 – 청년에게 줌

學海(학해)가 깊고 넓어, 彼岸(피안)이 아득하다.
目的地(목적지) 바로 보고, 一心(일심)으로 가잖으면,
한벌에 헤맬 뿐이니, 닿을 줄이 있으랴.
(한벌 = 大原(대원), 海原(해원), 澳(오), 沖(충))

젊은이 때 많다고, 마음을 놓지 마라,
光陰(광음)이 살과 같아, 덧없이 지나느니,
흰 서리 머리 위 질 때, 뉘우친들 어이리.

서늘한 가을만이, 공부에 맞을 것가?
봄 여름 겨울철이, 제 각기 좋을시고,
젊은이 寸陰(촌음)을 아끼어, 熱心(열심)으로 배우라.

기한(飢寒)

하루 세번 콩밥덩이, 먹고나니 한동 만동,
젓가락 놓자마자, 다음끼니 기달린다.
겨울밤 칩고 또 길어, 아침 되기 정 멀다.

시꺼먼 수수콩밥, 달기가 꿀 같으며,
바늘 뼈, 소금국도 금보다 소중하다.
사람이 밥 먹고 사는 줄, 쉰 살에야 알레라.

주린 배 옴켜 쥐고, 맥없이 앉았을 제,
고맙다, 어떤이가 먹을것 넣어 준다.
이 목숨, 길이 붙들어, 좋은 일로 갚으리.

입은 옷 뒤지 한장, 所有(소유)의 全體(전체)이요,
욕설과 매질하기, 虐待(학대)의 極限(극한)이라.
貧賤(빈천)의 참된 그 뜻을 인제 겨우 깨쳤네.

얼굴은 잿빛이요, 四肢(사지)는 거미발이(라).
고픈 배 움켜안고, 추워서 벌벌 떤다.
게다가 때때로 매맞으니, 生地獄(생지옥)이 예로다.

나날의 살이(日常 生活)*

아랫목은 食堂(식당)되고, 웃목은 뒷간이라.
물통을 책상하여, 책으로 벗삼으니,
봄바람 가을비 소리 窓(창) 밖으로 지나다.

앉으니 해가 지고, 누우니 밤이 샌다.
보느니 옛글이요, 듣느니 汽笛(기적)이라.
궁굼ㅎ다, 世界史(세계사) 비뛰 어드메도 드는고?

벽력같은 起床(기상)호령, 놀라아 일어나니,
네 壁(벽)만 둘러 있고, 말동무 하나 없다.
외로운 獨房(독방) 고생은, 새벽마다 새롭네.

쓸쓸한 監房(감방) 속에, 홀로 앉았으니,
窓(창) 밖에 까치 소리, 아침 볕에 分明(분명)하다.
오늘이 며칠날인고, 기쁜 소식 오려나?

* 옥중(獄中)에서 읊음. 〈한글〉 100호 101쪽에서 옮김.

나라 사랑

아세아 밝은 동쪽 살기 좋은 땅
한배님 나라 세워 끼쳐주시니
배달의 겨레 살림 반석이 굳다.

백두산 높은 영봉 반공에 솟고
고구려 굳센 얼이 혈관에 뛰니
생기가 넘쳐난다 삼천만 겨레.

바치자 무한 사랑 한배 나라에
이루자 밝은 누리 결의 이상
태백은 인간 복락 근원이란다.

단장애곡(斷腸哀曲)*

아무리 생각해도
나는 조선사람이다
세계는 넓건마는
조선만이 내 땅이다

삼천 리 강산 위에
곳곳마다 피땀 흔적
4천 년 역사 속에
일일마다 사랑 자국
이 강산 이 역사를
잇고 잇고 다시 이어
2천만 2억만이
엉키엉키 살아 보세.

---

* 외솔 선생이 17세 중학시절에 지은 애국시

면회

잡혀 온지 한 해 넘어, 처음으로 면회란다.
온갖 想像(상상) 그리면서, 끌리어 나가 보니,
아내의 날보고 하는 말, 자식 혼자 어쩌나?

이런일 당할 줄은, 미리부터 짐작이라.
슬픈빛 별로 없이, 웃는 말로 돌아선다.
그렇지, 지악한 세상이라, 큰맘으로 이기세.

귀여운 막내 아들, 그립고 그립더니,
집떠난 네해 만에, 面會(면회)하러 찾아왔다.
그 몸이 튼튼 자랐으니, 무엇보다 기쁘다.

車(차) 안서 잠 못자고, 온 終日(종일) 기다리다,
번개로 만나보고, 훌훌히 돌아선다.
아이야, 몸 조심하여, 머나먼 길 잘가라.

몇 마디 말 못하고, 때 됐다 쫓아낸다.
감방에 돌아와서, 저녁 먹고 누웠으니,
그 얼굴 눈에 삼삼하여, 잠 못이뤄 하노라.

방어 음풍(方魚 吟風)*

바다에 청풍(淸風)이오 하늘에는 총성(叢星)이라
바다가 넓으니 청풍(淸風)이 가이없고
하늘이 높앗으니 별애기 깜박인다.

낮에도 맑은 바람 밤에도 맑은 바람
삼복증염(三伏蒸炎) 물리치고도 오히려 남는고나
두어라 남는 청풍(淸風)을랑 님한테로 보내리라.

방어진(方魚津) 바다가에 바둑같이 깔힌 돌이
모하나 볼수없이 동글동글 맨질맨질
뭇노라 동해파도(東海波濤) 몇만년(萬年)이나 갈아왔노.

우루루 밀어와서 철석부듸쳐 땅을 핥고
솨! 하고 물어가서 또다시 밀어오니
아마도 저물결가온대 큰뜻이 계시나봐.

---

* 띄어쓰기, 맞춤법은 원전대로 함.
세로로 된 시조를 가로로 배열.
우음(偶吟) 몇 가지 수필 중에서 뽑음. (방어 음풍, 염포 피서)

병풍에 쓰인 시조*

강산이 아름답고 풍월도 빛났는데
말씨가 유창하고 글자가 훌륭하다
그중에 시인이 있어 배달마음 읊더라.

여보게 젊은이들 남의 해만 좋다말고
우리집 곳집속의 묵은 보배 끄어내어
여기에 마음의 고향 여기련가 하노라.

저녁에 돌아와서 편안히 한번 읊고
아침에 일어나서 또다시 외어본다
고인을 모신 양하여 마음 깊이 느꼈네.

* 1955년 부산에서(제목은 미상, 병풍에 적혀져 있는 외솔의 시조를 옮김)
〈독수리 문학〉 제4호 77쪽, 1977년 초대시.

사철(四時)

쓸쓸한 鐵窓(철창) 밖에, 새소리 요란ㅎ기로,
고단 몸 일으키어, 목빼어 내다보니,
민들레 고이 피었다. 봄 왔는가 하노라.

○

때 맞은 좋은 비가 밤 사이 그치었네.
검은 구름 흩어지고, 푸른 하늘 나타난다.
창밖에 높은 山(산) 얼굴, 아침 볕에 새롭다.

흰 물은 출렁출렁, 들논에 들어 차고,
생생한 새잎사귀, 가지마다 푸르렀다.
장할손, 생명의 힘이, 온 천지에 찼도다.

○

찌고 볶던 三伏(삼복) 더위, 어느덧 물러가고,
살살한 가을 기운, 옥방에 스며든다.
철수는 어김이 없건만, 돌아갈 날 언젠가?

저녁 밥 먹고 나서, 구령 따라 누웠으니,
잠은 오지 않고, 버레 소리 요란하다.
가만히 눈을 떠보니, 밝은 달이 비친다.

○

盤龍山(반룡산) 건들바람, 우짖고 불어 오니,

落葉(낙엽)이 요란하게, 유리창을 두드린다.
알괘라, 모진 추위 앞잡인가 하노라.

차디찬 이부자리, 길이조차 짜르고녀,
긴 밤이 다 새도록, 이리 뒤척 저리 뒤척,
두어라, 잠이 아니오니, 꿈꿀 줄이 있으랴?

어두운 새벽 일어, 창밖을 바라 보니,
새도록 오는 눈이, 천지에 가득 찼다.
물통에 얼음을 깨어, 수건 싸서 낯씻다.

삼일사(三一祠)의 노래*

황방산 뻗어 내려 천연성(天然城) 이뤘으니
나라를 지켜오던 좌병영 이 아닌가
시루성 염포강은 왜란을 내쫓던 곳
삼일사 열사들은 독립을 외쳤도다.

후렴: 청년아, 청년아, 울산 청년아,
　　삼일정신 이어받아 나라 위해 일하세.

무룡산 높이 솟아 달빛이 더욱 밝고
산전 샘 맑고 맑아 나라 안 으뜸일세
수려한 이 산수에 전통도 빛나도다
우리들 힘을 다해 낙토를 이룩하자.

후렴: 청년아, 청년아, 울산 청년아,
　　삼일정신 이어받아 나라 위해 일하세.

---

* 작사 - 최현배
　작곡 - 박태현

소곡(小曲)*

내가 새이었다면
나래가 있었다면

당신의 계신 곳에 날아가
포근한 당신의 가슴에
보금자리를 치련만—

오— 그것은 쓸데없는 생각!
혼자서 남모르게 울고 있노라.

---

* 1925. 3. 21. 〈조선문단〉 8호.
〈독수리 문학〉 78쪽 초대시.

염포 피서(鹽浦 避暑)

창파(蒼波)에 몸을 실어 둥실둥실 저백구(白鷗)야
묻노라 이강상(江上)에 몇사람이나 지나갔노?
백구(白鷗)는 말이없고 물결만 절로출렁출렁.

동령(東嶺)에 달오르니 강상(江上)에 바람일다
주인(主人)없는 청풍명월 강상(江上)에 가득차니
세상만사(世上萬事) 잊어버리고 맘겼즐겨 볼거나.

달밝은 오경야(五更夜)에 「어아~」 저소리는
후리하는 어부(漁夫)들의 일하는 노래로다
시취(詩趣)도 있다면 있거니와 장엄(莊嚴)하기가 그지없네.

찌고삶던 삼복(三伏)더위 어느듯 갔나보다
시언한 맑은바람 내옷깃을 말리노나
에라 책보를 들오싸고 집으로 돌아갈거나.

동령(東嶺)에 밝은달이 뜻있는듯이 돋아날제
거울같은 염포강(鹽浦江)에 맑은바람 일어찬다
산명월(山明月) 강청풍(江淸風)을 어이두고 혼자가리.

칠월(七月)이라 칠석야(七夕夜)에 경파(鏡波)에 편주(扁舟)띄니

은하수(銀河水) 맑은물이 놀밑에 흝어있네
오작교(烏鵲橋) 없드리도 건너갈가 하노라.

을지문덕 묘(乙支文德 墓)*

현암산(玄岩山) 동록(東麓)에 장군석(將軍石)이 서잇으니
촌민(村民)이 세전(世傳)하되 을지문덕(乙支文德) 묻엄이라
잃엇던 우리님자최 인제 예서 찾앗네.

세월(歲月)이 얼마관대 형적(形跡)조차 아조 없다
거룩한 장군(將軍)묻엄 어이이리 황락(荒落)한고
어즈버 조선(朝鮮)에 일이니 예사인가 하노라.

굽어서 앞을 보니 금인총(今人塚)만 뚜렷하다
멀리온 순례자(巡禮者)가 어대보고 절을할가
두어라 현산(玄山)이 높앗으니 그를 보고 절하리.

묻노니 돌사람이 고금사(古今事)를 네 알리라
두어말 일러내어 이내가슴 틔어주소
여전히 대답 없으니 더욱 답답 하여다.

만고여일(萬古如一) 현암산(玄岩山)아 만고여일(萬古如一) 잘잇거라

---

* 1930. 10. 23. 태평역(太平驛) 하차하여
구태평리 을지공(乙支公)의 후예인 돈종각(頓宗珏)님의 안내로 묻엄을 찾음.
세로로 적힌 시조를 가로로 옮김.
평남 강동군(江東郡) 승호리(勝湖里)에 있음.

거룩한 님의 공덕(功德) 우리 어니 잊을소냐
뒷날에 다시오아서 기념비(紀念碑)를 세우리라.

임 생각

바람 불던 그 어느날, 우리 임 가고나니,
山川(산천)은 依舊(의구)하나, 쓸쓸하기 그지없다.
東天(동천)에 높이 뜬 달도, 임 찾는가 하노라.

임이여, 어디 갔노, 어디매로 갔단 말고?
풀나무 봄이 오면, 해마다 푸르건만,
어쩧다, 우리의 임은 돌아올 줄 모르나?

임이여 못 살겠소, 임 그리워 못 살겠소.
임 떠난 그 날부터, 겪는 이 설움이라.
임이여, 어서 오소서, 기다리다 애타오.

봄맞이 반긴 뜻은, 임 올가 함이러니,
임을랑 오지 않고, 봄이 그만 저물어서,
꽃지고 나비 날아가니, 더욱 설어 하노라.

봄물이 출렁출렁, 한강에 들어 찼다.
돛단 배 올 적마다, 내 가슴 두근두근,
지는 해 西山(서산)에 걸리니, 눈물조차 지누나.

(한강 = 큰강, 大江(대강), 漢江(한강), 온강, 滿江(만강), 全江(전강))

강물이 아름아름, 끝간 데를 모르겠고,
버들가지 추렁추렁, 물속까지 드리웠다.
이내恨(한) 길고 또 길어, 그칠 줄이 없소라.

주 시경 스승 추모가

맑은 공기 울리면서 배달말이 자라났네
사천년 묵은 밭을 처음으로 이룩하니
스승의 수고로움 얼마나 크었으리.

임의 괭이 간곳마다 묻친 진리 드러나니
배우는 젊은 학도 겨레 얼을 깨쳤도다
험악한 풍랑에도 예던 길 지켜었네.

한배나라 도로 찾아 만년대계 마련하니
겨레의 한글문화 앞길이 양양하다
스승의 붙인 횃불 영구히 타오리라.

통신

기다린 나머지에, 큰아들 편지 왔다.
종이에 넘친 말뜻. 慰安(위안)과 소망이라.
그렇다, 이 몸 튼튼함이 最後勝利(최후승리) 된다고.

뜻밖에 差入(차입)왔다, 세째 아들 이름일세.
面會(면회)는 못 하니까, 왔단 소식 傳(전)함이다.
아이야, 무엇하러 또 왔나, 아비 위해 애쓴다.

한글 노래

강산도 빼어났다 배달의 나라
긴 역사 오랜 전통 지녀온 겨레
거룩한 세종대왕 한글 펴시니,
　　새 세상 밝혀주는 해가 돋았다
　　한글은 우리 자랑 문화의 터전
　　이 글로 이 나라의 힘을 기르자.

볼수록 아름다운 스물 넉자는
그 속에 모든 이치 갖추어있고
누구나 쉬 배우며 쓰기 편하니,
　　세계의 글자 중에 으뜸이도다
　　한글은 우리자랑 민주의 근본
　　이 글로 이 나라의 힘을 기르자.

한겨레 한맘으로 한데 뭉치어
힘차게 일어나는 건설의 일꾼
바른 길 환한 길러 달려나가자.
　　희망이 앞에 있다 한글 나라에
　　한글은 우리자랑 생활의 무기
　　이 글로 이 나라의 힘을 기르자.

한힌샘 스승님을 생각함*
-가신지 열 다섯 해에-

백두산(白頭山) 앞뒤벌에 단군한배 씨가퍼져
오천년(五千年) 옛적부터 고운소리 울리나니
조선말 조선마음이 어긔에서 일더라.

골잘의 배달겨레 대대(代代)로 닦아내매
아름다운 말소리를 골고루 다가췄네
훌륭ㅎ다 동방(東方)의 빛이니 더욱 밝아 지이다.

세월(歲月)이 반만년(半萬年)에 인물(人物)인들 적을소냐
고운(孤雲)의 한문(漢文)이요 설총(薛聰)의 이두(吏讀)러라
그러나 내것아니매 내글만을 원(願)터라.

거룩하신 세종대왕(世宗大王) 온백성 원(願)을 일워
이십팔자(二十八字) 지어내니 천하(天下)에도 제일(第一)이라
좋은말 좋은글이니 민복(民福)인가 하노라.

보검(寶劍)도 갈아야만 날이시이 빈득이고

---

* 〈신생(新生)〉 제2권(第二卷) 제9호(第九號), 7쪽. (1929년)
내용과 제목은 위와 같으나, 목차의 제목은 '한힌샘스승을 그림'으로 되어 있음.
원문에는 한글 토가 없음.
띄어쓰기는 원문대로 하였음.
모두 12수의 연시조임.

양마(良馬)도 달려야만 긔가나서 천리(千里)간다.
좋은말 좋은 글인들 아니닦고 어이리.

애닯을손 사람이라 세상(世上) 뜻같잖다
보검(寶劍)에 녹이서고 양마(良馬)는 매혀운다
그럴사 선각자(先覺者)나오니 가만둘줄 있으랴.

남의손에 숫돌들매 녹선보검(寶劍) 날이서고
남의손에 경마들매 섰든 양마(良馬) 천리(千里) 닷네
일생(一生)을 하로같이일하니 뉘를 위함이런가.

뜻하심도 크거니와 일우심도 끔찍하다.
에로부터 묵은밭이 고랑마다 일어났네
거기에 좋은씨 뿌리니 길이길이 불으리.

님의부탁 받자옵고 시골가서 길닦을제
뜻박에 떠났단소리 어린가슴 놀랏어라
북쪽을 바라고울든일 어제런가 하노라.

믿은님이 가셨으니 믿든마음 아득해라
아득한 가운데도 한줄기 빛이난다
님예든 바른글있으니 아니예고 어이리.

어제같은 그날이어 어느덧 열다섯해
세월(歲月)은 살같은데 이어일움 무엇인가

그러나 변(變)찮는 맘있으니 가신님은 도으소.

종(鐘)소리 작고 높아 모이는 이 구름같다
좁던길 차차넓어 예는사람 더욱많다
가신님 넋이계시면 깃버할줄 아노라.

함흥 형무소

盤龍山(반룡산) 좋다 하여, 遊山次(유산차)로 예 왔느냐?
成川江(성천강) 맑다 하여, 뱃놀이로 예 왔느냐?
아니라, 狂風(광풍)이 하 세니, 지향없이 왔노라.

벽돌담 에둘러서, 열 길이나 높아 있고,
겹겹이 닫힌 門(문)에 낮밤으로 지켜 있다.
地上(지상)이 咫尺(지척) 곧 千里(천리)라, 저승인가 하노라.

해방

白頭山(백두산) 높은 峰(봉)에 瑞雲(서운)이 애두르고,

三千里(삼천리) 골골마다 生命(생명)봄 돌아왔다.

三千萬(삼천만) 合心(합심) 協力(협력)하여, 無窮(무궁) 나라 터 닦세.

둘째 매
산문

첫째 가름

외솔의 길

한글 전용에 과연 무슨 부작용이 있나*

-아무리 과장해도 별일 없음이 밝혀졌다-

한글이 창제 발표된 지 이미 5백년이 지났다. 한글의 참값에 관하여는 반포 당시에 내어편 (훈민정음 해례)에 명백히 설명되어 있으나, 그 뒤의 우리 조상들이 한자 중독에 걸리어 능히 한글의 우수함을 깨치지 못하고, 교육과 실제 생활에서 이를 소외하고 지났다가 서기 1894년, 갑오 개화를 즈음하여 비로서 학교 교육과 신문, 잡지 발간에 버젓하게 쓰이기 비롯하여, 차차 제 원기를 회복하여 오다가, 1910년의 병술치욕으로 다시 천 길 낭떠러지에 무참한 음을 당하여, 강포한 이민족의 압제 아래에 역사상 최대의 위기를 당하였었다. 하나님이 도우사 1945년에 해방을 맞아, 겨레와 함께 한글을 되살아남을 얻었다.

한글을 높여 쓰는 일이 곧 우리 스스로를 높이는 일임을 누구나 다 인정하지 않으면 안 될 평범한 진리임을 노소와 현우를 물론하고 다 한가지로 몸소 깨달아야 할 때이거늘 세상에는 아직도 옛날의 완고한 편견을 꾹 지니고서, 한글만 쓰기로 하는 일은 대단한 혼란을 빚어내는 위험한 일인 양 떠드는 사람이 없지 아니함을 정말 한

* 외솔의 마지막 글. 외솔 최 현배 박사가 숨지기 15시간 전에 한글 전용에 과연 무슨 부작용이 있나(부제 '아무리 과장해도 별일 없음이 밝혀졌다')라는 글을 마지막 탈고한 사실이 밝혀져, 한글만을 위해 살다간 77년의 생애를 더욱 돋보이게 하고 있다. 월간 교육 연구(발행인 그 통체) 4월호에 게재할 예정으로 청탁했던 이 글은, 최 박사가 와병을 무릅쓰고 지난 22일 오전 11시 탈고한 것인데, 원고 독촉차 최 박사를 찾아가 마무리짓는 표정을 지켜보던 한 동윤(교육사 기자)씨는 "다음날 출근 길에 라디오에서 최 박사의 부음을 듣고서는 꼭 우리 때문에 돌아가신 것 같아 죄스러운 생각이 들어 곧장 한글 학회로 조문을 갔었다."면서 울먹였다. 이 글은 최 박사의 마지막 유고를 발췌한 것이다.

심한 일이다. 훌륭한 글자가 어째서 제 스스로 글자노릇을 할 수 없단 말인가? 이율배반도 이만 저만도 아니다. 사오 년 전에, 나에게 이태리 대사 마이로님이 말하였다.

> "내가 한국에 와서 느낀 바가 있노라. 한국민은 훌륭한 말씨와 훌륭한 글자를 가지고 있으면서, 이것은 쓰지 않고 남의 글자와 남의 말씨를 숭상해 쓰고 있으니, 이는 현대인으로서는 도저히 이해할 수 없는 일이다."

우리나라의 근대화는 한글쓰기의 근대화를 외면하고는 이루어질 수 없으며, 따라 한글만 쓰기의 근대화 작업이 잘 되고 잘 못됨은, 곧 겨레와 나라의 부침과 성쇠를 좌우하는 것이다.

우리 국민은 상하·귀천·남녀·노소를 막론하고 다 한가지로 한글을 높이고 사랑하여, 천재일우의 이 좋은 기회를 잘 타서 한글만 쓰기의 완성을 위하여 최선의 노력을 다하지 않으면 안 된다. 한글만 쓰기는, 실로 우리의 운명을 좌우하는 역사적 대사건임을 우리는 깊이 명심해야만 한다.

우리는 왕년에 왜식 성을 정당화하여 어쩔 수 없이 본성을 버리는 '개자식' 노릇을 했어온 즉, 이제 배달겨레 본연의 자세로 돌아가기 위하여 중국식 성 '李(이), 金(김), 崔(최), 安(안)……'을 버리고 국내의 관행이나 다른 연유를 따라, '원성, 김해, 소별, 진주……'로 고치는 용단이 필요하다고 생각한다.

세간에는 '한글만 쓰기'는 곧 한자말을 그 음만 적으면 고만인 것으로 아는 사람이 많다(보기='인화절물지입엄금, 우와 여히 상위 무함'). 이런 사고방식을 가지고 있는 사람들이 차라리 '소(牛), 하주'(이런 말이 있다 치고서)를 '소하주(小荷主)'로 곡해할 수는 있겠마는, '소하주(小荷主)'를 '소(牛)하주'로 오해하지는 않을 것이다. 한글만 쓰기를 반대하는 비뚤어진 태도로써, 일부러 이런 조작 걱정을 하는 것은 너무도 부당하다고, 나는 경고하는 동시에 그보다는, 한글만 쓰기에 협조하는 태도로써 '撒水車(살수차)'를 '물 뿌리는 차'라고, 풀 못 나게 하는 차가 수입된다면 무엇이라고 이름지을 것이 좋을까, 하고서 건설적 방향으로 생각을 돌려야 한다고 충고하는 바이다.

한국인 가운데 유식하다는 사람들은, 영어 낱말의 맞춤을 하나만 잘못 쓰는 것은 수치로 여길 줄 알면서, 제 나라의 글적기에서는 틀리는 것을 예사로 알 뿐 아니라, 그것의 바로잡음을 따지는 것을 몹시 부당한 성가신 일로 여기는 태도를 하고 지난다. 이것은 분명코 제 스스로를 무가치한 것으로 치는 때문이다.

한글만 쓰기는 큰 과오 없이 잘 되어 가고 있다.

대법원에서는 수년전부터 재판관계 문서를 순 한글 가로줄로 하고 있으며, 큰 착오 있음을 아직 듣지 못하고 있음을 이 때에 아울러 생각해야만 한다.

-〈연세적십자회문집〉(1971)-

周(주) 스승님을 생각함

서울의 둘레 山(산)에 푸른 빛이 무르녹으니, 돌아간 여름은 또 다시 왓도다. 돌아간 여름이 해로 해로 돌아옴을 볼 때마다 다시 돌아오지 아니하는 임의 생각만이 나의 머리속에 돌아오노나.

세월은 쉬지 않고 흐릅니다. 임이 가신 지가 어느덧 열하고 또 아홉 해로다. 그동안 빠르고도 긴 세월에 人世(인세)의 變遷(변천)이 적지 아니합니다. 온 누리에는 큰 變動(변동)으로 들어 찻읍니다. 이 變動(변동)의 바퀴는 우리 조선에도 들어왓읍니다. 그리하여, 여러가지의 달라짐이 밤낮으로 골골이 샅샅이 생기는 동안에 새로된 배판은 반드시 우리에게 이롭고 행복스럽지 못하엿읍니다. 된 서리, 찬 바람이 여린 목숨을 시다루기 여간이 아니엇읍니다. 동으로 서로 북으로 흩어지며 살아진 목숨이야 어찌 다 말슴하오리까.

그러나, 임이여 안심하옵소서. 임이 이승에 심거 두고 가신 생명의 나무는 찬 서리에도 마르지 아니하고, 모진 바람에도 넘어지지 아니하여, 뿌리는 더욱 널리 번지고 가지는 더욱 무성하나이다. 그 아름다운 꽃송이는 남북 삼천리 골골의 어린 아이들의 손속에 쥐여서, 그 맑은 향기를 어린 목숨에 뿜으며, 그 무르녹은 푸른 그늘 알에는 젊은 사람들이 모여 들어, 험북한 서늘(凉味)을 맛보나이다. 저 이들도 물론 오늘의 요만한 향기와 요만한 그늘로써 넉넉하다고 생각하지는 아니합니다마는, 이러한 역경에서 이만한 생장과 발달은 진실로 수무해 전해 저이가 능히 기대치 못하든 成果(성과)라 아니할 수 없읍니다. 그러나, 이 뜻밖에 成果(성과)는 도리어 또 당연한 收獲(수

획)이라 할 것이외다. 웨 그런냐 하면, 원래 眞理(진리)는 最後(최후)의 勝利(승리)를 얻는 법이며, 適土(적토)에 심겨진 生物(생물)의 씨는 드디어 그 生長(생장)의 기회를 얻고야 마는 것이기 때문이오이다.

스승님이시어! 스승님께서 이승에 게실적에 우리 한글의 바른 길을 닦기 위하여, 얼마나 애쓰셧으리까? 四千(사천) 年(년)의 鬱蒼(울창)을 해칠새, 임의 도끼가 닳앗으며, 數百(수백) 載(재)의 荒蕪(황무)를 뒤질 開墾(개간)할) 새 임의 광이가 이질어졋으리. 바위돌 조약돌을 치우기에 임의 손이 아팟으며, 가파른 비렁과 바드러운 산길을 다니기에 임의 다리 저렷으리. 쉬운 길 하로 가기에도 외로움이 어렵거든, 하물며 그렇듯한 깊은 산, 험 한 길에 一生(일생) 旅程(여정)을 혼자만 걸엇으니, 그 고생이 어떠하엿으며, 그 孤寂(고적)이 얼마나 심하엿으리. 孤獨(고독)과 勞苦(노고)는 임의 맘을 더욱 아프게 하며, 임의 몸을 더욱 피곤케 하엿으매라. 三十(삼십) 九(구) 歲(세)의 壯盛(장성)으로써 七月(칠월) 炎天(염천)에 不歸(불귀)의 길을 떠나시니, 아아, 임의 一生(일생)인즉 되엇(疲困(피곤)하엿)도다. 임의 命(명)을 받들어 地方(지방)의 夏期(하기) 講習(강습) 中(중)에서 임의 가신 소리 듣고, 講習生(강습생)들 앞에서 그네들과 함께 목놓아 울든 記憶(기억)은 어제같이 새로운데, 꼽아 보면 열 아홉 해 전에 일이니, 아아, 흐르는 것은 歲月(세월)인저

세월이 이미 빠른지라, 임의 뿌리신 씨들이 자람도 또한 빠르외다. 그 열매는 발서 조선의 목숨을 기르며, 그 열매의 씨는 또한 쉬지 않고 기름진 땅에 뿌려지고 잇읍니다. 임이여 기뻐합소서. 이 소식을 들으시고, 임이여 도웁소서. 이 씨의 끝없는 번짐을 위하야.

(1932해 7달)

-〈한글〉 1권 3호(1932)-

조선어의 은인 주 시경 선생

길고 긴 나의 학해(學海) 여정에서 직접 간접으로 나의 나아갈 길을 지도해 주신 스승이 적지 아니하였지마는, 그 중에서 나에게 결정적 방향을 지시하셨고 따라 나의 추모의 정한(情恨)을 가장 많이 자아내는 스승님은 조선 청년이 누구든지 다 잘 아는 근대 조선어학의 최대의 공로자인 한힌샘 주 시경 씨이다.

내가 주 시경 스승님의 문을 두드리기는 이제로부터 26년 전, 즉 경술년이었다. 스승님의 교수를 맨 처음으로 받기는 그 봄에 남대문 내 상동예배당(尙洞禮拜堂)에서 열린 조선어 강습회이었다. 이 때 나는 융희(隆熙) 4년의 조선 도미(掉尾)의 신학문 향학열의 풍조를 따라 서울로 올라와서, 십 배 이상의 응모자 가운데에서 요행히 뜻한 관립 한성 고등 학교(官立漢城高等學校)의 생도가 되었던 것이다. 관립 학교에 입학한 나로서 사학계(私學界)의 교육자 주 시경 스승님의 문도(門徒)가 되게 된 것은 오로지 나의 학업을 지도하여 주시던 나의 내종형(內從兄) 박 필주(朴弼周) 씨와 그 친우 김 두봉(金枓奉) 씨 두 분의 덕이었다. 이 최초의 수업(受業)에서 스승님에게 대한 깊은 인상과 한글에 관한 흥미를 얻게 되었다. 그래서 그 뒤에 상설적으로 해 가던 당시 보성 학교(현금 수송동 중동학교 맞은편인 불교교무원 기지) 내에 있는 조선어 강습원(매 일요일 개강) 초등과에 일요일마다 빠지잖고 출석하여 열심으로 그 가르침을 받았다. 그 익년(翌年)에는 초등과 수업 증서(修業證書) 수여식이 있었으나, 나는 스스로 사퇴하여 더 배워서 그 이듬해에 받기로 하였다. 그래서 계속하여 다시 일기(一期)를 수업(受業)하고 명치(明治) 45년 3월 31일에 초등과 수업증을 받았다. 그러고 새로 고등과가 설치되매 다시 거기서 한 해 동안 수업하여 대정(大正) 2년 3월 2일에는 조선어 강습원 고등과 제1회 졸업증을 받았다. 그 때 나는 최우등생으로서 원장 솔벗메(南亨祐氏), 강사 한힌샘(周時經氏) 및 여러 어른 앞에 나가서 그 훈화에 대한 답사를 한 기억이 있다. 나는 그 졸업증을 받고서도 언제든지 일요 강습에 출석하여 스승님의 가르침을 받아 왔었다. 이상은 내가 주 스승님의 문도(門徒)가 되게 된 경위와 열심으로 끊임없이 조선어를 공부하던 이야기를 한 것이다. 어떻게 생각하면 이것은 선생의 추모라 하기보다 자기의 학력 회상 같아서 본 제의(題意)와는 얼마큼 떨어진 것 같기도 하지마는 그 실은 그런 것이 아니다. 내가 이렇게 열심으로 조선어를 공부하고 저 스승님의 강연(講筵)에 빠지지 아니하였음은 오로지 스승님의 열렬한 조선어 연구 및 애호의 대지(大志)와 그 몰아적(沒我的) 교육 정신과 일이관지(一以貫之)하는 인격의 감화의 소원이라고 생각한다.

스승님은 일찍 갑오경장 이후의 정치운동에도 뜻한 적이 없지 아니하였으나, 그보다도 말과 글을 닦아서 조선 어문화(朝鮮語文化)의 기초를 벼르며 청년을 교육하여 장래 발전의 원동력을 지음이 결망(結網)의 근본책이 됨을 깨치고서 아침부터 밤까지 조선말의 연구와 교수에 전력을 다하셨다.

오늘날 같으면 조선어 선생도 여기저기서 구할 수 있지마는, 그 당시에는 주선생 한 분 뿐이다. 커단 책보를 끼고서 조그만 오두막집을 나서면, 동분서주하여 쉴 사이가 없었다. 안동(安洞) 네거리에서 동으로 가야 할지, 서로 가야 할지 깜박 잊어버리고 헤매던 일이 한두 번이 아니었다. 그러고도 일요 강습을 독담(獨擔)하셨다. 이런 일은 말로는 쉽지마는 일로는 정말 어려운 것임은 오늘날 조선의 교원으로서의 우리들의 자백하지 아니할 수 없는 바이다. 나는 그 두 눈을 부릅뜨고 소리지르던 교단상의 스승님과, 고서(高書)를 보여 주며 《말의 소리》의 원고를 빌려주시던 창동(倉洞) 소옥(小屋)의 캄캄한 방 안의 스승님의 또렷한 인상이 아직도 나의 망막에서 사라지지 아니하였다.

내가 고보(高普) 4학년 적에, 하기(夏期) 조선어 강습의 사명을 띠고 지방으로 떠날 즈음에, 스승님께서 몸소 나의 사관(舍館)을 찾아 오셔서 강습을 잘 시기고 오라는 부탁을 하시고 가셨다. 슬프다, 이 작별이 천만의외에도 그만 유명(幽明)의 영결이 되고 말았다. 나는 강습 중에 그 부음을 듣고 다수의 청강생들과 함께 통곡하였다. 약 20일간의 강습을 마치고 향제(鄕第)를 들러서 가을바람을 따라 서울로 돌아왔으나, 스승님은 다시 뵈올 길이 없어 강습 상황의 보고도 할 도리가 없었다. 그래서 나는 오늘날까지도 스승님의 명(命)으로 조선말을 가르치고 있는 중이다. 모든 보고는 뒷날에 한꺼번에 해드리려고 한다.

-〈조광〉 1936년 1월호-*

---

* 공주사대 하 동호님 발췌

주 시경 스승과 나

융희(隆熙) 4년은 한국 최후의 해이다. 등잔불이 꺼지려 할 적에 그 불빛이 한 번 더 밝아지는 일이 있음과 같이, 반만년 유구한 역사를 가진 대한 나라가 아주 깨지려는 이 해의 봄에는, 온 나라 안에 너도 나도 공부를 해 보겠다고 하는 열정이 곳곳의 젊은 사람마다의 가슴에 통하였다. 그래서, 북에서 남에서 책을 지고 서울로 올라오는 젊은 학도가 부지기수이었다. 나도 그 큰 흐름의 한 방울 물이 되어 큰 포부와 희망을 품고서 서울로 올라왔다.

그 때에, 서울에는 나의 친근한 사람으로 나의 외사촌 형 박 필주 님과 그의 친구 김 두봉 님이 있어, 기호 학교에 다니었다. 나는 이 두 분의 지도를 받아 공부를 하게 되었다. 첫째 문제가 어느 학교에 들어갈 것인가이었다. 그 두 분은 나를 관립 한성 고등학교에 들어가라 하였다. 그 목적은 그 학교에서는 해마다 관비 유학생을 뽑아 일본으로 공부하러 보내는 터이었는데, 나도 그 학교를 마치고 관비 유학을 가는 것이 좋겠다 하는 것이었다. 대개 경제가 넉넉하지 못할 뿐더러, 관비 유학은 또 명예로 생각하던 당시의 사회 사정이었던 것이었다.

나는 그네들의 지도대로 관립 한성 고등학교(오늘의 경기 중학교의 전신)에 입학 지원을 하였다. 모집 인원 수가 모두 백 명인데, 지원자 수는 천여 명이나 될 뿐아니라, 모집 수 백 명 가운데 25명은 각 도의 추천생으로 하고, 나머지 75명만 시험으로 뽑게 되었으니, 그 경쟁률의 높음이 마치 오늘날 해방 후의 현상과 방불함이 있었다. 나는 다행히 합격이 되어 입학은 하였으나, 그 해 경술 8월 29일에 한일 합병이 되어 나라가 없어지고 보니, 교장도 일인이 오고, 학교 이름도 고등 보통학교로 갈리었다. 이렇게 되고 나니, 이 관립 학교에서 공부하기는 나에게 유쾌한 기분을 주지 못하여, 나는 항상 입없는 생활을 교정에서 보내었다. 그래서, 내가 가슴을 터놓고 즐겁게 사귀는 동무는 오히려 다른 사립 학교에 다니는 사람들이었다.

당시의 경성 고등 보통학교는 초창 이래 관비로 공부시켜 주던 바람이 남아 있어, 밥은 주지 아니하였으나, 교과서는 대개 등사하여서 거저 나눠 주었다. 고맙다면 고맙기는 하지마는, 동물·식물·물리·화학까지 다 그런 등사물로 배우니까, 흥미가 적고, 따라서 학습 효과가 퍽 불리하였다. 학과에 조선어가 있기는 하였으나, 나에게 그리 만족을 주지 못하였다. 나는 김 두봉 님을 따라 일요일마다 빼지 않고, 박동에 있는 보성 중학교에서 열리는 조선어 강습원에 다니었으니, 이 강습원은 오늘날 우리가 한글의 큰 선구자로 모시는 한힌샘 주 시경 스승님이 혼자서 가르치시는 일요 강습소이었다.

당시, 주 스승은 여러 군데의 사립 중학교의 조선어 뿐아니라, 지리·역사까지 맡아 가르치시기 때문에, 앉은 자리가 더울 여가가 없이, 커다란 책보를 끼고서 동분서주하셨다. 이렇게도 바쁜 교원 노릇을 할 뿐더러, 집안 살림살이조차 어려웠으니, 말하자면 세고가 자심하였었다. 그렇건마는, 스승님은 하루의 휴식이 허여된 일요일을 그대로 쉬어 버리지 않고, 조선말·조선글의 발달을 위하여, 조선 청년의 교육을 위하여, 날마다 끼고 돌아다니는 책 보퉁이를 여전히 끼고 일요 강습원에 나타나시어, 목을 축일 만한 차 한 잔도 없이, 수백 명의 학생을 놓고 부릅뜬 두 눈과 높은 목소리로 조선말·조선글을 가르치며, 조선 마음·조선 혼을 깨우쳤다. 청강생들은 청강료를 낼 필요가 없이, 누구든지 조선말·조선글을 배우고자 하거든 다 오라 하는 것이었다. 그 때의 청강생은 여러 학교에서 왔지마는, 특히 임시 교원 양성소의 생도들이 많이 왔다. 일요일에서 일요일로, 이 달에서 저 달로, 금년에서 내년으로 이 강습원은 계속되어 갔다.

나는 초등과를 일부러 한 해 더 다녀 두 해 만에 마치고, 다시 일 년을 배워 고등과를 졸업하였다. 나는 항상 주 스승님을 친근하게 섬기었다. 남대문 안 창동에 있는 조그마한 스승님의 댁을 간혹 찾아가서, 옛책도 보여 주심을 받고, 새로 지으신 원고는 그것이 출판되기 전에 빌어다가 베끼기도 하였다. 어둠침침한 선생의 방에서 옛책 《捷解新語(첩해신어)》를 보고, 거기서 "ザ"를 "ᅀᅡ"로 "ガ"를 "ᅌᅡ"로 적은 것과 그 소리값을 배우던 일이 시방도 기억에 또렷하다. 나는 고등학교의 졸업장을 탄 뒤에도 항상 일요일마다 강습원에 출석하여 스승님의 강의를 듣기도 하며, 또 몇몇 동무들과 강습원의 일을 돕기도 하였다.

내가 고등 보통학교 4학년 적의 일이었다. 여름 휴가가 가까와서 경남 동래군에 조선어 강습회를 열게 되어, 내가 휴가로 나의 고향으로 돌아가는 길에, 동래 강습을 맡기로 되었다. 그래서, 내가 출발하는 전 날에 스승님이 청석골 나의 사관(旅舍)으로 찾아오셔서, 강습을 잘 지도하고 오라고 부탁하고 가셨다. 나는 그 부탁을 받고 동래로 가서 한 이십 일 동안 강습을 시키고 있었다. 이 강습을 시키고 있는 도중에, 천만 뜻밖에 주 스승님이 세상을 떠나셨다는 전보를 받았다. 젊은 마음은 그지없이 놀랐으며 실망하였다. 그래서, 강습회 회장에 추도회를 열고 백 명의 강습 회원들과 같이 울었다. 그러나, 울기만 하지는 못하였다. 이미 스승님에게서 받은 부탁이 최후의 부탁이 되었은즉, 더욱 중하다. 나는 눈물을 씻고, 강습회의 강의를 계속하여 끝내었다.

강습회를 마치고, 말을 타고 기장을 거쳐 고향 집으로 돌아갔다. 집에 가니, 새로 난 사내아이를 가져 닥아 대면을 시켜 준다. 사실은 서울서 첫아들이 났다는 편지는 보았지마는, 강습회 때문에 늦게 와 대면하게 된 것이다. 처음 대하니, 참 신기한 감이 있을 뿐이다.(사랑의 정은 날을 좇아 일어났다) 「조선어 강습이란 무엇이건대, 부사의 초대면을 이렇게 일부러 늦출 수 있단 말인가」고 옛어른에게서 꾸중을 듣기도 하였다.

휴가가 끝나서, 다시 서울로 왔으나, 다시는 복명할 자리를 찾지 못하였다. 이미, 조선어 강습원에는 초등과, 고등과의 수업생이 수많이 났다. 스승님이 돌아가신 뒤에는, 김 두봉 님이 뒤를 이어, 강습원을 지도하였다. 나는 여전히 일요일마다 강습원에 출석하였다. 주 스승의 가르침은 변함없이 강습생들에게로 전해지고 있었다. 그 뿐 아니라, 주 스승에게 수업한 수많은 학생들에게는 다 스승의 조선말, 조선글을 사랑하는 민족적 정열과 조선 말글(어문)을 연구하는 과학적 정신과, 조선 청년을 가르치는 교육적 심정이 스며들었다. 그리하여 오늘날까지, 모든 고난을 무릅쓰고 조신의 말글을 사랑하고, 두호하고, 연구하고, 가르쳐 온 이들은 다 직접 간접으로 주 스승에게서 배운 사람이라 하여도 과언이 아니다.

악독한 일본의 굴레에서 우리 겨레가 풀려 나왔다. 주 스승의 조선의 말글에 대한 사랑과 가르침이 최대의 열매를 맺을 날이 온 것이다. 나는 스승님에게서 받은 사명을 여전히 지키어 나아가고 있다. 다 마치는 날에는, 돌아가 복명하려 한다.

-〈한글의 투쟁〉(1947. 9.)-

나의 존경하는 교육자 주 시경 스승

우리의 배달말(배달 겨레의 말, 조선말, 한국말)을 연구하는 사람들이 이 배달말, 배달글자를 끔찍이 소중히 아끼며, 무한히 사랑하여, 이를 위하여서는 무엇이든지 아끼지 아니하는 정신은 직접 간접으로 다 저 한힌샘 주 시경 스승에게서 받은 것이다.

주 선생은 한양 조선 말년에 황해도 봉산군에서 나서 일찍 신학문을 갈구하는 최선봉이 되어, 서울로 울라와서 배재 학당에서 서양식 학교 교육을 받았다. 그리고, 갑오, 을미, 병신년 간에 당시 우리 사회의 선각자 서 재필, 윤 치호 님들을 따라, 그네들이 처음으로 시작한 순 한글 신문 〈독립 신문〉의 발간에 종사하면서, 정치 운동에도 간여하기도 하였으나, 나중에는 정치 생활을 버리고, 마음과 몸을 교육계에 돌리었으니, 이는 당시의 정치 개혁 운동이 여러 가지로 난관에 봉착함을 보고서, 깊이 깨친 바가 있었음이다. 옛말에 "못에 다달아 고기를 부러워함은 물러가아 그물을 뜸만 같지 못하다"는 말이 있음과 같이, 갑오경장이란 조선 사람들의 정치 개혁 운동도 그 참된 결과를 얻으려면, 그 근본이 되는 교육부터 힘쓰지 아니하면 안 된다고 생각한 것이었다.

그래서, 교육계에 몸을 던진 스승은 휘문 의숙, 기호 학교, 경신 학교 등 여러 학교에서 많은 시간을 맡으셨다. 그 때 가르치시던 교과는 우리 나라의 지리, 역사 및 국어이었다. 스승은 커다란 책보를 끼고서, 날마다 날마다 이 학교에서 저 학교로, 저 학교에서 이 학교로 쉴 새없이 돌아다니었기 때문에, 드디어 "주 보따리"라는 별명까지 얻게 되었던 것이다. 이 보따리가 펼쳐지는 곳마다 그 속으로부터―아니, 스승의 입으로부터 나오는 것은 우리 나라의 지리와 역사와 국어에 대한 뜨거운 강설이었다. 지리, 역사, 국어! 이 어느 것이 나라를 사랑하고 겨레를 사랑하는 가르침거리 아닌 게 있는가?

때는 구 한국 융희 년간이었다. 한양 조선 오백 년 사직의 촛불이 바야흐로 꺼지려 하는 "저녁답"이었다. 선생의 교수가 한국 청년들의 심금을 울리어 나라 구원의 참된 의욕을 깨우침이 적지 아니하였지마는, 나라의 운이 이미 다하여 대세가 이미 결정되었는지라, 스승의 교육에 바치는 노력의 큰 목적은 헛되게도 그만 경술년 증념끝에 떨어지고 말았다. 스승의 마음이 얼마나 아팠으며, 스승의 한숨이 얼마나 길었으리?

건지려던 나라가 이미 없어지기는 하였으나, 그 백성인 내 겨레가 아직 여전히 남아 있으니, 교육에 던진 희망을 아주 포기할 수는 없었다. 눈 앞에서 기울어져 가는 큰 집을 붙잡는 것도 교육에 몸 던지신 스승의 목적 아님은 아니었지마는, 이미 엎어진 큰 집을 미래에 다시 세우는 것이 더 깊고 먼 스승의 포부였으며, 더 간절하고 질긴 스승의 의지이었다. 눈물을 머금은 "주 보따리"는 예나 다름없이 동대문 연지동에서 서대문 정동으로, 정동에서 박동으로, 박동에서 동관으로 돌아다녔다. 스승은 교단에 서시매, 언제든지 용사가 전장에 다달은 것과 같은 태도로써, 참되게, 정성스럽게, 뜨겁게, 두 눈을 부릅뜨고 학생을 응시하면서, 거품을 날리면서 강설을 하셨다. 스승의 교수는 말 가운데 겨레의 혼이 들었고, 또 말 밖에도 나라의 생각이 넘치었다.

스승이 특히 정성껏 연구하고 힘써 가르친 학과는 우리말의 말본이었다. 스승이 처음에 배재 학당에서 영어를 배울새, 그 글자의 된

법이 우리의 한글과 방불하고, 또 말본을 풀이함이 그 이론을 우리 말에도 응용하여 우리말의 조직과 그 응용을 연구할 수 있음을 간파하고서, 드디어 의로운 손으로써 수천 년의 묵밭을 뒤지고 갈고 골고서 두렁매기 시작하여, 차차 잡초를 매어 버리고 낟알의 씨를 뿌리어, 이를 가꾸고, 이를 북돋우고, 이를 기르기에 전력을 다하였다.

융희 2년에, 남대문 안 상동 기독교 청년 회관에 국어 강습원을 차리어, 청년 학생을 모아 국어 국문을 가르치었으며, 경술년 한일 합병 이후에는, 치우(주로) 박동 보성 중학교에다가 일요일마다 "조선어 강습원"의 교수를 독으로 맡아 보시었다. 이 강습원에서 열심으로 국어를 공부하는 학생들은 서울 안 각 학교에서 모여들었지마는, 그 중에도 특히 수 많기로는 한성 사범 학교 학생들이었다. 나는 당시 경성 고등 보통 학교의 학생으로서, 박동의 조선어 강습원에 나가서 일요일마다 스승의 가르침을 받았다.

앞에서 이미 말한 바와 같이, 스승은 날마다 날마다 여러 학교를 돌아다니면서 수많은 학생들을 가르치기에 끔찍한 노고를 하시고, 겨우 쉴 수 있는 하루의 일요일을 온전히 이 국어 교육에 바치었다. 그 때 배우는 사람들이 청강료를 내지 아니하였으니, 스승의 수고가 순전히 겨레를 사랑하고, 겨레의 문화, 겨레의 말과 글을 사랑함에 있었음은 물론이다. 스승은 극히 가난한 생활을 하시면서도, 젊은이들에게 국어, 국문을 가르치기에 최대의 즐거움을 느끼셨던 것이다. 슬픔이 나라에 있고, 근심은 겨레에 있고, 정성은 배달말의 연구에 있고, 즐거움은 오로지 청년의 교육에 있었다. 스승의 한글에 대한 열렬한 사랑의 마음과 국어에 대한 알뜰한 두호의 정신은 수백 명 제자들에게 깊이 새겨졌다.

그러나, 스승은 노고가 너무도 심하셨는지라, 삼십 구 년이란 짧은 한뉘를 끝막으셨다. 만약, 하늘이 스승에게 다시 더 삼십 구 년의 세월을 허락하였던들, 캐어낸 옥돌에 광채가 더 났을 것이요, 붙기 비롯한 횃불이 그 광명이 더 컸을 것이어늘, 스승의 이승을 하직하심이 너무도 훌훌하심은 그를 따르는 제자들에게 무한한 비통을 주었다.

그러나, 스승의 살음은 짧았으나, 스승의 가르침은 길다. 스승이 가신 뒤에 스승이 가르치신 제자들은 스승의 뜻을 받고 학문을 이어, 스승의 사업을 잇대어 이루기에 갖은 힘을 아끼지 아니하였다. 그러나, 너무도 무도 악독한 일제의 탄압 아래에, 한글 운동도 드디어 한동안 아주 끊어질 듯이 지하로 들어가지 아니할 수가 없었다. 그러다가 1919년 3월 1일에 독립 선언을 선포하고 용감히 일어나 세계적으로 시원히 발표된 배달 겨레의 정정당당한 독립 정신에, 일인은 그 속박의 쇠사슬을 조금 늦추어서, 이른바 "문화 정치"란 것을 표방하게 된 기틀을 타서, 스승의 제자들은 1920년에 다시 "조선어 연구회"를 모아서,(이것이 곧 전의 조선어 학회, 오늘의 한글 학회인 것이다) 우리말 우리글의 연구, 보존, 통일 및 보급을 목적하는 한글 운동을 다시 일으켰다. 한글날을 정하여 해마다 해마다 이날을 지킴으로써 한글 존중, 나라 사랑의 정신을 고취하고, 〈한글〉 잡지를 내고 한글 맞춤법을 통일하고, 대중말(표준말)을 사정하고, 배달말의 큰 사전을 꾸미다가, 왜정 말기의 최후적, 발악적 탄압 밑에 드디어 철창 속에서 생명까지 잃게 되어, 스승의 가르침이 그만 속절없는 절멸에 떨어지려는 최후의 위기에 다달았더니, 다행히 1945년의 8·15 해방으로 말미암아, 목숨붙은 제자들이 감옥에서 살아 나오고, 자유의 바람이 삼천리에 불어, 우리말, 우리글이 비로소 스승의 닦으신 길을 좇아, 마음대로 활개를 펴게 되었다. 그러나 다시 생각하건대, 해방된 지 이미 8년이 되었으나, 스승의 이상은 아직 완전히 실현되지 못하였다. 모든 교육을 한글로만 하기, 모든 공사 문서에 한글만 쓰기, 한글의 가로글씨를 완전히 시행하기, 모든 국민이 한글을 알며 한글로써 새 생활을 일삼으며, 새 문화를 창조하여 세계에 유익함을 부쳐 주기—이와 같은 스승의 이상은 아직 그 완전 실현의 날이 멀었다. 그러나, 이것이 종당은 실현되고 말 것은 불보다 밝은 이치이다. 여기에 제자된 우리들의 사명이 있고, 여기에 저승에 계신 스승의 위안이 있는 것이다.

생각하건대, 한양 조선 오백 년 이래로, 우리 나라에 학자, 교육자가 적지 아니하였다. 그러나, 그네들은 거의 다 유학자(儒學者)로서 그 연구의 대상은 송나라 주 희의 유학이요, 그 실행의 이상은 완전한 소중화인 됨에 있었다. 이러한 사대주의의 학자, 교육자에 대하여, 나라의 정치적 자유와 겨레의 문화적 독립을 근본 정신으로 삼고, 제 나라의 말과 글을 갈고 가르쳐, 드디어 삼천만 온 겨레로 하여금 올바로 정리된 한글의 혜택에 목욕하도록 그 첫길을 열은 이는 오직 우리 주 시경 스승 한 분 뿐이라 하여도 과언이 아니라 하겠다. 세종 대왕은 우리 겨레 최대의 종사(으뜸 스승)이요, 주 시경 님은 우리 겨레가 길이 사모하는 교단의 스승이다. 광복된 한배나라(조국) 대한 민국이 민주주의스럽게 영구히 발전되어 가는 대로, 세종 대왕의 큰 이상과 주 시경 스승의 높은 포부가 끊임없이 피어날 것이다. 육체의 생명은 한이 있으나, 정신의 생명은 끝이 없다. 여기에 참된 선각자, 바른 교육자의 영광이 있는 것이다.

-〈나라건지는 교육〉(1963)-

묘비명

한힌샘 상주 주 시경 스승의 무덤

스승은 열 아홉 살 때 갑오 경장의 해에 서울에 올라와 배재학당에 들어 신학문을 닦고 학문과 영어의 공부에서 우리말 글의 훌륭한 가치를 깨닫고 이의 연구에 착수하니, 이것이 실로 배달의 말 글이 과학스런 진리 탐구의 괭이를 보기 처음이었다. 이로부터 스무 해 동안, 혹은 정치 운동에, 혹은 사회 개량 운동에, 혹은 순 한글 신문내기에, 마침내는 망국민의 생활에까지 갖은 풍상과 온갖 고난을 겪으면서도 우리 말 글 연구에는 잠시의 쉼도 없이 그 밝혀낸 학리를 베풀어 말본과 말모이를 지으며, 서울 안 모든 중등 학교와 일요 강습소까지 혼자 도맡아 가르치기에 편할 날이 없이 성근을 다하다가 드디어 서른 아홉 살 장년으로써 아깝게도 이승을 하직하였다. 스승은 실로 배달 말 글의 과학스런 연구의 개척자이요, 국어 교육 한글 운동의 선구자이었다. 우리들이 국어 존중, 한글 사랑의 겨레 정신으로써 왜정의 압박에 항거하고 해방을 맞아서는 국어 교육, 한글 운동의 줄기찬 발전을 이룬 것은 다 직접 간접으로 스승의 끼친 교화의 소치이다. 아아! 갸륵하다. 스승은 겨레 정신의 영원한 거울이요 한글 문화의 불멸의 봉화이다.

4293년 10월 1일 제자 최 현배 짓고 후학 정 인승 쓰다

獄中(옥중)에서 읊음

서기 1942년 10월 초하룻날 새벽에, 나는, 전쟁의 어려움으로 극도의 신경과민에 빠진 일본 경찰의 검거한 바가 되어, 조선어 학회의 동지들과 같이 쇠사슬을 차고서, 함경 남도 홍원 경찰서로 끌리어 갔다. 거기서, 우리 동지들은 갖은 고문과 모욕을 당하면서, 한 해 동안을 보내고, 이 이듬해 팔월 13일에 함흥 형무소로 옮기었다. 그래서 거기서 한 두 해를 옥살이 하다가, 작년(1945년) 팔월 15일에 해방이 되자, 17일에 옥에서 풀리어 나왔다. 그 동안에 나는 외로운 정을 위로하고자 간혹 시조를 지어 속으로 읊었다. 홍원 경찰서에서 읊은 것도 다 잊어 버렸고, 함흥 형무소에서 읊은 것만은 더러 남아 있으니, 그 된 품은 보잘 것 없으나, 나에게는 버릴 수 없는 기념물이라, 이에 적어서 나를 사랑하는 친지들에게 보내기로 하였다.

一(일) 咸 興 刑 務 所 (함흥형무소)

盤龍山(반룡산) 좋다 하여, 遊山次(유산차)로 예 왔느냐?
成川江(성천강) 맑다 하여, 뱃놀이로 예 왔느냐?
아니라, 狂風(광풍)이 하 세니, 지향없이 왔노라.

벽돌담 에둘러서, 열 길이나 높아 있고,
겹겹이 닫힌 門(문)에 낮밤으로 지켜 있다.

地上(지상)이 咫尺(지척) 곧 千里(천리)라, 저승인가 하노라.

二(이) 나날의 살이(日常 生活(일상 생활))

나는 독방에서 두 해를 보내었으니, 나의 동무는 오직 책뿐이었다. 붓도 종이도 없고, 다만 나날이 視力(시력)이 줄어드는 눈으로 책을 보는 것뿐이었다.

아랫목은 食堂(식당)되고, 웃목은 뒷간이라.
물통을 책상하여, 책으로 벗삼으니,
봄바람 가을비 소리 窓(창) 밖으로 지나다.

앉으니 해가 지고, 누우니 밤이 샌다.
보느니 옛글이요, 듣느니 汽笛(기적)이라.
궁궁ㅎ다, 世界史(세계사) 비뛰 어드메도 드는고?

옥살이는 아침 일어나기로부터 먹기, 일하기, 자기가 다 구령(口令)으로 하게 된다. 單調(단조)스러운 생활은 이 구령으로 말미암아 더욱 견디기 어렵게 되는 것이었다.

벽력같은 起床(기상)호령, 놀라아 일어나니,
네 壁(벽)만 둘러 있고, 말동무 하나 없다.
외로운 獨房(독방) 고생은, 새벽마다 새롭네.

洪原(홍원) 경찰서 이래로, 옥창 밖에 와 지저귀는 까치 소리는 갇힌 이들에게 말할 수 없는 충동을 주는 것이었다.

쓸쓸한 監房(감방) 속에, 홀로 앉았으니,
窓(창) 밖에 까치 소리, 아침 볕에 分明(분명)하다.
오늘이 며칟날인고, 기쁜 소식 오려나?

三(삼) 기 한

배부르기와 몸가짐의 自由(자유)와는 사람의 가장 원본적 기초적 요구이니, 감옥살이는 요컨대, 이 두 가지를 박탈당한 생활이다. 이는 다 몸으로 겪지 않고는 그 진정한 맛을 모르는 바이니, 이 노래의 뜻도 또한 그러하여, 그런 경험을 가진 이라야 능히 그 참뜻을 맛보리라.

하루 세번 콩밥덩이, 먹고나니 한동 만동,
젓가락 놓자마자, 다음끼니 기달린다.
겨울밤 칩고 또 길어, 아침 되기 정 멀다.

시꺼먼 수수콩밥, 달기가 꿀 같으며,
바늘 뼈, 소금국도 금보다 소중하다.
사람이 밥 먹고 사는 줄, 쉰 살에야 알레라.

地獄(지옥)에도 人情(인정)이 있다. 더구나, 우리 어학회 동지들과 같은 사상죄수들은 다른 죄수나 혹은 간수에게서 동정을 받는 일이 간혹 없지 아니하다.

주린 배 옴켜 쥐고, 맥없이 앉았을 제,
고맙다, 어떤이가 먹을것 넣어 준다.
이 목숨, 길이 붙들어, 좋은 일로 갚으리.

우리집 아내나 아이들이 나에게 먹을 것을 넣어 주려고 응당 애는 많이 쓰련마는, 워낙 철통같은 옥이매, 그것이 들어올 수가 없어 속절없이 주려죽어 가는 목숨에게 한 덩어이 먹이가 얼마나 깊은 감사의 정을 자아내는지는, 바깥 세상에서는 일찍 상상ㅎ지도 못하던 바이다. 나는, 이러한 고마운 정을 받을 적마다, 훗날에 세상에—조선 겨레에게 좋은 일 유식한 일을 많이 하여서, 이 고마움을 갚겠다는 굳은 결심을 하는 것이었다. 대개, 나는 교만한 일본의 패부와 조선의 자유 회복을 확신하고 있었기 때문이다.

배 고프고 추운 것은 사람살이의 가장 나쁜 일이요, 사람으로서 마소같은 다룸을 받는 것은 분하기 짝이 없는 일이다.

입은 옷 뒤지 한장, 所有(소유)의 全體(전체)이요,
욕설과 매질하기, 虐待(학대)의 極限(극한)이라.
貧賤(빈천)의 참된 그 뜻을 인제 겨우 깨쳤네.

주리고 병든 죄수들은 아무죄 없이 잔학스러운 간수들의 병태적 만족의 대상이 되어, 아침 저녁으로 여기 저기서 아우성을 치게 되는 일이 항다반이다.

얼굴은 잿빛이요, 四肢(사지)는 거미발이(라).
고픈 배 움켜안고, 추워서 벌벌 떤다.
게다가 때때로 매맞으니, 生地獄(생지옥)이 예로다.

四(사) 사 철(四時(사시))

사람의 길이 막힌 옥중에도 사철은 찾아 들어, 갇힌이의 시름을 자아낸다.

쓸쓸한 鐵窓(철창) 밖에, 새소리 요란ㅎ기로,
고단 몸 일으키어, 목빼어 내다보니,
민들레 고이 피었다. 봄 왔는가 하노라.

○

때 맞은 좋은 비가 밤 사이 그치었네.
검은 구름 흩어지고, 푸른 하늘 나타난다.
창밖에 높은 山(산) 얼굴, 아침 볕에 새롭다.

흰 물은 출렁출렁, 들논에 들어 차고,
생생한 새잎사귀, 가지마다 푸르렀다.
장할손, 생명의 힘이, 온 천지에 찼도다.

○

찌고 볶던 三伏(삼복) 더위, 어느덧 물러가고,
살살한 가을 기운, 옥방에 스며든다.
철수는 어김이 없건만, 돌아갈 날 언젠가?

저녁 밥 먹고 나서, 구령 따라 누웠으니,
잠은 오지 않고, 버레 소리 요란하다.
가만히 눈을 떠보니, 밝은 달이 비친다.

○

盤龍山(반룡산) 건들바람, 우짖고 불어 오니,
落葉(낙엽)이 요란하게, 유리창을 두드린다.
알괘라, 모진 추위 앞잡인가 하노라.

차디찬 이부자리, 길이조차 짜르고녀,
긴 밤이 다 새도록, 이리 뒤척 저리 뒤척,
두어라, 잠이 아니오니, 꿈꿀 줄이 있으랴?

어두운 새벽 일어, 창밖을 바라 보니,
새도록 오는 눈이, 천지에 가득 찼다.
물통에 얼음을 깨어, 수건 싸서 낯씻다.

五(오) 통 신

옥중에서 한 가지 위안은 집안 식구들의 편지이었다. 그 중에도 큰 아들의 편지에는 집안일 말하면서 능청스럽게도 세상 소식을 전해 주며 더구나 세계 대전의 귀취를 암시해 온다.

기다린 나머지에, 큰아들 편지 왔다.
종이에 넘친 말뜻. 慰安(위안)과 소망이라.

그렇다, 이 몸 튼튼함이 最後勝利(최후승리) 된다고.

뜻밖에 差入(차입)왔다, 세째 아들 이름일세.
面會(면회)는 못 하니까, 왔단 소식 傳(전)함이다.
아이야, 무엇하러 또 왔나, 아비 위해 애쓴다.

六(육) 면 회

간힌 이들의 옥살이에서 반갑고도 섭섭한 것은 번개같은 가족과의 면회이다.

잡혀 온지 한 해 넘어, 처음으로 면회란다.
온갖 想像(상상) 그리면서, 끌리어 나가 보니,
아내의 날보고 하는 말, 자식 혼자 어쩌나?

이런일 당할 줄은, 미리부터 짐작이라.
슬픈빛 별로 없이, 웃는 말로 돌아선다.
그렇지, 지악한 세상이라, 큰맘으로 이기세.

귀여운 막내 아들, 그립고 그립더니,
집떠난 네해 만에, 面會(면회)하러 찾아왔다.
그 몸이 튼튼 자랐으니, 무엇보다 기쁘다.

車(차) 안서 잠 못자고, 온 終日(종일) 기다리다,
번개로 만나보고, 훌훌히 돌아선다.

아이야, 몸 조심하여, 머나먼 길 잘가라.

몇 마디 말 못하고, 때 됐다 쫓아낸다.
감방에 돌아와서, 저녁 먹고 누웠으니,
그 얼굴 눈에 삼삼하여, 잠 못이뤄 하노라.

六(육) 임 생각

조촐한 이내 몸이 옥살이하게 된 것도 나라없는 탓이어니와, 게다가 끝판에 가까워 가는 세계 대전의 귀결(歸結)을 생각하게 되매, 잃은 나라의 생각이 더욱 간절하다.

바람 불던 그 어느날, 우리 임 가고나니,
山川(산천)은 依舊(의구)하나, 쓸쓸하기 그지없다.
東天(동천)에 높이 뜬 달도, 임 찾는가 하노라.

임이여, 어디 갔노, 어디매로 갔단 말고?
풀나무 봄이 오면, 해마다 푸르건만,
어쩧다, 우리의 임은 돌아올 줄 모르나?

임이여 못 살겠소, 임 그리워 못 살겠소.
임 떠난 그 날부터, 겪는 이 설움이라.
임이여, 어서 오소서, 기다리다 애타오.

봄맞이 반긴 뜻은, 임 올가 함이러니,
임을랑 오지 않고, 봄이 그만 저물어서,
꽃지고 나비 날아가니, 더욱 설어 하노라.

봄물이 출렁출렁, 한강에 들어 찼다.
돛단 배 올 적마다, 내 가슴 두근두근,
지는 해 西山(서산)에 걸리니, 눈물조차 지누나.

(한강 = 큰강, 大江(대강), 漢江(한강), 온강, 滿江(만강), 全江(전강))
강물이 아름아름, 끝간 데를 모르겠고,
버들가지 추렁추렁, 물속까지 드리웠다.
이내恨(한) 길고 또 길어, 그칠 줄이 없소라.

七(칠) 공부 - 청년에게 줌

나는 원래 공부를 좋아하며, 또 청년을 가르치기를 즐긴다. 나의 사랑하는 조선의 젊은이들에게 나의 좋아하는 공부를 권하는 노래를 선사하자. 그리하여, 영원히 달아오는 무수한 조선의 젊은이들을 가르치자—이것이 가르치는 自由(자유)를 아주 잃어버린 갇힌 신세의 진정이었다.

學海(학해)가 깊고 넓어, 彼岸(피안)이 아득하다.
目的地(목적지) 바로 보고, 一心(일심)으로 가쟎으면,
한벌에 헤맬 뿐이니, 닿을 줄이 있으랴.

(한벌 = 大原(대원), 海原(해원), 澳(오), 沖(충))

젊은이 때 많다고, 마음을 놓지 마라,
光陰(광음)이 살과 같아, 덧없이 지나느니,
흰 서리 머리위 질때, 뉘우친들 어이리.

서늘한 가을만이, 공부에 맞을 것가?
봄 여름 겨울철이, 제 각기 좋을시고,
젊은이 寸陰(촌음)을 아끼어, 熱心(열심)으로 배우라.

八(팔) 해 방

1945년 팔월 십오일, 교만한 일본은 드디어 正義(정의)의 칼 앞에 엎디어 버리게 되자 굴레 쓴 조선에 기쁜 해방이 왔다. 15일 16일 두 밤은 여전히 옥방에서 지낼새, 감격이, 일찍 겪어본 일 없는 정도로, 극도에 달하여서, 잠도 안오고, 시도 지을 여유조차 없이, 천사만려로, 매롱매롱 뜬 눈으로 두 밤을 새웠다. 17일에는 옥중 동지들과 손을 맞잡고 옥문을 나왔다. 마중온 큰아들을 만나고, 또 함흥 인사들의 극진한 대접을 고맙게 받았다. "조선 독립 만세!"를 부르며 길을 돌았다. 친구들의 청에 의하여 다음의 노래를 썼다.

白頭山(백두산) 높은 峰(봉)에 瑞雲(서운)이 애두르고,
三千里(삼천리) 골골마다 生命(생명)봄 돌아왔다.
三千萬(삼천만) 合心(합심) 協力(협력)하여, 無窮(무궁) 나라 터 닦세.

(4279, 12월 12일)

-〈한글〉 100호(1947)-

함흥 감옥 살이
-옥살이의 회상-

옥중 생활 찬 세 해에, 나의 생각을 가장 많이 차지하여 심하게 괴롭힌 것은 언제나 먹기(食事)에 관한 일이었다.

콩밥 한 덩어리를 받아서 이것을 조금씩 떼어서 입안에 넣는다. 주린 창자는 이 입안에 들어온 콩밥 조각을 얼른 내려보내라고 간절한 전령을 한다. 만약 그 요구에만 응하기로 한다면, 그 콩밥 덩어리는 오 분은커녕 이 분이나 삼 분이면 그만 먹어 치우고 말게 될 것이지마는, 살고자 하는 이성의 명령은 그래서는 안 되나니, 마땅히 오래 씹어 먹어야만 능히 영양을 유지할 수 있은즉 천천히 오래 먹으라고 추상같은 명령을 내린다. 나는 주린 배를 안고서 이 이성의 명령을 좇는 것이었다. 콩밥 한 조각을 떼어 입에 넣고서는 머리 속으로 하나, 둘, 셋…… 하면서 세어서 열이 차면 손가락을 하나씩 꼽아간다. 그래서 팔십 번도 씹고, 백 번도 씹고, 백 열 번, 백 스무 번도 씹고, 어떤 때에는 일백 육십 번까지 씹은 것이 최고의 기록이었다. 이런 모양으로 씹으면서 나는 생각하는 것이었다. 사람은 먹고야 사는 것이로구나. 오십이 되도록 밥을 먹고 살아 왔지마는 사람이 밥 먹고 사는 줄을 감옥 생활에서 비로소 깨쳐 알았다. 이러기에 이 세상에는 이 귀중한 밥을 얻고자 무엇이든지 아낌없이 바치는 것이다. 정조도 바치고, 절개도 바치고, 제 육체도 바치고, 정신도 바치며, 인격조차도 바친다. 절개를 찾고, 정조를 지키고, 인격을 두호하려면 이 세상에서 밥이 귀한 것은 당연의 귀결이다. 이제 우리는 겨레의 일을 붙들고, 나라의 옳음을 지키기 위하여, 적고 모자라는 밥을 가려잡은 것이다. 이 옥중에서 이 이상의 먹이를 구해 얻을 수는 도저히 없다. 사식을 사 먹어보아도 조금도 더함이 없다. 오히려 배가 더 고프다. 그것도 그만두고, 가을 겨울 철에 함흥 사과를 하루 이십 전 어치 씩 사 먹기를 허락되었다. 장바닥에서 굴고굴다가 반쯤 썩었기 때문에 도저히 돈 받고서 팔 소망이 없는 사과만이 우리 같은 옥중살이하는 사람에게 팔려 오는 것이었다. 그래서, 우리 동지들은 대개가 하루 이 반쯤 썩어 빠진 사과 두세 개를 정한 요식밖에 받아먹게 되었다. 이것만은 덤의 먹이이다. 참 반가운 것이다. 썩은 사과가 어찌 그리도 맛난지, 세상에 선미란 말이 있지마는, 그 자리 그 때의 사과맛이란 과연 선미 그것이었다. 얼썩은 사과 두셋이 어이 그리도 쉽사리 없어지는지, 꺼풀, 심할 것 없이 마구 먹는 것이다. 나중에는 그 씨까지 먹는다. 사과 씨의 맛은 세상 사람은 다 모를 것이다. 사과 씨의 맛은 사과맛과는 같지 않다. 씨에는 씨 독특한 맛과 향기가 있어, 정말 별미이다. 함경 도이라 간혹 명태 대가리를 얻어 먹는 일이 있다. 여늬 뼈, 관지뼈는 말할 것 없이 쉽사리 다 먹어 치운다. 다 먹어 치워도 다만 그 대가리 속에 든 두 쪽의 돌만은 도저히 씹어 먹을 수가 없다. 이 하얀 돌을 들고 앉아서 이 놈까지 어떻게 하면 먹을 수 있을까? 하고 안타가워한다.

한 끼니의 콩밥을 한 입의 것을 백 번 넘어 씹어서 다 먹고 할일없이 앉아 있노라면, 간수가 옆의 방을 들여다 보고서 “이 희승, 아직도 먹고 있나? 벌써 점심이 들어오게 되었다”하고 놀리는 소리가 들려 온다. 이 말소리를 들은 나는 이 님의 먹는 방법을 상상해 보는 것이었다. 도대체 이 님은 한 입을 몇 번이나 씹기에 나보다는 이 배, 삼 배의 시간이 드는가? 그는 아마도 이백 내지 삼백 번은 씹는가 보아. 이 감옥에서 오래 먹기로는 이 희승 님이 유명하였으며, 옥살이

삼 년에 한 번도 의사의 신세를 지지 아니한 이는 오직 이 님 한 사람이었다. 옥중에서 이슬로 사라지고 만 아무아무 동지들은 아마도 콩밥을 많이 오래 씹지 아니하였던 것이 분명하다고 나중에 생각되었던 것이다.

감옥살이에서 동방 죄수하고 다퉈 보지 아니한 사람이 아마도 없을 것이다. 그 다툰 사유는 다 먹는 것에 관한 일임이 틀림없다. 우리 나라 속담에 "남의 밥의 콩이 굵다"하는 것이 있거니와, 과연 감옥에서 남의 밥의 콩이 굵은 것으로 비친다. 제각기의 밥 덩어리를 받으면서 옆눈으로 살피는 것은 어느 밥 덩어리가 더 큰가 하는 것이다. 젊은이도, 늙은이도, 도둑놈도, 신사도 누구 누구도 다 꼭 마찬가지다. 인간의 동물성은 감옥에서 가장 노골적으로 장난하는 것이었다.

요사이 우리 집에는 강아지 두 마리가 있는데, 밥을 줄 적에는 반드시 두 그릇에 따로따로 담아서, 좌우 손에 각각 한 그릇씩 들고서 활개를 쫙 벌리고서 동시에 두 놈에게 준다. 두 놈이 각각 제 것을 불이나케 먹으면서 옆눈을 흘겨가면서 다른 놈의 밥그릇을 보다가는, 한 놈이 제것을 다 먹기도 전에 반드시 다른 놈의 것을 빼앗아 먹으러 간다. 약한 놈은 제것을 빼앗기고는 강한 놈이 남기고 간 그 그릇에로 찾아간다. 그러면, 빼앗아 먹던 그 놈은 다시 제 본 그릇으로 돌아와서 약한 놈을 쫓아낸다.

그러다가, 어떤 때는 격분하면 서로 물고 다툰다. 아무리 뚜드려도 놓지 아니한다. 하다 못해, 필경엔 냉수를 끼얹으면 그제야 서로 해어진다. 물린 자리에는 가죽이 뚫리어 붉은 피가 흐른다. 그러나, 조금만 지나면 두 놈은 다시 의좋은 듯이 잘 논다. 놀다가도 먹을 것을 보면 또 으르렁거리고 다툰다. —나는 이것을 볼 적마다, 지나간 때 옥중에서 생각하던 광경을 눈앞에 되보는 것 같은 생각이 난다.

(4288년 한글날)

-〈한글〉 114호(1955)-

8·15 전날 밤
-나의 생활과 처지-

일제 통치의 말기에 그놈들이 갖은 간계와 탄압으로써, 우리 배달 겨레의 생존 능력을 해치며, 문화 의식을 숨막으며, 자유 정신을 뿌리 빼기에 급급하다가, 필경에는 우리의 성명을 빼앗고 말과 글까지를 금하였으나, 그래도 부족해서 우리말 우리글의 연구·통일 및 보급으로써 제 목적을 삼는 당시의 조선어 학회(현 한글 학회)의 회원들을 독립 운동을 하였다는 죄목으로써, 일제의 경찰이 검거한 것은 1942년 10월 1일이었다.

우리 회원 삼십여 명은 함경남도 홍원 경찰서에서 일 년 동안을 두고 달마다 날마다 갖은 악형의 문초를 받고 나서 함흥 형무소로 이송되어, 그 중 약간 명은 기소 유예란 명목으로 석방되고 그 나머지 16명은 기소되어, 예심으로 1년 넘어를 옥중에서 보내는 중에 동지 이 윤재, 한 징 두 분은 통분하게도 옥중의 이슬로 사라지고, 살아남은 14명 중 둘이는 면소로 나가고, 12명은 1944년 12월, 살을 에는 듯한 눈바람을 무릅쓰고 아홉 번이나 재판정으로 끌려 나가아 공판을 받아, 1945년 1월 16일에 2년 내지 6년의 판결 언도를 받은 이가 13명, 무죄가 한 명이었다.

유죄 판결을 받은 사람 중 약간 명은 집행 유예로 옥을 나가고, 한 이는 판결대로 복역하고, 네 사람만은 일인 판사의 복종 권유를 물리치고 기어이 불복을 달아 서울 고등 법원으로 상고를 하였으니, 나도 그 중에 한 사람이었다.

상고를 한 것은 1945년 1월 18일이었다. 이 상고를 하고 나서는 다시 별다른 할일이 없다. 우리는 다만 철창 속에서 세월의 가는 것만 보내고 있을 뿐이었다. 이 동안에 나는 무엇을 하고서 지내었나?

나는 이번에 갇힘의 생활을 시작하자 책도 못 읽고 말하기와 듣기의 자유조차 빼앗긴 하염없는 시간을 나의 뜻 이루기에 가장 한 좋은 기회로 이용하기로 하였다. 한글의 가로글씨—이것은 내가 학생 시절부터 많은 관심과 깊은 포부를 가지고 연구해 오던 과제이었다. 이것을 금번 기회에 완성해 내기로 스스로 결심하였던 것이다. 그래서 날마다 밤마다 머리론 생각하고 손가락으론 그리어서 드디어 한 안(벼름)을 완성하였다. 나는 이 수십 년래의 과제이었던 한글 가로글씨체를 완성하기는 하였건마는, 이것을 바깥 세상에 내어 전파하여 뒷세상까지 길이 전하여, 나의 이상을 실지에 실현하게 할 길이 꽉 막히었다. 이를 어찌하면 좋을까. 나는 어느 기회에 연필을 손에 넣게 되었다. 이 천재일우의 좋은 기회를 이용하여, 무슨 종이쪽에 새로 고안한 한글 가로글씨체를 적어서 이를 입고 있는, 솜을 툭툭히 넣은 핫바지의 솜 속에다 쑤셔 넣고서 이를 몰래 꿰매었다. 봄이 되어도 집에서는 옥중 추위를 염려함인지 좀처럼 겨울옷 찾으러 오지 아니한다. 그래서 나는 가로글씨가 들어 있는 핫바지를 방 안에다가 두고서 날마다 아침이면 점고와 동시에 방안 수색을 당하게 된다. 나의 가슴은 아침마다 말할 수 없이 조마조마하게 졸리었던 것이다. 늦은 봄에야 나의 핫옷은 겨우 집사람의 찾아간 바가 되었다.

나는 그 전년 가을부터 안(安)과 서(徐)의 두 청년으로 더불어 한 방에서 같이 지내게 되었다. 이 두 청년과 같이 지내게 됨으로 말미암아, 함흥 형무소로 이관된 이래 1개년 넘어의 독방살이의 고독과 고통을 벗어나게 되었다. 나는 각중에 부당하게도 명랑해진 감방살이를 다만 소근소근의 이야기와 엉글엉글의 밤싸움으로만 보내는 것으로 만족하지 아니하였다. 나는 이 두 청년에게 나의 소원하는 유언을 부탁하기로 작정하였다. 나는 비록 옥중의 고혼으로 사라져 버릴지라도, 아마도 이 두 청년은 언젠가는 반드시 옥을 벗어날 날이 올 것임을 믿었기 때문이다. 그 유언이란 다름이 아니라, 나의 이뤄낸 한글 가로글씨체이다. 나는 나의 가슴에 깊이 감추어 있는 이 비밀을 열었다. 그대들이 내가 죽은 뒤에라도 이 왜놈의 옥살이를 마치고 세상의 광명을 보게 되는 날에는, 어김없이 이 나의 가로글씨체를 세상에 전파하여 주겠는가고 다지어서 그들의 응락의 확답을 얻었었다.

그래서, 나는 감방에 깔고 사는 짚자리의 새끼줄을 가로글씨의 밑줄로 이용하여서, 그 두 청년을 가르치는 것이었다. 이런 짓은 낮에는 할 수 없으니까, 저녁을 마친 어둠침침한 때를 이용하던 것이었다. 한 번은 일인 간수에게 들키어서, 너희들이 무엇을 하느냐고 파고 든다. 그래서 나는 이 사람들이 영어를 묻기에 그것을 가르치노라고 대답을 해서 겨우 모면한 일이 있었다.

1945년 5월경부터는 형무소의 교무과장 이시우라가 날마다 오후 두 시쯤해서 나를 제 방으로 불러내어다가, 조선 사회 및 역사에 관한 나의 지식을 짜내는 것이었다. 나는 그저 날마다 한 번씩 감방문 밖으로 나가게 되는 것만을 하나의 즐거움으로 생각하고서, 그의 묻는 대로, 나의 아는 대로 대답하면 그는 그것을 종이에다 적어 두는 것이었다. 그러더니 한 달쯤 지난 때 어느 날에는 날마다의 그 시간이 다 되었건마는 나를 불러내는 기척은 도무지 없었다. 참 이상하다. 그 이튿날도, 그 다음날도 그리하여 그 다음다음 날부터 언제까지나 그의 부름은 오지 아니하였다. 나의 의심과 불안은 더욱 커 가고 짙어 갔을 뿐이었다(뒤에 알고 보니, 이시우라 자신도 최후 계단에 일선에 끌려 나간 것이었다. 그리고 출감하여서 알려진 바에 의하면, 우리 몇 사람은 8·15보다 사흘 뒤인 8월 18일에 총살하기로 그놈들이 결정하고 있었다 하니, 그 이시우라가 나를 날마다 불러다 놓고 나의 아는 바를 짜는 것은 무슨 뒷날의 소용을 위함이었던 것으로 추측되었다).

아무리 철통 같은 감방이라 해도 바깥 세상의 전쟁 소식이 들어올 틈까지는 다 막지는 못하였다. 5월에는 독일이 참패하였다는 소식도 들어 왔으며, 8·15 전날 밤에는 일본이 무조건 항복하게 되었다는 소식이 새어 들어오기도 하였다. 언제나 언제나 속으로 외던 '시일갈상(是日曷喪)'의 탄원이 필경 온 것인가? 반신반의하면서 취침의 구노에 눕기는 하였지마는 잠 한숨 올 리는 만무하고, 꼬리를 물고 달아나는 생각의 구름은 천산 만봉이요, 천리 만리일 뿐이다.

-공군 본부 발행 〈코메트〉(1957) -

형무소에서 해방을 맞음

나는 1942년 10월 1일에 이른바 조선어 학회 사건으로 왜정 경찰에 검거되어 1945년 8월 15일 해방까지 3개년 동안 함흥 감옥에서 옥살이를 하였다. 조선어 학회 사건의 피의자로는 모두 33인이었는데 그 중 2인은 불구속 심문을 받았고, 2인은 병으로 인하여 구금을 면하였다. 증인으로 불리어 심문을 받은 사회 유지 인사가 무려 50인이나 되었다.

우리는 먼저 1년간 홍원 경찰서에서 형언할 수 없는 갖은 악형과 천대를 당하고, 다음엔 함흥 감옥으로 이감되어, 5~6일이 지난 1943년 9월 18일에 검사의 구금 기한 만기로 12인이 기소 유예로 방면되고, 16인이 예심에 회부되어 독방 고생을 하는 중에, 이 윤재, 한 징 두 동지가 옥중 이슬로 사라지고, 1년이 지난 1944년에 2인이 예심 면소로 출감하고, 12인이 공판을 받게 되었다.

그네의 붙인 죄명은 치안 유지법 위반인데, 곧 조선 민족 독립 운동이 그 죄상인 것이다. 그 기소 이유서에는

〈소위 어문 운동은 민족 운동의 한 형태로서 민족 고유의 언문의 정리, 통일, 보급함으로써 민족 고유 문화의 쇠퇴를 방지할 뿐 아니라 그 향상 발전을 가져 오고, 문화의 향상은 민족 자체에 강한 반성적 의식을 가지게 하고, 강렬한 민족 의식을 배양함으로써 민족에게 독립 의욕을 일으키어, 정치적 독립 달성의 실력을 양성함에 그 목적이 있다〉

고 하였다

이러한 죄명과 이유로 공판에 회부된 12인은 1944년 12월 21일로부터 이듬해 1월 16일까지에, 엄동설한에 용수를 쓰고 감옥에서 멀리 떨어져 있는 함흥 지방 법원까지 도보로 끌려 다니면서 무릇 9회의 재판을 받은 끝에, 2인은 무죄, 이 인, 김 도연, 김 양수, 김 법린, 이 중화 5인은 징역 2년에 집행 유예 4년, 정 인승, 정 태진 2인은 징역 2년, 이 희승 3년 반, 최 현배 4년, 이 ○○ 4년의 언도를 받았다. 그 중 정 인승, 이 희승, 최 현배, 이 ○○ 4인은 그 재판관 니시다(西田勝吾)의 만류 권고를 뿌리치고 1월 15일에 고등 법원에 상고하였다.

우리 네 사람은 상고를 하여 놓고, 반년이 넘도록 감방에서 기다림의 세월을 보내었다. 처음에는 상고 재판을 받으러 서울로 울라가기를 기다렸지마는, 지리한 감방에도 세월은 흘러감에 따라 바깥세상의 형편의 변해 감을 기미채게 되었다.

간간이 감방 안에서 공습 경보로 불을 끄고서 캄캄한 밤을 새우기도 하다가, 5월 어느 날에는 독일의 무조건 항복의 소식을 새어듣게 되었다. 그날따라 나를 제 방으로 불러다가 조선의 고래의 사회상의 설명을 들어 가면서 적던 감옥 교무과장 이시우라(石浦)가 아무 예고 없이 그 호출을 중단함을 본 나는 무슨 긴박한 상태가 바깥에서 벌어져 감을 느끼게 된 것이다. 우리의 기다림의 애타는 심정은 독일의 뒤를 잇는 일본의 항복에만 쏠리었다.

언제나 올 것인가? 언제나 올 것인가? 가슴 깊이 자나깨나 한 가지 생각뿐이었다.

1945년 8월 15일 아침, 검방하러 온 두 간수 중 한 사람이 특히 명랑한 기분으로, 검사받기 위하여 방문 밖으로 나선 동방인 세 사람에게 한번 저기까지 뛰어 보라고 격려 같은 말을 하였다. 참 이상하게 생각했다. 저 평소에 유달리 마음씨 좋은 간수가 우리에게 무언중에 기쁨의 소식을 전한 것이로구나! 낮이 못 되어서 일본의 무조건 항복의 소식이 새어 들어온다. 웅성웅성하는 소리가 감방 복도에 들리기도 한다. 한 방에 있던 두 청년이 불려나가고 돌아오지 않는다.

「됐다. 다 됐다!」

밤이 되니 밥 구멍에서 축하의 소주가 들어온다. 일하는 모범 죄수가 감옥 안의 약품으로 만든 모양이다. 한잔 마시고 드러누워 있으니, 잠이 올 리가 없다. 밤새도록 이런 생각 저런 생각이 구름같이 일어나아 그칠 줄을 모른다.

창문이 밝아 16일이 되었건마는 우리 어학회 사람들은 불러 내지 않는다는 소리이다. 상고한 때문이라고 한다. 17일 한낮을 지나서야 불러낸다.

간수장 방에 우리 네 사람은 한자리에 모이었다. 간수장은 미국의 원자탄이 히로시마에 떨어지고 일본이 항복한 이야기를 하고서, 해방을 선언한다.

옥문 밖에 나오니, 내 큰아들이 짚신을 사다가 네 사람에게 신겨준다. 우리는 현 건국 대학교의 지역 사회 개발 초급 대학 학장 김성원님, 서울 대학교 사범대학 교수 김 성근님의 댁에 인도되어 천당같이 생각되는 좋은 집에서 특별한 대접을 받고, 삼 년 만에 처음으로 한자리에 누운 네 사람은 글자 그대로 온밤을 이야기로 밝혔다.

그 이튿날 8월 18일에는 시내 모 기윤님 댁에 초대되어 각근한 대접을 받고, 또 여러 집을 찾아 인사와 축복을 교환하였다.

그때 모 기윤님 댁의 정원에 찬란히 피어 있던 화초는 아직도 나의 마음에 생생한 추억의 즐거움을 준다. 그리고 시가로 나가서는 군중들과 함께 대한 독립 만세를 부르면서 만세교까지 가서, 한 자리 연설도 하였다. 그리고, 오후 네시 지나서 함흥 정거장으로 인도되어 기차를 기다렸으나, 좀처럼 오지 않는다. 밤 11시나 되어서 기차가 닿아 우리는 창문으로 들어가서 예비된 자리에 겨우 앉게 되었다. 기차는 사람 속에 파묻혀서 서울로 달아난다. 산천 초목이 다 새빛이다. '東震共和國(동진공화국) 萬歲(만세)'란 깃발이 산골 동네에 휘날린다.

8월 19일 밤 9시쯤에 우리는 서울역에 도착하였다. 각각 마중군을 따라 제 집으로 돌아가고자 헤어졌다. 나는 행촌동 옛집으로 돌아와서 식구들을 반가이 만났다. 나는 자기 전에 내 공부방으로 가서 철필을 찾아, 내가 감옥 안에서 골똘히 연구를 계속하여 수십 년래의 숙제인 한글의 가로글씨체를 완성한 것을 종이에다가 써 놓았다. 혹시나 밤사이에라도 무슨 사변이 생기더라도, 그 글씨체를 세상에 전해 남기겠다는 생각에서였다.

그 이튿날 아침에 우리 네 사람은 각각 식구의 부축을 받으면서, 안국동 선학원에 다른 동지들과 모이어서 한글 학회 재건을 의논하였고, 그 다음날부터는 화동 학회 회관에 모여서, 한글과 우리말을 되살려서 민중을 가르칠 의논을 하였다. 아는 친지들은 정치 운동에 매우 바쁜 모양이었으나 우리 동지들은,

「그 일은 그 사람들에게, 이 일은 우리들에게」

고 생각하여, 조선어 학회 재건 총회를 안국동 예배당에서 열고 재출발의 준비를 갖추었다.

-〈자유〉 제8호(1963)-

'사주오' 두부장수

서울의 명물—아니, 진경의 하나는 확실히 행상들의 외는 소리이다. 조석으로 이 골목에는 혹은 곧은 목소리로, 혹은 타목으로, 또 남성(男聲)으로, 혹은 여성(女聲)으로, 제가끔 제 가진 물건들을 사 달라고 외친다. 이 소리에 귀가 닳은 서울 사람에게는 아무 신기할 것이 없겠지마는, 처음으로 서울로 올라온 시골 사람의 귀에는 이 행상들의 외는 소리처럼 이상야릇한 서울의 진풍경은 없는 것이다.

오늘에서 돌이켜 생각하면, 꼭 30년 전의 일이다. 내가 시골서 백여 리를 걸어서 겨우 경부선 물금 역에서 생전 처음 보는 기차를 타고 공부차로 서울에 와 잡은 주인집은 관훈방 청석골 정 소사(召史)의 집이었다. 같이 온 동무도 있었거니와, 이 주인집에 묵는 학생들 중엔 고향 친척도 있고 또 영남 학생들이기 때문에, 오는 날 당장에는 그리 설다는 느낌이 일어나지 아니하였다. 하룻밤을 자고 나서 그 이튿날 이른 아침에 들창 밖으로서 들려 오는 각종 행상들의 외치는 소리는 참으로 어린 시골내기의 귀를 찔러 놀라게 하였다.

"생선 비웃달 사려오!"

"무우드렁 사려!"

"맛있는 새우젓 사오!"

어느 소리가 하나 귀에 익은 게 없다. 모두 신기 그것이다. 같이 온 시골내기는 먼저 온 영남 친구더러 그 외침의 뜻을 물으면서, 서로 보고 웃었다.

이것은 다 지난 옛날 이야기의 한 도막이어니와, 서울 거리의 도붓장수〔行商〕의 외치는 소리는 예나 이제나 별로 다름이 없이, 아침마다 저녁마다 거리 거리의 공기를 울려 난다.

나는 서울로 이사 온 뒤로부터 열 해가 넘도록 이 행촌동에 살아 온다. 우리 집이 이 동네로 이사 온 때로부터 이 행촌동 거리에는 아침저녁으로 여러 가지의 식료품 파는 도붓장수가 가지가지의 음색으로, 가지가지의 어법으로 외치고 지나간다. 그 중에도 두부장수, 두부장수 중에도 한 두부장수가 있어, 남다른 어법으로, 또 남다른 어조로 특색 있게 아침저녁으로 외치며 도부친다〔行商한다〕. 여늬 두부장수들은

"두부 사려오!"

라고 하거나, 그렇잖으면

"두부나 비지 사려!"

하는 것이 보통인데, 이 특색 있는 한 두부장수는 반드시

"두—부, 사아 주오!"

라고 외친다. 듣는 사람마다 이상히 여겨 불러서 사 준다. 우리 집에서는 한번 두번 사 주다가, 나중에는 아주 붙박이 단골이 되었다. 그래서, 그 외침이 들리기만 하면, 아이들이 "어머니! '사주오'가 가아요!" 하고, 두부 사기를 돕는 것이 버릇이 되다시피 되었다.

이 '사주오'는 거의 날마다 우리 집 문앞에 지게를 받치고서, 두부 한 모, 두 모를 주고는, 분필로 판장(板墻)에다 한 금, 두 금씩 긋고 가는 터이다. 그러므로, 만약 그저 지나게 되는 때에는 그 두부 장수 자신도 섭섭하려니와, '사주오'를 부르지 못하고 만 아이들의 마음은 더욱 섭섭한 느낌이 생기는 것이었다. "사주오!"라고까지 하는데, 그것 하나 못 사 주다니(?) 하는 생각이 절로 드는 모양 같았다.

그래서, 월말에는 그 판장에 그어 놓은 분필의 흔적을 따라, 두부 값을 갚는데, 그 '사주오'는 그저로 두부를 한 모나 두 모를 주는

것이 상례이었다. 더구나 세말(歲末) 같은 때에는 더 많이 그저 두고 가는 것이었다. 그럴 적마다 그 두부를 받는 사람은 그만두라 하고, 주는 장수는 들여 가시라고, 서로 세우는 것이 예사였다.

그러다가, 어느 해 섣달 대목쯤 해서, 그 '사주오' 두부장수가 그만 오지 아니하게 되었다. 대목이 다 되어도 종내 두부 값 받으러 오지도 않았다.

그 두부 값을 못 갚은 우리 집에서는 온 식구가 처음에는 이상히 생각하다가, 나중에는 걱정하기 시작하였다. 식구들이 저녁을 먹고 앉으면,

"그 '사주오'가 왜 안 오는가?"

"아마도 그 찬바람 쐬면서 외치고 다니다가, 아마도 감기가 들었는 게지."

라고 서로 문답하는 것이 종종이었다. 그러면서도, 얼마 지나면 설마 오겠지(?) 하고 기다리는 마음을 놓지 아니하였다.

그러나, 그러나, 그 '사주오' 두부장수는 정월이 가고 2월이 다 가고 봄철이 지나고 여름이 지나도록, 종내 그 특색 있는 외침의 소리를 행촌동 골목에 울리지 아니하였다. 이렇게 날이 가고, 달이 가고, 또 드디어 해가 가도, 우리 내외는 그 두부 값 갚지 못한 '사주오' 두부장수를 잊어 버리지 못하고, 간간이 조용할 때에는, 무슨 글터기를 타서 그 '사주오' 두부장수를 생각하는 것이었다.

"참, 그 두부장수가 그만 죽었는가 봐요?"

"글세요, 아마 그렇기에 도무지 오지 않는 게지요."

이러한 문답이 우리 집의 밥상 물린 자리에 일어나는 것이었다. 두부 값을 못 갚으니 속에 께름하기도 하고, 그 두부장수가 그만 죽었는가 하니, 가엾기도 하였다.

어느 날 저녁 저자이었다. 내가 독립문 밖 푸성귀 장에서 배추를 사려고 하니까, 어떤 사람이 나를 보고서 그저 머리를 꾸벅하면서 목례를 하고 간다. 나는 머리로 그의 인사를 받았으나, 그가 누구인지 확실히 깨치지 못하였다. 나중에야 생각하니, 아무래도 그가 그전 죽었다고 생각하던 '사주오' 두부장수인 것 같다. 의복은 깨끗이 입었고, 그 누른 얼굴도 훨씬 부해졌지마는, 그 전형이 '사주오' 두부장수임이 틀림없었다. 그래서, 나는 집에 오자, 마누라를 보고 그 이야기를 하였다. 마누라는 나의 말을 듣고, 그 두부장수가 살아 있는 것—더구나 우리 집 가까이 살아 있다는 것을 믿으려 하면서도, 참내 믿기 어려워하였다. 그래서, 이 '사주오'가 오랫만에 다시 우리 집 식구들의 화제가 되었으며, 나는 그때에 그에게 "당신이 두부장수 하던 이이오?"라고 다져 보지 못한 것만을 유감으로 생각하였다.

그 뒤에 여러 달이 지나서, 우리 마누라가 관동 갔다가 오더니, "내가 그 두부장수를 만났다."고 반가이 시원스럽게 이야기한다. 그 이야기의 내용은 대략 이러하다.—그가 관동에서 그 사람을 만났는데, 분명히 그 '사주오' 두부장수라. 어데 살며, 무엇을 하고 사는가를 물으니, 그는 옛날부터 살아 오던 관동에 여전히 사는데, 두부를 쑤어 도매만 하고, 거리로 도부치는 일은 바빠서 못 한다고 대답하였다. 그래서, 마누라가 왜 두부 값은 안 받으러 오는가 하니, 그는 다만 "예, 인제 받으러 가지요." 하였다. 그래서, 마누라는 오라고 여러 번 부탁하였다.

그러나, 그 '사주오'는 종내 오지 아니하여, 우리도 아직 그 두부 값을 갚지 못하고 지낸다.

(소화 15.10.9.)

-〈문장〉(1940. 11.)-

박사 학위를 받고

내가 문학 박사의 명예 학위를 받았다. 학위를 받고 난 나의 감상은, 내가 새로운 기쁨을 느낀 것은 조금도 없고, 다만 나에게 학위를 주기에 애쓰신 이, 나의 학위를 받음을 마음껏 축하하여 주신 이 들에게 대하여 감사함에 있다.

해방 후 대한민국이 세워진 때로부터 문교부에 같이 있는 친구, 또는 교육계의 친구들이 나에게 논문을 내어서 학위를 청하여 받으라고 권하기도 하고, 또 나의 논문 제출의 의사가 없는 것을 잘 아는 친구들은, 웃음의 말로 억지로 학위를 씌워야 하겠다고 하기도 하였다. 또 어떤이는 간곡한 편지로써 나에게 학위를 청구하여 받으라고 권고하였다. 그러나 나는 종내 그리할 생각은 나지 아니하였다. 나는 간곡한 권고 편지에 대하여 이렇게 대답하였던 것이다.

"학위를 청구하는 것의 뜻은 대개 두 가지로 볼 수 있겠다. 하나는 자기의 학문의 업적에 대하여 그 큼을 인정받고자 함이오, 다른 하나는 상당한 연구 업적을 가진 자기에게 명예를 주어 달라는 것이다. 나는 이룬 학업이 큰 것도 없거니와, 그 경중과 대소가 이미 세상의 비판을 받은 지 오래인즉, 이제 새삼스레 그 인정을 청구할 맛이 없으며, 또 제가 해놓은 일에 대하여 명예의 응보를 원함은 나의 본의에 아예 없는 일이니, 이제 그것을 청할 맛이 없다. 나는 당신의 호의에는 감사하지마는, 당신의 권고에 좇지는 못함을 양찰하여 주기를 바란다."

작년 4월에 내가 14년 만에 나의 오매불망하던 연희의 옛집으로 돌아왔고, 이번 연희 학원 창립 40주년의 기념식을 성대히 거행하려 함에 다달아, 나와 몇 명 사람에게 명예 박사의 학위를 주고자 하는 계획을 세우고, 나에게 그에 대한 의사를 타진하였다. 이에 나는 생각하였다. 나의 변변찮은 학적 업적은 주로 연희에서 이뤄졌으며, 젊은 시절의 이상의 실천도 연희에서 하였으며, 또 꿈에도—아니, 죽음에 다달아서도 잊지 못하던 연희 학원에 여생을 바치기로 돌아온 것이다. 이제 연희가 나에게 학위를 주고자 하는 그 고마운 정리도 충분히 이해되어질 뿐 아니라 내가 먼저 응낙하여 다른 여러 분들과 같이 학위를 받는 것이 40주년 기념식을 더욱 빛나게 함에 유조하겠고, 내가 사랑하는 연희 학원을 빛냄에 다소라도 도움이 될 것 같다. 이러한 생각으로써 나는 그 받기를 응낙하고서 다른 다섯 분과 같이 이 학위를 받은 것이다.

그러나, 학위를 받고 나니, 나는 나에게 무엇이 하나 더해졌다고 느껴지기보다는 차라리 하나 덜어졌다는 느낌이 있다. 그것은 다름이 아니다. 순전히 명리를 떠나서 백의로 지내겠다는 나의 한뉘의 지향이 꺾이었다는 느낌이다. 이렇게 말하면 어떤이는 반문할는지도 모른다: 그러면, 너는 어찌하여 관계에 찬 6년이나 있었으며, 또 어찌하여 국회 의원의 후보로까지 나섰던가? 그것은 사실이다. 그러나 긴말을 하지 않고 다만 한 마디로 대답하여

> "그것은 내가 무슨 벼슬이나 지위를 바라는 데에서 한 일도 아니다. 나의 심중에는 오직 한글 사랑이 있었고 나라 사랑이 있었을 뿐이다. 그것은 나의 젊음을 학원에 바치었고 또 나의 늙음을 학원에 보내려는 뜻하고 조금도 다름이 없는, 평생 한결의 길인 것이었다."

고 하겠다. 나를 잘 아는 사람은 나의 이 말을 시인하여 줄 줄로 믿

는다. 또 그러니, 나는 나의 받은 학위에 대하여 스스로 무거운 책임이 있음을 잊지는 아니하려 한다. (4288. 4. 30.)

-〈연희춘추〉(1955. 5. 2.)-

나의 걸어온 학문의 길

나는 댓 살 적부터 동네 서당에 글 배우러 다녔다. 물론 배우는 것은 '하늘 천, 따 지……' 하는 한문 글자 배우는 교과서 천자문(千字文)이었다. 다만 선생이 선창하는 대로 따라서 그저 '하늘 천, 따 지……' 할 뿐이요, 눈앞에 있는 책에 적혀 있는 한자 '天地玄黃(천지현황)'이 무엇을 뜻하는가를 명확히 모름은 물론이요, 입으로 부르는 '하늘 천, 따 지……'가 도대체 무엇을 가리키는 것인지도 도무지 문제가 아니다. 그래도 하도 많이 되풀이하여 읽는 동안에 저절로 더러 어림풋하게나마 짐작하게 되는 것이 차차 생기기도 하지마는 '千字(천자)'의 천 자를 배우는 동안에 종내 그 뜻이 무엇인지도 모르고, 그저 중이 바랑경 외듯이 입으로 부르기만 하는 것이 한두 글자가 아니며, 그 맨 끝의 글줄 '焉哉乎也(언재호야)'는 읽기는 '잇기 언, 잇기재, 온호, 잇기야'라 하지마는 그 뜻은 더욱 아득하여 감히 땅뜀을 할 도리가 없었던 것이다. 비단 그 당시뿐이 아니라 오늘날까지도 그 뜻은 한자로나 한글로나 여전히 어려운 문제로 남아 있다 할 수가 있다고 할 만하다. 더구나 천자문이 나타내어 있는 사상 내용에 이르러서는 원래 그것이 초학자에게 그 이해하기를 요구할 것이 아님은 두말할 필요조차 없는 것인즉 여기의 논의이다. 이와 같이 말과 글이 직접으로 바깥의 자연계와 아낙의 관념계와의 아무런 상관을 짓지 않고 다만 서로 관련되어지는 것은, 선생과 제자의 눈이 한 가지로 그 앞에 놓인 한자 곧 '天地玄黃(천지현황)'의 위에 대어지고 선생의 음성과 제자의 청강 및 읽기 모방이 되풀이될 뿐이니, 이것이 실로 옛날 서당에서 행하던 구식 교육 방법이었다. 객관 세계에 펼쳐 있는 실사 실물은 아랑곳하지 않고 다만 책 속에 적혀 있는 문구를 통으로 외고 삼키고 하는 구식 교육 방법은 다만 여섯 살 먹은 어린애에 한자를 처음 가르치는 초보 정도에만 한한 것이 아니라, 그 실은 《사략》, 《통감》을 십여 권 배우고 《사서》, 《삼경》을 다 배워도 마찬가지로 사용되고 있었다. 이것은 결코 우리 시골에서만 행한 것도 아니요 온 조선 도처의 서당에서 행한 방법이었다(이러한 교육이 얼마나 우리 겨레의 창의력, 독립성, 자주심을 저해하였을까는 생각만 하여도 지긋지긋한 일이다).

나는 이러한 방법으로써 《천자문》을 배워 가는 중에 나의 어린 총기(聰氣)를 나타내었기 때문에 항상 어른들의 귀여워하는 시문(試問: 다른 자는 다 덮고 다만 한 자만 보이고서 그 읽기를 묻는 것)을 받은 기억을 시방도 가지고 있다. 그러나 나는 어릴 적 우리 집에서는 귀동자이었고, 또 신체가 허약하다 하여 나의 외삼촌인 선생은 나에게 글 가르치는 분량을 극히 제한하였던 것이다. 그래서 나는 열 네 살 봄까지 서당에 다녔건마는 한문은 그리 많이 배우지는 아니하였다.

내가 열 네 살 되던 봄에 우리 면에 새 교육의 기관으로 사립 일신학교(日新學校)가 창설되어, 나는 다른 서당 동무들과 함께 서당을 걷어 치우고 모두 이 새 교육의 곳 '학교'로 옮았다. '학교'란 참 신통한 곳이었다. 양숫자도 배우고 체조도 일본말로 배웠다. 한문으로는 오늘의 대학교보다도 높고 산술 이외의 다른 새 교육의 학과는 오늘의 국민 학교보다 낮았다. 나는 여기서 삼 년간 공부하였다. 산술은 특히 나의 좋아하는 학과이었다. 극히 어려운 사칙 문제(柳一定 著《初等算術教科書》四則雜題 中段, 終段)를 낱낱이 분식하여 털끌만한 모호와 의심도 남기지 않고 밤이 깊도록 나의 필기장에 정리하였다. 그 책의 지은이는 그 책 이름에다가 어째서 '初等(초등)'이란 매김말을 씌웠는지는 모르지마는 그 종단(終段)의 문제 같은 것은 오늘의 고등 학교 학생 내지 선생도 산술로는 매우 풀기 어려운 것으로, 내가 중학교 교원 시대에 수학 선생에게 보였더니 그도 산술로는 풀지 못함을 보았다. 나는 이 산술 공부에서 나의 공부하는 태도와 방법을 세웠고 일생의 학문 연구의 근본을 닦았던 것이라고 생각하고 있다.

나는 이 학교에서 삼 년 동안 배우면서 가르치기도 하다가, 구한국 융희(隆熙) 사 년에 서울의 관립 한성 고등 학교에 입학하였다. 이 학교에 들어가게 된 것은 당시 동향 선배들의 지도를 따른 것이니, 그 목적은 졸업 후 일본으로 관비 유학 가기에 있었다. 이 학교는 그 해의 일한 합병의 결과로 사람과 함께 이름도 갈리어 경성 고등 보통 학교로 되었다(그 뒤에 갈리고 갈리어 오늘의 경기 중 고등 학교가 되었다).

나는 이 중등 학교에 다니게 된 때부터 동향 선배 김 아무를 따라 박동 보성 학교에 차린 주 시경 스승님의 조선어 강습원에 일요일마다 빼지 않고 '조선어'를 배우러 다녔다. 이 강습원에 다님으로 말미암아 나는 주 스승에게서 한글을 배웠을 뿐 아니라 우리말 우리글에 대한 사랑과 그 연구의 취미를 길렀으며 겨레 정신에 깊은 자각을 얻었으니, 나의 그 뒤 일생의 근본 방향은 여기서 결정된 것이었다. 나는 주 스승에게 배우고 또 배워, 가위 그 당(堂)에 들어갔다고 할 만큼 되었다. 나는 이 강습원에 걸쳐 육 년 동안이나 다녔으며, 오 년째 되던 여름에는 주 스승이 특별하신 부탁을 받고서 동래군 동명 학교에서 열리는 하기 강습회를 맡아 가르치는 도중에 천만 뜻밖에 주 스승의 돌아가셨다는 부음을 듣고 강습생들과 같이 통곡하였다. 내가 서울서 동래로 떠날 적에 주 스승께서 나의 사관(舍館)까지 오셔서 잘 가르치고 오라고 부탁한 말씀은 아직도 나의 가슴에 새겨져 있다. 나는 스승의 부탁에 따라 우리말 우리글을 오늘날까지 갈고 닦고 가르치고 또 가르치고 있는 것이니, 이 사명을 다한 뒤에는 스승에게로 돌아가아 복명을 할 작정이다.

학교를 졸업하매 그 해 단 한사람의 관비 유학생으로 내가 뽑히기는 하였다. 그러나 그간에 나라가 없어지고 학교의 주인이 바뀌었고 해서 그 유학 가라는 데는 일본 히로시마 고등 사범 학교의 일어 한문과이었다. 나는 뜻아닌 학문을 할 것인가에 관하여 많은 고민을 하다가 필경에는 좌우간 가아 놓고서 보자고 결정하고 유학을 갔다.

나는 사 년 동안 이 학교에서 일본 문학과 한문학을 배우며 또 특히 교육학을 정구 과목(精究科目)으로 정하였다. 나는 재학 중에 조선 총독부에 불리어 사상 불온의 탓으로 톡톡이 설유를 들었다. 당시 학무국장 세끼야, 시험관 우에다는 특별한 넓은 금도를 보이노라고 나를 유학 취소까지는 하지 않았다. 졸업할 해의 봄에는 고종 황제의 돌아가심을 듣고 여러 학우들과 함께 히로시마의 산에 올라가아 멀리 서북 하늘을 바라보고서 망제(望祭)를 지내었다. 졸업을 하고 기미 삼월 말일에 만세 소리가 고국의 강산을 흔드는 가운데서 귀국하여, 관비 유학의 의무로서 관립 고등 보통 학교에 복무하기를 병 칭탁으로 회피하고 고향에 엎드려 있었다. 반 년 뒤에 병의 요양을 핑계삼아, 나의 우리말 교육과의 특별한 인연의 학교 동래군의 사립 동래 고등 보통 학교에 취직하여 한두 해 동안을 여기서 우리말을 연구하며 가르쳤으니, 나의 《우리말본》의 초고가 맨 처음 여기서 비롯되었다.

나는 학소대(鶴巢臺) 아래에서 홀로 거처하여 궁리에 궁리를 거듭하였다. 여기서의 아이들 가르침은 나의 무한한 기쁨이기는 하였지마는 나는 이것으로 만족할 수가 없었다. 어떻게 해야만 이 가련한 망국 백성을 자유민으로 건져낼 수가 있을까. 나라의 독립 자유를 얻자면 모름지기 먼저 민족을 개조하고 사회를 개조하여야 하겠다. 이 거룩한 어려운 사업을 하려면 나는 먼저 더 배워야 하겠다. 이에 나는 뜻을 결하고 사회 진보의 원리, 사회 개조의 방책 들을 연구할 목적으로 다시 일본 유학의 길을 떠나 일본 교오또 대학에 입학함을 얻었다. 나는 여기서 대학원까지 사 년 동안을 공부하였다. 그러나 나의 전공 과목은 사회학에서 다시 교육학으로 되돌아가게 되었으니, 그 까닭은 사회학이란 학문이 그 연구 대상의 범위가 너무 넓고 그 연구의 길이 너무나 가닥스럽기(多岐的) 때문에 새로 전공하고자 하는 나에게 대하여서는 시간과 노력의 요청이 매우 클 뿐 아니라 민족 개조 사회 개량의 근본책이 교육에 있음이 더 절실히 느껴졌으며, 또 우리말 연구의 부전공의 목적을 위하여 언어학 공부가 나에게 많은 시간의 할애를 요청함이 있고, 더구나 교육학은 히로시마 사 년간에 많은 적공이 있는 편의성도 있었기 때문이었다.

나는 사 년간 철학·윤리학·사회학·심리학을 배우면서 교육학을 전공하였다. 페스탈로찌의 인격·사상·사업을 앙모하고 그 학설을 연구하여 장차 페스탈로찌의 교육학을 체계세우고자 하는 학문의 목적 아래에서 그에 관한 초보적인 졸업 논문으로 「페스탈로찌의 교육학」을 썼던 것이다. 대학을 마치자 나는 교오또 오오사까의 교육단체의 초청을 받아서 페스탈로찌의 강연을 수차 하였다. 고국에 돌아가서는 '조선의 페스탈로찌'가 되겠다는 것이 나의 포부이었다.

나는 대학원 재학 일 년 동안에 「조선 민족 갱생의 도(朝鮮民族更生의 道)」란 장편 논문을 썼다. 이것으로써 나 스스로의 일본 유학 십 년간의 졸업 논문으로 자처하게 되었다. 나는 학업을 마치고 1926년 봄에 연희 전문 학교의 조교수로 취임하였다. 나의 십 년 유학의 산물 「조선민족 갱생의 도」를 〈동아일보〉 지상에 잇달아 발표하였다. 나는 이 글에서 생기 진작, 갱생 확신, 이상 수립, 부단 노력(生氣振作, 更生確信, 理想樹立, 不斷努力)의 사대 표어를 외쳤다. 온 조선의 유심 인사들이 동서남북에서 큰 충격과 감명과 찬동을 표하였다고 그 신문사 사장 송 진우님의 과분한 칭찬이었다.

연희는 나의 교육 이상의 실현의 곳으로 선택된 것이었다. 그러나 왜정의 동화 정책, 식민지 교육 방침에 굴레 씌워진 당시의 우리의 교육은 도저히 나의 교육 이상의 실현의 여지가 없음을 간파하게 나를 강요하였다. 그리하여 나의 연구심은 교육학의 원리, 방법 등에 쏠릴 수가 없었다. 만세 불멸의 교육 원리도 왜정의 횡포한 칼 앞에는 아무 실행의 여지가 없었기 때문이었다. 나는 철학(철학사, 철학개론, 논리학, 윤리학)을 가르치고 교육학·심리학을 가르치었다. 그러나 나의 연구의 노력은 나의 학교 교육에서는 부전공(副專攻)의 지위에 있던 우리말 우리글에로 기울어지게 되었다. 조선말을 가르치고 연구하는 것이 나의 주장된 학구적 사업이었다.

내가 대학 시대에도 우리말 연구의 뜻을 버린 일은 없었다. 언어학에 관한 강의를 해마다 들었으며, 대학원에 들어간 해의 봄에 먼저 옛날 동래에서 비롯했던 《우리말본》의 짓기를 다시 시작하여 그 해 가을에 이르러 소리갈을 대강 끝내었던 것이다. 나는 연희 학원과 이화 학원에서 가르치면서 이 원고에 수정을 거듭하기 세 해를 지나아 먼저 이를 첫째 매로 하여 연희 전문 학교 출판부의 힘을 입어 1929년에 찍어 내었다.

나의 《우리말본》의 가르치기와 짓기는 해와 함께 나아갔다. '연전'과 '이전' 학생들은 당시 공리적 견지에서는 아무 소용도 없는 조선말 공부를 열심히 하여 나의 연구를 도와 주었으며, '연전' 학생들은 나의 초고를 열심으로 등사하여 주었다. 내외국 허다한 참고서에서 배움이 컸음은 물론이요, 나의 뜻을 아는 모든 친구들은 나의 질문에 대하여 성의껏 대답하여 줄 뿐 아니라 좋은 재료의 공급을 아끼지 아니하였다. 나는 날마다 가르침이 끝난 뒤에 홀로 늦도록 학교에 남아 있어 연구에 열중하다가 해가 서천에 떨어질 즈음에야 책가방을 들고서, 혹은 엄동설한의 흰 눈을 밟으면서, 혹은 여름 저녁의 더운 바람에 땀을 흘리면서 혼자서 등성이를 넘고 고개를 넘어, 애기능을 지나 금화산 둥구제를 넘어 독립문 동쪽 행촌동의 집으로 돌아오는 것이 예사이었다. 나는 산을 넘어오면서 생각하였다. 내가 《우리말본》의 첫째 매 소리갈을 짓노라고 하기 방학 중에 혹서를 무릅쓰고 고향의 동대산 태령을 넘어 신흥사에서 고요(靜寂)를 벗하기 두 번이었고, 방어진 염포 해안에서 한가한 갈매기를 벗하기 두 해 여름이었다. 왜정하의 인생 행로는 그지없이 다난한데 나의 《우리말본》은 언제나 완성할까? 나의 건강은 이 사업의 완성하기에까지 미칠런가? 나는 '희망의 고개(오늘 이화 대학의 동쪽 고개)'의 위에서 다리를 쉬어 앉아서 묵상하고 기도하기 한두 번이 아니었다. 하느님은 나의 골똘한 소원의 기도를 들으사 나에게 일용의 양식과 집안의 평안과 일신의 건강을 은혜주셨다. 나의 '不斷 努力(부단 노력)'은 헛되지 아니하여 연희에 취임한 지 찬 열 해 만에 그 원고가 다 됨을 얻었다. 금번은 나 개인의 자력으로 그 간행을 일삼었다. 그 간행에 대하여 나를 괴롭힌 것은 자금의 어려움이기도 하였지마는, 더욱 나의 정력을 소모시킨 것은 한 해 동안이나 걸린 그 준보기(校正)의 일이었다. 나는 한 준보기에서 「맞춤법, 내용, 두주, 옆주, 활자 크기, 각 금줄(行)의 높이(이것은 열 세 가지의 층 등이 있었음), 쪽수의 차례, 눈, 번호, 서술 형식의 통일, 모든 부호의 통일……」 따위의 조목을 들고 책장을 되풀이하여 넘기면서 보았다. 이러한 방법에서 한 준보기는 열 번의 반복을 소용하였으며, 한 가지의 책장에서 칠팔 번의 준보기를 소용하였은즉(要七校), 짧게 말하면 모든 부분이 다 7, 8십 번의 준보기를 거듭하였다 할 만하였다. 본문 1,200 쪽, 머리말·찾아내기 따위가 80쪽으로 된 《우리말본》의 준보기는 실로 나의 머리를 세게 하였던 것이니, 노고의 결심은 최후까지 각고(刻苦) 그것이었다. 나의 학자적 생활의 고심은 이런 곳에도 남몰래 숨어 있었다 할 수 있다. 나는 그 머리말에서 〈이에 그 다 된 한 보퉁이의 원고를 옆에 높고서, 이것이 나의 반생 동안의 '不斷 努力(부단 노력)'의 결정인가 하고 바라보매, 그지없는 느낌을 막을 수 없도다〉고 기쁨의 한숨을 지었으며, 그 꼬리말에서는 〈나의 평생의 골똘한 소원은 이 책이 다 됨에 끝난 것이 아니라 나아가아 이 책이 조선말 조선글의 끝없는 발달에 한 줌의 거름이 되게 함에 있나니, 이는 나의 남은 반생의 할 일이다〉고 나의 가일층의 노력을 표명하였다.

연희 학원에서 연구하고 가르치기를 십 삼 년 되는 1938년 여름에 이른바 흥업 구락부 사건으로 하여 일제 경찰의 악독한 고문을 받고 연희 학원에서 쫓겨났다. 나는 일터를 잃고 한가한 틈을 얻었다. 밖으로는 중일 전쟁이 날로 극렬해져 간다. 이러다가 우리가 다 죽어 버리면 오늘까지 우리말 학계의 천명하고 쌓아올린 성과를 어디서 찾아보랴? 폭탄이 서울에 떨어지기 전에, 이 몸이 죽어 가기 전에 우리 국어 학자들이 오늘날까지의 연구 성과를 적어 엮어 뒷사람에게 전하는 것이 나의 의무이다. 나는 이렇게 생각하고서 실직 삼 년 동안에 가계의 어려움은 돌아보잖고 전심전력으로 낮밤으로 서둘러 아는 바를 적어 엮은 것이 곧 《한글갈》이다. 원고는 다 되었건마는 이를 찍어 펼 자금이 없음으로 해서 참 고민하였다. 나는 평생 없으면 없는 대로 살지 남에게 돈 꿔어 달라는 소리를 할 줄 모르고 살아 왔지마는, 금번만은 참 답답하였다. 이만큼 지어 놓은 것을 찍어 펴지 못하고 그만 돌아보지도 않는 수지가 되어 버리게 한단 말인가? 우리의 뒷사람들은 오늘까지의 우리 학계의 업적을 받아 이을 수 없게 된단 말인가? 세상에는 옳은 일, 귀한 일에 영구의 소멸이란 없는 것이라, 우리 조선어 학회의 한글 맞춤법 통일안의 완성을 위하여 특별한 원조를 주신 개성 공진항(孔鎭恒)님을 찾아 그 뜻을 말하였더니 그는 흔연히 응락하여 주었다. 그리하여 나는《한글갈》의 간행을 시작하여 겨우 이를 완성하였다. 나는 이 나의 생명의 댓가가 이 세상에 남게 된 것을 보고 스스로 무한의 위안을 느꼈던 것이다. 진실로 아슬아슬한 일이었다. 이 책의 간행이 다 된 지 넉 달이 되는 1942년 시월 초하룻날 새벽에 나는 일제 경찰의 불의의 습격을 받아 다른 한글 동지들과 함께 두 손목에 포승을 받고 함경도 홍원까지 끌려갔다. 그러나 나는 족쇄를 차고 철창 속에 누워서도 스스로 위로함을 얻었다.

나는 삼십여 명의 동지들과 한 일 년 동안 홍원 경찰서에서 비행기를 타고 기절하였고, 물을 먹고서 까물어졌으며, 목총으로 머리를 난타맞아 유혈이 낭자하였고, 곤장을 맞아 등과 궁둥이가 터졌으며, 발길로 종아리를 채여서 워낙 상하였기 때문에 40도의 신열이 나고 앓았으며, 쇠꼬챙이로 전신을 쑤시이고 손바닥으로 뺨을 맞기는 항다반의 일이었다. 이러한 달초에 짝하여 갖은 모욕과 천대를 받았다. 이것이 나 하나만의 겪음이 아니라 삼십여 동지들이 똑같이 겪는 바이며, 그 밖에 우리들의 가족과 친구들까지 불려와서 모욕과 박해를 당하였다. 조선어 학회 사건! 이것이 일제 최후의 발악으로서 우리 겨레에게 영구 불멸의 인상을 주었던 것이다.

우리는 홍원에서 일 년 동안 달초를 받고 함흥 감옥으로 끌려갔다. 그리하여 전후 찬 삼 년 동안에 주림과 추움, 병고와 고독, 모욕과 박해가 시시각각으로 나의 몸과 마음을 침노하였다. 그러나 나는 속속의 마음에서 털끝만치도 뉘우치지도 않고 실망하지도 않았다. 나의 우리말 우리글의 연구는 그대로 계속되었다.

홍원 일 년간은 도무지 한 자의 글도 읽을 자유가 없었다. 나는 여기서 책 없이 나의 연구의 일을 이어할 것으로 수십 년래의 숙제인 한글 가로글씨의 완성을 뜻하였다. 종이도 없고 붓도 없고, 물론 먹도 없다. 그렇다고 버젓하게 손가락으로써 방바닥에나마 마음대로 그려 볼 자유조차 없다. 나는 혹은 나의 손바닥에 그리고, 혹은 나의 손을 입은 옷 속에 넣어 손가락으로써 나의 살갗 위에다가 그리는 것이 예사이며, 밤에 누워서는 이불 속에서 이불에 그리었다. 이 가로글씨의 연구는 함흥 감옥으로 옮아가서도 여전히 계속되었다. 그리하여 필경에 성안을 얻었다. 얻은 뒤에도 쉬잖고 되풀이하여 그리었다. 이만 하면 하는 때가 왔다.

그러나 이를 어찌할까? 수십 년 만에 갖은 곤란을 겪으면서 겨우 이뤄진 이 가로글씨의 벼름(案)을 어떻게 해야만 세상에 전할 수 있는가? 옥중에 있는 이 목숨은 아침에 저녁을 기약할 수 없다. 평생을 같이 하는 한글 동지들이 옥중의 이슬로 사라짐을 엿들어 알았다. 뉘가 제 죽을 날을 알리오마는 독감방에서 해를 보내고 해를 맞는 나의 마음은 더욱 나의 생명 그것보다도 오히려 나의 생명의 댓가 한글 가로글씨의 벼름의 운명 그것에 휘감기어 있었다. 나는 어느 때에 연필과 종이를 손잡을 기회를 얻었다. 그래서 이 기회를 이용하여 연필로써 종이쪽에 나의 가로글씨 벼름을 적어서 그것을 나의 입고 있는 솜바지의 솜 속에 다 숨겨 두고서 우리 집에서 헌옷 찾으러 오는 것만을 기다리고 있었다. 겨울은 가고 봄이 왔다. 봄옷을 갈아입고 겨울옷은 벗어서 옆에 두고서 집사람이 오기만 고대하고 있었다. 사람은 오지 않고 아침마다 방안 검사를 받는다. 나의 마음은 한없이 졸리었다. 다행히 끝내 발각되지는 않고 그 옷이 바깥으로 나가게 되었다.

나는 사 년째 되던 해에 한 방에 다른 두 청년과 같이 살게 되었다. 나는 이 두 청년에게 나의 한글 가로글씨를 가르치기 시작하였다. 초석을 엮은 새끼를 줄삼아서 자획의 높낮이를 분간해 가면서 가르쳤다. 하루 저녁에는 어두운 가운데에 이를 가르치다가 창으로 들여다보는 일인 간수에게 들키었다. 무엇하느냐고 꾸짖는 물음에 나는 영어를 가르친다고 둔사를 꾸며 겨우 그 고형을 면하였다. 두 청년은 열심으로 배웠다. 젊은이는 생명을 보존할 가능성이 더 많다고 생각하기 때문에, 그네들이 나의 최후적인 부탁을 경홀히 하지 아니하였다. 그러나 그네가 먼저 나가지도 못하고, 다같이 옥중에서 8·15 해방을 맞이하였다. 나는 목숨을 지니고서 몸소 한글 가로글씨를 가지고서 옥문을 나왔다.

서울의 행촌동 집으로 돌아오기 저녁 아홉시 후이었다. 나는 자고 난 이튿날 아침에 무엇보다도 먼저 붓을 잡고서 나의 가로글씨 벼름을 적어 놓고서 비로소 안심하였다. 얼마 지나서는 종로 국민 학교 교실에서, 나는 백여 명의 우리 한글 동지들의 앞에서 나의 가로글씨를 설명하였다. 살아 돌아은 기쁨, 소원을 이룬 기쁨, 이루 다 말할 수 없었다. 뒤에 가로글씨 연구회가 조직되고, 나의 가로글씨가 그 회에서 채택되었다. 나는 한자 안 쓰기와 한글 가로쓰기를 내용으로 하여 《글자의 혁명》을 지어 펴었다. 내가 대학 일학년 때(1922

년)에 유학생 순회 강연단으로서 처음으로 가로글씨를 순회 강연하고, 이어 〈동아일보〉 지상에 반포한 적으로부터 찬 25년 만에 그 한 차례 완성된 글씨를 세상에 펴낸 셈이다. 나는 이 가로글씨가 앞날의 겨레 문화의 이로운 연장이 되기를 심축하고 스스로 안심과 기쁨을 금하지 못하였다. 나는 그 뒤에도 그 글씨의 개량에 대하여 마음쓰기를 놓지 아니하여, 지난 해에 동지 이 임풍(李林風)님의 고마운 협조를 얻어 새 어미자(字母)를 만들어 놓고 《글자의 혁명》의 고친 판을 내고자 벼르고 있다.

6·25의 동란으로 부산으로 피란은 갔으나 생명의 안전을 보장할 만한 곳은 없다. 제주도로 가야만 된다고 야단스럽다. 나는 서울을 떠날 적에 단 한 권의 책 《언어 미학(言語美學: 프랑스인 소렐 지음, 일본역)》을 가지고 갔다. 이는 생명의 위협이 앞에 닥친 것을 보고 몸을 피하는 동시에, 나의 정신의 소산을 길이 이 나라에 남기고자 하는 마음에서 그 책이 나의 말씨(言語)의 창조적 기능에 관한 나의 숙년(宿年)의 소회를 베풀음에 좋은 참고가 되겠다고 생각한 때문이었다. 나는 부산 피란 우거에서 가장 먼저 나의 《한글갈》의 수정에 관한 요지를 몇 조목 적어 놓고, 다음엔 나의 숙지를 풀어 적어 《우리말 존중의 근본 뜻》을 지어 냈다. 이는 나의 죽음에 대한 준비였다.

《우리말 존중의 근본 뜻》이 다 되었어도 나는 아직 죽지 아니하였을 뿐 아니라 도리어 소강을 얻게 되었다. 나는 이 나라의 영구한 발전, 이 겨레의 무한한 행복을 위하여 나의 나라사랑, 겨레사랑의 사상을 베풀어, 뒤에 오는 국민에게 이르고자 붓을 잡았다. 그 첫째로 나온 것이 《민주주의와 국민 도덕》이요, 불원에 나올 것이 《나라사랑의 길》이다. 돌아보건대 내가 일찍 《조선 민족 갱생의 도》를 지어 강포무도한 일제의 기반에서 겨레의 재기 갱생을 외쳤고, 8·15 해방 직후에는 「참된 해방, 또한 이름, 배달 겨레의 제풀어 놓기(배달 民族의 自己 解放)」를 여러 해 동안에 틈틈이 적어 오다가, 1·4 후퇴의 피란의 전날 밤에 그 최후의 가름을 단 한 페이지로써 그 요지를 적어서 어떤 친구에게 《큰 사전》 원고와 함께 보관을 부탁한 것이 있고, 피란의 길이 바다에 끊어진 부산의 피점에서 미래 무궁의 자손에게 나라사랑을 가르치고자 한 것이 이 《민주주의와 국민 도덕》이요, 또 《나라사랑의 길》이다. 이것들을 다 책으로 내어 놓는 일이 나의 당면의 문제이다.

나의 앞에는 여러 가지의 공부가 벌어져 있다. 쉬지 않고 하나 둘 연구하고 저술하는 것이 나의 외친 표어 '不斷 努力(부단 노력)'의 실행이다.

-〈사상계〉 1955년 6월호-

국어 연구에 바친 정성

내가 우리말 공부에 취미를 붙이기 비롯한 것은 구한국 맨끝의 해 융희 4년이었다. 그 때, 나는 나이가 열 입곱으로서, 나의 고향 울산에서 서울로 공부하러 왔던 것이다. 나는 '관립 한성 고등학교'(→경기 중학)에 입학하였더니, 불행히 그 해 8월에 한·일 합방으로 나라를 잃고 보니, 그 학교의 모든 형편이 일인의 식민지 교육의 총 본산으로 화하여, 겨레의 정신을 녹여 버리는 용광로처럼 되고 있었다. 나는 나라를 잃음에 대한 분함과 그 학교의 교육에 대한 불만을 품고서, 일요일마다 주 시경 스승님이 차린 '조선어 강습원'에 가서, 주 스승님에게서 국어 공부를 하였다.

1년이 차서 초등과를 마치고, 또 한 해가 지나서 고등과를 마치게 되었는데, 나는 졸업을 하고서 그 강습원을 떠나기 싫어서, 한 해 더 다니어서 그 고등과를 마치었다. 나는 최우등으로 '마침 보람'을 탔다. 나는 고등과를 마치고 나서도 여전히 그 강습원에 나가서 몇 친구들과 그 강습원의 일을 건사하였던 것이다. 서기 1915년 내가 중학 4년이었을 적의 여름에, 나는 주 스승의 부탁을 받고서, 경남 동래군 '동명 학교'에 내려가서, 하기 국어 강습회를 맡아 가르치고 있는 중에 서울의 주 스승이 이승을 하직하셨다는 부음을 듣고, 60~70명의 강습생들과 함께 통곡하였다. 그 때 나의 가슴에는 슬픔과 외로움이 가득차고, 한쪽에는 국어 교육의 앞날을 위하여, 또 겨레 정신의 유지를 위하여 무거운 짐을 물려받은 느낌이 들어찼었다.

내가 《우리 말본》의 짓기를 시작한 것은 일본의 '히로시마 고등

사범학교'를 마치고서, '사립 동래 고등 보통학교'에 교편을 잡고 있을 때이었다. 이 때 나에게 어려운 문제는 우리말의 씨가름 문제이었다. 그 중에도, 토씨를 따로 세울 것인가? 혹은 그 윗말에 모여서, 인도—유럽말에서와 같이, 임자씨의 '자리'(Case, 격)의 변화로 풀 것인가?—이 문제가 나를 괴롭히었다. 나는 우리말의 말 겨레스런 통성에 따라 토씨를 따로 세움이 옳겠다고 단정하였다. 그 뒤에 이 토씨 문제를 다시 한번 연구하여, 《우리 말본》의 토씨 부분에 밝히었더니, 근래에 해방 이후에 이르러, 옛날에 일본 사람들 가운데 토씨를 따로 세우지 않고 그 위의 임자씨하고 합하여 하나의 낱말로 다루는 이가 있었으나 학계에서 이를 도무지 인정하지 않기 때문에 그만 사라지고 말은 학설을 수입하여서, 가장 신기한 학설인 것처럼 떠드는 이가 있음을 보고, 나는 또다시 한 번 더 이 토씨 문제를 생각하게 되었다. 아무리 생각해 보아도, 여전히 토씨는 따로 세워야 할 것으로 귀결되고 말았다. 그러나, 여기서는 그 이론을 전개할 여유가 없으니, 다음의 다른 기회로 미룰 수밖에 없다.

그 뒤 내가 일본의 '교토 대학'을 마치고 거기서 한 해 더 머물러 대학원 공부를 하는 동안에 두 가지 일을 하였으니, 하나는 우리말의 〈소리갈〉을 썼고, 또 하나는 《조선민족 갱생의 도》를 썼다. 그리고 고국에 돌아와서는 이내 '연희 전문학교'에서 '조선어'를 가르칠새, 그 소리 공부를 정리하여 《우리 말본 첫째 매》로 하여 1929년 3월에 찍어 내었다.

그 뒤에도 나는 한결같이 우리말의 짜임을 갈고 닦아, 이를 쓰고 가르치기에 나의 최선을 다하였다. 나는 항상 학생들과 문제를 같이 연구하였으며, 또 지방적 차이에 관하여는 학생들의 협조가 나의 우리말 공부에 큰 유익을 주었다. 그뿐 아니라, 당시 천대받던 우리말을 배우기에 열심하던 학생들 가운데 몇몇은 나의 《우리 말본》의 교재를 등사하기에 많은 수고를 아끼지 아니하였다.

나는 문과 연구실에서 우리말의 말본을 연구하며 기초하기에 여념이 없었던 것이다. 날마다 날마다 하학한 뒤에도 늦도록 혼자서 고요히 생각하고 짓던 일은 어제같이 기억에 생생하다. 이른 봄이면 앞뜰에 한 길 반의 높이로 기세좋게 우뚝 서서 무수한 가지가지에 피어난 개나리꽃은 나의 아픈 머리를 위로해 주었으며, 깊은 겨울이면, 지는 해가 뉘엿뉘엿 서산을 넘어가는 것을 지고서, 얼어붙은 흰 눈을 밟으면서 고개를 넘고 넘고 또 넘어서 홀로 집으로 돌아갈 적에, 나의 외로운 뜻은 눈을 이고 있는 푸른 솔을 동무하여, 더욱 굳어지고 더욱 세어졌던 것이다.

-〈연세춘추〉(1958. 3. 5.)-

《나라사랑의 길》을 지으면서

3·1 운동이 일어난 이듬해부터 한두 해 동안, 나는 시골서 처음으로 중학교 교원 노릇을 하였다. 나만은 정성껏 최선의 교육적 노력을 하였지마는 세상은 그로써 바로잡아질 것 같지 아니하였다. 일제의 식민지 정책에서 끊임없이 진행되는 경제의 착취, 문화의 말살, 생기의 타격 들을 몸소 당하면서 겨레의 장래를 생각하매, 암담하기만 함을 느낄 뿐이었다. 그래서, 다시 학문을 더 닦아서, 우리 겨레의 살 길을 찾아 보고자 다시 일본으로 공부하러 가서, 삼 년 동안 대학에서 철학과 교육학을 닦았으나, 아직도 별 소득이 없어 매우 답답함을 금하지 못하게 되었다. 그래서, 다시 일 년간 더 머물러서 대학원에서 공부를 하는 동안에 어떠한 기회에 문득 한 생각을 얻었으니, 그것은 곧 겨레의 흥망 성쇠의 근본적 원인은 생기(生氣)의 강약에 있다는 것이었다. 그래서, 나는 그 생각을 전개하고자 나라현(奈良縣)의 한적한 산촌에서 아침해와 저녁달을 동무하여, 생각하기와 글짓기를 게을리 하지 아니하여 한 일 년 만에 겨우 그 짓기를 마치니, 그것이 곧 나의 《조선 민족 갱생의 도(朝鮮民族 更生의 道)》이었다. 나라로 돌아와서 당시 연희 전문 학교에서 가르치면서 이를 〈동아일보〉 지상에 연속 발표하였더니, 예상 이상으로 전국의 식자들의 공명을 얻었으며, 청년 독서자들에게 많은 감명을 주었다. 이는 당시 〈동아일보〉 사장 송 진우 선생이 누차 나에게 그런 소식을 말함을 들었다.

8·15 해방으로써 우리 겨레는 아홉 죽음에서 한 살음을 얻었다.

우리는 한 마음 한 뜻으로써 일치 단결하여 최선의 노력을 다하여서, 해방된 겨레와 광복된 조국을 위하여 일하지 아니하면 안 될 경우에 처하여 있는 것이다. 더구나, 자유 세계의 수많은 우방들이 우리 나라의 성장을 힘껏 도와주기 십 년이나 지났으며 특히 아메리카 합중국의 두터운 원조가 한결같이 계속되고 있는 터이니, 이야말로 우리 대한민국이 물질적 및 정신적으로 되살아나아 자라고 번지고 흥성할 수 있는 가장 좋은 기회이며 가장 중요한 시기이라 아니할 수 없다. 생각해 보라. 한 나라의 광복과 흥성을 위하여 외국이 주는 원조의 이렇듯 후하고 성실하고 장기적인 보기가 세계 역사에서 이 밖에 또 언제 어디에 있었던가? 우리 국민은 하늘이 허여한 이 기회, 이 행운을 순하게 올바르게 이용하여 겨레의 갱생을 확실히 하고, 나라의 발전을 굳건히 하여야 할 것이니, 이는 앞으로 지난 적의 조상에 대한 자손의 도리이며, 뒤로 올 적의 자손에 대한 조상으로서의 의무인 것이며, 나아가서는 이러한 갸륵한 행운을 허여하신 하느님에게 대한 사람의 마땅히 하여야 할 지상의 사명인 것이다.

해방 후 우리 나라에는 애국자가 참 많다. 이 구석, 저 구석에 애국자로 자처하는 애국자의 수가 놀랄 만큼 많은 것은 사실이다. 그렇지마는, 애국자가 많은 반면에 나라 일은 점점 나아가고 피어나지 못하고 오히려 점점 글러져 가는 형편에 놓여 있으니 무슨 현상인가? 오늘의 우리 사회에는 거짓(虛僞)과 우악(暴力)이 들어찼다. 거짓은 거짓을 낳고 우악은 우악을 길러 밤낮 도처에 거짓의 경연과 우악의 발호 때문에, 진실이 자라지 못하고 선행이 펴지 못하고 있는 형편이다. 거짓과 우악 가운데서 바르고 좋은 일이 이뤄질 수가 없는 것이다. 세계 우방의 원조를 저렇게 풍부하게 받아 온 지 십 년이 넘었건마는 국민 생활의 행복을 위하여 이뤄 놓은 일은 극히 적다.

원조의 물자는 도회지에만 돌고 시골의 농민 어민에게는 돌아가지 못한다. 농민 어민의 생활은 지극히 비참하다. 풍년이 져도 먹을 양식이 없으며 입을 옷이 없다. 이러한 국민 대중의 노고와 가난은 도회지의 애국자들의 눈에 들어가지 못하고, 한국의 모든 행정은 가위 서울에 집중되어 작용하고 있으며, 한 가지 서울에서도 가장자리의 동네에는 미치지 못하고, 다만 도회 중심지, 그 중에도 유력자 특권자의 사는 부근에만 집중되고 있다. 고래로 정치의 주안점은 백성의 식량과 거주와 교통에 있는 것임은 변함없는 사실이어늘, 서울에서도 변두리에 사는 사람은 식수의 공급도 받지 못하며 도로의 개수도 얻지 못하고 있다. 서울이 이 모양이니 먼 시골이야 일러 무엇하랴?—이리하여 사람마다 말하기를, 하나도 되어 가는 일이 없으니 가탄가탄이라 한다. 민주주의의 표방은 말뿐이요, 참이 아니다. 국민은 민주주의의 참된 혜택은 받지 못하니 민주주의에 대한 기대도 가지지 못하고 있다. 민주주의를 지키고 두호하여 공산주의에 대한 승리를 얻는 것이 오늘날 자유 세계의 최대의 목표이어늘, 민주주의의 견실한 실천이 없이 이의 훌륭하고 좋은, 공산주의보다 나은 점을 무엇으로 깨칠 수가 있을까? 생각하면 민주주의의 승리 앞에서만 능히 번영할 수 있는 대한민국의 장래에 대하여 근심의 정을 금할 수 없는 바가 있다. 요컨대 오늘의 우리 나라에는 애국자는 많으나, 진정하게 나라를 사랑할 줄을 아는 사람은 많지 못하다. 그네들이 사랑하는 것은 나라도 아니요, 겨레도 아니요, 이웃 사람도 아니요, 다만 권세이요, 사리이요, 감투이요, 교만이요, 특권인 것이다. 이런 무리가 온 사회를 휘두르고 작은 일에나 큰 일에나 한가지로 거짓과 우악으로써 사리와 사욕을 추구하기에만 맡겨 둔다면, 이 나라의 장래는 참 위태롭다 아니 할 수 없겠다. 내가 이 광복된 한배 나라(祖國)의 글러져감을 앉아 볼 수 없는 충성에 이끌리어 붓을 잡은 것이 곧 나의 《나라사랑의 길》이다. 나는 이로써 우리 국민에게 참된 나라사랑의 도리를 가르치고자 함이 그 목적이다. 나라사랑이란 것의 뜻이 무엇이며 나라사랑의 마음을 기르는 방도가 무엇인가? 우리 나라는 어떠한 나라이며 우리 겨레는 어떠한 겨레인가? 그 이상은 무엇이며 그 이뤄놓은 업적은 무엇인가? 나라의 발전과 겨레의 행복을 저해하는 도적은 바깥에 있지 아니하고 아낙에 있으니, 그것은 글도덕의 타락임을 외치고, 떨어진 도덕을 경장하여 위급한 한배 나라를 구하려면 어떻게 하여야 할 것인가를 역설하였다. 열심히 읽는 경도 쇠귀에는 들어가지 아니한다. 천부의 양심을 잃어버리지 않은 사람, 청년 남녀에게 향하여 나는 나의 충성스런 구국의 하소를 하는 것이다. 나는 권력도 없으며, 재력도 없다. 다만 가진 것은 붓 하나이다. 이 붓끝에서 솟아난 나의 하소가 양심스런 온 국민의 폐부를 찔러 진정한 나라사랑의 정이 각 사람의 가슴 속에서 용솟음하기를 바라 마지아니한다.

-〈연세춘추〉(1958. 9. 29.)-

겨레 사랑은 한결같으리

1957년 1월 5일 연희 대학교와 세브란스 의과대학의 합동으로 이뤄진 연세 대학교는 그 해 5월 11일에 성대한 개교식을 지내고 5월 둘째 토요일로써 그 창립일을 삼았다. 그러면, 연세 대학교는 그 창립이 이제 겨우 6돌밖에 되지 아니한 젊은 학원이라 하겠다. 그렇지만, 그 합동 이전의 역사를 더듬는다면, 현대식 새 근원의 비롯함이 해가 그리 오래지 않은 한국에서는 세브란스와 연희의 역사는 비교적 오랜 것이라 아니할 수 없겠다.

세브란스 의과대학은, 구 한국말 1884년에 미국 장로교 의료 선교사 에이취 엔 알렌 박사가 광혜원이란 병원을 차림으로써 발단되어 1893년에는 오우 알 어비슨(O.R.Avison) 박사가 이를 계승하여, 1899년에 이르러 미국의 엘 에이치 세브란스(L.H.Severance) 님의 기증으로 건축된 새 건물에서 청년들에게 의학을 가르치기를 비롯한 것이 그 시초이다. 그러면 세브란스 의과대학의 창립은 금년 1960년으로써 61돌이 된다.

한편, 연희 대학교는 1915년에 호레이스 지 언더우드 박사의 영도 아래에, 서울 종로 중앙 기독교 청년 회관의 방을 빌려 개교하였다. 처음엔 문과, 상과, 수물과, 농과의 네 과가 차려졌었으나, 농과는 한 번 졸업생을 내고서는 그만두었다. 언더우드 박사가 초대 교장으로, 세브란스의 어비슨 박사가 부교장으로 취임하였다. 짠 티 언더우드 님과 찰스 스덤슨 님의 기증금으로써, 연희 현재의 터전과 두 건물을 짓고, 1917년에 전문 학교의 인가를 얻어, 그 체제를 갖추게 되었다.

그러면 연희 대학교의 창립은 이제 45돌이 되었다. 세브란스, 연희의 두 줄기 지류가 70년의 성장을 거쳐 연세라는 하나의 큰 학원으로 발전한 지 이제 겨우 6년이 되었다. 나이가 많으면서도 어리며, 어리면서도 나이가 많은 이 연세 학원은 지난 76년 동안에 갖은 풍상을 다 겪었다. 나라를 잃고 다른 겨레의 통치 아래에서 압박과 축출과 약탈을 당하였다가, 8·15 해방으로 다시 살아남을 얻었다.

이렇듯 기구한 운명 가운데서도, 세브란스와 연희는 이 겨레의 유형·무형의 성장과 발전에 제 사명을 다하기를 잊지 아니하였으니, 서양의 새 의술의 첫 수입, 기독교 정신에 터잡은 새 교육의 실시로써, 사람의 신체, 정신 및 영혼의 구제와 유능한 지도자의 양성에 이바지한 공적이 적지 아니하다. 연희 전문학교, 경성 공업 경영 전문학교, 세브란스 의과 전문학교 및 대학, 고등 간호학교, 연희 대학교, 연희 대학교 전문부, 중등 교원 양성소, 대학원, 부설 한국 도서관 학교, 연세 대학교 들 수다한 변천된 이름과 부설의 기관의 이름으로써, 졸업자, 학사, 석사, 박사의 학위를 준 청년 남녀의 수가 8,391명에 달하였다. 그 이름의 변천의 많음과 그 졸업자의 수 많음은 바로 그 운명의 기구함과 그 성장의 줄기참과 그 공헌의 위대함을 보이는 것이라 하겠다.

돌이켜 생각하건대, 1910년에 나라를 잃고 적막해진 이 강산에 새 생기를 불어넣어, 민족 갱생의 원동력을 기르고자 연희 학원이 1915년에 생겨난 것이다. 비록 설립자는 외국인일망정 그 정신인 즉, 하느님이 만인에게 부여한 진리와 자유를 누리는 겨레가 되게 함에 있었다. 일제의 악독한 압제 정치, 동화 정책 밑에서, 연희 학원은 항상 겨레 정신의 부식 배양에 힘을 다하였다. '우리 말본'과 '조선 문학'을 강의하고 동양사의 과목 이름 아래에 우리의 역사를 가르쳤다. 강당에 모이어 예배보는 시간에 순수한 설교도 하거니와 또 배달겨레의 문화, 생활 풍속에 관하여, 또 청년 학도들의 사회적 사명에 관하여, 항상 젊은이들의 이상을 높이고 국가 의식을 북돋우었다. 졸업식에서는 사회의 정신적 지도자들의 권설을 받음으로써 사회 봉사와, 겨레 사랑을 확실히 하기를 힘썼으니, 그 간에 연희를 나온 사람들은 누구나 이 예배 강화를 평생 잊지 못하게 된 것도 사실이다. 건물의 앞이마에는 태극이 새겨 있고, 나드는 앞뜰 층층대에도 태극이 "겨레"란 말과 함께 새겨져 있으니, 연희 학원은 실로 다른 겨레의 굴레를 벗어 버리고 독립 자유의 겨레를 기름으로써 그 본무를 삼았던 것이다.

그리하여, 여기서 배운 청년들은 3·1독립 운동, 6·10 만세, 광주 학생 운동 등 모든 독립 운동에 언제나 중요한 목을 보았던 것이다. 그리고, 8·15 해방 이후에는 한배나라 재건에 각 방면으로 크나큰 일들을 맡아 보았다. 그러나 재건된 민주주의 대한 나라의 정치가 점점 그 국시로 된 민주주의를 역행 파괴함에 미치어 다시 큰 위기에 부닥치게 된 때에, 우리 연세 학원의 학도들은 다른 모든 학도들과 함께 일어나 50만 대중의 힘으로써 맨손으로써 총탄에 항거하여 많은 희생을 무릅쓰고 드디어 4월 혁명을 이뤄 내었다. 장하다! 청년 남녀 학도들의 정의에 불타는 의거의 힘이여! 한배나라는 이제 바야흐로 만년 부동의 민주주의 반석 위에 고쳐 세워지고 있도다.

올해는 국치 기념 50돌이다. 이 반세기 동안에 연세 학원의 지난 행적을 돌아보면서, 반세기 만에 이뤄 놓은 4월 혁명의 성과가 우리 겨레, 우리 나라 만년 흥왕의 터전이 되기를 빌면서 연세 학원의 창립일을 축하하며 아울러 무궁한 장래의 발전을 비는 바이다.

-〈연세춘추〉(1960. 5. 16.)-

나의 저서를 말한다
-한뉘의 사업을 삼아-

나의 저서는 세 가지로 갈라볼 수 있다. 배달말의 말본에 관한 것과 글자에 관한 것과 나라사랑에 관한 것으로.

이러한 지음이 스무 책이나 된다. 그 중 맨처음으로 지은 것이 《조선 민족 갱생의 도(1926년)》이요, 맨끝으로 나온 것이 《한글 가로글씨 독본(1963년)》이다.

그런데, 이 세 방면의 지음의 대표적인 것으로는 말본에서는 《우리말본(1935년)》, 글자에서는 《글자의 혁명(1947년)》, 나라에는 《나라사랑의 길(1958년)》을 들겠다.

나는 학교 공부에서 8개년 동안이나 교육학을 전공하였다. 대학 졸업 논문으로는 「페스탈로찌의 교육학」을 썼다. 나는 한국의 페스탈로찌가 되어서 몸바침으로써 나라와 사회의 개조를 해 보겠다는 이상을 품었던 것이다. 십 년 동안의 일본 유학을 마치고 돌아와서 연희 전문 학교에서 교편을 잡고, 가르침과 연구를 병행하였다. 그러나 당시 일제 치하에 있는 우리 사회의 교육이란 것이 순전히 치자 계급의 의욕을 채우고자, 다만 엄격의 통제 밑에서 그 지시하는 대로 할 뿐이요, 어떠한 개인의 창의나 교육학적 원리도 아무 소용이 없었다. 여기에 나의 교육에 대한 연구와 포부는 겨레에게 기여하는 바가 될 여지가 조금도 없었다. 그뿐 아니라, 교육학의 진리는 세계 어느 나라 학자가 하든지 별다름이 없는 것인즉, 이에다가 나의 생애를 바쳐야만 할 까닭이 없다고 생각하게 되었다.

당시 우리 사회의 형편을 살펴보면, 침략자 일본 제국주의자들은 미친 개 모양 갖은 난폭한 행위를 다하면서, 동화 정책의 기치 아래에서 우리 겨레의 전통과 역사, 풍속과 습관, 말과 글을 샅샅이 파헤쳐 없애 버리기에 급급하였다. 그래서 우리 겨레를 영영한 노예로 만들고자 하는 것이었다. 이러한 동화 정책에 항거하기 위하여 연희 학교에서 우리 역사와 국어를 교수함으로 겨레 정신의 유지 배양에 힘쓰니, 나는 거기서 서양 철학사, 철학 개론, 논리학, 교육학, 심리학, '조선어'를 가르치면서, 그 연구의 주력을 우리말에 대어 붓기로 작정하였던 것이다. 우리말의 연구도 그 방면이 퍽 여러 갈래이다. 당시의 우리의 형편에서 우리말을 정리하여 말과 글을 바로 쓰는 일이 가장 긴요한 일이요, 또 그 멸망의 위기에 처해 있는 말들을 모아서, 금후 여하한 박해와 악운을 당하더라도 이를 능히 보존 전승하는 일이 극히 필요한 일이다. 바른 말과 글을 쓰려면, 먼저 그 말의 됨됨이를 밝히고, 그 운용되는 실상을 밝히지 않으면 안 된다. 그래서, 나는 먼저 이적(今時)의 우리말의 말본을 연구하여 그 체계를 세우며, 그 규칙을 밝히기에 모든 정력과 시간을 바치기 십여 년 만에 겨우 이를 완성 간행한 것이 곧 나의 《우리말본》이다. 이 말본의 체계에 의하여 과학스런 말씨 교육이 가능하게 되었으며 한글 학회가 편찬하던 《큰 사전》의 풀이 체계가 성립한 것이다. 이 책이 이래 우리말 연구자에게 필요한 동무가 되었으며, 국내뿐 아니라 외국에서도 한국말을 알고자 하는 사람들에게 지침이 되었을 뿐 아니라, 일본의 일본어 말본 학계에도 많은 깨우치는 영향을 주었다. 대전 후에 일본 말본이 많은 새로운 개척이 있는데, 종래에 없던 연체사(連體詞), 보조 동사(補助動詞), 보조 형용사(補助形容詞) 따위의 새로차림과 같은 것은 나의 《우리말본》의 미친 영향이라고 나는 생각하고 있다. 나의 《우리말본》은 많은 부족함을 지닌 채, 수천 년래 내버려

둔 바이 되었던 배달말의 구조 및 그 운용의 규칙을 처음으로 전면적으로 정리하여 정연한 체계를 세운 것으로서, 나의 말본 연구에서의 대표적 지음이라 하겠다. 그 불충분한 점은 다시 보완하려는 의도와 노력이 나에게 매어진 짐이 되어 있다.

다음에 나의 《글자의 혁명》은 첫째 매는 한자 폐지론이요, 그 둘째 매는 한글의 가로글씨에 대한 이론과 창안에 관한 풀이이다. 배울수록 자주 더 어려운 한자 한문이 배달 겨레에게 미친 중대한 악영향을 거론하여, 해방된 우리 겨레가 앞으로 영구히 발전 번영하려는 그 근본 도리가, 저 어렵고 수많은 한자 쓰기를 그만두고 쉽고 편한 한글만으로써 국민의 글자살이의 대본을 삼지 않으면 안 되는 것을 역설하였다.

그 둘째 「한글 가로쓰기」에 관한 것은 우리 한글의 과학적 이용의 방도로서 이를 풀어서 가로쓰지 않으면 안 되는 이치를 풀이하고, 다음에 실제적으로 한글을 가로글씨 삼는 벼름(案)을 제시하였다. 그 이론은 「글자 심리」에 관한 학리를 응용하였고, 그 벼름은 국내의 여러 한글 학자들의 안을 거의 전부 수집하여 그 잘됨을 가지고 그 못됨을 버림으로써 그 벼름의 기초를 삼았다. 그러나 이것은 결코 남의 하는 이론과 실제를 그대로 채용하여 쉽사리 한 권 책으로 엮은 것은 결코 아니었다.

실상을 말하자면, 1922년 대학 신입생 시대에 그 가로글씨체를 신문 지상에 발표한 뒤로부터 수십 년 동안에 혹 혼자 궁리하고, 혹 동지들과 각자의 벼름을 내어놓고서 토론 연구하기도 하다가, 1942년 시월에 조선어 학회 사건으로 일제 경찰에 검거되어, 8·15 해방까지 삼 년 동안 옥중에서 주야로 일심 연구하여 드디어 결론에 도달한 것이다. 물론 완전한 것이란 뜻은 아니지만, 우선 이만하면 실용에 견딜 만하여 가로글씨의 모든 이점을 능히 누릴 수 있으리라고 믿는 바이다.

사람의 두 눈은 가로 박혀 있으며, 두 눈은 각각 가로 찢어져서 가로보는 얼안(보기벌, 視野)이 넓으며, 눈알의 움직이는 힘줄은 상하의 것보다 좌우의 것이 몇 배나 튼튼하다. 그러므로, 사람은 내리보기보다 가로보는 것이 훨씬 쉽다. 같은 길이의 줄이언마는 세로 세우면 가로 눕힌 것보다 길어 보이고, 눈으로 그린 바른 네모꼴은 자로 재어 보면, 가로줄이 세로줄보다 약간 길다는 것이 판명되었다. 아는 내리보는 일이 가로보는 일보다 힘든다는 증거가 된다. 원숭이에게 바나나를 상하로 요동하면서 보이기 이레 만이면 그 원숭이가 근시가 되고, 가로 움직이면서 보이기는 몇 이레를 하여도 근시가 되지 않았다. 오래 전의 통계이지만, 일본의 소학 졸업생은 35%, 중학 졸업생은 45%, 대학 졸업생은 거의 70%가 근시안이 되었는데, 그 원인은 세로줄로 된 책을 읽는 일과 복잡한 획수의 한자를 읽기 때문이었다고 한다.

가로글씨는 결코 서양 글자의 흉내가 아니요, 인체의 구조와 생리 작용에 정확한 근거를 가진 것으로, 세계 전 인류의 가장 자연스런 글자이다. 가로글씨는 결코 개인의 취미스런 장난이 아니다. 글자살이를 합리화하며, 문화 생활의 과학화 능률화의 근본스런 중대한 할일인 것으로, 겨레의 번영과 나라의 발전을 원하는 과학적 두뇌와 진취 정신의 소유자는 당연히 이를 연구 촉진하지 않으면 안 된다.— 어떤 친구는 나의 지음 가운데 이 《글자의 혁명》이 뒷 세상인들에게 《우리말본》보다도 오히려 더 존중함을 받을 것이라고 평하였다.

나는 우리말과 글을 연구, 정리, 보급, 발전시킴으로써 한뉘의 사업을 삼아 왔다. 그러나, 나의 목적하는 바는 말글에 있는 게 아니라 겨레와 나라를 위함에 있다. 말글의 연구 및 교육은 겨레와 나라의 번영의 가장 근본스런 방도임을 확신하고서 한 것이다. 글지음의 첫머리에서 일제의 탄압 아래에서 배달 겨레의 되살아 날 길(조선 민족갱생의 도)을 외쳤고, 8·15 해방 뒤에는 「참된 해방—배달 겨레의 제풀어놓기」를 지었고(이것은 아직 원고 그대로 있음), 자유당 독재 부패 정치 아래에서 《나라사랑의 길》을 지어 도로 찾은 한배 나라의 영구 발전을 꾀하는 올바른 국민적 정신을 고취하였고, 또 나라 장래에 광명을 기대하는 최대의 방책인 '교육'의 부패 무능을 타일러 《나라건지는 교육》을 지어 내었다. 이러한 나라사랑에 관한 지음들이 남이 보면 다 변변ㅎ잖은 책일는지 모르겠지마는, 나로서는 최대의 관심과 최고의 충성을 다하여 온 나라 안의 유심 인사들에게 간절한 하소를 하는 동시에, 뒤에 달아오는 젊은 뉘들에게 정성어린 부탁의 선물로 삼는 바이다.

-〈현대문학〉 1964년 9월호-

한글과 나

한글이 거룩한 세종 대왕으로 말미암아 창제되기는 5백여 년전이었지마는, 백성들이 너무나 고루하여 이를 천시하고, 다만 중국의 글자인 한문자만을 '참글'로 숭상하여 오기 4백여 년에, 국민은 과학스런 한글의 고마움을 모르고 깜깜한 가운데에서 자꾸자꾸 쇠약해 가는 국가의 운명 속에서 무기력한 세월을 허송하고 있었다. 갑신 정변으로 새 풍조의 소식을 전하였고, 갑오 경장으로 인하여 비로소 한글이 그 시대적 중요성의 인정을 받아 신문에 쓰이고, 교육에 쓰이게 되었다.

그러나 때는 이미 너무 늦었다. 한글의 겨레를 밝히고 나라를 건지는 힘을 발휘할 겨를이 없어 나라는 드디어 섬나라 일본에게 빼앗기고 말았다. 4천 년 역사가 방금 끊어질 벼랑에 서 있을 적에, 이를 놓치지 않으려고, 또는 한 번 놓쳤다 하더라도 다시 이를 도로 이을 수 있는 길을 마련하려는 겨레 정신의 나타남이 있었으니, 그는 곧 한글의 중흥을 꾀한 주 시경 스승의 한글 운동이었다.

한힌샘 주 시경 스승은 우리말의 말본을 과학적으로 연구하여 서울 시내 각 중등 학교에서 이를 가르치는 한편, 일요일에는 '조선어 강습원'에서 각 학교 유지·학생들을 모아서 한글 강의를 하여, 한글을 사랑하고 존중함으로써 우리 겨레의 문화를 새롭게 하고, 나라를 사랑하는 정신을 북돋았다.

나는 구한국 맨끝 해인 융희 4년(1910)에 '관립 한성 고등학교'에 입학하자마자, 그 해 8월에 나라는 왜놈의 손아귀에 들어가고, 백성들은 딴 겨레의 종이 되고 말았다. 나라가 망하고 나니 학교의 안팎 모양이 또한 일변하였다. 한인 교장은 물러나고 일인 교장이 갈아섰고 교육과정도 바뀌었다. 이름도 바뀐 '경성 고등 보통학교'는 마치 우리 청년을 일인으로 만드는 모범 학교가 되어가고 있었다.

나는 이러한 교육에 만족할 수는 없었다. 한 반의 동무들하고도 마음을 털어놓고 이야기할 수 없는 공기가 전반을 지배하고 있었다. 나는 힘써 사립 학교의 학생들과 사귀면서 일요일마다 박동 보성 중학교 집에 차린 '조선어 강습원'에 가서 주 시경 스승의 한글 강의를 들었다. 초등과를 마치고, 고등과는 일부러 두 해를 거듭하여 수업하였다. 내가 한 해를 고향 집에서 쉬고 다시 4년급에 다닐 적에, 여름 방학에 집으로 돌아갈 판인데 고향의 이웃인 동래군의 '사립 동래 고등 보통학교'에서 하기 한글 강습회가 열리게 되었는데, 강습원에서는 나를 그 강습회의 강사로 정하고, 주 스승님은 나의 사관을 찾아오셔서, 여름 동안 몸 성히 그 지방 강습회를 잘 마치고 오라고 부탁하고 가셨다. 나는 스승님의 명을 받들어 동래로 와서 그 강습회를 맡아 하고 있는 동안에 천만 뜻밖에 주 스승의 부고를 받았다. 나는 수십 명의 강습생들과 더불어 추도회를 베풀어, 그 자리에서 함께 스승을 울고 또 한글을 울었다. 나는 스승님에게서 받은 한글 교육의 사명을 깊이 마음에 새기었고, 또 그 사명을 이뤄 내어야 하겠다는 굳은 결심을 하였다.

주 스승이 세상 떠나신 뒤에는, 그 수제자 김 ○○이 그 자리를 이어 조선어 강습원에서 한글을 가르치고, 나는 몇몇 동지들과 힘을 합하여, 그 강습원 일을 보았다.

그 이듬해(1915) 봄에, 나는 경성 고등 보통학교를 졸업하고, 뜻밖에도 나의 '관립 한성 고등학교' 입학의 목적을 이루어 일본의 '히로시마 고등 사범학교'에 유학하게 되어, 얼마 동안 한글 운동의 실제와는 결별하게 되었다.

학교를 마치고 돌아와서는 사립 동래 고등 보통학교에서 처음으로 우리 말본을 연구·기초하면서 '우리 말본'을 가르치다가, 찬 두 해 뒤에 다시 일본 교토 제국대학으로 유학 가서 철학과에서 교육학을 전공하면서 한편으로 언어학 공부를 하여 국어 연구의 기초를 닦았다. 졸업, 귀국하여서는 연희 전문학교에서 철학·교육학 등을 가르치면서, 전심 전력으로써 우리 말본을 연구·기초하여 학생들에게 가르침으로써, 국어에의 사랑, 겨레 의식의 배양, 겨레 문화 존중의 심지 양성에 힘썼다.

내가 귀국한 1926년은 마침 훈민정음 반포 8주갑에 맞는 해(한글 반포 480돌)이므로, 10월 9일에 한글 학회(조선어 연구회→조선어 학회→한글 학회)와 '신민사'와의 공동 주최로써, 사회 지도층 인사 다수가 '식도원'이라는 요리집에 모여서 '훈민정음 반포 8주갑 축하 기념회'를 가지고, 그 자리에서 이 날을 '가갸날(→한글날)'로 하여 해마다 기념식을 올리기로 결정하고, 널리 한글에 관한 민족 문화 의식의 고취에 힘썼다. 그 해부터 해마다 해마다 한글날을 지키어 기념식을 지내게 되었다. 당시는 집회의 자유가 없었기 때문에, 시내 큰 요리집에 연회의 형식으로 모였는데, 우리 사회의 지도층 인사들이 거의 빠짐없이 다 참석하여 엄숙히 한글날 기념식을 지내었다.

그 해(1926) 섣달에 한글 동지 이 중건·신 명균을 중심으로 《한글》이란 잡지를 창간하였는데, 그 첫머리에는 나의 머리말이 있었고, 그 끄트머리에는 박 승빈 님의 "언해 훈민정음" 원본을 영인해 붙였다. (이 잡지들이 나의 소장에 있었더니, 일제 경찰이 모두 가져가서 불살랐기 때문에, 여기 이 이상의 기억을 적을 길이 없음은 유감스런 일이 아닐 수 없다.) 1932년 5월에는 한글 학회에서 조선어 학회 잡지 《한글》의 창간호(곧 제1권 제1호, 4×6배판)를 내어 1934년까지 계속하였고, 그 뒤에 5×7판의 체제로 바꾸어 8·15 해방 전까지 10년 동안 계속하였다.

한글 학회는 탄압이 심한 일제 시대에 우리 사회의 유일한 민족 문화 단체로서, 가장 활발한 활동을 하였다. 나도 그 열심 분자로서, 모든 활동에 최선의 노력을 바치어, 언제나 동지들과 손을 잡고 한글 운동을 벌였으니, "한글 맞춤법 통일안"은 회원들의 정성어린 회의 일백 수십 번을 거듭하여 이뤄졌으며, "조선어 표준말 모음"은 사회의 각 방면 인사 73인이 각 도의 대표로서 참가하여 온양·우이동·인천의 세 번의 회의를 거쳐 완성되었다.

한글 학회는 시내에서 월례회로써 연구 발표를 하며, 때때로 한글 강연회를 열어, 한글 지식의 보급 및 향상을 꾀하는 동시에, 겨레의 말·글의 보존·육성의 의의를 가르치고, 또 여름철이면 학교의 휴가를 이용하여 각 지방을 순회하면서 '하기 한글 순회 강좌'를 하였으나, 이는 왜경의 금지를 만나 오래 계속하지 못하였다.

한글 학회는 1929년 한글날에 전 사회 인사 108인으로 창립된 '조선어 사전 편찬회'의 사업을 실질적 및 형식적으로까지 담당하여, 자금이 없어서 갖은 곤란을 겪으면서 꾸준히 《큰사전》의 편찬을 계속하여, 드디어 그 첫째 권을 인쇄에 붙이기까지에 이르렀더니, 1942년 10월 1일에 갑자기 왜경의 검거를 당하여, 학회의 회원과 재정 찬조자와 합 33명이 감옥의 고초를 당하였으며, 사회 각계의 지도층 인사로서, 이 소위 '조선어 학회 사건'에 관한 증인으로서 왜경의 사문을 받은 이가 백여 명에 달하였다 한다. 33인의 회원은 대개 2개 년의 고문을 거친 뒤 재판을 받은 결과 2년에서 최고 6년까지의 형을 받은 이가 10명인데, 나는 둘째로 4년의 형을 받았다. 이보다 앞서 감옥의 극심한 기한에 못 이기어, 옥중 고혼으로 작고한 분이 둘이 있었다. 나는 동지 3인과 같이 최후의 항고를 하고, 그 하회를 기다리는 중에, 1945년 8·15 해방의 덕으로 생명을 지니고 옥문을 나옴을 얻었다.

8월 19일 밤에 겨우 서울 집으로 돌아온 나는 그 이튿날 아침부터 동지들과 안국동 선학원에 모여 한글 학회 부흥을 의논하고, 재건 총회를 열어, 체제를 갖추고 해방된 새 나라의 국어 건설에 힘을 기울였다. 왜경에게 몰수되어 간 데 모르게 된 《큰사전》 원고를 사회의 협력으로 겨우 찾아, 다시 손질하여 첫째 권을 찍어 내고, 미국의 록펠러 재단의 원조를 얻고, 다시 얻어, 그 여섯 책의 간행을 완성하였다. 해방으로 출옥한 일, 잃었던 사전 원고를 도로 찾은 일, 사전 간행을 그 편찬 시작으로부터 28년 만에 완성한 일 등은 특히 잊을 수 없는 영구한 기쁨이 아닐 수 없다.

해방 이래, 나는 한글 학회의 한 이로서, 혹은 국어 교과서를 지어 군정청 문교부에 제공하고, 혹 중앙청 각 부에 돌아다니면서 한글을 가르치고, 초·중등 학교의 교사들을 모아서 한글 강습회를 차리고, 한편 '한글 문화 보급회'의 주최로 여러 차례 한글 강좌를 맡아 하였고, 틈틈이 지방 주최의 한글 강습회에 출강하기도 하였다.

나는 해방 그 해 9월 하순에 미 군정청 편수국장에 취임하여 군정 끝날 때까지 한 3년 동안에 최대의 정성과 부지런을 피워, 자유민 교육의 기본이 되는 교과서를 편찬하는 일을 지도하여, 교과서에서의 한글만 쓰기, 글줄만이나마 가로줄로 하기를 이뤄 내었다. 1950년 6·25 동란으로 모든 교과서가 형적을 감추게 됨을 보고, 다시 편수국장의 직을 맡아 찬 3년 동안에 또 한 번의 교과서 편찬의 완성을 하여 놓고는 물러나왔다.

'한글만 쓰기'는 우리 겨레의 지적·문화적 향상, 나라의 경제적·정치적 발전의 기초가 되는, 가장 근본스런 중대사이다. 제헌 국회의원의 동지의 적극적인 협력을 입어, 드디어 1948년 한글날에 '한글 전용법'이 국회의 통과를 보게 되었다. 그 뒤에도 끊임없는 충절이 있어 아직도 이 법령의 완전한 실시를 보지 못하고 있음은 광복된 조국의 영구한 발전을 위하여 통탄함을 금할 수 없는 심정에 싸여 있다.

나의 겨레 사랑, 나라 사랑에서 우러나는 한글 투쟁은 아직도 전도가 가맣다. 하느님의 창조의 활동이 다함이 없음과 같이, 나의 한글 투쟁의 활동도 다함이 없다. 남은 살이를 한결로 여기에 바치어 숨질 때가 오면 뒷사람에게 사양하고 가고자 한다. (1965. 6. 24.)

-〈공군〉(1965. 4.)-

나의 인생과 나의 학문

나는 선천적으로 퍽 약하게 태어났다. 어려서 어머니나 누나의 등에 업혀 나가면, 바람이 분다고 치마로 머리를 덮어 씌워 달라고 하기가 일쑤였다 한다. 서당에서 한문을 공부할 적에 선생은 나에게 글을 조금씩밖에 가르쳐 주지 아니하였다. 그것은 나의 기질이 약하기 때문에 많이 가르쳐서 공부의 부담을 과중하게 함은 신체에 해롭다고 생각한 때문이었다(오늘날 어린이들을 몹시도 시다루는 초등 교원들의 반교육적 심정을 돌아보라). 서울로 올라와서 중등 학교를 다닐 적에 남 아니하는 각기병으로 언제나 의사와 약과 친하였고, 일본의 히로시마 고등 사범 학교에 다닐 적에는 한 2년 동안은 항상 고독과 함께 약병과 친하였다. 이삼 년 전에 탈장 수술을 받은 일이 있었는데, 그 담당 의사는 나에게 대하여, 「선생은 두뇌의 힘으로 살아 왔고, 신체의 힘으론 살아 오지 않았다」고 말하였다.

이와 같이, 잔약한 천품을 가지고도 '고희'의 나이를 지나도록 살았고, 또 약간의 학문의 성취도 없지 아니하니, 이야말로 나의 사람 살이의 합리성, 조심성의 소치라 할는지? 더구나, 나는 가장 격동하는 세파에 유달리 많이 시달렸다. 일제 시대에 두 차례나 왜경에게 검거되어 갖은 학대와 온갖 악형을 당하여 기질하기 수차이었으며, 기한에 떨기를 찬 3년이나 하였다. 6·25 동란 때에는 아닌 밤중에 공산군의 총검 앞에 서기 두 번이나 하였고, 피란 생활에 고생이 적지 않았다.

어버이에게서 타고난 몸이 저렇듯 잔약하였고, 거친 세파에 시달림이 또한 이렇듯 자심하였음을 생각하고, 고희가 넘도록 아직 성한 몸을 지니고서 무도한 세력과 다투어 가는 용기를 잃지 않고 있음을 생각하면, 이는 오로지 하느님이 돌봐 주신 은혜의 소치임을 깨닫고 감사의 충정을 품는 동시에, 남은 살이(生)도 마저 나라와 겨레의 문화와 번영의 터전을 닦기 위하여 바치려는 굳은 뜻을 스스로 다짐하지 아니할 수 없는 바이다.

나는 융희 말년에 관립 한성 고등 학교에 입학하였다. 그 뜻은 당시 관립 학교만이 일본 유학의 기회를 주는 일이 있었기 때문이다. 그러나, 입학하던 그해 따라 나라는 망하고, 학교는 일인이 주관하는 학교로 완전히 변모되었다. 나는 일인의 교육에 만족하지 아니하고, 따로 사립 학교의 학우들과 함께 주 시경 스승의 일요 강습소인 조선어 강습원에 다니면서, 열심으로 국어를 공부함과 함께, 주 스승의 한글 사랑과 나라사랑의 정신을 배웠다.

중학 4년에 오르자, 일곱 살 적부터 나를 혼자서 길러 주신 어머니를 마저 잃고, 나 스스로도 병을 얻어, 일 년 동안 시골집에서 쉬었다. 이듬해에 나는 다시 학업을 계속하여 졸업하고, 또 뜻밖에 단 한 사람의 일본 유학생으로 뽑히어 히로시마 고등 사범 학교에 입학을 얻었다. 나는 문과를 다니면서 교육학을 나의 정구 과목(精究科目)으로 선택하였다. 겨레의 혁신과 사회의 개조에 교육이 그 가장 근본스런 수단이라 생각하였기 때문이다.

나는 고등 사범을 마치고는 조선 총독부의 관리로서 저네들의 교육 정책의 노예가 되기를 꺼리어, 어떤 방법과 경로를 거쳐 관공립 학교의 복무 의무를 회피하고서, 사립 동래 고등 보통 학교의 교원이 되어, 말본을 연구 교수하면서 아이들의 민족 정신을 배양하였다. 나는 그간에 배일 사상 고취의 모함을 입기도 하였다. 사실은 이것이 처음이 아니었다. 히로시마 고사에 있을 적에도 이러한 모함을 받기도 하였음을 생각한다면, 나의 가는 길에 가끔 닥치는 함정에서 나를 건져 주는 '숨은 힘'이 따로 있었는가도 싶다.

동래 고보 2년간의 교원 생활은 나의 일생에서 가장 즐거운 기억의 대상이었지마는, 나는 그것에 만족할 수는 없었다. 나는 민족 사회의 개조를 위하여는 더 공부할 필요를 통감하고, 다시 일본 교오또 제국 대학 철학과에 공부하러 갔다. 사회 개조의 원리와 방법을 배우고자 나는 사회학 전공을 뜻하였었다.

그러나 나는 새판으로 사회학의 길로 들어가는 것이 한편으로는 언어학을 공부하는 나의 역량에 너무 겨운 염려를 하게 되어, 드디어 사회학 전공을 포기하고 히로시마서 4년간 공부해 온 교육학을 전공으로 계속하기로 결정하고, 교육학·심리학에 힘들이면서, 한편 언어학 공부를 항상 게을리 하지 않았다.

나는 특히 페스탈로찌의 교육 사상을 연구하였다. 나는 고국에 돌아가서는 조선의 페스탈로찌가 되고자 함이었다. 졸업 후에는 일본서 여기저기에 페스탈로찌의 강연에 초청되어, 그 교육 사상을 역설하기도 하였다. 그러나, 나는 다시 그 대학원에 입학하여 한 해 동안 공부하였다. 나는 이 동안에 「조선 민족 갱생의 도」란 논문을 기초하여, 이를 나의 십 년간 일본 유학의 선물로 가지고 고국으로 돌아왔다. 연희 전문 학교와 이화 여자 전문 학교에서 교편을 잡으면서 앞 적은 논문을 〈동아일보〉에 실어, 60여 회에 걸쳐 전국 유식인의 심혼을 환기시키었다. 민족 갱생의 길은 첫째 생기를 진작함에 있고, 둘째 이상을 세움에 있고, 세째 갱생의 확신을 가짐에 있고, 네째 끊임없이 노력함에 있음을 외치었다. 〈범에게 물려가도 정신만 차리면 산다〉는 우리 조상들의 끼친 속담이야말로 오늘 우리 자손들에게 무한한 진리와 용기를 주는 무형한 유산임을 정성껏 타일렀다.

나는 연희 전문 재직 13년간에 철학 개론, 서양 철학사, 논리학, 교육학, 심리학, 윤리학을 강의하면서 국어 말본의 연구 및 교수에 전력을 기울여, 찬 11년 만에 《우리말본》을 완성하였다. 원래 나는 한국의 페스탈로찌가 되고자 하는 포부를 가졌었으나, 당시 일제 악정 아래에서 모든 교육이 오로지 일인의 식민지 정책에 기대어 행해지고 있는 기막힌 현상에 있음을 몸겪은 나는, 교육학 연구 및 그 실천의 포부를 포기하고, 우리말 연구에 전력하기로 한 것이었다. 대저 교육학의 학리는 내가 아니라도 세계 어느 나라 사람이든지 그 천명한 진리는 전 인류를 사회에 통용할 수 있는 것임에 대하여 당시 우리말의 알뜰한 연구는 주 스승이 나에게 부탁하였고, 겨레의 말없는 요청이 나에게 있음을 판단하였기 때문이었다. 그래서 나는 우리말을 가르칠 뿐 아니라 인멸의 위기에 다다른 우리말, 우리글의 보급, 정리, 보존, 육성에 몸바쳐 힘썼다. 동시에 우리의 말글에 대한 관심과 사랑을 북치기에 갖은 애를 다하였다.

그 뒤에 「흥업 구락부 사건」으로 해서 나는 다른 동료들과 같이 왜경에 검거되어 악형과 학대를 받기 석 달 만에, 강제로 연전을 물러나는 사직서를 쓰고 놓여 나왔다.

1938년 당시는 일제가 전쟁 수행을 위하여 우리 겨레에게 대하여 극악의 착취와 혹사를 자행하는 터에, 겨레의 생활난은 극도에 달하였던 것이다. 그때의 실직은 생활상 큰 위협이 아닐 수 없다. 그러나 나는 의식에 대한 걱정은 조금도 하지 않고, 다만 배달말과 한글의 장래에 대한 근심만 부풀어 올랐다. 만약 전쟁이 일본의 승리로 돌아간다면, 오늘까지 우리가 쌓아올린 한글 연구는 그 흔적조차 알 수 없을 것인즉, 나는 오늘까지의 한글에 관한 지식을 책자로 남겨서 후손들에게 물려 주어야겠다고 생각했다. 그래서 3년간 전심 전력으로 그 짓기에 종사하여 한글의 역사와 이론의 체계적 서술인 《한글갈》을 완성 발표하였다.

《한글갈》을 발표한 지 두어 달 만에 나는 다른 동지들과 함께 왜경에게 검거되어, 3년간 함경남도의 옥에서 고초의 생활을 보내었다. 그러나 옥고가 아무리 극렬할지라도 나는 아까운 생명의 시간을 허송할 수는 없었다. 나는 옥중에서 30년 전부터 착수하여 끌고 오던 한글의 가로글씨의 연구를 재시작하였다. 종이 붓이 있음이 아니요, 또 글 읽고 글 쓰는 자유조차 없는 철창에서, 나는 낮에 앉아서는 손바닥에 그리고 밤에 누워서는 배 위에 그리어서, 드디어 가로글씨를 완성하였다. 나는 몸은 옥중에서 죽어 버릴지라도, 이 완성한 가로글씨체만은 어떻게 해서 세상에 내보내어, 길이 후손에게 전할까 하여 겪은 고심과 고통은 여기 이루 적을 겨를이 없다.

뒤에 알고 보니, 총살을 사흘 앞두고서 8·15의 해방이 옥문을 깨뜨렸다. 목숨과 가로글씨를 함께 지니고서, 나는 동지 서이와 같이 옥문을 나와 자유의 사람이 되었다.

「아아, 새 천지가 눈앞에 펼쳐졌다」 나는 만사를 제쳐 놓고, 미 군정청 문교부에 들어가서 자유민 교육의 교과서 편찬에 3년간 심혈을 기울였다. 그리하여 망국의 글자, 한자 폐지와 흥국의 근본 한글 전용의 한길을 열치었다. 그러고 물러나와 한글 학회의 일을 보다가, 6·25 동란으로 기성 교과서가 전연 오류에 돌아갔음을 만회하고자, 다시 문교부 편수국장의 직을 맡아 찬 세 해 동안 국정 교과서의 재정비에 국궁 진췌하였다. 그리고 나서 나는 다시 옛날 정든 학원 연희 대학으로 돌아가아 국어 교육에 힘쓰게 되었다.

해방 이래 나는 실무에 종사하면서, 《글자의 혁명》, 《민주주의와 국민 도덕》, 《참된 해방(미간)》, 《나라사랑의 길》, 《나라건지는 교육》, 《한글 가로글씨 독본》들을 지었다.

나는 70을 살면서 학문하였다. 나는 학문을 학문을 위하여 한 것이 아니요, 살음(「사람」과 통한다)을 위하여 하였다. 나는 우리 말글을 연구하였다.

그런데 국어 연구는 다만 국어를 위한 연구가 아니요, 국민을 위한 겨레의 생존 번영을 위한 연구이다. 국어의 연구 및 발전을 위한 학문적 노력은 온전히 나라와 겨레의 장래에 바치는 나의 생명의 댓가이다. 이는 나의 지음(저서)을 통하여 밝게 드러나 있다고 생각한다.

나는 아직 살아간다. 살아 있는 동안엔 나의 나라와 겨레를 위한 국어학의 연구는 끊칠 수는 없다. 나는 이제 《우리말본》의 근거를 풀이하는 이론을 한 권의 책으로 남기겠다는 과제를 가지고 있다.

-〈현대문학〉 1965년 7월호-

한글을 위한 수난과 투쟁

나는 1945년 8월 15일, 해방의 종소리를 함흥 감옥에서 맞이하고서 총살 사흘을 앞두고서 3년의 포박에서 풀려 나옴을 얻었다. 기막히게 붐비는 해방 열차를 타고 서울에 닿은 것은 8월 19일 저녁 9시쯤이었다. 인력거를 타고 독립문 근처 행촌동 우리 집으로 돌아오니 식구들이 다 근근히 목숨을 부지하고 살고 있었다. 나는 나의 공부방에 들어가서, 내가 이 세상에 전하지 못하고 죽어 버릴까봐 두 해 넘어 고심 참담하던 3년 옥살이에서 완성한 나의 한글 가로글씨를 종이에다가 정서해 놓고서야 비로소 안심하고서, 식구들과 해방의 기쁨을 나누고 편안한 잠에 들었다.

그 이튿날 아침에 조반을 먹고 나서는, 아들의 부축을 받으면서 안국동 불교의 선학원으로 가서, 한글 동지 4, 5명과 한글 학회 재건에 관한 의논들을 하였다. 마당에는 연방 공중의 비행기로부터 비라가 떨어졌다. 미군의 비행기가 편대를 지어 날아 들고 있었다.

그 다음날에는 화동의 조선어 학회 회관에 모였다가 안국동 예배당에서 조선어 학회(한글 학회의 전 이름)의 재건 총회를 열었다. 이때 만주와 중국 본토에서 돌아온 군인들이 와서 교련에 긴급히 소용되는 교련 용어를 지어 달라고 했다. 우리는 일본식 용어 '기착(氣着)'이 이미 우리말로 되었으니 그대로 쓰자는 일부의 주장을 꺾고서 '차려'를 쓰도록 결정하였다. 물론 그 밖의 낱말들도 지어 주었다.

이 총회에서 학회의 새 임원을 뽑아 그 맡을 바를 정하고, 자유 세계에서의 한글 운동의 앞날에 대한 계획들을 의논하였다. 화동의 회관 바로 앞의 윤 보선님의 집과 안국동 풍문 여자 중학교에서는 정치인들이 여러 모양으로 분주히 오가고 또 모이고 하였다. 우리는 해방된 겨레, 도로 찾은 한배 나라를 섬길 길은 우리 말글을 펴고 가르쳐 더욱 그 광휘를 빛나게 함에 있다고 생각하였다.

한글 학회 회원 33인이 감옥에 끌려 가게 된 죄상의 증거물로 되었던 《큰 사전》 원고지가 어디로 갔는지 그 행방이 불명하여 회원은 물론이요, 사회 각 방면 사람들이 큰 걱정을 하다가, 수일 후에야 서울역 앞 운송 회사 창고 속에서 발견되어 모두들 기쁨과 안심을 나누었다.

이 모씨가 돌연히 학회의 회관을 기증한다는 바람에 우리 학회는 청진동 그의 소유의 이층집으로 옮기고, 한글 운동의 새로운 경륜을 베풀었다. 첫째, 한자 폐지, 한글 전용을 주장하였다. 좌파인 서울 대학교 예과 교수 최 아무개하고 한자 폐지회 조직을 논하다가, 그네들의 분열 심리 때문에 그 성립을 보지 못하고, 우리끼리로만 〈한글 전용 촉진회〉를 구성하여 각 도에 지부를 두고 그 운동을 전개하면서, 일면으론 젊은 동지로써 조직된 〈한글 보급회〉를 응원하여 끊임없이 한글 강습회를 차리어, 많은 사람들에게 한글 맞춤법과 한글 운동회 정신을 고취하였다.

한글 가로글씨 연구회를 종로 국민 학교에서 모으니, 회중이 300명에 달하였다. 이 자리에 모인 각 연구자로부터 자기의 가로글씨 안이 제출되고, 그것이 그 회에서 뽑힌 9명 가량의 심사 위원들의 신중한 심사를 거쳐, 내가 3년 동안 옥중에서 계속 연구하여 수십 년만에 완성한 나의 가로글씨 체제가 채택되었다. 나는 얼마 뒤에 한자 폐지론과 가로글씨론을 엮어 《글자의 혁명》이란 단행본을 간행하였다.

나는 해방되던 해 9월에 미 군정청 문교부 편수국장으로의 초청을 수락하여, 군정이 끝날 때까지 그 임무를 행하였다. 그때 군정청 월급이란 온 식구가 하루에 국수 세 끼니도 먹을 수 없을 만큼 박하였다. 그렇지만, 나뿐 아니라 누구나 다 보수의 적음을 탓할 겨를도 없이, 오직 모든 새로운 나라 경륜에 바빴다. 본시 가산이 넉넉한 사람이 아니면, 논밭이나 가재를 팔아 가면서도 이 새 나라 창건의 일에 몰아쳐 일함을 무쌍의 영광으로 여기었던 것이다. 36년 만에 나라를 도로 찾았으니, 조국을 되세우기에 몸바쳐 일하는 것은 최상의 영광이 아닐 수 없었다.

당시 우리 사회 지도층의 사람 70여 명으로 구성된 조선 교육 심의회의 교과서 분과 위원장으로서 나는 한 열 명의 위원들과 열성으로 연구 토의하여 드디어 한글만 쓰기로써 교과서를 꾸미기로 하되, 글을 가로줄로 하기로 결정하고 드디어 전체 회의에서의 통과를 보았다. 그 분과 위원들에는 조 진만, 피 천득 같은 철저한 한자 폐지 이론가가 많았고, 가로글씨 의논에서는 이 태규, 조 병욱, 박 만규 같은 과학자들이 있었기 때문에, 이 일이 올바로 결정되기에 큰 힘이 되었음은 다행한 일이었다.

36년의 암흑을 깨뜨린 첫 새벽이라, 아직 아무런 교과서도 없었다. 이에 한글 학회는 학교뿐 아니라 일반 국민의 교과서로서 《한글 첫걸음》 한 책을 지어 자유 국민 교육의 맨 첫째 교재로서 문교부에 제공하여 수백만 부를 찍어 내어 어른, 어린이 할 것 없이 널리 사용케 해서 잃어버렸던 어미말을 깨우치기에 큰 공을 쌓았다. 한글 학회는 또 《중등 국어 독본》 상하 두 권을 엮어 문교부에 바치어, 중등 교육에 힘을 보태었다. 내가 이러한 한글 학회의 일들에 직접 참예한 것은 물론이다. 학회는 전후 세 권의 교과서를 편찬 제공하였으나, 그 원고에 대한 보상은 1전도 받은 일이 없었다. 오직 기쁨으로 해방된 겨레에게 바쳤을 뿐이다.

편수국장으로서 국민 학교의 각 과목 교과서를 담당할 적임자를 선정하기와 그 편찬의 지도에 날마다 날마다 바쁜 시간을 보내는 중에도, 중앙청 안의 여기저기의 회의실과 중앙청 문 밖 광화문 거리의 체신부 등지에서 한글 강연을 하기도 하고, 서울에서 사설 또 관설의 강습회에서 한글 또는 교육에 관계된 강연을 하기도 하고, 어떤 때에는 지방에 출장하여 강연도 여러 곳에서 하기도 하였다.

나는 옥고의 여독으로 다리가 불편하였다. 미군인 라카아드 학무국장은 고맙게도 나에게 자동차를 빌려 주어서 매일 병원에 가서 치료를 받게 하여 주었다.

나는 사흘만 지났더면 왜인의 총알에 쓰러졌을 몸이 해방의 덕택으로 목숨을 건졌다. 8·15 해방으로부터의 나의 목숨은 덤으로 사는지라, 나는 이 덤으로 사는 목숨을 분골쇄신 나라와 겨레에 바치기로 작정하였다. 필동 관사에서, 어떤 철에는 아침엔 별을 이고 나가고, 저녁엔 달을 띠고 돌아오는 것이었다. 재임 3년 동안에 사무실에서 신문 한 장 읽은 일이 없이 오로지 교과서 편찬 사무에 관한 소임에 충성을 다하기에 여념이 없었다. 군정 3년 동안에 문교부 직원으로서 제주도 한 번 안 간 이가 오직 나 하나뿐이었으며, 조선 교육 심의회가 오랜 동안 그 임무를 다 마치고 경기 여고에서 모두 모여 기념 사진을 찍을 적에도, 나도 참예해야겠다고 생각하면서도 끝내 참석하지 못한 안타까움이 아직도 나의 기억에 남아 있다. 참, 잊었다. 나는 나의 책상에 앉아서 하는 일이 또 하나 있었다. 그것은 해방의 기쁨을 안고 새 나라 교육의 형편을 알고자, 나를 찾아 오는 수많은 사람들을 만나서 그네들의 알고 싶은 바를 일러 주며, 또는 이 편의 소견을 이야기하는 일이었다.

군정이 끝나고 대한민국 정부가 서자, 나는 국민 학교 교과서 한 벌의 완성으로써 편수국을 물러나와서 한글 학회에서 일을 보았다. 청진동 회관에서 쫓겨 나와 을지로 1가에 적산집을 하나 빌어, 전 거주자들에게 별 봉변을 당하고서 겨우 그 집에 들어, 상당한 개축 수리를 하여 겨우 학회 활동의 터전을 닦고, 전자부터 경영해 오던 중등 국어 교사 양성소를 계속 운영하게 되자, 또 액운이 닥쳐왔으니, 그것은 곧 6·25 동란이었다. 처음에는 학회에 오락가락하면서 지나다가, 범의 아가리에 들어가게쯤 되었다가 용감히 기지를 부려 이에서 벗어나와 목숨을 구하였다. 시방 생각하면 참 아슬아슬한 일이다. 그러나, 한 친지는 그만 가 버렸다. 슬픈 일이다.

그러나 석 달 동안에 숨어 살아나느라고 참 고생도 많이 하였다. 그런 이야기는 도저히 여기에 다 적을 수 없다. 9·28 수복 후에 알아보니 학회의 회관은 폭격에 날아가 버렸고, 그 장서는 대부분 인민군의 손으로 동소문 고개 누구 집에 운반 장치되었고, 그 나머지는 사방에 흩어져 있었다. 우리는 화동의 옛 회관에 모이어서 《큰 사전》의 부본을 만들기에 최대의 노력을 하였다. 이듬해 벽두에는 또 모두 후퇴를 하지 않으면 안 되게 되었다. 그래서 사전 원본은 유 제한님에게 부탁하여 천안군에 가져다가 감춰 두고, 부본은 내가 부산으로 가져가서 추월영 회원의 호의로 무난히 보존되었다.

첫번의 공산군 침입 때에 서울서 머무르다가 너무도 많은 위험과 고생을 겪었기 때문에, 그 둘째 번 침입에 대하여는 일찌감치 세전에 대부분의 식구들을 거느리고 트럭으로 설중 고행을 해서 부산으로 갔다. 나는 다시 제주도로 가려던 참에 뜻밖에 이 승만 대통령의 부름을 입어, 아주 없어진 국민 학교 교과서를 다시 만들어 달라는 부탁을 받고 재차 문교부 편수국장이 되었다. 문교부는 부산 시청을 빌어 쓰게 되었으나 편수국 자리는 없었다. 경남 중학교 근방 〈묘심사〉란 절의 한 간을 빌어, 편수관 두 사람하고 헌 책상에 잉크와 철필을 차리고서 편수 사무를 시작하여, 한두 해 사이에 제법 사무진이 째어서 피란의 사생활이 어려운데에, 또 엎어진 물을 되담기에 모두들 고심이 자심했다.

이 시기에 국정 교과서를 내는 문교 서적 회사의 원조를 얻어, 「우리말 말 수 사용의 잦기 조사」 및 「우리말에 쓰인 글자의 잦기 조사」를 시작 진행하여, 서울 수복 후 나는 또 한 3년의 근로로써 다시 교과서 한 벌을 꾸미고서 직무를 버리고 나왔으나, 그 조사의 정리는 계속 진행하여 그 뒷 것은 1955년 6월에, 앞 것은 1956년 12월에 문교부에서 간행 발표하여, 우리 겨레의 말씨 및 글자 생활에 관한 최초의 과학적 조사 통계를 냄으로써 한글 기계화의 합리화에 대한 과학적 기초를 제공함이 되었다.

1953년 늦봄 서울 복귀 후에 나는 문교부에 있으면서, 한글 학회 재단의 농지 증권으로 귀속 재산 건물 하나를 사려고(형식상으론 우선권이 있었던 것임) 서울 귀속 재산 관리처의 문턱이 닳도록 드나들었건마는 원래 재산이 많지 못할뿐더러, 가욋 돈 쓸 줄조차 모르는 한글 학회에는 끝내 한 집도 돌아오지 않고 말았다. 그 간의 별별 더러운 꼬락서니, 피지 못하는 한글 학회의 비운, 울분과 탄식들은 이루 여기에 다 적을 수 없다. 더구나 공산군의 첫번 침입을 격퇴하느라고, 그 폭격에 타버린 학회의 회관의 터나마 확보하려고 진작부터 애써서 그 절차를 밟아 갔었으나 그것조차 점거한 지상물의 소실로 말미암아, 그 권리를 아주 상실할 수밖에 없게 되어 회관은 영영 잃어버리고 말았다. 공산군 첫번 침입의 격퇴에 즈음하여, 나는 사사로는 내가 지어 20여 년이나 살던 집(당시는 큰아들이 살았음)을 그 가재와 함께 완전 소실하고, 공적으로는 학회 회관을 태워 버렸으며, 둘째 번 침입으로 인하여 《큰 사전》 인쇄용으로 종이 따위 4만 5천 달라 어치의 물자를 미국의 록펠러 재단으로부터 기증받아 영등포 미창 창고에 보관시켜 두었던 것을 말끔히 도둑맞고 말아, 한글 학회는 기진맥진 비운에 빠지고 말았다.

더구나 부산에서는 한글 맞춤법을 옛 성경식 맞춤으로 돌리라는 시대 역행의, 학문의 진보를 부인하는 이 승만씨의 엉뚱한 명령으로 인하여 우리 한글 동지뿐 아니라 일반 국민의 놀람과 의구, 분개와 반항을 크게 일으켰었다. 그뿐 아니라 이 승만 대통령은 은근히 《큰 사전》 인쇄의 완성을 위한 록펠러 재단의 원조를 거부 방해하였다. 또 미인 중에는 먼저는 국정 교과서의 인쇄를, 다음에는 《큰 사전》의 인쇄를 일본에 가져다가 하는 것을 권하는 일도 있었다. 나는 이 두 가지를 다 거부하고서, 기어코 사전 간행 물자 36,400 달라어치 원조를 얻기에 성공하였다. 그래서, 서울 수복 뒤에는, 한글 학회는 사전 간행을 열심으로 추진시켜서, 1957년 한글날 기념식에서 《큰 사전》 완성을 발표하였다. 돌아보건대, 1929년 한글날에 사회 인사 백여 명이 사전 편찬회를 발기한 때로부터 28년의 세월이 지나갔으며, 그 간에 이 사전 편찬 간행이 주요한 원인이 되어, 옥중에서 고초와 기한에 목숨을 잃은 이가 이 윤재, 한 징이요, 난중에 교정에 종사하다가 순직한 이가 정 태진이요, 공산 침입자에 끌려가서 목숨을 잃은 이가 이 중화이다. 그뿐 아니라, 발기 당시부터 상임 위원으로 선정된 다섯 분 중에 둘이(이 중원, 신 명균)는 저승으로 가 버렸고, 둘이(안 재홍, 이 ××)는 이북으로 끌려가고 넘어가서 여기 있지 아니하고, 오직 나 하나만이 남아 있어 유종의 미를 거두게 된 것이다. 그날 그 마당의 나의 감회와 기쁨은 형언할 수 없는 바가 있었다. 이 배달 겨레의 반만년 역사에서 처음으로 이뤄진 이 제 겨렛말 사전 사업의 완성에서 편찬 사무상 가장 유공한 이는 위에 적은 희생자 이 윤재, 한 징, 이 중화 세 분이요, 해방 전부터 끝까지 간난고초를 겪으면서 각고 면려한 이는 정 인승, 권 승욱 두 분이요, 또 이밖에 해방 전과 후에 많은 협력을 한 분들이다.

한글 학회는 록펠러 재단과의 약속에 따라, 그 원조 물자 값의 반액은 독자를 위하여 쓰고(책값에서 감하고), 반액은 학회의 회관을 마련하여 현재까지 사용하고 있다. 이 회관은 실로 《큰 사전》 간행을 위하여 거액의 물자 원조를 두 번이나 해 준 미국 록펠러 재단에 대한 감사의 기념관이요, 또 동시에 이 사전 때문에 목숨을 잃은 동지 여러분의 기념관이기도 하다. 그러나, 그 건물이 반세기가 훨씬 지난 일본식 목조 이층집이어서, 그 낡고 헐음이 보기에도 흉하거니와 그 속에서 일하기에는 불편과 위험이 적지 않다. 그러나, 그 위치가 매우 좋기 때문에 이 집을 팔라는 사람은 성가실 정도로 많다.

일제에 항쟁하여 제 말글을 보존 정리한 문화적 공적을 가리어서 얼굴도 못 본 외국인이 두 차례나 거액의 원조를 해 준 결과로 생긴 학회의 회관 집이 헐어서 말 못하게 된 것을 본 우리 나라 재산가들은, 우리가 그 집 하나도 유지 못하고서 팔아 먹기를 고대하고 있는 셈이다. 만약 이 건물이 무너져서 여기서 일하는 우리들이 목숨을 잃게 된다면,

「그렇지! 이제는 저희들이 팔 수밖에 없겠지!」하면서 헐직하게 사 보자꾸나 하고 덤벼들 것이 뻔하다. 그렇지만 우리는 이 두 겹 세 겹

의 기념관을 팔아 던지지는 않겠다. 정 다시 짓지 못한다면 우리는 그 집 속에서 쓰러진 천장과 기왓장을 덮고 죽는 한이 있더라도 귀중히 지켜 가려고 한다. 한글 학회는 한글과 마찬가지로 액운과 가난을 운명적으로 타고 난 존재이다. 우리는 이 운명을 달게 여기고서 갖은 고난을 견디고 참고 가면서 배달 겨레에게 꺼지지 않을 등불을 끼쳐 주고자 할 따름이다.

부산서 발작한 '한글 파동'은 1953년 서울 수복 후에 더욱 험악해 갔다. 이 승만 대통령은 새 맞춤법을 구식 성경식 맞춤법으로 되돌리는 기수로서 새 문교 장관을 뽑아 그 수행을 독려하였다. 우리도 투쟁을 벌였다. 한글 학회 임시 총회에서는

〈대한민국의 민주적 발전을 위하여, 학문의 자유를 위하여, 민족 문화의 자유 발전을 위하여 본 학회는 극력 반대한다〉

고 반대 성명서를 발표하고, 또 여러 곳에서 새 맞춤법 철폐의 불가함을 울리는 강연 또는 토론회가 있어, 국회 및 사회 인사의 적극적인 지지를 얻어, 드디어 이 승만 대통령도 대세와 진리성을 인정하게 되었고, 일제에 항거하여 온 겨레의 문화 공탑은 다행히 온전함을 얻었다.

나는 1954년 4월에 내가 옥중에서 3년 동안 꿈속에서만 책가방을 들고 다니던 정든 옛 가르침의 터 연희 학원으로 돌아가서, 다시 《우리말본》과 《한글갈》들을 가르치는 기쁨을 가졌던 것이다. 그러나 기쁨과 즐거움이 따로 있는 것이 아니매, 슬픔과 괴로움도 또한 많았다. 1960년 말에는 전후 23년간(공직으론 26년간) 나의 정열을 쏟아대던 연희 학원을 물러났다.

나의 관심은 언제나 겨레의 운명에 기울어졌다. 자유당의 부패 정

치로 광복된 한배 나라의 기초가 흔들림을 걱정하여 《나라사랑의 길》을 지어 나라 흥망의 근본 원리와 우리의 나아갈 길을 밝히었고, 또 당시 교육계조차 그 부패가 극심함을 통탄하여 이를 바로잡고자 《나라건지는 교육》을 지어내어, 교육자들의 심혼에 경종을 울리었다.

나의 한글 운동 경력에서 가장 비통한 사건은 한글의 순화와 발전을 위하여 생을 바치고 있는 우리 동지들이 그 학문적인 주장의 차이로 인하여 하나로 뭉치지 못하고 여러 갈래로 갈라져서 일함으로써 목적하는 일이 제대로 안 될 뿐 아니라, 일반 국민에게도 빈축을 사고 있는 일이다. 그러나 가까운 장래에 한데 단합이 되어 일함으로써 좋은 결실을 맺게 될 줄로 믿는다.

이러한 일을 하는 한편 내가 힘써 온 일은 말본의 용어와 이해하기 어려운 한자식 말을 쉬운 우리말로 고치는 것과 한글 가로쓰기, 한글만 쓰기 운동이었다. 그 동안 구구한 세평이 있었지만, 애쓴 보람이 있어 1967년 11월에 박 정희 대통령의 한글 전용의 계단식 실시의 지시가 국무총리에게 내리어 정부는 이를 추진하는 중에 있다가, 1968년 10월 한글날을 즈음하여 한글 전용을 실시할 것을 대통령 담화로 발표하기에 이른 것은 무엇보다도 기쁘고 다행한 일이다. 이제 대한민국은 밝고 푸진 한글의 나라로서 세계에 그 광휘를 빛낼 수 있게 되었으니 배달 겨레의 역사에서 가장 영광스런 시대를 맞이하게 되었다. 나는 앞날의 광명을 바라보면서 즐거이 우리 말글의 연구 및 정리에 분망하고 있다.

한 겨레 한 마음으로 한데 뭉치어
힘차게 일어나는 건설의 일군

바른 길 환한 길로 달려 나가자
희망이 앞에 있다 한글 나라에

배달 말, 배달 글은 우리 겨레에게 가장 쉽고 편리한 훌륭한 것이다. 이 말글이 온전히 쓰여짐으로써 사람의 마음이 밝아지고, 사회가 밝아지고 나라가 피어날 것이다. 이것이 나의 철석 같은 믿음이다.

한글 학회의 《큰 사전》은 28년의 세월을 거쳐 겨우 완성되기는 하였지만, 워낙 압박과 빈곤 속에서 사적 또는 공적으로 부닥치는 악조건과 싸우면서 해낸 것이기 때문에 거기에는 혹은 준보기의 그르침으로 혹은 참고 자료의 모자람으로 혹은 생각과 손질의 못 미침 따위로 많은 틀림과 부족이 없을 수 없음은 필연의 사세이다. 그런데 《큰 사전》이 한번 나온 뒤로 이에 따라 크고 작은 국어 사전들이 우후죽순처럼 솟아나와 20가지를 넘게 되었다. 물론 이 뒤따른 사전들에는 다소의 증보와 수정이 있기는 하지만 대부분이 《큰 사전》의 틀림을 그대로 답습하였음을 볼 때에 우리는 겨레에게 송구스러움을 금할 수 없으며, 또 체제 등에서도 개선한 점이 별로 없음을 볼 때에 한심스럽기도 하다. 이에 한글 학회는 《큰 사전》의 수정 증보의 계획을 세우고 내가 그 책임을 맡기로 하여 정부의 원조로써 1967년부터 십여 명의 사전부 직원들과 함께 나날이 그 낡은 적발을 개선함으로써 우리 나라 사전 문화를 한층 높은 수준으로 올리고자 정력을 기울이고 있다.

나로 하여금 맞춤법 통일안 완성에 한 번의 결석도 없이 충성을 다할 수 있게 하시고, 또 일경의 악독한 고문을 받고 겨울이면 영하 25도의 감방에서 건강을 유지할 수 있게 하시고, 그뿐 아니라 총살 사흘 전에 목숨을 건져 주시고, 어릴 적부터 병약체로서 일흔을 지나 여든 고개에까지 올라서게 보호하여 주선 하느님께서 나의 이 최후의 겨레에의 섬김의 사업이 무사히 끝마칠 수 있게 도와 주실 줄을 믿고, 나는 해가 서산에 걸린 것도 모르고 기쁜 마음으로 일하며 살아 간다.

-〈나는 이렇게 산다〉(1970) -

둘째 가름

겨레의 길

기질론(氣質論)

〈1〉

대체 우리 사람의 성미가 여러 가지가 있는 것은 누구나 다 아는 바이다.

이제 골내는 것 한 가지를 가지고 볼지라도, 어떤 사람은 좀처럼 골내지 아니하며, 어떤 이는 까딱하면 골을 내는 이도 있다. 또 골을 내기는 잘 하지마는 금시로 풀리는 이도 있으며, 골을 좀처럼 내지는 아니하지마는 한번 내어 놓으면 여간해서 풀리지 아니하는 이도 있다. 또, 골이 나면 저 혼자 꽁꽁 하는 이도 있고, 그만 곁엣사람을 못 견디게 야단 법석을 내는 이도 있다.

또, 겉으로는 큰 골을 낸 듯이 떠들지마는 실상은 그리 골내지 아니한 이도 있고, 겉으로 한번 뾸족하면 속속들이 골을 낸 이도 있다. 이와 같이 그 골내는 모양이 여러 가지로 다른 것은 모두 그 사람사람의 기질이 각각 같지 아니한 때문이다. 이 기질에 대하여 좀 말을 하고자 하나, 나의 본 바와 생각한 바가 적고 얕으니까 충분한 말을 할 수도 없겠으나, 더구나 지수(紙數)의 제한을 받는 때문에 더욱 불충분한 말이 될 것 같다. 그렇지마는 이것이 독자의 일상 수양상, 사교상 또는 자녀의 교육상에 다소의 조익(助益)이 됨이 없지 아니할 줄을 믿는고로 적고자 하는 바다.

〈2〉

기질 즉 'Temperament'의 어원은 라틴말 'Tempero'에서 나온 것이요, 라틴의 'Tempero'는 그리이스말 'Klaris'의 역(譯)이니, 'Kraris'는 '혼합'의 뜻이다.

이제 잠깐 기질론의 역사를 별견(瞥見)하자.

서력 기원 5세기경에 희랍의 대의(大醫) 히포크라테스가 창도(唱導)하고, 기원 2세기의 로마의 명의(名醫) 가아렌이 조술(祖述)한 기질론은 사람의 기질을 네 가지의 유형에 나누어, 다혈질·흑담질(黑膽質; 神經質, 憂鬱質)·점액질(粘液質)·담즙질(膽汁質)로 하였다. 이는 그 당시의 생리설에 기인한 구별인데, 그 설에 의하면 인체 내에는 혈액·점액·흑담즙(黑膽汁)·황담즙(黃膽汁)의 이 네 가지의 액체가 있는데, 혈액은 사람을 쾌활하게, 점액은 냉담하게, 흑담즙은 우울하게, 황담즙은 성내기 쉽게 하는 성질을 가지었다.

그런데 사람을 따라서 그 혼합의 분수가 서로 다르다. 그 가운데에 어느 것이든지 하나가 많음을 따라서 위의 말한 네 가지 기질의 구별이 생기는 것이라 한다. 그러므로 '혼합'이란 말로써 기질을 뜻하게 된 것이다. 이 설(說)의 생리적 근거는 물론 근세 과학과 일치되지 아니하지마는, 사람의 기질을 네 가지로 나눈 것은 실로 풍부한 경험과 주도한 관찰에서 나온 것인고로 이래 후세의 학자가 새 분류를 하지 아니하고, 다만 이 분류에 과학적 기초를 주어 합리적 설명을 하려 하였을 따름이니, 2천 수백 년 후 오늘날에서도 그냥 채용한다.

철학자 칸트(18세기)도 기질은 사람의 신체적 및 정신적 성질의 혼합한 상태이라 하였다. 그리하여 기질을 감정성의 것과 활동성의 것, 흥분성의 것과 이완성(弛緩性)의 것으로 가리어 다음과 같이 말하였다.

	감 정 성	활 동 성
흥 분 성(생활력의)	다 혈 질	담 즙 질
이 완 성	흑 담 질	점 액 질

유명한 심리학자 분트(19세기)는 그의 명저 《생리적 심리학》에서 말하기를, 사람의 지·정·의에 각각 특유의 소질이 있는데, 지의 소질은 재능이요, 의지의 소질은 품성이요, 정의 소질은 기질이라 하였다. 즉, 분트는 기질로서 감동적 소질(Affek Tanlage)이라 하였다. 그리하여 씨(氏)는 감동의 정도의 강약과 그 변화의 지속(遲速)을 따라서 다음과 같이 4종의 기질을 분(分)하였다.

	강	약
속 (速)	담 즙 질	다 혈 질
지 (遲)	흑 담 질	점 액 질

즉, 감동 변화의 속(速)함은 담즙질과 다혈질이 한가지이지마는, 전자는 강하고 후자는 약하며, 감동 변화의 지(遲)함은 흑담질과 점액질이 한가지이지마는 흑담질은 그 정도가 강하고 점액질은 약하니라.

〈 3 〉

위에 아주 대강 기질론의 사적(史的) 관찰을 하였다. 이제 다시 기질이란 무엇인가를 생각해 보자.

기질은 각 개인의 신체 조직의 유전적 성질에 인하여 생(生)하는 선천적 심적 차이를 이름인데, 특히 감정적 방면을 중요시하는 말이다. 심리학자는 흔히 기질과 기분을 구별하나니, 기질은 영속적이요 기본적인 감정 경향임에 대하여, 기분은 비교적 일시적이요 변화적인 감동 상태이다.

또 각 개인의 심적 특질을 지칭하는 말에 성격(Charakter)이라는 것이 있나니, 금일의 보통의 의의에 의하면, 개인의 비교적 변화하기 쉬운 상태에 대하여 그 비교적 고정적 성질을 성격이라 하는 것이 저 경험 심리적 의의이다. 그런데 특히 의지의 방면을 중시하는 것이 성격이란 말의 특색이다.

즉, 성격은 선천적 품부(稟試)에 환경·교육·습관 등 후천적 요소가 참가하여 형성된 개인의 심적 특질이다. 이것이 저 선천적 감정적 방면을 중시하는 기질과 다른 점이다. 그러나 광의(廣義)의 성격은 기질을 지칭하는 수도 있나니, 칸트는 성격을 물리적 성격과 도의적 성격의 양자로 분(分)하여, 전자는 자연의 성향·기질 등을 의미하고, 후자는 자율적 의지의 구성한 성질을 의미하였다. 즉, 기질은 자연의 소산이요, 성격은 자유 의지의 소산이다.

〈 4 〉

그러면 2천여 년 전부터 희랍으로부터 오늘날까지 통용하는 다혈질·점액질·흑담질(신경질·우울질)·담즙질의 4종의 기질에 대하여 낱낱이 특징을 보고자 한다.

제1. 다혈질

이제 편의를 좇아 그 특징을 신체적, 심적, 행동적의 세 방면으로 나누어 보겠다.

(ㄱ) 신체적 특징

개언(槪言)하면 신체가 일견(一見)에 완강한 듯한 자가 있으나 혹은 위(胃)의 작용이 약하며, 혹은 심장의 고동이 부조화하여 신체의 어느 부분이든지 다소의 탈이 있는 자가 많다.

1. 체격이 유연(柔軟)하고 보조(步調)가 경(輕)하여 천성 날아다니는 것 같아서 조금도 침착의 맛이 없다.

2. 안색은 조금 붉은 빛을 띄고 안광은 맑고 밝으며 동자는 돌고 정함이 없다.

3. 신경의 감각력은 대단히 예민하다.

(ㄴ) 심적 특징

정신의 수납력(受納力)은 강대하지마는 반동력이 약하고 지속력이 적다.

1. 그의 감정은 대단히 예민하여 항상 쾌활하고 우울이 무엇임을 모른다. 조그마한 모욕도 장터에서 매나 맞은 듯이 열화같이 분노함.

2. 그의 감정은 다방면이나 얕아서 심후(深厚)치 못하매, 그 변화가 격급하여 금시 웃다가 금시 울며, 금시 울다가도 금시 웃는 수가 있음.

3. 그의 의지는 다방면으로 동(動)하지마는 심히 박약하여, 한 가지 일도 인내 관철의 역(力)이 없다. 무엇을 대단히 중요시하다가도 어느새 그만 폐리(敝履)같이 경시함.

4. 그의 상상은 활발하고 구성적이다. 관념 연합의 상규(常規)를 파(破)하여 기상이 흔히 천외(天外)에서 낙래(落來)하는 일이 있음.

5. 그의 지(知)는 산만 단편적이니, 각종의 지식을 구하지마는 깊이 확실히 상세히 연구하여 가는 힘이 적다.

6. 그의 사상은 심원하기보다 신기를 좋아하며, 교습상에는 힘써 신기한 것을 선택하려 한다.

7. 그 성적은 창가·도화·습자를 비롯하여 역사·문학 등과 같이 기억과 상상에 알리는 것이 좋고, 수학과 같은 추리에 알리는 것은 나쁘다.

(ㄷ) 행동상의 특징

그 행동은 경조 부박(輕佻浮薄)하여 착실 돈독의 맛이 적다.

1. 학교에서는 동무들 가운데에서 재미있는 이야기를 잘 하여 항상 득의양양하다.

2. 그의 말은 거짓과 상상에서 온 것이 많다. 도중에서 놀다가 학교에 늦게 오면 선생에게 대하여 집의 밥이 늦었다고 하기가 예사이다. 과실을 범하고 교사에게 물음을 받으면 이 핑계 저 핑계를 대이고 좀처럼 참말을 아니한다. 더구나 눈물을 흘려서 가엾음(哀)을 하소연하는 태도에 나간다. 교사가 이를 용서하면 그의 심기(心氣)가 일전하여 소안(笑顔)을 짓는 일이 없지 아니하다.

3. 희로애락을 안색에 나타내기를 제지하는 힘이 없는 것은 그의 특색이다.

4. 그는 결코 인색하지 아니하고 음식물을 시원스럽게 제 동무들에게 나누어 주고 조금도 아끼는 기색이 없다.

5. 그는 항상 쾌활하므로 재미있는 사람으로 사교계에 환영을 받지마는 흉금을 헤칠 만한 친고(親故)가 적다. 저 스스로 나아가 여러 사람하고 교제하지마는 영속하지 아니하는 결점을 가지었다. 그는 약속을 할 때에 그 이수(履守)의 가능 여부는 생각하지 아니한다.

6. 극히 동정에 풍부하다. 그러나 부인적(婦人的) 동정이기 때문에 안전(眼前)의 자극에 감동함이 강렬하고 원대한 이성적 동정이 결핍하다. 노상에서 불행인(不幸人)을 만나면 크게 가엾이 여기어 돈을 집어주기를 잘한다. 그러나 근검 역행하여 재물을 모아서 사회의 공익을 계(計)하며 빈민 구제의 도를 강구하려는 생각이 없다.

7. 그의 동정은 청년기에 이르면 이성(異性)에 대한 사랑으로 드러난다. 그러나 그의 사랑은 심각하지 못하다. 비외(卑猥)한 소설을 좋아하고 천박한 상상심을 몰아 야비한 우미(優美)를 사랑하여 타락하는 자가 적지 아니하다.

8. 된 훈계를 받거나 궁경에 빠질 것 같으면 자살하겠다고 떠드는 일이 있지마는, 실상인즉 그는 아주 겁나(怯懦)하여 도저히 제 생명을 버릴 용기가 없다.

9. 유희는 간단 없이 하여 싫어할 줄 모르지마는 진실한 일에는 얼마 안 되어서 싫증을 내는고로 성공의 여망이 적다.

약언(約言)하면, 다혈질의 인(人)은 경조 부박의 사람이며, 다정 다한한 듯하되 실상은 심각한 정한(情限)이 없으며, 호사적(好事的)이로되 성사적(成事的)이 아니다. 그는 시인이 되기는 맞겠지마는 철인이 됨에는 맞지 못하며, 선전가·광고가로는 맞겠지마는 계획가·실행가로는 부적하며, 그는 강개가(慷慨家)는 될지언정 지사는 되지 못할 것이다.

제2. 점액질

(ㄱ) 신체적 특징

신체는 임파질이다. 선병적(腺病的)으로 조금 부리킨 듯한 맛이 있다. 또 지방이 살찐 것도 있다.

1. 보조는 느릿느릿하고 단촐한 맛이 없다.

2. 안광은 흐릿하고 더구나 무의미하다.

3. 신경의 감각력이 대단히 둔하다.

4. 그의 신체는 대개 활력이 없지마는 필요에 응하여 크게 활기를 드러내는 수가 있다.

(ㄴ) 심적 특징

그의 심리는 긴장하는 맛이 없고 타기(惰氣)를 띄어 여하한 것이라도 아불관언(我不關焉)의 태도를 가지는 일이 많다.

1. 감정은 극히 냉담하여 열정이 적다. 신기한 일이라도 그리 재미있게 느끼지 아니하며, 모든 것이 동가치로 보인다.

2. 그러므로 우고(憂苦)가 적은 대신에 쾌락도 또한 적다.

3. 일절 건조(乾燥) 무미하여 취미가 결여하다.

4. 지식은 분량을 탐하는 일도 없고 또 깊이 연구하려고도 아니한다. 그러나 그는 정서의 결여함에 비하여 지혜는 부(富)한 셈이다. 그의 일상 생활은 왕왕히 교활한 굽이가 없지 아니하다. 그는 어떻게 하면 처자 비복을 자기의 의사에 복종시킬까를 알아 있는고로 그들을 교묘히 지배한다.

5. 의지는 시(時)를 응하여 강한 경우가 없지 아니하지마는 대개는 박약하다.

6. 감각력이 대개 지둔하며 기억력도 박약하다.

(ㄷ) 행동상의 특징

그의 행동은 둔조(鈍調)를 띈 것이 특색이다.

1. 용이히 정에 격동되지 아니하고 숙려(熟慮)한 뒤에 비로소 행동한다. 그러므로 그의 거동은 온후 독실한 맛이 있다. 이는 그의 장처(長處)이다.

2. 그는 무기력이요 태만하여, 항상 일신의 포의 난식(飽衣暖食)으

로 만족하여 아무 계획도 없으며 아무 주장도 없다.

3. 사람에 대할 적에는 유별나게 친숙한 사람도 없으며, 적대하는 사람도 없다.

4. 그는 자진하여 분투 노력의 태도를 취치 아니하지마는 남이 이를 권고할 것 같으면 그에 응하여 상당한 활동을 한다. 그러나 그 승패 성부(成否)는 그의 개의하지 아니하는 바인 듯하다.

이상의 모든 특징을 개괄하여 약언하면 점액질의 인(人)은 나쁘게 말하면 노둔한 사람, 냉담한 사람, 태다(怠惰)한 사람이요, 좋게 말하면 점잖은 사람, 온후한 사람, 호인 규각(圭角) 없는 사람이다. 그는 사업가·진취가가 아니요, 수가(守家)꾼으로 적당하다.

제3. 흑담질(신경질, 우울질)

(ㄱ) 신체적 특징

그 신체는 대개 섬약하다. 그러나 혹 상당히 강건한 자가 없지 아니하되, 농부처럼 완강할 리는 없다.

1. 안색은 창백하고 암담하며, 안광은 흐리고 눈물이 많다.

2. 신경은 항진(亢進)하기 쉽고 정맥은 팽창하기 쉽다.

(ㄴ) 심적 특징

정신의 수납력은 지서(遲徐)하여 강대 광조(廣調)하지 못하지마는 반동력이 강하며 지속력이 크다. 마치 다혈질의 정반대이다.

1. 5의 5관은 매우 지서하지마는 총히 사물을 깊이 근거까지 천착하려는 연구성이 풍부하여 대강의 정도에는 만족하지 아니한다.

2. 보는 바는 매우 좁되 고정하고, 듣는 바는 매우 적되 판단을 조략(粗略)히 아니한다. 즉(則) 일체의 관찰에서 매양 그 사물과 자기와의 관계를 파악하기를 힘써, 이른바 가치 판단을 내리기를 좋아한다.

3. 따라서 그 사상은 깊고 고요하며 간혹 침식을 잊어버리고 동일

의 사물을 숙려 응념하는 일이 드물지 아니하다.

4. 그는 만사를 중대시하고 티끌같은 일이라도 걱정은 태산같이 한다. 그 주의는 항상 사물의 곤란한 점에만 집중하여 남과 약속함에 연낙(然諾)을 신중히 한다.

5. 그의 의지는 다방향으로 동(動)하기보다 차라리 깊이, 세게 활동하며 정(情)도 또한 심후하다.

6. 의(義)와 정(情)의 간(間)에 처하여 정을 억제하고, 의에 취하여 침용(沈勇)의 태도를 보이는 의력(意力)이 있다. 그러나 왕왕히 감정에 지배되어서 이성을 잃어버리는 일이 있음은 다혈질의 사람과 같다.

7. 고의(孤疑), 주저는 그의 특색이다. 좌(左)할까, 우(右)할까, 진(進)할까, 퇴(退)할까, 이것은 그의 심리적 상태이다.

8. 그의 학과는 음악 창가 같은 떠드는 것보다, 산술 수리(數理) 같은 것을 좋아한다.

(ㄷ) 행동상의 특징

그의 행동은 침착 안상(安詳)하며 경박 부동(浮動)의 맛이 없다.

1. 그의 걸음은 느리나 구덥다.

2. 그는 다수의 인(人)을 교제하기를 좋아하지 아니하는 대신에 의기 투합하는 소수의 벗과 간절히 장구히 사귀고자 한다.

3. 성장한 뒤에는 그저 고독을 사랑하고 염세적 경향이 있다. 우울증에 걸리어서 공상에 탐닉하는 일이 있다.

4. 그는 모두가 발표적이 아니다. 교실에서도 가만히 앉아서 아무것도 못하는 것처럼 한다. 그러나 한번 의지를 결(決)하면 남의 충고도 들이지 아니하고 이를 결행하는 비상식의 용기가 있다. 그는 자살의 광고를 하지 아니하고 가만히 자살을 하며, 남이 하지 못할 것을 해내어서 남의 의표에 나가는 일이 적지 아니하다.

요컨대 신경질의 인(人)은 신중한 사람, 얌전한 사람, 매운 사람, 진실한 사람이다. 그는 지력이 다른 기질의 인에 비하여 가장 우수한 자가 많고 상상이 풍부하고 사색을 좋아한다. 그러므로 시인, 이학자(理學者), 수학자 등은 이 기질에 속한 자가 많다. 고래로 천재라 하는 이가 이 기질에서 나온 일이 많다.

제4. 담즙질

(ㄱ) 신체적 특징

그의 신체는 대개 강건하다.

1. 근육은 긴장하고 강장(强壯)하다.

2. 용모는 대개 영리하고 상표(相表)가 예민하여 숫접잖게 보인다.

3. 자세는 침착하고 보조는 아주 힘차다.

4. 안광이 형형(烱烱)하여 쏘는 것 같고, 얼른 보매 오만의 태도가 없지 아니하다.

(ㄴ) 심적 특징

그의 지·정·의는 다 상당한 분량과 강도를 가지어 생기가 왕성하다.

1. 의지가 극히 강하고 더구나 상당히 다방면으로 마음을 보내어서 주의가 주도하며 그 간에 항상 중심을 잃지 아니한다.

2. 정도 강하지마는 대개는 의지의 지배를 받는 것이 예사이다. 그러나 한번 정에 격(激)하면 그 발표가 심히 격렬하여 성내기 쉬운 풍(風)이 있다.

3. 다혈질은 우미(優美)를 사랑하지마는 담즙질의 인(人)은 차라리 장미(壯美)를 좋아한다.

4. 지식은 다혈질처럼 범위가 반드시 넓지 아니하며 종류가 반드시 많지 아니하다. 그러나 항상 그 요령을 자득하여 그 활용을 힘쓴다. 그는 이론의 사람이 아니요, 이론의 실행가이다. 항상 주의(主義)와 견

식을 내축(內蓄)하여 이를 수행하기를 꾀한다.

5. 명예심이 극강(極强)하여 자못 자존적(自尊的)이다.

(ㄴ) 행동상 특징

그의 행동은 신경질 모양으로 침착 안상(安詳)하다 한 것도 없으며, 다혈질 모양으로 경조 부박하지도 아니하여 민첩하며 명쾌한 맛이 있다.

1. 명예·권력에 대한 욕심이 강한고로 모든 공사(公事)에 간섭하여 타인의 칭찬을 받고자 한다. 따라 화려를 좋아하며 의식을 좋아한다.

2. 그는 얼른 보매 냉혹한 듯하되 안전(眼前)의 자극에 동(動)하지 아니하고 이성적 동정을 가진다.

3. 한번 남을 믿으면 그 정의가 극히 두텁고, 거꾸로 만약 남을 미워하면 좀처럼 이를 믿지 아니하지마는, 만일 자기의 잘못임을 깨칠 것 같으면 번연히 고치어서 다시 이를 신용하여 그 간에 조금도 고식적 태도가 없다.

4. 그는 다혈질 모양으로 다수의 우인을 사귀지 아니하며, 신경질의 사람 모양으로 소범위의 교제에도 한하지 아니하고 적당히 그 벗을 선택하여 그 교의가 참 아름다운 것이 있다.

5. 그는 안전(眼前)을 발라 맞추기를 싫어하는고로 친구에게 대하여 기탄없이 충고를 하고, 자기의 신명(身命)을 떼어 놓고라도 남을 위하여 힘쓰는 협기(俠氣)가 있다.

6. 그러나 그는 만사에 주아적(主我的)인 편이 많다. 남을 보호하기를 잘 하지마는, 그것이 진심의 속에서 나오는 사랑에서 하는 것이 아니고, 그 흉중을 만져 보면 남을 사랑하기보다 먼저 자기를 사랑하는 것이다. 그러므로 흔히 가혹한 이기주의에 떨어지는 일이 없지 아니하다. 스스로 대언(大言) 장담을 하고서 실행은 아니하는 벽

(癖)이 있으며, 짬 없이 남을 사역(使役)하고 스스로는 근로에 복종치 아니하는 벽이 있다. 이는 그의 나쁜 방면이다.

요컨대 담즙질의 사람은 강의(剛毅) 용감의 기가 많고 의기가 왕성한 사람이다. 이른바 영웅 호걸과 발명가, 발견가가 이 기질에 속한 이가 많다. 또 충간(忠諫)의 신(臣)과 의협의 사(士)가 이 기질에서 나온 일이 많다.

이 네 가지 기질의 사람을 비론(譬論)하여 말할진대, 가령 이제 수해의 보도가 왔다 하자. 이를 생도 중에 돌아다니면서 펴 이르는 사람은 다혈질의 생도이요, 이에 관하여 내심으로 동정의 눈물을 머금고 신문지의 기사를 조사하여 과거의 일들을 연구하며 사실의 천착에 힘쓰는 이는 신경질의 생도이다.

「저 애들이 왜 저렇게 떠들어 쌓나! 그게 무슨 대단한 일이라고, 나는 관계없어……」

하고, 시치름하게 있는 이는 점액질적 생도일 것이다.

그리고 이것을 어찌하면 구제할까의 선후책에 주의하는 이는 담즙질의 생도이다.

또, 가령 운동장에서 다른 생도를 지휘하여 활발히 노는 것은 담즙질의 생도이다. 다혈질은 이 지휘를 받아서 기운 좋게 돌아다닌다. 신경질의 아이는 2, 3동무하고 한구석에 모여 앉아서 조용히 이야기한다. 이때에 점액질의 아동은 혼자 손을 뒤집게 집고서 운동장을 바라보면서 아무 흥분적 상태가 없이 망연히 저립(佇立)하고 있다.

그러나 위의 네 가지 기질은 물론 대체의 구별이니, 이 가운데의 아무데에도 전속하지 아니하는 사람이 있을 것은 물론이다. 또 연령에 따라서 다소의 변화가 있음을 면치 못한다. '롯체'의 연구에 의

하면 유년기는 다혈질, 소년기는 신경질에 속하고, 성년기는 담즙질, 노년기는 점액질에 속한다고 한다.

또 남녀 양성의 차와 국민의 별(別)에 의하여 대체의 경향이 있나니, 여성은 남성에 비하면 비교적 신경질이요, 남성은 여성에 대하여 비교적 담즙질이다.

또 국민에 취(就)하여 말하면, 불인(佛人)·일본인은 다혈질 혹은 신경질에 속하고, 영인(英人)은 담즙질에 속할 것이요, 지나인은 점액질과 담즙질의 혼합한 것이라 하겠다고 혹자는 말한다.

〈 5 〉

기질의 기인(起因)은 무엇인가.

감동(Emotion)은 심(心)의 종족적 유전의 중요 부분을 이루며, 감동의 신체적 발표는 우리 유기체의 본능적 부분에 속한 것이다. 감동과 유기체는 밀접한 관계를 가진고로 기질은 자연히 우리의 일반적 유전적 선행 조건에 기인한다. 그리하나 기질은 개인적 차이의 가장 현저한 자의 하나이다. 이는 우리가 저 대가족의 아동에 대하여 용이히 관찰하는 바이다. 이러한 개인적 차이는 이해하기에 그리 어려운 것은 아니다. 개언(蓋言)하면 기질을 결정하는 원인은 두 가지로 나눌 수가 있다.

1. 유기체의 신진 대사 기능의 간접적 결과, 특히 갑상선 같은 특수 기관의 화학적 생성물로부터 일어나는 것(간접적 원인).

2. 신체 각 기관(근육을 포함함)으로부터 뇌수에 도달하는 직접적 신경적 충동으로부터 일어나는 것(직접적 원인).

의심 없이 기질을 결정하는 가장 항정(恒定)한 것은 소화 기관이다. 만성 불소화증의 환자는 완전한 명료와 정확의 논리적 과정은 누릴지언정 쾌활한 낙천적 환희적 기질은 그의 분외(分外)의 것인 듯하다. 확실히 세상의 염세주의자의 대부분은 그 원인이 불소화증에 있다. 신체의 중요한 기관에 무슨 탈이 생기면 그 기질에 근본적 변화를 일으키기 쉽다. 그리고 중요 선(腺)의 정상한 기능은 심적 건강에 특히 중요한 것이다. 갑상선이 위축하면 심적 발달이 저지되고, 생식선(腺)의 질병은 기질의 소란을 일으키는 것은 최근 과학의 증명하는 바이다. 감동 생활의 조자(調子)가 혈액 가운데에 생긴 화학적 변화로 말미암아 간접으로 크게 신경 계통에 영향을 미치는 차등 기관의 조직의 여하를 따라서 변화하는 것은 명백한 사실이다.

우리의 뇌수는 항상 신체 각부에서 일어나는 신경적 충동을 수납하는 것인데, 근육으로부터 오는 것이 그 신경적 충동의 중요한 것이다. 강장하고 신경 분포가 많은 근육을 가진 유기체(사람)의 일반적 심적 조자가 저 이완하고 유약한 근육 조직을 가진 유기체(사람)의 그것과는 현저한 차이가 있다. 대단히 예민한 심장 근육을 가진 사람의 감동적 생활이 저 둔감적인 심장 조직을 가진 사람의 감동적 생활과 다른 것은 확실하다. 신경 계통 그것이 각 개인을 따라서 서로 다름이 있는고로, 그 감수성과 충동을 전달하고 근육을 자극하는 속도와가 각 개인을 따라 다르며, 그 피로의 지속(遲速)도 또한 다르다. 모든 이러한 차이가 기질적 차이에 반영되는 것이다.

요컨대 신체 조직의 강건과 불건, 그 각 기관의 작용의 건(健)·불건(不健), 그 중에도 특히 소화기관, 중요한 선(腺; 甲狀腺과 生殖腺), 근육의 개인적 차이에 인하여 각 개인의 감동적 생활, 즉 기질의 차이가 생기는 것이다.

〈6〉

마지막에 기질과 교육의 관계에 대하여 좀 보고자 한다.

지나(支那) 송대(宋代)의 정주학파(程朱學派)의 학설에 의하면, 사람의 기질에는 청탁의 별(別)이 있어 그 청(淸)한 것은 별로 수양이 필요가 없지마는, 그 탁한 것은 수양을 말미암아 변화하지 아니하면 안 된다 하였다. 즉, 기질의 청탁은 천부이지마는 수양을 인하여 변화할 수가 있다 하여 이로써 학문의 근본 의(義)를 삼았다.

그러나 이제 우리가 생각하면, 기질은 과연 변화할 수가 있을까. 우리도 어느 정도까지 그 단처(短處)를 버리고 그 장처(長處)를 발휘하게 하여 기질의 선도 양화(良化)의 가능함을 믿는다. 여기에 기질에 대한 교육 작용이 있는 것이다. 그러나 기질은 각 개인의 선천적 신체 조직에 기인한 것이므로 이를 전연히 변화하며 정복할 수 없음도 명백한 사실이다. 다만 우리는 생리학, 위생학, 의학 등의 실지 응용에 인하여 개인의 신체 조직을 다소 개선할 수 있음에 따라 얼마큼 기질을 변화할 수 있음은 믿을 만하다. 이는 기질 변화의 제일 방법이다.

또 개성에 적당한 교육을 시(施)하며, 선량한 의지와 행동의 습관을 양성하며, 우량한 환경을 여(與)함에 인하여 각 개인의 심적 경향, 즉 기질을 다소 변화할 수 있다. 이는 기질 변화의 제2방법이다.

교육은 체육으로써 신체의 강건을 도(圖)하며, 미육(美育)으로써 개인의 감정·취미를 도야하며, 덕육(德育)으로써 의지를 단련하며, 환경을 정리하여 무의식의 감화를 여(與)한다. 그리하여 그 천부적인 기질을 선도하여 이를 순화하여 건화(健化)한다. 그리고 이 선도된 기질을 재료로 하여 선량한 성격을 도야하는 것이 교육의 작용이다.

위에 열거한 4종의 기질은 각각 단처가 있는 동시에 장처가 있는 것이다. 쾌활은 다혈질의 장처이니, 그 일시적이나마 원기 있는 점, 동정 있는 점은 아주 필요가 없지 아니하다. 진실한 태도와 연구성의 풍부는 신경질의 특장이니 이는 크게 필요한 것이다. 그러나 온후 종용(從容)의 장처를 가진 점액질이 또한 한 맛이 없지 아니하다. 오늘의 생도가 다 다소간 다혈질 신경질화하는 경향을 가진 시대에는 점액질의 무관심의 태도가 섞이어 있는 것도 필요한 것이라 하겠다. 그러나 저 선량한 담즙질의 강의(剛毅) 불굴의 의지와 진취 계도(計圖)의 기상은 가장 인간에 필요한 것이다. 우리는 이 선량한 담즙질을 표준적 기질로 삼고, 나머지의 기질의 미점을 발휘하게 하도록 개성에 적당한 교도를 할 것이다.

다혈질의 아동은 마땅히 의지를 수련하여 주의를 집중하는 습관과 영속하는 인내성을 기루어서, 다른 사람의 힘을 빌지 아니하고 제 혼자 진실히 일에 종사하도록 할 것이다.

점액질의 아동은 그 심기(心氣)를 진작하여 근로를 싫어하지 아니하도록 할 것이다. 항상 활발한 유희 운동을 즐기게 하며, 또 친절히 그 하려는 바를 도와 주어서 성공의 취미를 느끼게 할 것이다.

신경질의 아동은 적당한 방법으로써 따뜻한 동정의 공기를 호흡하도록 할 것이다. 적요(寂寥)한 경우에 두어서 공상을 탐하게 함은 좋지 못하다. 위인의 전기, 입지담(立志談)을 읽히는 것이 좋다. 그리하여 쾌활한 기상과 협동의 정신을 양성하여야 할 것이다.

담즙질의 아동에 대하여서는 그 의지가 어느 방향으로 보고 있는가를 주의하여 그 방향이 선량한 것이거든 더욱 이를 조장할 것이요, 만약 악한 방향이거든 점차로 그 악습을 자각케 하며, 또 타인의 의사를 존중하는 것이 도리어 자기의 이익이 되는 것을 깨닫게 할 것이요, 결코 급격한 저항을 해서는 안 된다. 급격한 저항은 도리어 격앙을 부르어서 더욱 불량의 결과를 맺게 할 것이니라.

그러나 이는 다 대강의 말에 지나지 못하는 것이다. 앞에서도 말한 바와 같이 기질이란 원래 절대적 전속적(專屬的)의 것이 아니다. 교육가는 항상 산 사람을 만지지 아니하면 안될 것이다. 임기응변하여 잘 개인적 특색을 고찰하여 이를 적당히 처치하여야 할 것이다.

기질은 요컨대 마음 깊은 교육가의 참고로 할 것이니, 다만 교육자는 항상 아동의 심리적 차이가 대부분은 그 신체적 기인이 있음을 살피어야 한다는 원칙을 세우면 족(足)할 것이다.

-〈학조〉 창간호(1926)-

개선하여야 할 생활 양식의 몇 가지

나는 여기에다가 우리의 생활 양식 가운데서 고쳐야만 할 것 몇 가지에 대하여 말하고자 한다. 그러나 말이 그 전반에 긍한 조직적도 아니요, 또 많은 이론을 캐려고도 아니한다. 다만 솔직하게 이 문제에 관한 나의 몇 가지 소견을 말하고자 함에 지나지 아니한다.

오늘날 우리의 생활 양식에 관하여 생각을 쓰는 이가 썩 많을 줄로 믿는다. 그 밝은 고견과 힘센 실행 방법이 실제에 나타나기를 바라는 바이어니와, 나의 단편적 비견(卑見)도 혹 몇 사람의 공명을 얻어 다소간이라도 세간(世間)을 유익하게 함이 있다 하면, 그것은 나의 분외(分外)의 행(幸)일 줄로 믿는다.

첫째, 우리는 예절의 종이 되지 말자. 본래 예(禮)란 것은 사람살이의 한 무늬와 같은 것이다. 우리 사람이 몽매에 있을 적에는 아직 예란 것이 없었던 것이다. 그리하여 인지(人智)가 차차 열리고 사회가 차차 정돈이 됨을 따라 처음으로 예절이란 것이 생겨 난 것이다. 더구나 사회가 복잡하여지고 사람의 생활이 풍족하여지고, 겸하여 그 감정이 섬세하여질수록 이 예절의 소용됨이 더욱 긴절하여졌다. 그리하여 학자는 예의 소중함을 말하고, 위정가는 예로써 치민(治民)의 최상 요기(要器)를 삼으며, 일반 인민은 일상의 교제에 예를 중히 여기며, 더구나 그 생활에 여유가 있음을 따라서 예란 것이 일상 생활에 자꾸자꾸 번다한 구실을 하게 되었다.

이리하여 오랜 역사를 가지며 상당한 문화를 가진 사회에는 반드시 예란 것이 있어 그 사회인의 일상 생활을 규율하고 있는 것이다. 그러나 결국은 예란 것은 인간 행동의 외적 구속을 뜻함이다. 예의 발달은 한쪽에서는 그 사회의 인문(人文)의 발달을 뜻하는 동시에, 다른 한쪽에서는 그 사회의 생활력의 자유스러운 발휘(發揮)의 애애(碍礙)를 뜻하는 것이다.

그러므로 생활력이 왕성한 국민은 외적 구속을 즐기지 아니하기 때문에 그 인문의 발달에 비하여 그 형식적 예절의 발달이 항상 뒤지지마는, 이와 반대로 생활력이 허약한 국민은 그 문화의 발달에 비하여 그 예절의 발달이 항상 앞서는 법이다. 그리하여 전자는 생활의 내용이 예절의 형식을 지배하되 후자는 예절의 형식이 생활의 내용을 지배하게 된다. 그리하여 전자의 국가 사회는 실질적으로 발전하되 후자의 국가 사회는 번잡한 예절의 공각(空殼)에서 쇠약해 버린다. 세계에서 번다한 예절의 종이 되어서 일동일정을 맘대로 하지 못하는 데는 인도가 아마 제일일 것이고, 조선이 그 다음일 것이다.

우리 조선이 저 잔소리, 헛소리하기를 좋아하는 송유(宋儒)의 악영향을 받아서 5백 년이란 장구한 세월에 소위 선비란 이들의 한다는 소리가 밤낮 예문(禮文)뿐이요, 행세한다는 집안의 교육 전부가 예절에 관한 문자 이론 실행이었다. 원래 예절이란 의식(衣食)의 여유가 있은 뒤에야 하는 일이기 때문에, 그 학습과 실행은 원체는 유한 계급(有閑階級), 특권 계급의 전유물이러니, 예절 숭상의 풍(風)이 그 극에 달하고 보니 일국의 민풍(民風)이 모두 여기에 쏠리어서 소위 양반 상인(常人)의 별(別)도 없이 부자 빈자의 별(別)도 없이 예절 제일에 혼취(昏醉) 탐닉하였다.

슬프다! 민족의 생기가 전혀 이에 속박되며, 민족의 기백이 전혀 이에 소실되며, 민족의 문화가 이에 위미되며, 민족의 생활이 이에

잔패(殘敗)하고 말았도다.

〈자! 구각을 벗어 버리라! 구사상, 구예절의 굴레를 벗어나라! 그리하고 다시 ××× 소박과 강건으로 돌아가서 거기에서 새 문화, 새 생활의 걸음을 시작하라. 그리하여야 거기에 우리의 살아 날 길을 찾아 내리라!〉

이것은 정히 우리 조선 청년의 외칠 소리(標語)이다.

둘째는, 백의(白衣)를 폐지하고 물들인 옷을 입기로 하자.

흰옷이 여러 가지 방면으로 보아서 우리의 민족적 생활을 위미케 함은 만인의 공지하는 바이다. 그러면서도 우리는 왜 이것을 벗어 버리지 못하는가. 여름철에는 흰옷을 용서할 수가 있지마는 그 밖의 철에는 흰옷 입는 것을 한 죄인으로 알아야 한다. 여인의 적삼 같은 것 한 가지쯤은 흰옷을 용서할 수가 있겠지마는, 남자에게 있어서는 더욱 심의(深衣)로써 그 장건한 기상을 표할 것이다. 근래에 머리 깎은 신사 양반네들까지가 흰 양복, 흰 구두 내지 흰 장갑을 큰 자랑—아니 잘난 표로 아는 기풍이 보이니, 더욱 가탄가탄할 현상이 아니고 무엇이랴!

이에 관하여는 특히 우리 직조 공업계에 부탁하고자 하는 것은, 4계를 따라서 적당한 물들인 직물을 여러 가지 만들어 내기이다. 또, 가정 부인에게 청하고자 하는 것은 될 수 있는 대로 아이들에게 물들인 옷을 입혀 버릇하기이다. 어릴 적부터 채의 심의(彩衣深衣)를 숭상하는 풍기를 길러 주는 것이 퍽 필요한 일이다. 각 지방의 각종 단체가 특히 이를 여행(勵行)할 필요가 있다.

마지막으로 노동하는 이는 반드시 노동복을 제정 착용하기로 하

자. 우리 조선 사람에게는 노동복이 특별히 없는 것이 매우 정신상, 경제상, 위생상 불리한 일이다. 이것은 누구든지 좀 생각해 보면 다 알 일이다.

나는 이러한 필요를 퍽 많이 느낀다. 노동자는 생활이 늘 급박하니까 노동복을 언제 따로 만들 여유가 있나? 할 이가 있을는지 모르지마는, 나는 차라리 생활의 여유가 없기 때문에 더욱 노동복을 따로 만들 필요가 있다고 생각한다.

나는 작년 겨울에 석탄 운반 인부가 금시 빤 하얀 핫옷을 입은 등어리에다가 석탄 가마니를 지고서 우리 집으로 들어오는 것을 수차 보았으며, 대장간에서 하얀 새 핫옷을 입고서 일하는 이더러 나는

「당신이 무엇 때문에 여기서 일을 하오? 돈을 벌기가 목적이라면 왜 저런 흰옷을 입고서 일을 하오?」

하고 물어 본 일이 있었다.

노동복을 쓰는 것은 첫째는 그 일하는 능률이 나을 것이요, 둘째는 일을 마치고는 다른 옷을 갈아 입기 때문에 위생에 유익하며, 세째는 빨래를 적게 하는 이익이 있으며, 네째는 일할 때엔 일하고 쉴 적엔 쉰다는 절연한 구분이 있어 역작(力作)의 환희와 휴식의 유쾌를 병형하는 정신상 이익이 있으며, 다섯째는 노동을 애호하여 노동함을 자랑하는 풍기가 생기는 전 사회적 이익이 있을 것이다. 노동하는 이는 다 노동복을 지어 입자. 그리하고 노동함을 자랑하자.

조선의 진정한 갱생의 도는 노동에 있으며, 근로 역작(力作)에 있으며, 합리적 생활 양식 속에 일어나는 근로 역작의 기치 아래 있을 것이다.

-〈자활〉 제8호(1928)-

地方遊說(지방유세)의 愚(우)

語文運動(어문운동)? 政治運動(정치운동)?

自古以來(자고이래)로 東西洋(동서양) 어느 社會(사회)를 물론하고 새로운 改革運動(개혁운동)이 必然的(필연적)으로 생김에 당하야, 그 社會(사회)의 舊勢力層(구세력층)에서 특히 그 進取的(진취적) 態度(태도)를 취하지 못하는 有力(유력)한 退嬰分子(퇴영분자)의 反抗運動(반항운동)이 있음은 歷史的事實(역사적 사실)이 이를 證明(증명)하는 바이어니와, 오늘날 朝鮮社會(조선사회)의 한글운동에 對(대)하여서도 또한 退嬰的(퇴영적) 舊勢力(구세력)의 反動(반동)이 없지 아니하다. 그러나 우리들의 時代精神(시대정신)에 符合(부합)한 한글 科學化運動(과학화운동)이 滔滔(도도)한 形勢(형세)로 新進靑年(신진청년)의 힘으로 말미암아 日就月將(일취월장)함을 到底(도저)히 막아낼수 없음을 그네들로서도 看破(간파)하지 않을수 없었다. 그리하야 항상 卑劣(비열)한 詬辱的(후욕적) 言辭(언사)로써 그 敗者的(패자적) 心境(심경)을 自慰(자위)하더니, 近者(근자)에 이르러서는 그 最後(최후)의 發惡的(발악적) 術策(술책)으로, 어떤 일없는 사람을 앞잡이로 내세워서, 某地方(모지방)으로 돌아다니면서, 한글反對(반대)의 圖章(도장)을 받기 爲(위)하야 혹은 交際手段(교제수단)으로, 혹은 孟浪(맹랑)한 言辭(언사)로써 地方人士(지방인사)를 眩惑(현혹)하게 하는 일이 있다 하니, 이는 참 可嘆(가탄)할 것이라 아니할 수 없다.

첫재로 그 어떤 일없는 사람 自身(자신)이 이 文化運動(문화운동)을 한낱의, 自己(자기)의 存在(존재)를 表彰(표창)하려는, 情治運動(정치운동)으로 바꿔 쓰고 나선 것부터가 틀렸으며,

둘재로 이 한글의 科學化(과학화)의 可否(가부)를 一般(일반) 衆人(중인)의 投票數(투표수)로써 決定(결정)하겠다는것은 지극히 어리석은 일이다. 이러한 사람들은 뉴톤의 物理學說(물리학설)과 아인슈타인의 物理學說(물리학설)과의 可否(가부)를 大衆(대중)의 投票(투표)로써 決定(결정)하려는 것과 같으며, 또는 某專門家(모전문가)가 數年(수년)을 虛費(허비)하야 세운 都市整理計劃案(도시정리계획안)을 그 都市住民(도시주민)—특히 그 새 計劃(계획)으로 말미암아 그 傳來(전래)의 따뜻하던 보금자리가 헐리는 運命(운명)에 逢着(봉착)한 그 住民(주민)의 投票(투표)로써 그 可否(가부)를 決(결)하려는 것과 같으니, 어찌 어리석은 일이라 아니할 수 있으랴? 만약 이러한 方法(방법)으로써 朝鮮社會(조선사회)의 諸般(제반) 事爲(사위)의 方向(방향)을 決定(결정)한다면, 오늘의 官立(관립) 醫科大學(의과대학)과 官公私立(관공사립) 醫學專門學校(의학전문학교) 같은 것은 當然(당연)히 廢止(폐지)하고 판수나 무당의 학교를 設立(설립)함이 可(가)할 것이다. 웨 그러냐 하면, 오늘의 全朝鮮(전조선) 사람—特(특)히 늙은 男女(남녀)에게 그 信任(신임)의 程度(정도)의 優劣(우열)을 그 投票數(투표수)로써 決定(결정)할 것 같으면 무당 판수 信任(신임)의 投票(투표)가 斷然(단연)히 優勢(우세)를 차지할 것은 조금도 疑心(의심)없는 的確(적확)한 事實(사실)이 될 것이기 때문이다. 이렇게 한다면 참 非科學的(비과학적) 乃至(내지) 非文明的(비문명적) 處置(처치)라 아니할 수 있으랴? 그뿐 아니라, 이러한 投票(투표)의 數(수)란 것이 能(능)히 正直性(정직성)을 維持(유지)하지 못함은 역시 東西洋(동서양) 許多(허다)한 事實(사실)이 이를 證明(증명)하고 남는 바임을 어찌하랴?

셋재로 그 앞잡이로 나선 사람이 그저 多數(다수)의 圖章(도장)을 募集(모집)하기 爲(위)하야 自家(자가)의 奇怪罔測(기괴망측)의 難處

(난처)는 全然(전연)히 隱蔽(은폐)하고, 다만 한글 反對(반대)를 衝動(충동)하기 爲主(위주)한 語不成說(어불성설)의 曲論(곡론)을 弄(농)함은 여기에 一一(일일)이 摘發(적발)할 餘暇(여가)가 없거니와, 다만 한두가지만을 들어 말하자면 이러한 것이 있다. 곧

「한글 마춤법 통일안(朝鮮語 綴字法 統一案)은 너무도 서울 中心的(중심적)으로 되어서 당신네의 地方(지방)말이 아주 無視(무시)를 받았으니, 이것을 坐視(좌시)할 수 없지 않소?」

고. 今番(금번)에 그네들이 遊說(유세)를 시작한 地方(지방)은 平安道(평안도)가 中心(중심)인 모양이다. 이제, 그네들이 먼저 平安道(평안도) 地方(지방)을 選擇(선택)한 까닭과 그 經過(경과)를 상고하면 이러하다. 곧 한글 통일안에서는 대개 標準語(표준어)를 現在(현재)의 서울말로써 하야 純朝鮮語(순조선어)나 漢字語(한자어)를 勿論(물론)하고 現在(현재)의 서울말에서의 發音(발음)대로 取(취)하였다. 그래서 이를테면 「天地(천지)」를 「텬디」라 하지 아니하고 「천지」로 하며, 「電車(전차)」는 「뎐챠」라 아니하고 「전차」로 하며, 「勿去(물거)」를 「가지 말라」라 하고 「가디 말라」로 아니하였다. 이것이 平安道(평안도) 人士(인사)의 語感(어감)에 對(대)하여는 多少(다소) 不滿(불만)의 感(감)이 혹 없지 아니할 것이다. 그러나 한 言語(언어)의 統一(통일)을 꾀하려면 아무래도 그 나라안에서 政治(정치) 文化(문화) 交通等(교통등) 中心地方(중심지방)의 말로써 標準語(표준어)를 삼아 그 밖의 方言(방언)은 얼마큼 犧牲(희생)되지 않을수 없음은 天下共通(천하공통)의 事勢(사세)이다. 그러므로 적어도 常識(상식)이 있는 사람으로서는 다만 自己(자기) 生長(생장)의 地方語(지방어)가 無視(무시)되었다고 言語統一(언어통일)을 反對(반대)하려는 이가 없음도 또한 事實(사실)이다. 그런데 저 根本(근본)부터 우리의 한글운동에 反對(반

대)하는 그것으로써 本目的(본목적)을 삼는 一派(일파)에서는 이것을 엿보고서 일즉부터 비틀어진 理論(이론)으로써 「텬디」「뎐차」「가디 말라」로써 그 綴字法(철자법)을 삼아 그 말의 본바닥인 平安道(평안도)의 사람에게 秋波(추파)를 보내더니, 이제 와서는 그 秋波(추파)의 報酬(보수)로 그 圖章(도장)을 사려는 것이다. 이것은 결코 無根(무근)한 소리가 아니라, 그네들의 平素(평소) 主張(주장)을 적어 보신 이는 누구든지 明白(명백)히 看破(간파)할 수 있는 일이다. 그러나 우리는 確實(확실)히 믿노니, 平安道(평안도)의 教養(교양) 있는 人士(인사)가 결코 이러한 愚弄(우롱)하는 衝動的(충동적) 言辭(언사)에 同意(동의)하지 아니할 것이 또한 明白(명백)한 理致(이치)이다.

또 ㅈㅊㅌㅍ들의 새 바침을 씀은 그네들이나 우리나 조금도 다름이 없을 뿐 아니라 그네들이 심지어 「ㅆ」의 바침까지 씀은 確實(확실)한 事實(사실)이다. (公開狀(공개장) 別記(별기) 參照(참조)) 그럼에도 不拘(불구)하고 그 地方(지방) 遊說(유세) 某氏(모씨)의 陳述(진술)하는 理由(이유)는 이러한 바침을 한글 통일안에서 採用(채용)함이 不可(불가)하다. 至難(지난)하다 하더라 하니, 이는 참 自家撞着(자가당착)의 絶頂(절정)이라 아니할 수 없는 것이니, 그네의 目的(목적)이 眞正(진정)한 文化意識(문화의식)에서 나온 朝鮮語(조선어) 整理(정리)에 있는 것이 아니라, 오로지 累百年(누백년) 傳統的(전통적) 黨爭心理(당쟁심리)에서 되어가는 한글운동을 阻止(조지)하야, 自己(자기) 一個人(일개인) 혹은 一黨(일당)의 功名(공명)을 세워보자는 대에 있음을 明白(명백)히 看破(간파)할 수 있는것이다.

넷재로 多數(다수)의 捺印(날인)을 얻기 爲(위)하야 上記(상기)와 같은 自家撞着(자가당착)의 似而非(사이비) 理論(이론)을 弄(농)하야 地方(지방) 人士(인사)를 眩惑(현혹)하게 할 뿐아니라, 어떤 地方(지방)에

가서는 심지어

「우리 한글 反對者(반대자)가 總督府(총독부)에 反對陳情(반대진정)을 한즉, 反對者(반대자)의 도장만 많이 받아올 것 같으면, 곧 現今採用(현금채용)한 新綴字法(신철자법)을 廢止(폐지)하여 주겠다 하였다」

고까지 말한다. 우리는 이것을 學務當局者(학무당국자)에게 質(질)하여서 그 事實(사실) 아님을 確認(확인)하였다. (公開狀(공개장) 別記(별기) 參考(참고))

地方人士(지방인사)가 이러한 孟浪(맹랑)한 言辭(언사)에 盲從(맹종)하지 아니할 것은 우리가 特(특)히 부탁할 것도 없거니와, 大體(대체) 이러한 言辭(언사)로써 한글 科學化(과학화)의 擧族的(거족적) 文化運動(문화운동)을 中傷(중상)하려 함은 참 可嘆(가탄)할 心事(심사)라 아니할 수 없다.

要(요)컨대 한글운동은 一種(일종)의 文化運動(문화운동)이요, 科學運動(과학운동)이다. 그 可否(가부)는 모름지기 學問的(학문적)으로 究明(구명) 論證(논증)하여야 할 것은 다시 呶呶(노노)할 必要(필요)가 없는 것이다. 그런데 저네들이 오직 正當(정당)한 學理的(학리적) 基礎(기초)우에서 眞理(진리)를 찾기는 잊고, 무슨 政治運動(정치운동)이나 하는 것처럼 地方(지방)을 遊說(유세)하는 妄擧(망거)에 나간것은 참 어리석고도 가엾다 아니할 수 없다.

-〈한글〉 3권 3호(1935)-

입학시험 제도 폐지론

자라나는 아이에게 육체의 양식이 적당히 또 자유롭게 섭취되어야 함과 같이 정신의 양식도 자유롭게 제 뜻하는 대로 얻을 수 있어야만 행복과 번영이 그 사회에 약속될 것이라. 이제 재건 도중에 있는 우리 대한의 형편이 어린이, 젊은이의 교육에 있어서 여러 가지로 뜻같이 못함이 많은 중 학교에 들어가는 일 자체가 여러 가지 제약으로 인하여 지극히 해결하기 어려운 문제가 되어 있다. 국민학교에서부터 대학교에 이르기까지 어느 것 하나 순탄한 것이 없다.

우리 나라의 교육법에는 물론 각층의 학교가 제각기의 독특한 목적을 가지고 있다. 상급학교는 그 하급학교가 있음으로 해서 그 교육이 가능한 것은 당연한 사실이기는 하지마는 그렇다고 해서 하급학교가 그 상급학교를 위하여 존재한 것은 아니다. 국민학교는 국민학교로서의 스스로의 목적이 있고 중학교는 중학교 스스로의 목적이 있고 고등학교는 고등학교의, 대학교는 물론 대학교 스스로의 목적이 있다. 이와 같이 제각기의 목적을 가지고 있는 각층의 학교는 그 목적에 알맞는 교육의 내용—교육의 과정을 가지고 있다. 그러한즉 우리 나라의 교육이 잘 되어 가려면 각층의 학교가 제각기의 목적에 따라 제 스스로가 맡아 있는 교육적 입무를 다하여야 할 것임은 두말할 필요가 없이 명백한 사리이다.

그러나 이렇게도 명백한 사리가 잘 시행되지 아니하고 아랫질 학교는 다만 그 웃질 학교에의 입학시험 준비처가 되어 버리고 있어 각층의 학교가 제 특유의 목적과 임무는 불문에 붙이고 있는 형편이다. 교육에 종사하는 사람 자신도 그러하고 교육을 지도 감독하는 관공 기관도 그러하여 본도를 떠난 교육의 행진을 오히려 당연한 것인 듯이 보고 있다. 그뿐 아니라 국민학교의 선생이나 중학교의 선생이나 고등학교의 선생이나 다 마찬가지로 제 학교의 졸업생이 상급학교에의 입학률이 많음으로써 제 학교의 성적을 삼아 이를 자랑할 뿐이오, 그것이 과연 정당한 교육의 효과인가 목적인가 하는 점에 대하여는 조금의 반성과 혁신을 꾀하려고 들지 아니한다. 사실인즉 남들이 다 그러하니까 나 혼자만 달리할 수도 없는 형편이다.

그래서 기껏 문제로 삼는 것은 이렇게도 야단스럽게 떠드는 입학의 열쇠를 뉘 손에 쥐게 할 것인가 하는 문제이다. 가령 중학교 입학의 열쇠를 국민학교 교장이 가질 것인가? 중학교 교장이 가질 것인가? 그렇잖으면 문교부나 지방 관청이 가질 것인가 하는 것이다. 이를 국민학교에 맡기면 중학교가 불평이오, 중학교에 맡기면 국민학교가 불만이오, 학교에 맡기면 관청이 불만이오, 관청에 맡기면 학교가 불평이다.—그러나 이러한 문제는 교육의 근본도를 교육 철학의 지시하는 대로 찾아 보겠다는 노력과 관심이 아니라, 중요 지점을 제가 차지하겠다는 세간적인 자기 존대를 자랑하고자 하는 것에 지나지 않는 것이라 할 수밖에 없다. 교육의 본도는 이러한 남을 불신하고 제만은 믿을만 하다고 내세우는 데에서 찾아질 것이 아니라 너도 나도 다 같이 그러한 권세의 자루를 탐내어 다투는 세속적 심정을 버리고 오로지 발가벗은 충심으로써 오로지 피교육자를 위하고 교육에 대한 국가가 기대하는 본래의 사명을 위하여 근본적 혁신을 꾀함에서 찾아질 것이다. 그러한 혁신이란 딴 것이 아니다. 입학시험 제도를 폐지하는 일이다. 수용력은 적은데 입학 지원자는 많은 형편에서 선발 입학은 불가피의 사세인데 시험을 폐지하고서 무슨 방법으로 선발할 것인가? 하면 그것은 하급학교의 교육에 신뢰를 두어 그 성적의 정확 그 보고의 정당함을 믿고서 주로 하급학교장의 보고에 의하여 지원자의 출신 학교에서의 성적에 의하여 선발의 기준을 세우는 일이다.

이렇게 함에는 물론 여러 가지의 까다로운 문제가 없지 아니하다.—여러 학교 사이의 차이는 어떻게 하며 통일된 잣대는 무엇으로 할 것인가? 이러한 문제는 연구하면 해결 불가능의 것은 아니다. 하지 아니하는 것이지 못할 것은 아니다. 단박에 최선의 방도가 나서지 않는다 하더라도 하고 또 하면 좀더 나은 방도가 반드시 발견되어 드디어는 훌륭한 방도가 발견되고야 마는 것이다. 여기에 우리 노력하는 인생의 흥미와 의의가 있는 것이 아닐까?

그런 문제 중에, 한 가지는 하급학교의 성적 보고에 거짓이 들기 쉽다는 것이다. 과연 그러할까? 이것이 풀기 어려워서 그런 계획을 할 수 없을까? 아니다.

첫째, 각층의 교육자들이 진실로 교육자다운 양심과 이성에서 제가 맡은 교육에 종사하겠다는 결심을 할 수 없을까? 남이야 어떻든지 나 스스로부터 그러한 양심스런 교육자 되기를 결심하여야 한다. 남이 다 부정을 부리는데 나만이 정직하면 손해 본다는 얄미운 타산을 하지 말고 제가 맡은 천직에 자기의 최선의 양심과 노력을 경주하여야 할 것이다. 이렇게만 된다면 문제는 절로 해결될 것이다. 그러나 갑자기 온전히 그리 못 된다 하더라도 결코 실망할 것은 아니다. 왜? 적당한 방법으로 선발할 것 같으면 그러한 거짓과 속임이 들어찬 보고는 절로 하지 아니하게 될 것이다.

그 방법이란 다른 게 아니라 그러한 보고된 성적에 따라 입학을 허하고서 그 입학된 사람에게 즉시로 또는 한 학기 뒤에 그 학력을 시험하여 그 성적과 전 출신 학교의 성적과의 상관 계수를 내어서 그 다음 번의 그 학교 출신 지원자의 성적을 값 매길 것 같으면 한번 거짓 보고한 학교의 성적은 시세가 그 보고의 거짓과 속임의 분수에 따라 몇 곱절의 손해를 보게 될 것이다. 다시 말하면 한 졸업생에게 부당한 두둔을 한 탓으로 해서 그 학교 전체의 신용과 위신이 떨어져서 그 다음에 잇달아 나오는 수다한 졸업생에게 막대한 손해를 입히게 될 것이니, 적이 양지 양심이 있는 교육자라면 이만한 타산을 할 줄을 알 것이다.

그뿐 아니라 전수의 입학생 선발을 다 한가지로 그 출신교의 성적 보고에 의지하는 제도에서는 저절로 어떠한 졸업생에게만 대하여 특별한 거짓을 행사할 수가 없게 된다. 종래와 같이 한두 시간의 시험의 성적에만 좇는 제도에서는 지원자의 출신교의 교장이 어떤 특정인의 성적을 거짓으로 올려서 지원교에 보고하더라도 그 부정한 보고가 혹 그 당자를 특히 유리하게 하는 결과가 있는 반면에 그와 같이 졸업한 모든 다른 졸업생들에게 그리 현저한 영향을 미치는 일이 없기 때문에 그 밖의 졸업생들이 그러한 허위 보고에 그다지 신경을 날카롭게 하지 않고 지낼만 함이 사실이다. 그렇지만은 내가 여기서 제안하는 바와 같이 입학생의 선발을 전연히 그 출신교의 성적에 의지하는 경우에는 그 출신교의 성적 사고는 모름지기 전 학년 학생의 성적을 일람표로 제출하여야 할 터인즉 만약 출신교의 교장이 어떤 유력자의 세력에 눌리고 재력에 현혹되어 어떤 특정인의 성적을 거짓으로 부당하게 높여서 보고하였다면 그것은 반드시 그 아래에 놓인 수많은 졸업생들이 한가지로 부당하게도 불리를 입게 될 수밖에 없는 결과를 가져오게 된다. 다시 말하면 한 사람에게 베푼 부당한 호의는 그것이 바로 수많은 졸업생들에게 대한 부당한 손해를 입히는 악의가 되고 만다. 그러므로 만약 어떤 출신교에서 이러한 거짓의 보고가 있는 경우에는 입학생을 모집하는 학교보다도 먼저 그 출신교의 그 밖의 모든 졸업생 및 그 학부형들이 눈을 흡뜨고서 이를 감시할 것이오, 만약 그 부정이 발견되는 경우에는 어떤 한 이[一人]를 부당하게 특대하기 위하여 수다한 더구나 세력이나 재력이 많지 못한 제자들을 무시한다기보다도 비운의 함정으로 밀뜨리는 선생과 교장에게 강경한 단판으로써 그 책임을 묻지 아니할 수 없을 터인즉 그 선생·교장은 도저히 그 자리에 안연히 앉아 박일 수 없을 것이다.

혹은 말하리라. 어떤 출신교가 그 졸업생 전수의 성적을 실제보다 높여서 보고하는 경우에는 그러한 자가 마찰(自家摩擦)도 생기지 않고 골고루 부당한 이익을 누릴 수 있을 것이 아닌가(?)고.

그렇다. 그 해 한 해는 그런 덕은 볼 수가 있을 것이다. 그러나 입학 학교에서는 다만 입학생의 출신교의 성적에만 의지하지 않고 일면에는 입학 후의 성적으로써 그 출신교의 성적을 평가하는 방법을 취함으로 말미암아 그 전반적 허위 보고는 그 당년에는 약간의 이익을 얻겠지마는 그 반면에 그 다음해부터는 그 이익에 비하여 수배되는 불리를 온 졸업생에게 미치게 하는 결과를 가져오게 된다. 다시 말하면 그 해의 졸업생 학부형은 제가 입은 이익에 눈이 어두워서 가만 있을는지 모르지마는 그 다음 학년의 학생과 학부형들은 도저히 참지 못할 것이 분명한즉 그 교장이 그 자리를 유지할 수 없음은 마찬가지라 하겠다.

요컨대, 입학시험 제도를 폐지함도 우연성을 다분히 가지고 있는 한두 시간의 필기 시험의 성적보다는, 출신교의 3년 또는 6년 동안의 성적으로써 입학 지원자의 진정한 실력을 측정하는 정확성·공평

성을 띠는 것이 되는 동시에 각층의 학교로 하여금 제각기의 본래의 목적에 맞는 교육을 베풀게 하며, 각 학생으로 하여금 날카로운 말단신경으로써 초조히 한두 시간의 도박을 위하여 체계도 소용도 없는 단편적 지식을 억지로 처장이는 헛수고를 하기에 분망하는 공포에서 해방하여, 종용자약한 태도로써 자기의 소질과 취미에 따라 자유로운 학습에 종사할 수 있게 하는 좋은 결과를 맺게 될 것이다.

-〈연희춘추〉(1955. 1. 26.)-

은혜를 보답하는 사람 되라
-졸업생에게 주는 말-

그대들이 연희의 문을 두드려서 받아들임의 영광을 가진 지 이제 찬 네 해가 되었다. 그간에 혹독한 전란이 우리 국민의 생활을 무참히도 파괴한 탓으로 여러분의 공부하는 데에는 말할 수 없는 어려움과 괴로움이 많았을 줄로 안다. 그러나 그 모든 난관을 끈기있게 돌파하고서 초지를 관철하여 졸업장을 타게 된 것을 축하하여 마지아니한다. 한가지로 들어온 학우들 중에는 할 수 없이 그만 학업을 중단하고 만 사람이 적지 아니한 것을 생각하면 이제 학업을 마치고서 연희를 나가게 되는 여러분은 그런 중에서도 행복스런 사람이라 아니할 수 없다고 생각된다. 더구나 집을 잃고 부모 형제와 친척을 잃고서 비참하고 고독하고 가엾은 생활을 하고 지나는 동포들이 수없이 많음을 생각한다면 오늘의 여러분은 실로 행복스런 사람 중에서도 가장 행복스런 사람이라 할 수 있다. 사람이란 항상 쳐다보고만 사는 심리를 가지고 있기 때문에 언제나 제 스스로에 관하여 만족할 줄을 모르는 것이 예사이다. 그리하여 쉬지 않고 전진 향상을 꾀한다. 그러므로 제 처지에 만족할 줄을 모르는 것은 확실히 아름다운 덕이 될 수도 있는 것이라 할 만하다.

그러나 우리는 또 일면에서는 냉정한 태도로써 제 스스로가 처하여 있는 형편을 객관적으로 살필 만한 총명을 가져야 한다. 이제 대학을 마치게 된 여러분은 다 유복하고 다행한 사람임을 스스로 인식하지 않으면 안 된다. 여러분이 끝내 학업을 이뤄 냄에 이르게 된 것은, 첫째, 부모의 은혜가 생과 생활을 줌이오, 둘째, 나라의 은혜가 학문의 자유를 허여함이오, 셋째, 사회의 뭇사람들이 직접 간접으로 우리에게 공부의 기회를 준 것이오, 넷째, 하나님의 크신 은혜가 우리의 모든 활동과 용기의 근원이 되어 준 것이다. 여러분은 이러한데 은혜의 덕으로 슬기를 갈고 덕을 닦아 이제 이 나라의 지도자로서 출발을 하게 된 것이다. 지도자의 할일은 남을 지도함에 있음은 더 말할 것 없겠다. 그러나 나는 생각하건대 사람이 남을 지도하기 전에 먼저 제 스스로를 바르고 옳은 길로 이끌어 나아가지 않으면 안 된다. 그것은 곧 그대들이 이미 두터이 입은 네 은혜를 갚아야 할 의무를 수행하는 일이다. 다시 말하면 그대들의 오늘의 성과는 곧 그대들이 진 빚이다. 이 빚을 갚기에다 충성을 다하고 지력을 기울이고 체력을 바치는 때에 그대들의 성공과 영광이 있을 것이다.

-〈연희춘추〉(1956. 3. 1.)-

새해의 말씀

새해는 병신 년이라 사람들이 잔나비 해라고들 떠든다. 나는 어째서 올해가 잔나비하고 인연이 있게 되는지, 알 수 없지마는, 다만 남들의 말대로 그저 잔나비 해라 하여 두고서, 거기에 무슨 희망을 붙여 보고 싶다. 잔나비는 높은 나무에 잘 올라가는 재주가 있다. 나는 이 잔나비의 새해를 맞이하여, 우리 한글 학회의 모든 사업이 잔나비처럼 높은 곳으로 곧잘 올라가게 되기를 빌어 마지 아니한다.

돌아보건대, 지난 을미 년도 우리가 많은 희망을 가지고 맞았었다. 그러나, 365 이란 수다한 날을, 우리는 별로 이뤄 낸 일 없이 그만 영원의 저편으로 보내어 버리고 말았다. 억지로 세어 든다면, 겨우 학회 기관지 "한글"을 속간하여, 우리 회원들의 열성과 사회인의 뜨거운 원조로 말미암아, 꾸준히 여섯 호를 내어, 발전의 걸음을 걸어 온 것 하나뿐이다.

이와 같이, 이룬 것은 적었지만, 우리는 아주 실망으로써 묵은 해를 보내지는 아니하였다.—아니, 차라리 우리는 우리 한글 동지들의 신념이 능히 태산을 움직이고, 철석을 뚫어 낼 수 있음을 체험하였다. 진리는 최대의 힘이다. 일은 반드시 바른 데로 돌아가고야 만다는 옛말 그대로 우리 학회의 앞길에 나타나게 되었다. 한글 맞춤법의 문제가 순조로이 해결되고, 사전 사업의 계속의 서광이 확실히 비치게 되었고, 우리의 한결같은 정성이 또다시 세인의 마음을 움직이게 되어 감을 실감하는 숨은 기쁨을 가지게 되었다.—이러한 희미한 서광을 바라보면서, 우리는 고요히 묵은 해를 보내었다.

새해가 되었다. 우리 학회는 미국의 “록펠러 재단”으로부터 최종의 결정은 아직 받지 못하였으나, 우리는 그 고마운 계속 원조의 확실성을 믿고서 일을 경륜할 수 있게 되었으며, 이 “한글”의 발전을 위하여서는, 아시아 재단으로부터 고마운 많은 원조를 받았다. 새해의, 운이 이내 터지기 비롯한지라, 아마도 우리의 사전 편찬의 사무처도 어느 독지가로부터 고마운 원조가 있기를 기대하여 마지 아니한다. 그가 과연 누구일지는 우리도 아직 알지는 못하지마는, 반드시 나타날 것을 믿는 바이다.

그러나, 우리의 사업이 발전 완성되려면, 다만 몇몇 유력한 특지가의 원조만으로는 부족하다. 거기에는 반드시 온 천하 한글 동지들의 끊임없는 성원과 협력이 필요한 것이니, 이것이 아니고는, 온갖 외부적 원조가 실효를 나타낼 수 가 없는 것이다.—이러한 의미에서, 나는 새해 첫머리에 적어서, 우리 온 국민의 큰 관심과 협조와 성원을 청하는 바이다. (4289.1)

-〈한글〉 116호(1956)-

어리석은 사람이 되자

아무도 자기를 속이지 말라. 이 세상에서 지혜 있는 줄로 생각하거든 미련한 자가 되라. 그리하여야 지혜로운 자가 되리라.

이 세상의 지혜는 하나님께 미련한 것이니 기록된 바; 지혜 있는 자들로 하여금 자기 궤휼에 빠지게 하시느니라고 하였다. (고린도 전서 3장 18~19절)

1. 국민학교 6년, 중등학교 6년, 그리고서 많은 경쟁자를 물리치고 대학에 들어와서 많은 지식을 닦으며 갖은 재주를 배우며 모든 가지의 생업을 익히어 입신 양명, 출세하려는 대학생 여러분에게 나는 오늘 좀 이상스런 말을 하려고 한다. 그것은「어리석은 사람이 되라」란 말이다.

사람의 사회는 지식의 증가, 인지의 발달로 인하여 발달 향상하여 온 것임은 틀림없는 사실이다. 그러므로 교육이란 예로부터 몽매(蒙昧)을 깨우쳐 개명(開明)을 이루고, 우자(愚者)를 가르쳐 지자(智者)로 만드는 데에 그 목적이 있는 것이었다.

2. 그러면 오늘날 우리 청년들이 교육을 받은 결과로 다 올바른 지자(智者), 현자(賢者)가 되었는가?

나의 보기에는 우리 나라 사람의 마음 그릇은 매우 작고 얕은 듯하다. 작기 때문에 지식이 얼른 차 버리기 쉽고, 얕기 때문에 무엇이 뿌리깊게 박혀 있지 아니한다. 그리하여 공부꾼은 얼른 한 사람 몫의 학자가 되어 버리고, 더 알려고는 아니하고 이미 안 것으로써 만족하여 스스로 대가인 양하는 것이 예사이며, 기술자는 대번에 제가 일류 기술자로 자처하고서 그 기술의 더 깊은 연마와 개량에 유의하지 아니하는 형편이며, 정치에 관여하는 사람은 국사에 관하여, 백성의 생활 문제에 관하여 깊이 주도하게 연구하여 좋은 정견을 세우려고는 아니하고 대번에 그만 큰 정치가가 되어 조석으로 달라지는 그 의견을 그대로 좇아 아무러한 집착이 없고 굳건한 정견이 없고 다만 감정과 기분의 돌아가는 대로 이해 타산에 따라 행동하는 형편이다.―이러한 것은 한두 가지의 실례에 지나지 않지마는 그 나머지 어느 방면, 어느 사회를 보든지 다 경조 부박의 기풍이 떠돌지 않은 데가 없다. 제가 가진 모든 지혜는 거짓말하기, 남을 속이기, 남을 중상하기, 모든 사회적 관계를 분리시키기에 이용되고 있다. 그래서 모든 지식은 제 이름을 내고, 이권을 잡고, 일신의 영달을 꾀하기에 사용되고 있다. 호화스럽게 쾌락만을 좇아 잘난 척하며 살기만 위주한다. 믿음직한 사람, 지조가 굳은 사람, 의리가 있는 사람, ……. 이러한 사람은 참으로 새벽 하늘의 별보다도 더 드물다 할 만한 형편이다.

3. 오늘날 우리 사회의 소위 지식 분자라는 사람들의 행동 태도; 몸이나 마음이나 한가지로 반들반들 닳아서 어디에나 걸리지 않고 솔솔 잘 빠져 나가기에 비상한 재주를 가지고 있다.

귀찮은 일, 성가신 일, 힘드는 일, 땀나는 일, 해로운 일에서 빠지기. 학생들이 공부보다는 반들반들 닳기를 힘쓴다. 말쑥하게 차리고 극장이나 다방에 출근하기. 요새 각 대학의 신문을 보면 학생 사회에서 명사 초청의 강연회가 빈번하여 한 유행을 이루고 있음을 본다.

좋은 일이다. 그러나 전적으로 좋다고 볼 수 있을까? 저서(著書)의 저자인 명사의 한 자리의 강연으로 그 전저(全著)를 다 알았다고나 하지 않는가?

국회 의원이나 한번 되면 큰 정치가나 된 듯이 너무나 잘난 듯이 뽐내지나 아니하는가? 오늘은 ㄱ정당, 내일은 ㄴ정당, 아침에는 이렇게 어울리고, 저녁에는 저렇게 어울리니, 그 변화·개종의 무쌍함은 실로 놀랄 만하다. 이런 일이 왜 그렇게 생길까? 그는 다름이 아니라 그네들이 너무 똑똑하기 때문이다. 너무 슬기와 재주가 많기 때문이다. 너무 반들반들 닳았기 때문이다.

한번 미국으로 간 사람은 가난한 제 나라, 무지한 제 겨레, 저열한 사회 생활, 어렵고 누추한 우리 농촌, 빛나지 못한 우리 도시를 싫다 하여 그저 반들반들 양풍에 떠돌아 이리 구르고 저리 굴러 제 나라로 돌아올 줄을 모른다. 미국은 지상 천국인데, 내가 여기까지 온 것은 내가 잘난 덕인즉 무슨 맛으로 가난하고 보잘것없는 고국으로 돌아갈까 보냐? 그리하여 그는 조국에 대한 일생의 의무를 벗어 버리고 가볍게 쾌하게 살려 한다.

장사하는 사람은 어떻게 하면 탈세를 하고서 제 이익을 잘 보호해 볼까가 주소의 용심처이다. 하필 장사뿐이랴? 천하 사람들이 다 그렇다. 어떻게 하면 남의 나라의 원조 물자를 많이 손에 넣어서 돈을 만들어 볼까? 이것이 우리 나라 권력 계급의 최대의 용심처이다. 정당하게 일하여 정당한 수입으로써 정당한 세를 물고 정당하게 살아가는 사람이 얼마나 되는가?

이렇게 우리는 우리의 국가 경제를 위하여 세금내기를 피하는 것으로 유일의 생활도를 삼고 있음에 대하여, 미국은 또박또박 고율의 세금을 바쳐 수만 리 밖에 있는 이 한국을 돕는다는 일—이 얼마나 어리석은 일인가?

4. 어리석은 일

① 당랑 거철(螳螂拒轍)이란 말이 있다.

② *일제의 폭위(暴威)가 동양 전국(全局)을 압도(壓倒)할 적에, 그에게 정복된 조선에서 연약한 몸으로써 홀로 그에 항거하는 일은 어리석지 아니한가?

안중근, 이봉창, 강우규, 김상옥, 나석주—이런 사람들은 다 오늘의 지혜 있다는 사람으로서 본다면 어리석다 할 것이다.

*일제의 총칼 앞에 맨주먹으로 태극기를 들고 독립 만세를 부르던 기미 삼일 운동은 약빠른 깐돌이의 눈으로 볼 적에 그 얼마나 어리석은 일이었을까?

*온 천하가 다 향응하는 주 무왕(周 武王)의 벌주군정(伐紂軍征)의 말고삐를 잡고 이신벌군(以臣伐君)은 불가하다고 간하고 주외(周外)에서 천하를 얻으매, 그 곡식 먹기를 꺼리어 수양산(首陽山)에 들어가서 고사리를 캐어 먹고 주려 죽었다 한다.

사상의 변천과 충신·효자·열녀·지사의 ○○○ 변동한다고 충신—지사를 웃을 것인가?

③ *선생이 시키는 대로 꼬박꼬박 숙제를 해 가고, 맡겨진 일을 다 하는 일이 얼마나 어리석은 일인가?

*다른 학우들은 다 방망이를 하는데, 저는 모르는 것은 모른다 하고 아는 것만 적어 내었기 때문에 꼴찌나 낙제를 한 사람, 그 얼마나 약빠르지 못한가?

*남의 연설 마디, 강연 조각으로 만족하지 아니 하고, 어렵고 귀찮은 원저(原著)에 나아가 그 뿌리를 캐는 것이 얼마나 어리석은 일인가?

*평생을 한 가지 일에 꾸준히 종사하면서 고생하는 사람,

*제가 세운 초지를 변ㅎ지 않고 신고를 단 듯이 견뎌 가면서 일생을 보낸 사람, 얼마나 어리석은 일인가?

*저에게 적당한 배우자라 하여, 부자집 아들딸을 버리고 가난한 집의 아들딸을 자기의 배우자로 선택하는 사람, 그 얼마나 어리석은가?

*죽은 애인을 잊지 못하여 평생을 수절하는 사람,

*별수없을 줄을 미리 짐작하면서도 부지런히 수고로이 실험을 하고 또 하는 소위 우인(愚人)의 실험을 반복하는 뉴튼이 얼마나 어리석었는가?

*전쟁이 난 줄도 모르고 실험실에서 실험만 하다가 나와 보니 전쟁이 지나갔더라는 사람, 그 얼마나 얼빠진 일인가?

*사육신, 백이 숙제(伯夷叔齊) 얼머나 어리석은가?

5. 오늘날 우리 사회에는 이러한 어리석은 이가 적어서 큰 걱정이다. 모두 잘난 이, 슬기로운 이들로 들어찼다.

고등 교육을 받은 사람은 다 반들반들한 바둑돌 깐돌이요 미꾸라지다. 모든 법망에서 솔솔 빠져 결코 걸리지 아니하며, 병역을 면하고, 세금을 내지 않고, 제 주머니의 돈을랑 쓰지 않고, 남의 나라의 돈만을 제 돈보다 더 잘 쓰는 사람, 명리(名利)의 앞에서는 신의 절조(信義節操)는 헌신짝같이 던져 버리는 사람.

이와 같이 제 잘난 사람, 소위 지식인, 지혜로운 사람으로 들어찬 우리 사회의 장래가 어떠할까? 진정한 대중의 행복과 자유, 국가의 순당한 발전이 약속될 수 있을까?

6. 나는 제군에게 바라노니; 좀 어리석은 사람이 되어라 함이다.

인류의 역사를 가만히 살펴본다면 인류 발전의 원동력은 다 이러한 어리석은 이들의 행동에 있었다 하겠다.

양주동 님의 「질화로」란 글이 있다. 간단한 글이다. 읽어 보겠다.

〈되는 대로 만들어진, 흙으로 구운 질화로는 그 생김새부터가 촌사람과 같이 순박하고 단순하건마는, 지긋이 눌러 있는 넓적하고 커다란 불들은, 사뭇 온종일 동안, 혹 밤새도록 저 혼자 불을 지니고 보호하고 있을이만큼 믿음직스럽고 덕성스럽다. 갑자기 활활 달았다가 이내 꺼지고 마는 요새의 문화 화로와는 무릇 본성이 다르다.〉

사실로 우리 나라에는 똑똑한 사람, 약은 사람이 너무 많아서 걱정이다. 이네들은 너무 똑똑하고 너무 약고 너무 타산에 빠르기 때문에, 그 주의와 노력을 한 가지 일에 계속적으로 집중하며, 그 잡은 바를 평생 여일히 지킬 줄을 모른다. 그네들에게는 다만 오늘만이 있고 내일은 없으며, 내 몸만 있고 남은 없으며, 내집만 있고 나라는 없다. 겨레와 나라의 장래를 바라보는 사람의 걱정이 바로 여기 있는 것이다.

우리 겨레의 장래를 메고 나아갈 젊은 학도 여러분! 좀 어리석은 사람이 되어 주시오. 바꿔 말하면 순진한 사람, 진실한 사람이 좀 되어 주시오.

-1956. 7. 7.-

한국 사람이 맞아야 할 크리스마스

추운 바람이 불어온다. 산에도 불고, 들에도 불고, 집 안에도 분다. 나무나무는 잎이 다 떨어지고 앙상한 쇠꼬챙이 같은 가지만이 폭폭 공중을 찌르고 섰다. 모든 벌레는 형적을 감추었고 옷 잘 입은 새들도 오돌오돌 떨고 있다. 길 가는 사람들은 서로 돌아보지도 않고 쌀쌀하게 지나간다. 찬 기운이 천지에 가득 차고 인간에 가득 찼다. 따뜻한 구석이 없으니 정다운 웃음도 들어 볼 수가 없구나!

해가 서산으로 넘어갔다. 구름은 북쪽 하늘에서 일어나아 날고 퍼지어 어두운 장막을 땅위에 내리었다. 차가운 기운은 옷깃을 헤치고 살몸으로 기어드는 듯하다. 눈이 올 것 같다. 산 기슭의 오두막집에서는 밥짓는 연기가 기운없이 피어 오른다. 아마도 그 집의 아버지가 일터에서 늦게야 돌아왔기 때문에 끼니거리가 이제야 생긴 모양이다. 눈이 내리기 시작하였다. 처음에는 펄펄 내리더니 어두움이 짙어감에 따라 흰눈은 함박으로 퍼붓듯이 가득하게 내린다. 인간세상은 추위와 눈에 잠기어서 고요한 밤으로 빨려들어간다. 모든 시끄럽던 소리는 완전히 사라지고, 하늘 땅이 함께 고요(靜寂)와 얼음 속에 잠기었다.

이러한 춥고 어두운 밤에 예수 그리스도가 가난한 집 구유로 이 세상에 오시었다. 추위와 가난과 죄악이 들어찬 인간에다가 따뜻한 기운을 불어넣으며, 풍성한 은혜를 베푸시며, 죄악을 소탕하기 위하여 그리스도가 오시었다. 삼십 년 동안의 준비로써 삼 년 동안 설교하시다가 드디어 제자에게 배반당하여, 무지한 관헌에게 십자가를 지는 고난을 당하시었다.

일년 삼백육십오일 다른 좋은 철을 다 두고, 왜 이렇게도 춥고 모진 겨울에 범상한 사람도 아닌 하나님의 아들이 이 세상에 오셨을까? 누가 그 이치를 안다고 감히 말할 수 있으리오. 하지마는 나의 믿는 바로는, 몹시도 추운 동지 때가 지극히도 추악한 인간과는 바로 알맞은 시간·공간의 서로 어울림이라 할 수 있으니, 이때가 정히 구세주의 나타나시기에 가장 적당한 시기라고 생각된다.

예수의 나심은 이 춥고 모진 세상을 건지기 위하여 오심이다. 남으로 남으로 멀어만 가던 태양이 남회귀선에서 돌아섬으로 말미암아 얼고 말랐던 만물이 소생의 소망을 품게 됨과 같이, 우리 주 예수 그리스도의 나심으로 말미암아 우리 죄악의 인간은 멸망의 구렁에서 건진 바 되어 번영의 경지로 들어갈 소망을 가지게 된 것이다.

예수의 때로는 이천 년에 한 번만 나신 것이 아니요, 곳으로는 멀고먼 유대 나라 한 군데서만 나신 것이 아니다. 예수는 인간의 죄악과 싸우시다가 가장 악착스런 십자가의 형을 받고 돌아가셨지마는, 죽음 가운데서 되살아나심으로 말미암아 그가 뿌리신 구원의 소망의 씨는 영세 무궁ㅎ도록 온 인류의 개개의 마음속에 싹텄다. 그리하여 크리스마스 성절의 기쁨은 세계 어느 곳에서나 해마다 해마다 모든 사람의 마음에 새롭게 움직여 그칠 줄이 없다.

우리 나라가 일찍 예수교의 전해 옴을 극도로 꺼리어서 그 신도를 무참히 도살하더니, 그 스스로 가진 무거운 죄악으로 말미암아 드디어 나라를 잃고 남의 겨레의 종이 되고 말았던 것이다. 이제 남의 덕으로 해방이 되고 광복이 되기는 하였으나, 제 본래의 죄악의 씨가 그 마음자리에서 깨끗이 씻어지지 않고 있음도 앙탈할 수 없는 사실이다. 오늘의 우리 나라에는 사랑의 대신에 미움이 들어차고,

옳음의 대신에 그름이 들어찼다. 모든 사회적 죄악의 그 뿌리가 심령의 죄악에 있음을 우리는 굳이 믿는다. 엄동설한의 혹독한 기운이 천지를 휩싼 듯하다. 이와같이 추위가 심할수록 따뜻한 기운을 사모하는 마음이 더욱 간절하며, 죄악이 극성할수록 인간은 그 구원의 길을 찾아 더욱 목말라 한다. 한국 사람은 이 세상 누구보다도 예수의 나심을 갈망하고 있다. 크리스마스는 우리에게 무한의 생명의 기쁨을 준다. 예수의 가르침을 믿어 받드는 사람들은 다같이 이 거룩한 크리스마스를 축하하는 노래를 부르자. 그러면 한국 사람이 맞아야 할 크리스마스는 어떠한 것일까? 그것은 다름이 아니다. 다만 교회에서 정해 놓은 찬송가를 부르며 축하 예배를 드림으로 만족하는 형식스런 크리스마스가 아니고, 제 마음으로부터 구세주를 맞아들이는 깊은 감동을 가져야 한다. 그리하여 주님께서 행하시다 가신 그 일을 나 스스로도 행하지 아니하면 안 된다. 아무리 믿음이 굳고 소망은 크다 할지라도 우리 스스로의 힘은 극히 미약한 것이다. 크리스마스를 맞이한 우리는 각각 조그마한 촛불을 들고서 제 둘레에 있는 사물을 비추며, 제 이웃에 사는 사람의 마음에 밝음과 소망을 주기를 힘쓰자. 여기에 한국 사람의 맞이한 크리스마스의 큰 뜻이 있는 것이다. (주후 1956년)

-〈연희춘추〉(1956. 12. 20.)-

끊어짐과 잇달음
-졸업생들에게 주는 글-

1. 순간은 인위적인 것

오늘 2월 23일은 졸업생 시험이 끝나는 날, 학기의 끝이요, 학년의 끝이며, 졸업생에게는 학교의 끝이다. 끝이란 것은 끊어진 것이나, 끊어짐은 잇달음 곧 연속을 예상한다. 그래서, 나는 이제 끊어짐과 잇달음, 절단과 연속, 영원과 순간, 무한과 유한, 불변과 변을 좀 생각해 보려고 한다.

어떻게 보면, 우주는 연속뿐이오 절단은 없는 것 같다. 먼저 공간을 가지고 보건대, 공간은 빈틈이 없이 잇달아 있는 것이며, 시간도 또한 잇달아 있어, 조금도 빈틈이 없는 것이다. 이렇게 잇달아 있어, '하나'로 되어 있는 공간과 시간에 각각 끊음을 넣어서, 여러 가지 갈피를 만들고, 마디를 짓는 것도 또한 사실이다.

하나의 공간인 우주를 끊고 잘라서 무수한 천체·지구·물과 바다·산과 들로 구분하고, 다시 더 나아가서는 한 마당의 땅도 다시 인위적 구분을 하여, '김'가의 땅과 '이'가의 땅을 구별한다. 이와 마찬가지로, 시간도 여러 가지로 구분을 만들어서, 낮밤·하루·12달·사철·해〔年〕로 구분한다. 이까지는 자연스럽고 예사롭다 하겠다. 그러나, 다시 하루를 열두 시간으로, 한 시간을 60분으로, 1분을 60초로 가르는 것은, 끊음〔切斷〕으로써 능사를 삼는 사람의 짓이라 하겠다.—이렇게 보면, 잇달음·불변·영원은 우주의 본질이오, 끊어짐·변화·순간은 다 인위적인 것이라 할 만하다.

2. 인생은 유한하다

사람은 끊어짐, 갈피, 도막도막, 변화를 좋아하는 본성을 가졌다. 끊어지지 않고 잇달기만 하는 것은 우리 사람에게 지리하고 싫증나고 견디기 어려운 느낌을 준다. 옛날 미국에서 동서 관통의 길이 평탄한 곳에 일직선으로 뻗쳐 있어, 아무리 가고 가도 한결같이 켱긴 실줄 같은 길 그것뿐이었기 때문에, 길 가는 사람이 그만 애마르고 속타서 죽어 버리는 일이 종종 있었다. 그래서, 일부러 중간 중간에 산을 만들고 길을 돌려서, 끊어진 곳, 끝난 곳을 많이 만들었더니, 그로부터는 사람이 길 가다가 죽는 일이 없었다 한다. 나는 이것의 사실 여부는 잘 모른다. 그러나 있을 수 있는 일이라고 생각한다.

허허 벌판에 외로운 몸을 두고는, 불안의 느낌을 면하기 어렵다. 그래서 작은 갈피〔區域〕를 잘라서, 그 둘레에 담(여러 모양의)을 쌓고, 그 안에 들어 있으면 비로소 안온의 느낌을 얻게 된다. 이른바 '안도감'이란 것의 근본의 뜻은 이러한 것이겠다.

사람은 자유를 좋아한다. 하지마는 아무 매인 데가 없는 무한 주의이기는 원하지 않는 바이다. 이른바 '처옥자수'(妻獄子囚)를 가지고서야 비로소 안온의 느낌을 가지게 되며, 무정부주의나 무국가주의를 버리고서, 정부를 가지고 국가 생활을 하는 곳도 또한 같은 심정이라 하겠다. 그래서 모든 사람은 세계-나라-고을-동네의 한 사람으로서 비로소 그 안정된 인생을 발견하는 곳이다.

처음도 없고 끝도 없이, 영구히 한 모양인 시간의 잇달음 속에서 살음을 누리고 있는 사람살이는 그 자체가 일종의 유한한 끊어짐의 존재이다. 이와 같은 유한하게 끊어진 인생은 모든 생활에서 끊음을 하고 산다.—한 나라의 역사는 여러 시기로 끊어 구별하고, 한 사람의 인생도 여러 시기를 끊어, 갓난이, 젖먹이, 어린애, 아이자란애(=어린이), 젊은이, 장찬이〔壯年〕, 늙은이 들의 이름을 부른다.

이렇게 끊음으로 말미암아, 우주는 더욱 아름답고, 인생은 더욱 귀중하다. 보라! 저 가을 밤의 별들을, 강산의 경치를, 그것들의 아름다움은 다 끊어짐에서 생긴 것이다. 끊어진 곳에 변화가 생기고 변화가 있는 곳에 아름다움이 성립하는 것이다. 산이 다한 끝에 강이 아름답고, 강이 다한 곳에 산이 또한 아름답다.

인생에게도 어린이, 젊은이, 장찬이, 늙은이가 있어서 아름답고 귀중하며, 심지어, "죽음"이 있어서 인생은 더욱 존귀하고 아름답다. 사람은 다 오래 살기를 원한다. 고래로 원하는 사람은 많았지마는, 장생불사를 성취한 이는 한 이도 없었다. 만약 사람이 나기만 하고 죽지 아니한다면 이 인간 세상은 과연 어떻게 될 것인가? 사람은 사람을 천대하고 미워하고 싸우기만 할 뿐일 것이다. 수일 전 신문 보도에 따르면 미국 모대학 교수가 오래 사는 약을 발견하여 동물 실험을 한 결과 20% 더 오래 살았다 한다. 이는 아직 진시황, 한부자가 구하던 불사약은 아닌 모양이다. 만약 누구가 장생불사약을 발견한다 하더라도, 그것은 결코 인간에게 여러 가지 뜻으로 귀한 발명이 될 수 없을 것이다. 사람의 목숨은 유한하여 반드시 죽음이 찾아옴이 있음으로 말미암아, 인생의 뜻과 값어치가 더 높아지는 것이다. 세상의 허다한 악인은 죽음으로 말미암아 세상이 깨끗해지고 조용해지며, 착한 이, 훌륭한 이, 거룩한 이는 서산에 지는 해와 같이 죽어감〔死去〕으로 말미암아, 그 광휘가 더욱 찬란한 것이다. 예수의 십자가에서의 죽음, 소크라테스의 옥중에서 독 먹고 죽음, 간디의 총 맞아 죽음, 우리 충무공 이 순신 장군의 전장에서의 죽음, 이러한 죽음이 다 그 인격의 광휘를 얼마나 더 빛나게 하였는가를 생각하면, '죽음'이란 인생의 값어치를 높이며, 우매한 이의 마음을 거룩하게 만드는 것임이 틀림없는 것이다. 인생은 유한하다. 유한(有限)은 실로 유한(遺恨)이다. 그러나, 한탄스런 유한성이 도리어 인생을 아름답게 하며 고귀하게 만드는 것임을 우리는 깨쳐야 한다.

3. 정다운 친구는 인생의 행복

평탄한 냇바닥을 거침없이 술술 흘러가는 물이 돌로 말미암아 막히든지, 낭떠러지로 말미암아 끊어지든지 하면, 물은 혹은 솟아 오르고 혹은 내리 떨어지어 그 본색을 더욱 잘 드러낸다. 사람도 그 값어치를 나타내기 위하여는, 그 진로에 가로놓인 마디가 필요한 것이다.

'절조'니, '절개'니 하는 것들은 사람의 덕(德)으로 숭상하는 것인데, 이는 다 그 마디에서 그 본질은 잘 발휘함을 이름이다. 사람살이의 모든 일에는 마디가 있어서 그것에 문의를 놓나니, 이 이른바 '절문'(節文)이라는 것이다. 끊음이 있은 뒤에 마디가 생기고, 마디가 있은 뒤에 사람은 그 고귀한 사람다운〔人格的〕 값어치를 드러내게 된다. 마디는 사람에게 반성과 발전의 기틀을 제공하는 것이기 때문이다.

여기 이 자리에는 졸업할 사람과 진급할 사람이 있다. 졸업생은 학교의 끝이란 큰 마디를 당하였고, 재학생은 학년의 끝이란 작은 마디를 당하였다. 먼저, 큰 마디, 큰 끊음을 당하는 졸업생은 이 마디, 이 끊음에 당하여, 지나간 4년의 세월을 돌아보고, 크게 스스로 반성할 필요가 있다.

이번에 졸업할 학생 여러분은 이제로부터 4년 전에 이 학원에 들어오고자 하는 수천의 학생 가운데에서 다행히 뽑히어서 입학의 방을 보고 얼마나 기뻐하였던가. 입학식을 지내고 공부하기 비롯하여 하루 가고 이틀 가고 한 달 가고 두 달 가고 한 해 가고 두 해 가서 어느덧 4년이란 세월이 흐르는 물같이 흘러 갔다. 가슴에 가득히 기쁨을 품고서 들어온 그대들이 이제 무엇을 얻어 가지고 나가는가? 나는 그대들에게 그것을 묻고 싶고 듣고 싶다.

첫째, 여러분은 4년의 재학에서 이 학원의 스승들 가운데서 마음으로 언제나 스승으로 섬기고자 하는 스승을 혹은 일생의 동지로서의 스승을 발견함이 있었는가? 그리하여 그의 가는 길을 동행하여 따라가며 이어 갈 생각을 한 일이 있는가? 만약 스승들 가운데에서 이를 발견하지 못하였다면 어느 책에서 그러한 스승 그러한 동지를 발견함이 있었는가?

다음엔, 허다한 학우들 가운데서 하나의 지기(知己)를 얻었는가? 물론 다정한 친구를 얻는 것도 좋지마는 그보다도 더 소중한 친구는 지기 동지이다. 장래의 이상과 포부에 대하여 서로 뜻 맞고 정다운 친구를 얻는 것은 인생의 행복이다. 이러한 행복을 찾을 수 있는 이 좋은 기회를 여러분은 잘 이용하는가?

또, 여러분은 연희 동산의 대자연의 품안에 안기어서 푸른 숲, 흰 구름으로 더불어 한 덩어리가 되는 명상의 경험을 가져 보았는가? 그리고 이 동산 이 학원에 대한 사랑의 정을 느낀 일이 있는가? 이 학원의 동산이 금강산, 백두산과 연결되어 있는 나의 조국의 강토로서 나를 낳았고 또 나를 길러 내었고 드디어는 내가 돌아가아 바칠 곳임을 느껴 본 일이 있는가?

여러분은 입학 이래 네 해 동안에 여러 스승들에게서 또 많은 책에서 많은 지식을 배워 얻었을 것이다. 그런데 그 지식을 경주하여서 자기의 이상을 실현하고자 하는 정열을 길러 가겠는가?

여러분은 오늘의 졸업이 단순히 나의 힘으로 된 것이 아니라 나와, 사회·스승·부모의 은혜임을 깊이 깨쳤는가? 그리하여 이러한 은혜를 갚아야 하겠음을 또 그 갚는 방도가 무엇임을 스스로 깨치고 결심한 일이 있는가?

여러분은 이 학원에서 그리스도의 가르침을 진심으로 받아들인 일이 있는가? 아주 완전한 그리스도인이 되겠다고까지는 결심하지 못하였을지라도 기독교의 정신에 대하여 공명하여 본 일이 있는가?

여러분은 광복된 조국이 진정한 청년 애국자를 부르고 있음을 들었는가? 그리하여 그 부름에 응하여 결연한 태도로써 "예!" 하고 나설 준비와 각오가 있는가?

이러한 모든 물음에 죄다 긍정적 대답을 할 수 있는 사람이 몇이나 있는가? 여러분은 이러한 물음을 단순히 이 글쓰는 이[筆者]의 물음으로 생각하지 말고, 그대들 자신의 물음으로 생각해 볼 마음은 없는가?

끝으로 재학생 여러분! 이러한 물음에 대하여 긍정적인 대답을 하려면 그 준비는 1학년 때부터 끊임없이 되어 가야만 됨을 알아야 한다. 슬기로운 사람은 졸업이란 마지막 큰 마디에 가서야만 대답을 준비하는 것이 아니라 1,2,3,4년을 통하여 모든 하루하루, 한 시 한 분을 다 뜻있이 보내고, 스스로 살피고 스스로 가다듬는 좋은 기회로 삼지 아니하면 안 됨을 잘 알고 있는 것이다.

4. 졸업식은 시업식이다

나는 위에서 끊음의 필요 공효를 말하였다. 끊음은 과연 필요하고 소용스럽고 뜻있는 것이었다.

고대 그리시아 철학자 헤라클라이토스는 "온갖 것은 다 변한다." 하였다. 그러나, 이 말세움이 바르기 위하여서는 먼저 "온갖 것이 변한다."는 그것만은 변하지 아니하는 것이어야만 한다. 만약 그것조차 변한다면 "온갖 것은 변한다."는 말세움은 도저히 성립할 수가 없을 것이다.

이와 비슷하게, '끊어짐'은 '잇달음'을 예상하고 있다. 이음의 밑바탕이 없이는 끊음은 가능하지 아니하다. 만약, 시간의 흐름이 하나로 잇달아 있지 아니할 것 같으면, 우리가 시간을 한 시간,두 시간, ……으로 끊을 수가 없을 것이다. 만약 그 잇달음이 없이 끊어짐만 있다면 그것이 외줄〔一線〕 위에서 동안의 도막이 되지 못하고 마치 공간적으로 벌려 놓은 도막 나무와도 같아서 도저히 시간의 구실을 할 수가 없을 것이다. 또 어떤 물체를 끊어 둘로 내었다 하자. 그 두 도막으로 끊어진 ㄱ과 ㄴ과의 사이에 전연히 아무것도 없다면 그것은 둘이 못 되고 하나일 따름일 것이다. 그것이 둘이 되었다는 것은 그 끊어진 ㄱ과 ㄴ이 한가지로 끊어지지 아니한 것(잇달음) 위에 있음을 보임이다.

옛 사람은 "우주(宇宙)"를 풀이하여 가로되, "우(宇)"는 시간의 연속이오(往古來今日宇), "주(宙)"는 상하 사방의 퍼짐이라 하였다. 곧 우주는 시간과 공간과의 통합체이다. (아인슈타인이 나기 전에 동양에서는 4차원 세계를 보았던 것이다.) 사람은 시간과 공간의 연속적 통일체 속에서 산다. 그리하여 인생은 유한하면서 무한을 예상하고 영원이란 근본적 상정 위에서 살아가는 것이다. 그러므로 인생은 잇달음과 항구(恒久)의 지반 위에서 사는 끊어짐이오 삽시간 같은 유한한 존재이다.

그래서, 끊어짐에서 잇달음을 그리고, 변화 속에서 분별을 찾으며, 순간에서 영원을 원함은 그 본질적 요구이다.

모든 천체는 근본 하나이었다. 하나인 것이 여러 낱으로 끊어지고, 떨어진 것이다. 그렇기 때문에, 막막한 공간에 흩어져 있는 모든 천체 모든 개체는 그 본데로 돌아가고자 하는 심절한 소원을 가졌으니, 그것이 물체에 있어서는 '만유인력'으로 나타나고, 생명 특히 높이 발달된 사람의 생명에 있어서는 항구의 누리, 불변의 세계로 돌아가고자 하는 참을 수 없는 간절한 심회를 가진다. 플라톤이 말하는 고향수심에 잠기어 있다. 나뭇잎은 떨어져 그 뿌리로 돌아가고, 사람도 죽으면 그 땅에서 얻은 육체는 땅으로 돌아가고, 하늘에서 얻은 영혼은 영원한 생명에로 돌아간다. 여러분이 다 아는 바와 같이, 우리 말에서는 "죽다"를 "돌아가다"라 하니 이 말이 정말로 뜻이 깊고 긴 표현이라 하겠다. 인생은 영원에서 갈려 나왔다가 다시 그 떠나왔던 영원으로 돌아가는 것이다.

우리 사람들은 나날의 살음에서 끊어진 것은 다시 잇달기[連續하기]를 원한다. 아니 끊어짐의 다음에는 반드시 잇달음이 오는 것을 믿는다. 종교인은 물론이요, 비종교인이라 할지라도, 그가 만약 교양이 있고 사람답게 살기를 원하는 사람이라면, 그는 반드시 이러한 심정, 이러한 믿음을 가지고 행동하며 살아가는 것이다. 사람이 만약 일신의 쾌락, 일시의 만족만을 탐하고 제 옆에 가로로 동포 인류의 있음을 모르고 세로로 영구한 잇달음의 생명이 있음을 모른다면, 그는 실로 가련한 존재, 불쌍한 인간일 것이다.

학생 여러분! 그대들은 학기가 끝났다고 해서, 그 학과목의 공부가 끝났다고 생각하는가? 학교를 졸업한다고 학문을 마치었다고 생각하는가?

졸업장을 쥐고서 학교를 나간다고 아주 학교와의 인연을 끊었다고 생각하는가? 그실은 나가는 이야말로 진실로 학교하고 끊으려 해야 끊을 수 없는 인연의 줄을 맺고 나가는 것이 아닐까? 종업식을 영어로는 시업식이라 부른다. 이 말이 바로 끊음이 곧 이음의 첫머리임을 나타냄이라 하겠다. 우리가 끊어짐의 한 쪽만 보고 잇달음의 다른 한 쪽을 보지 못한다면 이를 과연 배운 사람, 교육 있는 사람이라 할 수가 있는가?

그러나, 우리는 흔히 졸업생의 약간이 한번 학교를 나갈 적에는 아주 끊은 듯이 나가는 것을 봤다. 학교를 졸업하고서 여러 해를 돌아다니다가 간혹 무슨 증명서니 추천서니 하는 것이 필요할 적에야 겨우 비로소 모교라는 옛 인연을 찾는다. 또 어떤 이는 졸업 후 20년 30년 만에 아들 딸의 입학을 청하여 모교를 찾아온다. 물론, 학교로서야 언제나 졸업생의 찾아옴, 돌아옴을 환영한다. 특히 사회에 나가서 많은 유익한 사업을 한 졸업생은 더욱 환영한다. 비록 성공은 못하였을지라도 제가 품은 의양을 실현하고자 무수한 역경과 싸워 온 졸업생을 특히 높이 치고 환영한다.

우주는 시간과 공간의 연속적 통일체요, 인생은 이러한 우주 안에 붙어 사는 유한한 생명이다. 그는 유한하고도 무한하며, 무한하면서 유한하다. 끊어짐은 인생의 한 쪽이오, 잇달음은 또 그 다른 한 쪽이다. 사람을 사람으로 살고자 하는 사람도 모름지기 그 끊어짐을 보는 동시에 그 잇달음을 보잡아야[看取하여야] 하나니 여기에 안심이 있고, 입명(立命)이 있는 것이다.

(4290.2.23)

-〈연희춘추〉(1957. 2. 28.)-

도덕교육에 대하여

「도의 교육(道義敎育)」에 대하여 글을 지으라는 부탁을 받았다. 그러나 「도의(道義)」란 말이 한문 고전상 출처가 있기는 하지마는 용어로서는 별로 쓰이지 않는 것이다. 중국의 상무인서관의 《사원(辭源)》에는 도의는 없고 그 반면에 도덕이란 용어는 단독으로 뿐 아니라 '도덕학(道德學)' '도덕감관(道德感官)' '도덕극(道德劇)' 등 여러 가지의 문자로 나타나 있다.

일본의 일어 사전과 《한화사전(漢和辭典)》에는 대개 도의가 나오기는 하지마는 그것이 다른 말과 합하여 겹씨(合成語)를 이룬 것은 하나도 없고 그 반면에 도덕은 단독으로 또 겹씨로서 수많은 것이 나타나 있음을 본다. 그 도의의 뜻도 흔히는 〈도덕상의 의리(義理)〉로 해석하거나 혹은 다만 추상적으로 〈사람이 이행하여야 할 도리〉로 해석할 뿐이요 도덕처럼 〈사람이 이행하여야 할 행위의 규범〉으로 해석한 책은 하나도 보지 못하였다. 요컨대 '도의 교육' '의육(덕육 대신에)' '도의학' '도의 감각'…… 따위의 용어는 절대로 보지 못하였다.

'도의 교육'이란 용어는 왜정 시대에 왜인 총독이 표방하던 '도의 조선(道義朝鮮)'이란 표어의 찌꺼기(殘滓)에 불과하다. 오늘날 해방된 자유 대한에서 중국과 일본에서 원래 도무지 쓰지 않는 '조선적(朝鮮的)' 용어 '도의 교육'을 왜정의 잔재인 줄 깨치지 못하고 무슨 신기한 강렬한 표현인 양 선전하는 것은 실로 가소로운 것이라 아니할 수 없다고 생각한다. 그래서 나는 동양인 공통의 전통적인 관용과

어감에서 도덕 교육이란 제목 아래에 몇 말을 하고자 하는 바이다.

나는 도덕 교육과 실업 교육과의 관계에 대하여 몇 말을 하고자 한다. 〈사람은 밥으로써 하늘을 삼는다〉는 말이 있다. 사람은 먼저 제 배가 부른 연후에 다른 좋은 일도 생각하게 되며, 남을 위하여 좋은 일도 하려는 생각이 나는 것이다. 배부르게 먹는다는 욕구는 모든 동물에게 공통한 가장 근본스럽고 가장 강렬한 것이다. '식색(먹기와 색쓰기)'이란 말이 있지마는 색은 식에 비하면 그 강도가 매우 떨어지는 것이다.

색은 다른 감정 때문에 그 발동을 장애 받는 일이 많으니 이를테면 성이 나거나 불쾌감이 날 적에는 색의 정욕은 일어나지 못한다. 그러나 먹기의 욕망은 어떠한 경우도 그 발동을 아주 장애 받는 일은 없는 것이 예사이다. 나는 감옥살이에서 철저히 느끼었다.

배가 고프되 한 번도 만족하게 먹어보는 수가 없고 보니 하루 2십 4시간 자나 깨나 생각하고 원하는 것은 먹기이었다. 아침밥을 먹어 마치면 곧 점심이 기다려지고 점심을 마치면 곧 저녁끼니를 기다리게 된다. 사람이 밥 먹고 사는 것인 줄을 오십이 넘어 감옥살이에서 처음으로 깨달았다.

사실은 알고 보면 감옥살이에서 뿐 아니라 모든 사람은 어디서나 언제나 첫째로 생각하고 있는 것은 먹기(食事)이다. 일부의 사람들이 또는 어떤 때에는 먹기에 대한 관심을 자각하지 않고 있다는 사실은 그 사람들이 또는 그 때에 식욕의 목전의 요구를 채우고 있음을 뜻한다. 통틀어 말하자면 사람이 날마다 설설히 날뛰고 일하고 있는 것은 다 직접 간접으로 그 먹기와 관련되어 있는 것이다.

이 세상의 불화 분쟁 및 모든 불의(不義) 부도덕(不道德)의 죄악이 다 이로부터 생기는 것이다. 오늘의 '옥수수 사건', '부정 양곡 사건'

이 「옥수수」와 「양곡」에 관한 것인 때문에 '먹기'에 관련된 것이 아니라 차라리 그것이 '부정 행위'이기 때문에 '먹기'에 관련되었다 하여도 과언이 아닐 것이다. 모든 사람은 먹기 위하여 잘 먹기 위하여 혹은 더 잘 먹기 위하여 행동의 한도를 넘어 죄를 범하는 것이다.

그러므로 사회의 범죄를 감소시키는 가장 근본스럽고 가장 좋은 방도는 백성의 밥을 넉넉히 마련하는 일이다. 옛말에 〈곳집이 차야 예절을 안다〉 하였고 〈항산(恒産)이 있어야 항심(恒心)이 있다〉고 하였다. 사실로 오늘날 전란을 치르고 난 우리 나라에 죄악이 많은 최대의 원인은 먹을 밥이 넉넉하지 못함에 있다.

만약 미국의 경제 원조 특히 남은 농산물의 고마운 원조가 없었더라면 한국 사회의 죄악상은 오늘의 비할 바 아닐 것이리라. 그러한 즉 우리 사회의 죄악을 감소시키려면 이 나라의 산업 진흥, 경제 부흥을 꾀하는 일이 그 최선의 근본책 임이 확실하다. 만 백성으로 하여금 가난과 주림에서 자유를 얻게 함이 곧 그를 죄악에서 구제하는 길인 것이다. 그러므로 국가의 장래를 위한 국민 교육의 근본도는 각 개인에게 과학과 기술을 가르쳐 각인이 제 지식과 기술로써 생산의 노동에 참가할 능력과 의욕을 가지도록 함에 있는 것이다.

긴 말은 다 그만 두겠다. 현재 우리 나라에 각종 실업 학교가 이름 뿐이요 실업 교육은 극도로 등한시되어 있다. 이렇게 실업 교육을 등한시에 맡겨 놓고 도덕 교육을 운운함은 이른바 〈나무가지로써 물고기를 구하는 격〉이다. 인생의 진상 교육의 근본도 도덕의 소종래(所從來)를 모르는 짓이다.

제 스스로의 기술의 힘, 노동의 힘으로써 제 먹을 도리를 차릴 줄을 모르는 국민이 예절을 알며 사랑과 협동의 정신이 있기를 바라며 또는 착한 길을 가르친다는 것은 알고 보면 발등이 근지러운데 구두 가죽을 긁는 것과 다름이 없다. 나는 말한다. 국민의 도덕을 일으키는 근본도는 소위 도덕 교육에 있는 것이 아니라 실업 기술 교육의 장려에 있다고.

-〈서울신문〉 시론(時論)(1958. 7. 26.)-

국어의 정화와 우리의 태도

말씨는 사람을 만든다

학원 사회의 환경을 정화한다는 것은 오늘날과 같이 메마르고 거친 사회에서 사는 우리에게 있어서는, 매우 필요하고도 좋은 현상이라 하겠다.

대체로 환경에는 유형의 환경과 무형의 환경이 있는데, 유형의 환경은 건물이나 정원같이 사람이 살아가는 데 필요한 것을 가공적으로 꾸며 놓은, 그 사회에서 사는 사람들의 정신 상태나 언어 생활의 분위기를 이름이다.

정원의 나무나 풀도 다 제대로 손질이 되어 가꾸어지고, 둘레에 흩어진 종이 조각이나 티끌도 깨끗이 치워져 있어야 하겠지만, 사람의 마음 속에서 우러나오는 말씨도 깨끗하여 사람과 사람의 관계를 친감(親感)하게 하여야 하겠다.

말이란, 원래 사람의 사상이나 감정을 표현하여, 의사를 전달하는 방편으로 필요상 써 왔던 것이다. 그러나, 사람이 말을 만들고, 부리고, 사용하는 동안 사람은 또한 말의 영향을 받게 되었고, 말씨는 사람은 만드는 큰 힘을 갖게 되었으니, 남의 말이나 제 말이나 간에 사람은 말씨로써 다시 지음을 받게 된다.

좋은 말을 쓰면 아름다운 마음씨가 이루어지고, 나쁜 말을 쓰면 저속된 사람이 되고 만다. 자기가 하는 말이 남에게 어떠한 영향을 줄 뿐만 아니라, 직접 자기에게도 큰 영향을 받게 되는 것이니, 자기

말이 나쁘게 쓰여지는 것을 삼가고 좋은 말, 깨끗한 말을 가려 쓰는 버릇을 길러야겠다.

사람을 평하는데 '신·언·서·판(身言書判)'이란 말이 있다. 곧 그 사람의 몸 가짐과 말씨와 글 쓰는 것과 생각하고 판단하는 방법에 따라서 그 사람의 사람됨을 알 수 있다는 말이다.

말씨는 그 사람을 나타내는 마음씨라고 보겠다. 좋은 말, 깨끗한 말, 점잖은 말을 쓰는 사람은 그 마음씨가 아름다운 것이며, 거친 말, 고약한 말, 쌍된 말을 쓰는 사람은 그 사람됨이 저속하기 때문이다. 자기가 하는 말의 쾌·불쾌, 호·불호의 감정이 자기도 모르는 사이에 자기의 마음을 부리게 되며, 자기를 지음받게 되는 것이다.

우리는 학원 사회에서 부드럽고 깨끗한 말씨를 씀으로써만이 인격을 닦고 교양을 높이는 데 좋은 효과를 얻을 수 있는 것이다.

대중말로 똑똑히 발음하자

말씨는 사람의 이성이 맨 처음으로 만들어 낸 문화의 방편이다. 이 문화의 유일한 방편인 말은 언제든지, 어디서나, 끊임없이 사람과 함께 살아 오는 동안, 사람의 귀여움과 사랑을 받아 왔고, 또한 인류 사회의 찬란한 문화를 만들어 내는 기초가 되었던 것이다.

그러기에 문화의 주인공인 사람이 문화의 기초인 말을 사랑함은 너무나도 당연한 일이라고 보겠다.

여기의 말을 사랑한다 함은, 말을 바르게 쓰는 것을 말함이요, 사람의 정신 활동의 산물인 말이 바르지 않고서는, 그 고귀한 사명을 또한 다 할 수가 없기 때문이다.

우리는 말하는 데 있어서 내용보다 먼저 형식을 중요시하여야 하겠다.

가령 글자 말은 손으로 잘 써야 하겠지만, 소리말은 그 발음을 똑똑히 하여야 할 것이다. 말을 잘 한다는 것은, 표준말을 쓰되 억양을 부드럽게 하며, 소리의 길고 짧음이나 세고 여림이 정확하여야 하고, 높낮이가 명확하여 쓰이는 말의 격에 꼭 맞도록 하여야 한다.

교육 받은 사람은 두 가지 면에서 알 수 있다고 한다. 하나는 안색이 다르다는 것이고, 다른 하나는 말씨가 점잖다는 것이다. 소양이 풍부하고 인격이 잘 닦아진 사람은 그 안색이 매우 평온하고 인자하고 부드러우며, 그 쓰는 말의 소리가 또한 깨끗하고 정확하며 조리가 있다.

긴 말을 하지 않는다고 하더라도, 교육을 받은 사람인지 아닌지, 교양이 높은지, 인격이 깊은지 얕은지는 말의 소리만 들어도 알 수가 있는 것이다.

남의 나라말을 섞어 쓰지 말라

말씨의 내용으로 들어가 살펴보면 우리가 학원에서 말할 때나 사회에서 이야기할 때 제 나라 말에 남의 나라말을 섞어 쓰지 않음이 좋다. 제 나라 말을 할 때에 남의 나라 말을 섞어 쓴다는 것은 결코 교양이 있는 말씨는 아니고 도리어 천한 짓이다.

이러한 말을 하는 것은 단지 편협된 애국심이나 편파적인 감정에서 나온 고루한 생각은 아니다. 말씨는 피와 문화를 함께 하는 겨레와 더불어 사는 것이며, 겨레 문화 창조의 한 도구가 되기 때문이다.

사람이 말씨를 만들고 말씨가 다시 사람을 만드는 것처럼, 겨레말은 겨레가 만들었지마는 다시 그 겨레를 만듦은 당연한 이치이다. 그러기 때문에 겨레의 흥망은 말씨의 흥망을 말하며, 말씨의 성쇠는 겨레의 성쇠를 말하는 것이다.

사람이 살려면 자기를 내세우고 살아야 한다. 자기를 내세움에는 말의 문화를 내세워야 하며, 말의 문화는 곧 정신 문화요, 그러기 때문에 자기를 세우려거든 먼저 제 나라 정신 문화를 내세워야 하는 것이다.

외국말을 써서는 안 된다. 독립 정신이 부족하게 되고, 자립 정신이 모자라며, 제 겨레의 문화를 창조할 수 있는 힘을 잃게 되는 것이다. 지난 역사를 보면, 한자어를 많이 숭상하여 왔기 때문에 제 나라 말에 한자어를 섞어 쓰는 것을 큰 자랑으로 삼았으며, 일제 시대에는 또한 일본말을 더 많이 섞어 쓰는 것을 큰 영광으로 삼아 온 사람들도 없지 않아 있다.

이제 생각하여 보면 자립 정신이 없어서 그러했다고 보겠지만, 오늘날 해방된 현실에도 이러한 현상은 남아 있는 것이다. 영어나 섞어 쓰는 것이 훌륭하다고 보는 사회가 되고 말지 아니했는가? 관청에서나 어디에서나 영어를 잘 하는 것이 제일 잘난 표가 되고 있는 듯싶다.

우리는 외국말을 배척할 필요는 조금도 없다. 영어가 현재 필요한 것처럼, 한자어나 일본어도 그 당시에는 필요했었다. 그러나, 그것은 정치적으로 나라가 쇠약하고, 겨레의 생기가 위축되고, 사회적 자유가 없었던, 그러한 시대의 어찌할 수 없었던 시대의 필요가 아니었던가?

오늘날 우리는 겨레의 생기를 잃었고, 당당히 정부 수립의 위업을 이루었고, 사회적 자유를 누리며, 문화 창조에 이바지할 수 있는 모든 조건을 갖추고 있으면서, 겨레의 참된 발전을 꾀하여야 할 이 중요한 시기에 놓여진 우리가 남의 나라말을 섞어 쓴다는 것은 독립정신이나 자립 정신을 위해서도 부당하다고 본다.

품위가 있는 말로 가려 쓰자

언제나 품위가 있는 말로 가려 씀이 좋겠다. 교육 받은 사람의 인격에도 품위가 있어야겠지만, 말씨에는 반드시 품위가 있어야 하겠다. 쌍스럽고 천한 말이나, 거칠고 고약한 말을 쓰지 말아야 한다. 어떤 경우에 점잖은 분이 말을 잘못하여 이상스럽게도 놀라움을 갖게 되는 수가 있다. 이것은 곧 그 사람의 말 한 마디 속에 그 사람의 인격이 남아 있기 때문이다.

대학에서는 학문을 닦고, 인격을 길러야 하지만, 말하는 데에도 품위가 있기를 배워야 한다.

학교 뜰에서 하는 소리를 들으면, 매우 쌍스럽고, 고약하고, 거친 소리가 많다. 대학생으로서는 너무나도 수치스러운 말씨라고 아니할 수가 없다. 정답게 희롱이 있음은 좋으나, 정답다는 표시가 겨우 '이 자식', '저 자식' 하는 소리뿐인가? 자기를 스스로 더럽히는 말들은 아예 쓰지 말음이 좋다.

더우기 우리 학교는 남녀 공학이니만큼, 남학생이나 여학생이나 말씨를 잘 가려서, 남녀 공학하는 대학으로서 말씨의 품위를 잃어서는 안 된다.

학교 다닐 적에 품위 있는 말을 배워 습관시키는 것은, 사회에 나가서 올바른 언어 생활을 하는 데 큰 도움이 되는 것이다.

말씨를 다듬어 쓰자

말씨를 다듬질하여 쓰자, 우리 나라 말은 한자의 세력과 일어의 침입에 몰려 말의 다듬질을 받지 못했다. 가령 인사하는 것도 경우와 때에 따라 알맞은 인사말을 만들어야 하며, 친우의 경사나 불행이 있을 경우에 쓰는 말도 우리 나라 말로써 잘 다듬질해야 한다. 한자식으로는 있지만 우리말로는 다듬어 있지 않고 있다.

아침 인사, 저녁 인사, 비오는 날의 인사, 날 좋은 날의 인사가 잘 세련된 말로 만들어져야 한다. 언젠가 예배 시간에도 한 이야기가 있지만, 인사하는 말씨가 부족하다. 그냥 "진지 잡수셨읍니까?", "밤새 안녕하십니까?", "편안히 주무셨읍니까?" 하는 말은 인사의 정의(情誼)로는 가능하겠지만 고상한 말씨는 못 된다.

우리는 품위가 있는 말씨로 고쳐서 써야 할 줄로 믿는다.

-〈연세춘추〉(1958. 11. 3.)-

큰 뜻을 품고 스스로 공부하라

여기 모인 여러분들은 과거 12년간의 학교 생활을 거쳐서 앞으로 4년 혹은 6년간의 학교 생활을 해야 할 것입니다. 이만하면, 옛날 같으면 세상일을 다 안다고 할지 모르나 오늘날의 문명기에는 알아야 할 것이 너무 많고 높아서 이만한 기간의 짧은 시간으로는 더 잘 알 수 없으므로 대학원이란 것까지 생긴 것입니다. 여러분들은 비교적 좋은 환경 속에서 낳아 더 좋은 학문을 닦겠다고 이 학교에 모여 왔으니 목적 달성에 전력을 다해야만 할 것입니다.

중등 교육을 거쳐 대학에 들어오면 어른이 된다고 하나, 다 되는 것이 아니라 어른의 문에 들어선 것입니다. 어른이 된다는 것에는 지식과 덕성의 병행이 있어야 하는 것입니다.

대학이란 것은 학문하는 곳입니다. 나는 먼저 이 학문을 하는 태도에 대하여 몇 마디 하겠습니다. 초등, 중등 교육에서는 선생이 하나 하나 가르쳐 주고 학생은 그것을 익히면 되나 대학은 그 공부하는 방향과 원리를 말해 주고 나머지는 다, 학생 자신이 해야만 하는 것입니다. 흔히 대학은 노트하는 곳이라고까지 말을 하지오마는 이것이 아닙니다. 지난 시대의 예를 하나 들면 일본의 교육은 명치 제정 때는 동경 혹은 경도 제대에서 최우등자에겐 황태자로부터 금시계가 상으로 내려졌습니다. 그렇게만 되면 그 사람은 널리 알려지게 되는 것입니다. 그런데 그 때의 교육 방법은 교수의 주입식 방법이 돼서 열심히 그것을 받아들여 그대로 표시하려 했습니다. 그 후 그들도 필기만을 잘해서 그것을 외워 성적을 올리는 것이 참다운 대학

교육인가 하고 반성을 하기 시작했습니다. 이런 식으로 대학 교육을 해서는 안 되겠다 하고 드디어 이것을 시정해 버렸지요.

일제 때의 교육을 받은 우리 나라의 교수들 중에는 아직도 자기가 노트한 것을 불러서 필기시켜 교수하는 사람이 있습니다. 오늘날의 대학 교육에서는 가르치는 이나 배우는 이나 이것을 얌전히 청산해야만 합니다.

오늘날 학생들은 시험을 홍역 치르는 것같이 생각합니다. 대학생은 학문하러 다니는 것이 아니라 졸업장을 타러 다니는 것 같습니다. 학교 가까이 하숙을 하지 않고 시내 복판에 하숙을 하고, 책상에는 얇다란 노트 몇 권이 있을 뿐, 이 학생이 문과인가 의과인가 상과인가 구별을 할 수가 없고 심지어는 제 나라 말 사전 하나 없는 이도 있습니다. 학문하는 데 있어서는 열 가지 말을 해도 한두 가지를 깨치기가 어려운 것입니다. 공자가 어느 수제자에게 한 말 가운데 "한 쪽 모서리를 들려면 세 모서리를 들라."는 말이 있습니다. 선생이 한 가지 말을 하면 저쪽 모서리까지 알아야 하는데 오늘날은 이것이 적습니다. 이것을 잘하는 사람이 우등생입니다. 이런 식으로 공부를 아니하므로, 일례로 대학 교양과목인 국어를 배우더라도 대학을 졸업해도 글 하나 제대로 못 쓰는 것입니다.

제 나라 대학에서 배우고 제 나라 말 하나 못 쓰니 한심한 일이지요. 어떤 때는 국문과 학생조차도 틀리게 쓰는 것이 한두 가지가 아닙니다.

이렇게 초보적인 것도 못하고 어떻게 더 높은 것을 바랄 수 있습니까? 이것은 한국어·국문에 대한 일례이지만 다른 것도 마찬가지입니다. 어느 학생은 선생이 날 가르쳐 내겠지 하고 4년간을 허송시키는 사람이 많이 있습니다. 선생은 물론 학생을 진급시키고 졸업시키기 위한 것입니다. 그러나 겨우 60점을 맞고 졸업을 하는 것은 아예 부족한 일입니다. 여러분 각자는 내가 이 나라에서, 이 계통에서 제일이라는 포부를 가지고 공부해야 됩니다. 교실에서 강의를 듣자면 그 강의를 듣기 위한 준비가 그 배 이상 있어야 합니다.

내가 나를 공부하는 데는 물어서 알고, 또 스스로 공부하지 않으면 안 됩니다. 이것이 어른이 되는 길입니다. 교실에서는 전문적이고 자율적, 자발적, 또한 자기 목적을 위해서 공부를 하고 교실 밖에 나아가서는 책을 읽을 줄 알아야 합니다. 글을 많이 읽어야 합니다. 자기의 전공 부문만이 아니라 딴 부분에 대한 책을 한 달에 두 권씩이라도 읽을 각오가 있어야 합니다. 우리 학교 도서관을 보면 그 위치가 들며 나며 많이 이용하라고 이렇게 지었습니다. "도서관을 개근했다."고 하는 소리를 들었을 때 나는 참으로 기뻤습니다. 그러나 여태껏 몇 번 듣지 못했습니다. 어느 때 아침 첫시간에 돌아가는 학생이 있어 붙들고 물어 보면 휴강이니 간다고 합니다. 돌아가면 뭘 하나? 아무 것도 하는 것 없어요. 찻집에나 또 극장이나 얼려 다니지요. 이런 생활로 대학 생활을 보내는 이도 있습니다.

여러분은 이 좋은 도서관과 친해 주기 바랍니다. 그리고 교과서 이외에도 최소한 1년에 10권을 모으고 졸업할 때는 50여 권이 있도록 해야 하나 내가 원하는 것은 자기 '글방'에 400~500권을 비치해 두고 시간을 보아 흥미에 따라 부지런히 책을 읽기를 바랍니다. 비록 다 읽지는 못하더라도 가지고 있으면 자기에게 큰 보물이 되는 것입니다.

사람은 백과 사전이 아니오, 그러므로 책을 사우(思友)로 생각하고 이용을 하기 바랍니다. 책을 생명같이 느낀 이런 정신이 없으면 학자가 될 수 없고 대학생이라 할 수 없습니다.

다음 말할 것은 훌륭한 사람이 되고자 여기 온 여러분은 옛말에 "養志"〔뜻을 기른다〕라는 말이 있는 것과 같이 이 학교의 생활을 하는 동안, 자기의 큰 뜻과 의기를 기르도록 애써야 합니다. 대학 생활을 어떻게 의의 있게 해야 겠다, 또는 이 민족을 어떻게 잘 이끌어야 되겠다는 생각을 해야 합니다.

이 좋은 주위 환경 속에 혼자 사색의 시간을 가질 때 내가 왜 여기에 왔는가? 이렇게 되는 동안 누구 누구의 은혜를 받았나? 하고 스스로 물어 보고 내가 4년 동안 공부해서 이 나라를 좋은 나라로 만들어야 겠다 하는 각오를 하기 바랍니다. 이리이리해서 돈벌이를 해야 겠다, 물론 말도 괜찮으나 돈은 버는 것이 목적이 아니라 쓰는 데 목적이 있는 것입니다. 좋은 일에 돈을 쓰겠다고 하는 것은 그 사람의 뜻에 달려 있는 것입니다. 이 학교에 다니는 동안 훌륭한 뜻을 가지고 잘 길러서 나아가 훌륭한 뜻을 이루도록 애쓰기 바랍니다.

이 학교의 일주일에 세 시간 있는 채플 시간에 나와서 강사의 말을 다 자기의 말로, 자기의 생각으로 느끼지 아니하면 그 좋은 말이 아무 소용 없는 것입니다.

우리 나라의 혼란한 이 가운데 행복하게 공부하는 여러분은 책임이 중한 것을 알기 바랍니다. 여러분은 이 사회를 바로잡고 부강한 나라로 이룩시켜야만 합니다. 이 학교에 들어온 이 날, 생각한 것을 메모해 두고 나중 졸업할 때 이것을 돌이켜 보고 반성해 보십시오.

끝으로 대학 교육은 자기가 자기에게 하는 것이오, 다 자기의 노력으로 하는 것을 알기 바랍니다. 우리는 이런 의미에서 여러분을 존경하고 나아가 소망을 얻고 즐거움을 얻는 것입니다.

-〈연세춘추〉(1959. 3. 19.)-

한국 학도들의 나아갈 길

여기에 학도라 함은 장래의 생활을 위하여 지식과 기술을 배워 얻고자 고등 교육을 받고 있는 사람을 이른다. 따라 그 배우는 전문적인 학과의 다른 것만큼 그것을 배우는 학도의 진로도 여러 가지로 다를 것이다. 공업을 배우는 사람은 장차 공업에 종사할 것이요, 의학을 배우는 사람은 장차 의사가 될 것이요, 농업을 배우는 사람은 장차 농업에 종사할 것이다. 이와 같이 그 배운 지식과 기술에 따라 그 진로가 각각 서로 다를 것이다.

직업은 그 직업에 종사하는 각 사람에게 옷밥집(의식주)의 생계를 위하여 하는 것이라, 사람은 그 일생을 통하여 어떠한 직업에 종사하면서 살아갈 수밖에 없으며 또 그렇게 해야만 한다.

고등 교육을 받고 있는 학도들은 장래의 전문스런 직업을 위하여 그에 관한 지식과 기술을 열심으로 배우고 익혀서, 졸업한 뒤에는 소기의 직업에 충실히 종사함으로써 돈벌이를 잘 하여 화락한 가정을 이루어 자녀를 기르면서 행복스럽게 살아나가기를 마음으로 원하고 있는 것이다. 참으로 생계의 터전이 되는 직업은 귀한 것이다. 그러므로 공부의 첫째 목표는 장래의 직업에 있지 않으면 안 된다는 것은 불보다 밝은 이치이다. 그렇건마는 현재 우리 나라 사회에서는 이 직업에 대한 뜻둠(지향)도 없이 그저 막연히 앞집의 김 선비의 아들, 저 건너 마을의 박 선(公)의 딸이 대학 다니는 것을 덩달아서 대학에 다니는 사람조차 없지 아니한 형편임은 참 우스운 일이라 아니할 수 없다. 더군다나 군색한 살림에서 부모를 졸라서 농가 생계의 유일한 밑천인 한 마리의 농우나 한 뙈기의 밭을 팔아서 직업 준비의 의식도 없이, 그저 행세건으로서 대학 다니는 사람이 왕왕히 있는 것을 본다. 교육은 결코 치장이 아니며 유희도 아니다. 첫째로 현실적 물질적 생활의 준비임을 우리 학도들은 첫째로 깊이 깨쳐야 한다. 외국 기자 한 분이 우리 나라에 와 보고서 하는 말이, 「한국에는 대학을 마친 사람들이 서울의 거리거리의 찻집에 모여 앉아서 쓸데없는 잡담만 하면서 시간을 허비하고 있더라」고 하였다. 이러한 사태의 책임을 다만 기성 사회에만 돌려보내고 태연할 수 있으랴? 이 조그마한 반쪽 나라에서 손에는 흙도 기름도 묻히지 않고 다만 붓대나 혀나 놀려서 잘 살아 보겠다고 생각하는 젊은이들이 너무 많은 탓이 아닐까. 직업을 가지고 제 집안의 생계를 세우는 것은 인생의 첫째 가는 의무임을 깨치지 않으면 안 된다.

그러나 이제 우리는 다시 나아가 생각해 보아야 한다. 사람은 배워 얻은 지식과 기술을 가지고 직업을 잡아서 돈벌이를 잘 하여 잘 먹고 잘 입고 잘 살면 고만인가? 그리고서 거기에 무상의 행복을 느끼면 고만일까? 개, 돼지는 배만 부르면, 또는 새끼만 많이 치면 고만이요, 행복이겠지마는, 사람이란 단순한 동물적 존재가 아니다. 옷밥집이 전체가 아니며 종족 번식이 최대의 것이 아니다. 참다운 사람은 물질적 생활과 동물적 번식만으로는 도저히 만족할 수가 없다. 진정한 사람다운 행복을 그 속만에서는 찾을 수가 없다.

그러므로 우리는 인생 첫째 의무인 직업을 통하여 사람의 가치를 실현하지 않으면 안 된다. 사람의 가치란 사람이 외형적으로 가지고 있는 것(What he has), 곧 재산이나 지위나 권세에 있는 것이 아니요, 제 스스로 있는 것(What he is)에 있는 것이다. 제 스스로 있는 것이다 하지마는 그것은 사람의 키가 크고 몸집이 굵어 무게가 많음에 있는 것도 아니며, 팔십, 구십 내지 백 세로 오래 사는 데에 있는 것도 아니다. 사람의 값어치는 오로지 그 마음자리에 있으며 그 행위에 나타나는 것이다. 다른 말로 하자면, 사람의 값어치는 그 양심에 있으며 그 정신에 있는 것이다. 똑같은 행위라도 그 양심, 그 정신의 다움을 따라 그 행위의 값어치는 고하가 현저한 것이 있다.

현재 그대들이 받고 있는 학교 교육은 다만 직업에 필요한 지식과 기능을 배워 얻음에 그쳐서는 안 된다. 그와 함께 사람의 가치가 무엇인지를 배워 깨치는 데에 이르지 않으면 안 된다. 지식과 기술을 가르침으로 만족하고 인생의 의의와 가치가 무엇임을 가르치지 않는 교육이 있다면, 이러한 교육, 이러한 교육자는 진정한 교육, 진정한 교육자라 말할 수 없다. 옛날 정신 문화를 존중하는 동양스런 교육에서는 내면적 정신적 교양에 치중하였음에 대하여 오늘의 물질 문명을 숭상하는 서양스런 교육에서는 외면적·기계적 기술에 치중한다고 할 만하다.

청년은 이상을 찾고 세우는 시절에 처한 사람의 이름이다. 나이는 젊되 이상을 찾지 아니하는 사람은 족히 청년이란 이름에 값할 수 없다. 이상은 현실과 대립한다. 그러나 아주 현실과 무관한 것은 아니다. 현실 속에서 현실에 사로잡히지 아니하고서, 그 현실을 초월하여서 그 현실을 가치의 세계로 인도하는 관념이 곧 이상(理想)인 것이다. 사람은 이러한 이상을 가지고 살아 가는 데에 그 가치가 있으며 그 의의가 있는 것이다. 우리의 물질적 생활은 이 이상적 생활의 실현에 도움되는 것이어야 하며, 우리의 모든 가진 것은 다 우리의 스스로 있음에 시중드는 것이 되잖으면 안 된다. 사람은 여러 가지의 직업에 종사하고 지나지마는 그 도달하고자 하는, 도달하여야 하는 최종·최고의 목표는 한 가지이니, 그것은 곧 사람의 참된 가치를 실현함에 있는 것이다. 인생은 애쓰고 높은 산을 올라간다. 그 올라가는 길은 여러 갈래로 다르지마는 그 도달하는 산꼭대기는 하나인 것이다. 여기에 일반적으로 학도들의 진로를 말함은 그 가닥가닥의 길들의 종극적 목표를 문제 삼는 것이다.

그러면 대한의 학도들의 나아갈 길은 무엇일까? 앞에서 말한 바와 같이 이상은 현실을 초월하는 데에 있는 것이지마는, 그것은 반드시 현실에서 돌아가는 것임은 저 아름다운 연꽃이 더러운 뻘탕 속에서 솟아나는 것과 같다. 대한의 학도들이 나아갈 길은 오늘의 현실의 대한을 바로 인식함에서만 찾아낼 수가 있는 것이다. 그러면 오늘의 대한은 어떠한 현실 속에 있는가? 한양 조선 끝 무렵의 소위 양반이라는 치자(治者) 계급의 나라는 모르고 제 집만 알며, 겨레는 모르고 다만 제 문안(오래)만 알며, 구의(公)는 모르고 다만 아람(私)만 일삼는 극도의 부패 정치로 말미암아 민력이 극도로 쇠잔하고 국력이 또한 극도로 허약하게 된 끝에, 드디어 섬나라 왜놈에게 나라를 빼앗기고 망국의 노예 노릇하기 36년 동안에 갖은 학대와 착취를 당하고 온갖 설움과 고통을 겪었다. 다행히 세계 대전의 결과로 해방되어 사천 년 구원한 한배 나라의 광복을 얻게 되었다. 그러나 외세로 인하여 두 쪽 난 국토가 아직 통일되지 못하여 정치적 경제적 문화적 자주 발전에 막대한 장애가 있을 뿐 아니라, 북한 공산군의 불법 침입으로 인한 동란의 상처는 아직도 완전히 회복되지 못한 채, 정치는 부패하고 사회는 혼탁하고 도덕은 타락하고 인심은 악화되어 갈 뿐이다. 외형적으로는 학생의 수는 몇 배로 늘었건마는, 교회와 신도의 수는 많이 늘었건마는, 세상은 갈수록 더욱 어지러워 사사건건이 거짓과 우악(虛僞와 暴力)이라, 넷에 다섯을 보태면 아홉도 되고 열도 되기가 예사이며, 반 조각 사람이 온 사람보다 십

배, 백 배의 힘을 행사하며, 아무러한 진실(眞理와 事實)도 우악으로써 거짓으로 만들기 예사이며, 아닌 사실도 우악으로써 참스런 사실로 만들기 예사이니, 누구를 믿으며 무엇을 잡고 서랴? 예로부터 튼튼하지 못한 것을 '모래 위의 누각'이란 말이 있다. 거짓과 우악 위에 세워지고 버티어 가는 나라가 어찌 길 줄이 있으랴? 8·15해방을 얻은 지도 벌써 십사 년이나 지나갔으며, 남의 겨레의 쇠사슬에서 풀려난 가슴에 벅찬 감격과 자유를 얻은 기쁨도 어느덧 겨레의 가슴에서 사라지고 보니, 나라를 가진 자랑을 느끼기는커녕 흥이 다하면 슬픔이 온다는 격으로 근심 걱정만 뜻있는 사람의 가슴에 들어찼다. 다만 기뻐서 뛰는 사람들은 거짓과 우악으로써 적산을 담뿍 차지한 사람, 우박 융자로써 벼락부자가 된 사람, 권세의 자루를 쥐고 언제나 뽐내는 사람, 아첨과 비굴로써 감투 얻어 쓰는 재주에 능한 사람, 한 가지 솜씨와 방법으로써 일제의 환심을 사서 잘 살던 그 사람들이 한결같이 이 세상을 구가하고 있는 형편이다.

고래로 아무리 국운이 극도로 위태한 나라에서도 잘 사는 계급이 없지는 아니하였다. 그 기세 부리면서 잘 사는 사람들은 그 기울어져 가는 나라집의 위태함을 느낄 줄을 모르는 것이다. 모르기 때문에 제가 가장 정치를 잘 하여서 나라가 자꾸 잘 되어 간다고만 생각할 따름이다. 그러기에 나라는 가속적으로 빨리 망하고 마는 것이었다. 로마가 그러하였고, 당나라가 그러하였고, 신라와 한양 조선이 그러하였다.

무릇 한 겨레가 나라를 세우는 초창기에는 생기가 왕성하고 단결력이 세며, 불의와 비리를 보고는 항거 투쟁하는 정의감과 용기가 강렬하며, 사욕을 누르고 공익을 중시하며, 나라를 위하여 목숨을 털같이 가벼이 여기는 기풍이 사회를 지배하는 것임은 세계 역사의 밝게 증명하는 바이다. 이를 손 가까이 보려면, 신라의 흥성기에서의 화랑도의 생활 철학과 용기와 희생 정신의 발발한 역사적 사실을 보면 알 것이다. 그런데 이제 우리 배달 겨레는 한배 나라 재건의 초두에 있어 지도자로부터 일반 민중에 이르기까지 그 눈에는 다만 이익만 보이고 의리는 뜨이지 않으며, 그 마음에는 개인과 제 집만 있고 겨레와 나라는 없으며, 수중에 잡은 뜬구름 같은 권세의 위력만 믿고 나라와 국민의 영구한 번성과 영광이 진정한 민주주의 도덕의 실천에 기인하는 것임을 생각할 줄을 모른다. 이 어찌 창업기의 국민의 생활 태도라 할 수 있으랴? 나라의 소중함을 알고 겨레의 사랑하는 사람의 답답한 심정은 땅을 뚜드리며 울어도 시원찮고, 하늘을 우러러 탄식하여도 시원치 아니하다. 만약 이대로만 나가고 아무러한 정신적·심령적 회오 천선과 정치적·사회적 혁신 개조가 없다면 남의 힘으로 해방되고, 남의 덕으로 재건된 한배 나라의 앞날은 암담하여 이 겨레의 운명은 또다시 비참한 지경에 떨어지고 말 것이 분명하다.

그러나 우리는 희망을 포기하는 것은 자기 개체의 인격과 사명을 부인하는 것이 될 뿐 아니라, 조상과 자손에 대한 최대의 죄악이기 때문이다. 그러면 이 나라 이 겨레의 희망을 붙일 곳은 어디인가? 그것은 다름아닌 젊은 세대, 그 중에도 학업을 닦는 학도들이다. 대한 나라의 젊은 학도들은 겨레의 새싹이요, 나라의 기둥이다. 수리먹은 고목에는 고운 꽃과 아름다운 열매를 바라지 못하지마는, 씨에서 솟아난 새싹에는 푸른 잎, 붉은 꽃, 맛난 과실도 기약할 수 있고, 나중에는 아람드리 재목도 바랄 수 있는 것이다. 새 집을 짓자면 기둥을 잘 세워야 하며, 헌 집도 기둥이 튼튼하여야 고쳐 꾸밀 가능성이 있는 것이다. 젊은 학도는 새싹으로서 모든 사람의 소망을 모으며, 기둥으로서 깃든 사람의 의지와 안심을 사는 것이다. 오늘의 한국 학도들이 제각기 새싹과 기둥으로서의 구실을 다하여야만 한배 나라의 장래에 광명과 소망이 있을 것이니, 학도 제군의 책임이 실로 무겁다 하겠다. 이 중대한 책임을 다하려면, 학도 제군은 다음의 몇 가지 일을 차리지 아니하면 안 된다.

첫째, 제 나라의 문화스런 전통과 흥망 성쇠의 역사에 관한 정확한 인식과 돈독한 사랑을 가져야 하며,

둘째, 민주주의의 기본 정신을 잘 이해하고, 또 민주주의스런 모든 생활 방식에 관한 올바른 태도와 버릇을 가져야 하며,

세째, 올바른 세계관, 인생관을 가져야 하며,

네째, 사회를 철학하는 능력을 가지고서 현실에 관한 냉정한 관찰과 그 개선 혁신에 대한 뜨거운 정열을 품어야 하며,

다섯째, 지식과 기술을 배우고 익히는 동시에 그 지식·기술을 올바르게 사용할 목적—이상을 세워야 한다.

이러기 위하여서 그대들은 다만 책이나 선생의 말을 기계적으로 외거나 모방하지 말고, 모든 것은 다 제 스스로의 판단 아래에서 이를 진정한 나의 지식, 나의 소견으로 삼아야 하며, 나아가 그 위에다가 제 스스로의 생각과 발견을 보태어야 한다. 이러한 태도로써만 능히 지식과 소견이 뚜렷한 인격이 형성되는 것이다. 그리하여 사회 현실에 대한 정확한 관찰, 사회 개량에 대한 뜨거운 정열, 재건된 한배 나라를 영구의 흥왕으로 인도하려는 큰 포부를 가지고 교문을 나오도록 하지 않으면 안 된다. 정의감에 불타고 섬김과 희생의 정신이 왕성한 젊은이들이 해마다 해마다 대학의 교문을 나와서, 그 가는 곳마다 착실하게 제 이상을 실현하기에 열중하여 글소경을 없이하고 민중을 계발하며, 농업 기타의 각종 생산업의 진흥에 재간과

열성을 기울이며, 농촌·어촌·산촌을 도회지와 함께 날마다 달마다 더 살기 좋은 곳으로 만들어 가며, 우악으로써 불의·비리를 강행하는 일을 근절시켜 순리로 되어 가는 사회가 되도록 하여 사람과 사람과의 사이에 친화와 신의가 돈독하게 되도록 힘쓴다면 대한 나라의 장래에는 희망과 광명이 들어찰 것이다.

그러나 실사회의 어지러운 파동은 너무나 사나운 것이다. 그대들이 지덕을 닦고 포부와 기백을 가지고 교문을 나왔다 하더라도 일자리 구하기, 옷밥을 벌기가 그리 만만치 못한 경우가 허다하다. 그래서 여러 가지로 생각하다가 필경엔 현실과 타협하고, 현실에 굴복하고 말기 십상팔구이다.

재물과 권세의 앞에 무릎을 꿇고 나니 정의도 양심도 간 곳 없이 사라지고, 이상과 포부가 다 수포로 돌아가고 오직 아첨과 추종, 비굴과 교만, 탐욕과 향락이 그의 온 심정과 행동을 지배하게 된다. 이렇고 보면 그 청년은 몸은 살아 있어도 청년다운 본질(本質)은 이미 죽은 것이다.

만약 대학을 나온 청년들의 인격이 사나운 현실 앞에 풍전등화같이 쓰러지고 만다면 그대들의 학창에서 얻은 지식·기술은 다만 죄악과 부패의 방조물이 되어, 나라의 운명은 영영히 돌릴 수 없는 비참의 구렁으로 떨어지고 말 것이다.

대한의 학도들이여! 그대들의 나아갈 길의 목표는 일신의 영달과 일가의 안락에 있지 아니하고 오로지 되세운 한배 나라의 통일된 독립과 민주주의스런 육성에 있으며, 배달 겨레의 진정한 자유와 영구한 복락을 꾀함에 있나니, 먼저 제 나라와 겨레를 건진 연후에라야 비로소 세계 인류의 행복과 자유의 증진에 참례할 자격이 있는 것임을 분명히 깨달아야 한다. 한배 나라는 이제 청년 제군을 부른다.

넉넉한 차림과 굳센 결심으로써 이 부름에 응답하고 나설 이 그 누구누구인고? 한배 나라의 장래는 온전히 그대들의 것이다.

-〈새벽〉 1960년 4월호-

마음의 통일이 급하다

1. 전기와 자유를 바꿀 것인가

우리가 잘 살자면, 통일을 이루어 내어야 한다고 한다. 외세로 말미암아 두 쪽 난 국토는 반드시 통일되어야 한다. 그러나 우리는 나라 땅만 두 쪽 난 것이 아니라 사람조차—아니 사람의 마음조차 두 쪽 나있지 아니한가? 사람의 마음이 두 쪽 나 있는 이상, 땅만 하나 된다고 곧 잘 살아 나갈 길이 열릴까?가 문제이다. 들으면, 우리와 같은 처지에 놓여 있는 독일은 과연 땅만 두 쪽 났지 민심은 여전히 하나로 남아있는 모양이다. 전년 올림픽에 출전한 남녀 선수들이 동서의 구별을 깨뜨리고 그저 독일 선수로 한 덩이가 되어 싸웠다 하며, 작년의 올림픽에서는 두 곳 선수들의 합숙을 금했다는 소식을 들었다. 과연 독일 겨레의 두 쪽 남은 단순한 외세 때문이요, 겨레 스스로는 깨어질 수 없는 하나로 되어 있다.

그러한 나라는 통일만 된다면 동서가 다 더 잘 살게 될 것은 확실하다 하겠다.

그러나 이제 우리 한국은 땅뿐 아니라 인심조차 두 쪽 나 있으며, 그 위에다가 외국의 세력은 더 많이 미치고 있으니 땅만 통일된다고 곧 거기에 살 길이 있다고는 속단할 수 없는 것이다. 통일을 최대 급무로 생각하는 이들은, 통일만 되면 압록강·허천강의 풍부한 전력을 쓸 수가 있겠음을 말한다. 나라의 경제 진흥에 전력의 필요는 누구나 부인할 수 없는 사리이다. 그러나 전기만 있으면 곧 잘 사는 것은 아니다. 전기가 사람을 살리는 것이 아니라 사람이 능히 전기를 살려 쓸 줄 알아야 한다.

이는 다만 기술의 문제를 가리키는 것만이 아니요, 모든 정치적 사회적 개인적 정신의 문제이요 생활력 자주력의 문제인 것이다. 국토가 통일되어 전기는 북에서 남으로 잘 통한다 하더라도, 온 땅이 공산주의자와 민주주의자와의 격투의 수라장이 되어 드디어 공산당의 횡포와 독소가 온 백성을 압살하게 된다면, 통일이 살 길이 아니라 죽는 길이 되고 말 것이 아닌가? 북한이 못 사는 것은 전기가 있는 때문이 아님과 같이 남한이 못 사는 것도 전기가 없는 때문은 아니다. 그러므로, 우리의 살길은 전기를 얻는 통일에 있지 아니하고 인화를 얻는 통일에 있으며, 그러한 통일을 얻기 전에 먼저 그를 얻기에 합당한 준비가 있어야 한다.

다시 말하면 우리는 공산당을 이겨 낼 만한 민주주의적 실력을 가져야 한다. 대한민국은 민주주의의 나라로서 광복 재건된 지 이미 십 이년이 지났다.

그러나 아직도 백성들은 민주주의의 참된 복과 복스런 열음은 누려 보지 못하였다.

따라 민주주의에 대한 진정한 이해와 사랑과 집착을 느끼지 못하고 도리어 허망한 민주주의의 해독에 시달려 온 지 오래이다. 차라리 이러한 허망한 민주주의 말고 다른 무슨 주의가 저 공산주의나 어떠할까 하는 의아를 품는 사람조차 없지 아니하니, 저 감언이설에 꾀이어서 집단 월북을 꾀한 자들은 이를 증명하는 것이라 하겠다. 여기에 민주주의의 행복과 자유가 무르녹아 만인이 다 한가지로 이를 즐기고 있다면야 아무러한 감언이설도 이 낙토를 배반하게 만들지 못할 것이다. 단적으로 말해서—서독 사람을 꾀어서 동독으로 넘어가게 할 공산주의자가 있을 수 없을 것이다.

그러므로 나는 말하노니, 우리의 살길은 북진 통일에도 있지 않고 오로지 먼저 명실상부한 참된 민주주의를 정치 경제 사회 문화의 각 방면에 고도로 실천함에 있다. 그리하여 사람의 존귀함과 평등함이 만인 만사에 실현되며 사랑과 협동으로써 자유와 행복을 누리는 나라가 되도록 함에 있다.

이로 말미암아 모든 국민이 아름답고 행복스런 생활—참된 민주주의를 사랑하고 두호하는 정신이 강렬하게 되어, 어떠한 공산주의와도 능히 대항하여 이를 격파할 내부적 신념이 생기지 않으면 안 된다. 그런 연후에라야만 남북 교류도 협상도 무엇도 좋을 것이다. 이것이 통일의 전제 조건이다. 이 조건이 선결되지 않고는 통일은 다만 파멸의 비극이 되고 말 것이다.

그러면 이러한 조건의 완비는 어떻게 해야만 가능할까? 나는 이제 제한된 지면에 간략히 이를 말하고자 한다.

첫째 공무원의 기강을 엄숙히 바로 잡아야 한다. 이러기 위하여는 먼저 공무원의 대우를 개선하여, 검소 절약의 생활로써 그 자녀의 교육과 질병 치료에 큰 지장이 없도록 하여야 한다. 공무원의 대우를 개선하지 않고서 그 기강을 세운다는 것은 백년하청을 기다림과 다름이 없다. 공무원의 대우를 개선함에는 그 원수(員數)를 줄이는 것이 필요한 조건의 하나라고 생각한다. 나는 현재의 공무원 수를 3분의 1을 줄이더라도 그 대우만 잘 하고 그 정신과 태도를 바로 세운다면 능히 나라 사무를 볼 수 있을 것을 확신한다. 상하의 공무원이 다 진정한 백성의 공복이 되어서 관청에 일보러 온 백성에게 최대의 동정 친절로써 재빨리 그 소원을 처리한다면, 한 사람으로써도 능히 오늘의 세 사람의 일을 감당하기는 용이한 일이다. 어느 전문가의 말을 들으면 청평 발전소에 직원의 수가 일제 때에는 35인이던 것이 시방은 135명이나 된다고 한다. 그렇다고 발전량이 배증, 3배증 되었느냐 하면 그렇지도 아니하다. 이 한 가지 사례로써 오늘의 공무원 수가 얼마나 쓸데없이 넘치는 수인가를 짐작할 수 있다.

2. 자립 정신과 정직과 근면

현정부가 선 뒤로 오랜만에 잡은 정권의 덕택을 그 연고자들에게 분배하기 위하여 여러 가지의 감투자리를 신설하는데, 근자에 정부 기구 개혁안이란 것을 보면 간소화는커녕 도리어 더 복잡화되어 감투자리는 더 늘었으니, 도대체 정치인들은 높은 감투일수록 어려운 백성들의 고혈을 짜며 큰 것조차 모르는 것 같으니 답답하기 그지없다.

그러더니 근일에는 3만명 감원의 소리가 나기로 그래도 무슨 소망이 있는가 하였더니, 이것조차 반대하는 사람들이 있다니 참 가탄가탄이다. 멍하게 놀기만 하는 공무원, 온종일 도장 몇 번만 찍는 것으로 일했다는 공무원, 온종일 취직 구하는 손들만 대하기에 그치는 공무원, 시무 시간에 한두 손으로 더불어 차방에 가는 것이 일쑤인 공무원, 무슨 소식이 있을 때까지 서랍 속에 넣어 놓은 서류를 뒤적뒤적하는 공무원, 저희끼리 서로 뜯고 이 관청과 저 관청끼리 서로 뜯고, 아니 한 관청 속에서도 서로 뜯는 공무원, 이런 공무원이 아무리 수가 많은들 나라 일, 백성의 일은 제대로 바로 빨리 될 리가 만무하지 아니한가? 요는 공무원의 대우를 개선하고 그리고서 그 기강을 결정하지 않고서는, 아무리 감찰관이 뺑뺑 돈다 할지라도 무슨 소용이 있을까? 저 이 승만 정권의 부패의 제일 원인이 공무원의 지독한 박봉에 있었음을 잊어서는 안 된다.

제이공화국의 현정부도 공무원의 대우를 개선하지 못한다면, 부정과 부패는 여전히 그 독소를 내뿜어 이 나라의 운명을 그르치고 말 것이 뻔하니 어찌 명심할 일이 아닌가?

공무원의 수를 현재의 3분의 1을 줄이고서 그 남은 3분의 2로써 현재와 동등 이상의 사무 능률을 내도록 정신과 태도를 고치어야만 이 나라에 비로소 광명이 비칠 것이다.

그리고 국회 민의원의 의원 수도 3분의 1로 줄이고 그 대우는 참의원 의원과 함께 현재의 반 정도로 함이 좋겠다. 장관이 십 오만환, 차관이 십만환, 국장이 십만환 미만인데, 돈을 뿌리고 나온 국회 의원만이 50만환의 대우를 받아야 한다는 정당한 이유를 우리는 발견할 수 없다.

더구나 국립 대학교의 일급 교수로 말하면 육십 평생에 진리 탐구와 교육에 낮밤으로 전심 전력하였건만, 그대우랄 것은 겨우 5,6만환에 불과함을 생각할 적에, 이 나라의 민주주의는 국회의원의 대우에서부터 틀렸다고 생각하지 아니할 수 없다.

물론 우리도 국회 의원들이 이런 대우로써도 그 무지각한 선거민들 및 모종 인간들의 어처구니없는 뜯개질에 견디지 못함을 잘 안다. 이러한 폐단을 막기 위해서라도 그 대우를 삭감하고 이를 천하에 공고하여서 국민의 반성과 근신을 촉구하여야 할 것이다. 사법관의 대우를 개선하여 절대적 청렴결백으로써 국법의 권위를 발휘할 수 있도록 하지 않으면 안 된다. 오늘의 형편에서는 입법·사법·행정의 삼부의 대우가 과연 합리적으로 되어 있나를 다시 검토할 필요가 있지 않나 생각된다.

둘째는 국민 경제의 합리적 재건을 위하여 모든 전문가 노련가들의 총역량을 최고도로 발휘하여 합리적 경제 정책을 세우고서 그 과감 조직적인 실천이 있어야 한다. 모든 부패 부도덕 반역을 근절하는 첫째의 방도는 국민 경제의 안정과 발전에 있음을 깊이 명념 실행하여야 한다.

세째 행정부와 사법부는 서로 협력하여 모든 사회적 불의와 거짓과 우악을 막아야 한다.

법은 엄하고 공정하여 범법 행위자는 반드시 상당한 처벌을 함으로써 국법의 권위를 세우고 사회 인심의 적당한 방법을 가리켜 주지 않으면 안 된다. 8·15 해방 이래로 우리 나라에는 참으로 법이 있었다 하기 어려우며, 그것이 중요한 한 가지 원인이 되어서 허다한 사회악의 감소는커녕 도리어 증가 극심을 보게 되었으니 이렇게도 제 스스로의 내장이 썩고 병든 몸으로 어찌 왜적을 이겨낼 수가 있을까보냐?

이러한 국민으로서는 공산당과 직접 씨름을 하게 되는 날에는 대번에 꺼꾸러지고 말 것이 뻔한 일이다.……(중략)

네째 우리의 살길은 관에서만 마련하는 것이 아니다. 자치 능력이 있는 국민은 만인 각자가 살길을 바로 마련하는 것이다. 두번이나 대전에 참패한 서독의 놀라운 부흥은 신의 있는 정치를 하는 행정부가 있는 동시에 정부의 처지를 믿고 국민 각자가 제 살길을 개척하기에 전력을 다하였기 때문이다. 서독의 부흥은 국민의 정직성과 근면성에 터잡은 것이라 함은 바른 말이라 하겠다. 거짓만 일삼고 게으른 국민에게 독립 자주의 영예와 자유 번영의 행복이 누려질리가 만무하다. 한 말로 하면 우리의 살길은 자립 정신과 정직과 근면을 물자로 하는 국민 도덕의 진작 및 실천에 있다. 이러한 국민으로서 입법부의 의원이 되고 행정부의 공무원이 되고 사법부의 법관이 되어 멸사 봉공의 정신과 공명 정대한 태도로써 국민으로 더불어 신뢰와 협동 아래에 나라 일을 다스려 가는 데에 겨레의 살길이 있다.

우리의 살길은 남에게서 얻어받을 것이 아니라 제 스스로가 지어내어야 하며, 따라 그것은 바깥에 있지 아니하고 아낙에 있음을 우리는 깊이 깨쳐야 한다.

-〈평화신문〉(1961. 1. 22.~24.)-

스스로 실천하는 사람 되라
-방학 중의 대학생에게 주는 글-

학생 시절에 가장 즐거운 것은 방학이다. 애쓰며 공부하던 일을 한끝 내고 쉬게 되며, 또 제 고향으로 돌아가 오래 그리던 부모, 형제와 친척, 친지를 만나게 되니, 이것이 다 즐거움 아닌 게 없다. 그런데, 쉰다는 것은 다만 공부하던 책을 떠나는 데에 그 뜻이 있는 것이 아니오, 책에 기울이던 머리 신경을 다른 방면에 돌리는 데에 그 뜻과 효과가 있으며, 고향에다가 무엇을 바치는 게 있어야만 진정한 즐거움이 있는 것이다. 그러므로, 나는 이제 방학으로 시골로 돌아간 대학생들에게 몇 가지 부탁을 하고자 한다.

첫째, 그대들은 농촌·어촌 사람들을 가르치겠다는 생각보다, 도리어 배우겠다는 생각을 품고서, 겸손한 태도로써 농촌·어촌의 형편을 배워 알기를 힘써야 한다. 그 생활 형편—그저 막연하게 말고, 한두 집의 형편이라도 무슨 소설에나 가늘게 그려 내려는 의도를 가진 듯이 자세히 알아보는 것이 필요하다. 그리고 그 반대로 전체에 걸친 통계 같은 것을 조사, 연구하는 것이 또한 필요하다. 한두 가지의 개별적 파악과 그 지방의 한두 가지 사례에 관한 전체적·통계적 파악이 함께 실제적 지식의 향상에 매우 긴요한 것이다. 토지의 경작법, 토지의 생산력, 그 수확고, 농가의 생계, 특히 현재의 생계 형편들들 다 젊은이들의 지적 내지 정적 흥미의 대상이 아닐 수 없다.

다음엔, 그 지방의 자연 및 사회에 관하여, 그 진보 향상을 가져오게 할 만한 무슨 방안을 연구하고 안(案)하는 것이 좋겠다. 보기하건대, 이 지방의 수재·한재를 예방하자면 무엇을 어떻게 함이 필요하며, 그것을 이뤄내려면, 그 방법이 무엇 무엇일까? 농촌 생활의 향상을 위하여 그 가능한 첫째의 방책이 무엇일까? 길을 고치는 일일까? 부엌이나 뒷간을 고치는 일일까? 우물을 파는 일일까? 하수도를 잘 하는 일일까? 이 지방의 폐풍은 무엇인가? 점치는 일, 술집이 너무 많은 일, 맑은 날에 젊은 사람들이 길가에서 도박이나 하는 일, 남자는 뻔히 놀고 여자만 노역에 골몰하는 일, 어린애들이 즐거이 놀 만한 처소가 없는 일, 조혼 및 다산의 경향, 혼상제에 낭비가 많은 일, ……들들이 있지나 아니한가? 이러한 것을 고치자면, 가장 실행 가능한 방도가 무엇일까?

모든 일은 일조에 뚝딱 고쳐 버리는 생각은 하지 말고, 다만 조금씩 조금씩 차차 고쳐 감으로 말미암아, 오늘은 어제보다, 내일은 오늘보다 더 나아가는 결과가 나타나도록 함으로써 만족하여야 하며, 이러한 결과를 가져오자면, 말이 필요할까 실천이 필요할까? 누구가 가장 먼저 실천에 나아가야만 할 것인가? “내가 그 앞장을 서야 하겠다.” 그렇잖으면, “이 동네에서는 아무가 앞장서야 하겠다.” 둘을 생각해야 한다.

지방 부로들이 제 고향으로 돌아온 대학생들에게 기대하는 것이 무엇인가? 이것을 바로잡아 가져야 한다. 말로 떠들기보다는 몸소 행함으로써 동네사람들의 믿음을 얻어야 한다.

한목에 열 가지, 스무 가지 좋은 일을 하려고 하지 말고 한 가지 일이라도 착실하고 끈기 있게 제 스스로 실천 궁행하여 부지런히 육체적 노동에 협동하는 것을 보이는 데에, 지방 부로들의 신임과 기뻐함을 얻을 수 있을 것이다. 금년에 한 가지 일을 시작하여, 명년, 내명년에도 계속적으로 해 가려는 계획도 좋을 것이며, 한 해에 한 가지씩의 일을 하는 것도 좋은 것이다.

끝으로, 교육 받지 못한 사람들에게 글자를 가르치는 일도 필요하며, 건전한 오락을 가르치는 일도 필요하며, 선거에 대한 올바른 태도와 방법을 이야기하는 일도 필요할 것이다. 민주주의 나라에서는, 뽑힌 대의원(국회 의원)에게 정치적 책임이 있기에 앞서, 그 대의원을 뽑는 일반 국민에게 그 책임이 있음을 밝혀주는 것은 매우 긴급 필요한 일이겠다.

국권의 근본은 각 국민이 가지고 있으니, 각 개인이 그 권리를 정당히 사용하여, 술이나 돈에 표 하나를 파는 일이 없이 오직 나라 정치에 필요한 사람을 자기의 판단에 따라 투표권을 행사하는 것이 민주 나라의 건전한 기초가 됨을 깨우치는 일도 좋은 일이다.

-〈연세춘추〉(1963. 7. 17.)-

국어 교사 자격 검정 고시를 보려는 이들에게

一(일). 출제의 방향

1. 실제적으로 학생을 가르칠 만한 학력이 있나 없나를 알아볼 수 있는 문제를 낸다.

2. 그리고, 그 가르치는 힘의 밑바탕이 되어 있는 학력이 있나를 볼 만한 문제를 약간 가려낸다.

3. 고등 학교의 국어 교사의 자격은 사년제 대학의 졸업 정도를 표준한 것인즉, 국어, 국문학의 고전에 대해서도 상당한 학력을 가지고 있음을 요구한다.

4. 고등학교 국어 교사로서 가져야 할 국어에 관한 신념과 태도를 아울러 알아보는 방향으로.

二(이). 수험 공부에서의 유의점

1. 뒤에 보이는 기본되는 책을 정독하여, 완전히 이를 이해하도록 할 일.

2. 기계적으로 기억하려 하지 말고, 모든 문제를 제 스스로 생각하고 판단하고 정리하는 태도로써 공부할 일.

3. 그리함으로써 국어의 말본과 국문학에 관한 일반적 기초적 지식을 호히 가지도록 공부할 일.

4. 모든 글은 다만 그 글낯(文面)에 기대어서 읽어 기억하려 들지 말고, 그 글낯의 뒤에 있는 그 본뜻을 깨치도록 읽어야 한다. 이는 실로 모든 글 읽기에 있어서의 지침인 것이다.

三(삼). 답안 작성 요령

1. 침착한 태도로써 문제를 정확히 숙독하여, 그 바른 뜻을 잡아 가질 것이요, 너무 것빠르게 제가 기대하던 문제하고 결부시킴과 같은 그르침이 있어서는 안 된다.

2. 시간을 잘 별러 쓰도록 할 일.

3. 어려운 문제가 있거든, 아는 문제부터 먼저 답해 놓고서, 다음에 그 어렵다고 제쳐놓은 문제에 손을 대는 것이 좋겠다.

4. 문제의 초점을 잡아가지고서, 모든 것은 그 초점에 대한 직접 또 간접스런 답이 되도록 할 것이요, 그저 막연히 제가 아는 것을 나열해 놓는 일이 없도록 유의할 일.

5. 답안지에 먼저 수험 번호, 성명, 들을 적어 넣을 것이다.

6. 답안 글을 적는 맞춤법이 정확하여야 할 것은 물론이요, 그 글의 적는 방법 곧 줄과 줄과의 관계적 위치 같은 것도 잘 정돈되도록 하여, 채점자가 알아보기에 편리하게 하는 것도 답안자에게 유리한 것이요, 글씨를 똑똑하게 보기좋게 쓰는 것도 유익한 일이다.

四(사). 채점 경험담

8.15 해방 이래, 중등 학교 교사 자격 검정 고시가 계속되어 온 지가, 이미 십년이 넘었다고 생각된다. 그간에는 참 훌륭한 답안을 쓴 사람도 상당히 있어, 평균 90점 이상을 얻은 사람도 몇 사람 있었는데, 그 중에는 한 자의 틀림도 없이, 거의 완전한 답안을 쓴 사람도 몇 사람 있었다고 생각된다. 한 자의 틀림도 없다는 말은 책을 암기하였다가 한 자도 틀리잖게 외어써 놓았다는 뜻은 결코 아니다. 원래 문제 자체가 기억을 중시하여서 책의 글을 베껴내기를 요구하는 문제는 하나도 없으며, 대부분의 중요한 문제들은 다 응용문제로서, 응시자의 실력을 검정할 수 있는 문제들이다. 그러므로, 여기에 어떤 답안이 한 자 틀림이 없었다는 것은 그 답안의 말에 하나 잘못된, 따라 고쳐야만 할 것이 없었다는 뜻이란 것을 알아주기를 바란다.

그런데, 근년에 와서는 응시자의 답안 성적이 점점 나빠져 가는 경향이 현저하니, 이것이 웬 까닭인지 모르겠다. 가령 지난번(1962년 여름)에 치른 중학교 교사 자격 검정고시에 응시한 답안 한 700장 가운데서 60점 이상 되는 것이 겨우 열이 되락 말락 하였고, 더구나 70점 이상 맞은 답안은 하나도 없었다. 이러한 성적은 어학과 문학과의 사이에 별 차이가 없음은 언제나 불변의 현상이었다. 채점자는 실망하였다. 더구나 10점 미만, 특히 0을 줄 수밖에 없는 답안조차 드물지 아니하다. 도대체 중등학교의 교사노릇 하는 일이 그렇게 만만해 보힌 모양인가? 나는 이렇게도 허무 맹랑한 실력을 가지고서 "국가 고시"에 응하는 것을 수치인 줄로 생각하지 않는 청년이 이 나라에 많음을 생각하니, 국어 한 과목뿐 아니라, 국가의 장래를 위하여 심한 통탄과 근심을 금할 수 없도다.

그러므로, 나는 응시자에게 사기를 북돋우기 위하여, 헛된 격려의 말을 하기보다는, 차라리 그런 용심과 준비를 가진 사람들에게는 아예 응시를 하지 말라고 권하고 싶다. 만약 그런 사람이 어느 직장—특히 국민 학교에 봉직하고 있는 사람이라면, 그 응시 때문에 수일간은 직무를 비워야 할 것을 생각한다면, 더욱 그러한 권고를 하고 싶다. 이렇게도 준비도 없이, 아무런 신념도 없이, 공연히 "국가고시"에 응하는 사람은 그가 현재 받들고 있는 직무 그 자체에 대해서도 또한 마찬가지의 무준비, 무성의, 무실력의 일을 하고 있는 것은 아닐가 생각하고 두려움까지 느껴진다.

아무런 준비도 없이, 혹은 소루한 차림을 가지고서 전장에 다닫는 것은 지극히 한심스런 일이 아닐 수 없다. 전장에 나가려거든, 모름지기 만반의 준비를 갖추어서 필승의 신념을 가지고 나가야 하는 것이다. 이래야만 개인의 향상도 있고, 나라의 발전도 있는 것이다. 이러한 국가고시에의 응시는, 붓으로써 다투는 전장이니, 붓의 전장에 필승의 준비를 가다듬은 청년 전사가 많아야만, 총의 전장에도 영광의 승리를 거둘 청년 용사가 많을 것이니, 여기에 그 나라는 문운과 무운이 한가지로 왕성하여, 그 나라의 역사, 국민의 생활에 영광이 있을 것이다.—적은 일이라고 경하게 여기지 말 것이요, 큰 일이라고 너무 겁내지 말 것이니, 이것이 슬기있고 용기있는 사람의 태도이다.

五(오). 참고 도서(기본서 및 참고 서적)

(一(일)) 어학 방면

기본서

1. 훈민 정음(원본과 언해본)
2. 훈민 정음 해례
3. 최 현배 : 한글갈
4. 〃 : 우리 말본
5. 김 형규 : 국어사

참고서

1. 김 윤경 : 한국 문자 급 어학사
2. 김 형규 : 국어사 연구
3. 이 희승 : 국어학 개론
4. 김 민수 : 주해 훈민 정음
5. 유 창돈 : 국어 변천사
6. 유 창균 : 국어학사
7. 최 현배 : 한글 바로적기 공부
8. 그 밖의 여러 가지

(二(이)) 문학 방면

1. 이 병기, 백 철 : 국문학 전사
2. 조 윤제 : 국문학사
3. 김 형규 : 고가 주석
4. 양 주동 : 여요 전주
5. 허 웅 : 용비어천가(국문학 대계)
6. 그 밖의 여러 가지

六(육). 구술 고사 및 실기 고사에 대하여

확1. 따로 말할 것이 없다. 다만 국어 국문학에 관한 기초 지식과 응시 준비에 자신을 가지는 일이 필요하겠다.

2. 실기 고사에 응하는 이는 마땅히 교육학 선생의 지도 또는 유능한 교육자의 지도를 받아서 교안과 교수법에 관하여 상당한 연구와 연습을 쌓아야 할 것이다.

(1962. 9. 10.)

-〈한글〉 131호(1963)-

길은 가까운 데 있다
-졸업생에게 주는 글-

4년 혹은 6년의 세월을 허비하여, 초지를 관철하여 영광스런 졸업을 하게 된 연세 학원의 모든 졸업생들에게 경하와 축복을 보냅니다. 그대들이 대학 교육을 마치기 위하여, 각자가 바친 정성과 겪은 고난은 이루 다 말할 수 없을 것입니다. 오늘 손에 받은 졸업장은 진실로 어려움을 이기고 일심으로 공부에 정진한 보람입니다. 그러면, 졸업의 보람은 사회 진출의 보람을 얻어, 제각기의 전공한 길로 좇아, 할 일을 잡아, 사회에 섬김의 활동을 할 수 있기를 바라는 마음 간절합니다.

그러나, 현재의 우리 나라의 경제 및 사회의 형편은 대학을 나오는 2만의 청년을 모조리 일터로 불러들이는 능력은 도저히 없습니다. 어려운 공부를 마치고서 바로 취직의 길을 얻는 이는 극소수에 그칠 것이오, 대다수의 졸업생은 일자리를 구하지 못하여, 졸업의 기쁨은 이내 자활의 시름으로 변하지 않을 수 없을 것은 뻔한 일입니다. 4년 내지 6년 간의 대학 공부의 어려움을 몸소 겪은 그대들은 사회생활의 성공은 더욱 더 어려움을 깨쳐야 할 것입니다. 금시로 취직의 행운을 탄 사람이라고 해서, 얼른 취직을 하지 못한 사람보다 성공의 가능성이 반드시 더 많다고는 단정하지는 못합니다. 성공의 비결은 견디기와 부지런하기, 생각하기와 용기 내기로써 제 정력과 시간을 한 점, 한 길에 기울여대는 데에 있는 것인즉, 당장의 불리한 형편에 실망하지 않고, 한결같은 신념과 소망을 가지고, 창의적으로 할 일을 발견하지 않으면 안 됩니다.

현재 우리 나라에는 해결해야 할 문제가 산더미같이 많습니다. 이

긴박하고도 많은 문제를 해결하고서, 겨레의 앞길에 번영과 행복을 맞아들여야 할 책임은 하필 기성의 정치인·경제인·교육인·문화인에게만 있는 것이 아니오, 학교를 나온 새 일꾼 청년 남녀들에게 더 많이 있는 것임을 잊어서는 안 됩니다. 그대들은 변통없이 이 나라, 이 사회의 앞날의 주인입니다. 모든 사회적 문제를 해결해 가는 데에는 돈도 필요하겠지요마는, 나는 그보다도 사람이 더 필요하다고 생각합니다. 민주 사회의 전진과 향상에는 무엇보다도 창의와 신념으로써 끊임없이 새 일을 만들고 새 방법을 찾아내어 가는 청년의 노력이 필요합니다. 우리가 남보다 못산다는 것은 다른 나라에는 많이 찾아오는 기적의 신(神)이 우리에게는 찾아오지 아니한 때문이 아니오, 다만 우리가 눈앞에 널려 있고, 발 끝에 차이는 작은 일, 큰 일들을 일로써 발견하지 아니하고, 다만 남들이 부지런히 애써서 이뤄내는 열매만 선망하기 일삼기 때문이라고 생각합니다. 알고 보면, 세상에는 기적이란 것은 없습니다. 원인 없는 결과는 절대로 없습니다. 남들이 잘사는 것도 그 잘살 만한 원인을 지은 결과요, 내가 못사는 것도 또한 못살 만한 원인을 지었기 때문임을 우리는 깊이 깨쳐야 합니다. 자연계나 인사계에서의 인과율의 엄정한 지배를 알고서, 그 법칙에 따라서 생각하고 행동하는 것이 고등 교육을 받은 사람들의 마땅한 생활 태도이어야 합니다. 그리고, 굉장한 놀랄 만한 결과도 그 실은 작은 원인들의 쌓임으로써 나타나는 것임을 아는 것도 지식인이 의당 할 일입니다. 긴 말은 할 것 없이, 어느 우리 공학자가 독일을 다녀와서, 보고하여 말하였습니다.

라인 강의 기적이 별 것이 아닙데다. 산비탈 같은땅을 시멘트로 쌓아올리(築造)고서, 과수를 심고, 두엄을 짊어지고서, 거기에 오르내리면서, 부지런히 가꾸는 일입데다. 우리 독일 유학생들이 흔히 그 기숙집에서 쫓겨나오는 원인은, 그 학생이 변소 같은 데에 갈 적에 방안의 전등불을 끄지 않은 것입데다. 독일사람들은 부서진 집을 되세울 적에, 다 무너지고 남은 벽돌벽을 조금도 더 헐지 않고, 그 남은 데에 대어서 새 벽돌을 쌓아올리기로, 그러면 그 빛이 달라서 좋지 않으냐고 한즉, 그 빛이 서로 다른 것이 곧 우리의 교훈이 됩니다.

고 하더란 것이었습니다. 두 번이나 연거푸 패전한 독일이 저렇듯 빨리 또 놀랄 만하게 가면 나라로, 살기 좋은 나라로 되일어난 것은 그 참 원인이 만 백성이 다 제각기 작은 일부터 착실하게 지어가는 견실성, 과학성, 근면성에 있습니다.

기쁜 마음으로 졸업을 하고 났건마는, 할 일이 없어서 고민하는 졸업생이 얼마나 많습니까? 우리 사회의 형편으로는 그대들의 앞앞에 좋은 일터를 갖다 바칠 사람이 있기를 기대할 수는 없습니다.

그대들이 뜻을 크게, 높게 가지는 것은 좋습니다마는, 눈은 발 아래를 살피고, 손은 가까운 데부터 대어서, 창의와 용기로써 작은 일, 시원찮아 보이는 일터를 찾느라고, 하루 이틀, 한 해, 두 해 세월만을 허송한다면, 이는 참으로, 해마다 2만의 대학 졸업생을 내고 있는 우리 나라의 큰 걱정, 큰 불행이 아닐 수 없습니다. 대학이 나라를 건지는 것이 못 되고, 나라를 망치는 것이 되고 말 것입니다. 바로 생각하는 사람, 부지런히 일하는 사람이 됩시다. 길은 가까운 데에 있습니다. 이 가까운 길을 놓치지 않는 데에 대학 교육의 보람이 있는 것입니다.

-〈연세춘추〉(1964. 1. 27.)-

대학과 사람 만들기
-대학의 목적은 사회를 철학함에 있다-

나는 먼저 10:1의 극심한 경쟁 입시에서 합격한 제군의 입학을 축하한다. 그런데 금년 남녀 대학 졸업생의 총수가 31,200명인데, 공개 채용 시험 합격자 총수는 겨우 588명이라니, 그 경쟁률은 50:1이다. 제군은 이미 세 차례의 입시에 합격의 영광을 누렸지마는, 앞으로 다가오는 취직 시험은 대학 입시의 5 내지 6배 이상의 경쟁률을 예고하고 있다. 이야말로, 거거 고산이다. 갈수록 더 높고, 옐수록 더 험한 길 걸음이다. 여기에서 제군의 영광은 또 다시 근심으로 변하지 않을 수 ㅇ벗다. 제군이 만약 취직 주선의 간판을 얻으려고 대학에 들어왔다면, 천 명 중의 8백 내지 9백 명은 실패의 비운을 면하지 못하게 되어 있기 때문이다.

특히 해방 후 우리 나라에서 누구없이 개탄하는 말은 "시험이 사람을 잡는다."란 말이다. 참말이다. 그 말이 옳다.

첫째, 시험이 어린이들의 몸을 잡는다. 변변히 먹지도 못하면서 아침 일찍부터 저녁 늦도록 입학 시험 준비를 하느라고, 여윈 몸이 더 여위고, 여린 몸이 더 여려 간다. 우리 초등학교 어린이들의 신장이 일본의 그 때 아이들의 그것보다 작으며, 다른 부분도 다 더 약하다 한다. 이것이 어찌 큰 걱정이 아니랴?

그러나 그보다 더 큰 걱정은 시험이 심성을 잡는 일이다. 시험 시험에, 합격 또 합격으로써 대학을 나와 사회에 나간 사람들이 다 정신적 고립, 분열, 상극의 못된 심정에 사로잡혀 있어 어디로 가든지 언제나 항상 "내가 잘났다"는 교만, 불화의 사람이 되고 만다.

제군! 제군은 생각해 보라. 우리 유학생이 세계 각국에서 극히 우수한 성적을 얻어 세계인의 이목을 놀래는 것은 사실이다. 나라 안에서도 훌륭한 성적의 대학 졸업생들이 해마다 2만 내지 3만이 새로이 사회에 나가며 해방 이래 고마운 벗나라들로부터 50억 원 넘는 원조를 받았건마는 나라 형편은 해마다 자꾸 글러만 가는 것은 무슨 까닭일까? 그보다 다시 생각하건대 해방된 지 18년 동안에 초등학교, 중·고등학교, 대학의 수가 이렇듯 불꽃같이 일어나고 불어났는데, 사회에는 불의오 불신, 분열과 알력만이 늘어가는 것은 무슨 까닭일까? 이것은 다름아닌 교육이 그 목적한 바 착한 심정, 옳은 정신, 바른 생활 태도를 가르치지 못하고, 항상 경쟁, 경쟁으로써, 지식 주입에만 급급한 결과로 그 불과도 같고 칼과도 같은 지식을 공공을 위하여 선용하지 못하고, 오로지 더러운 이기심의 만족을 위하여 악용한 때문이 아닐까? 한국 사람은 개인으로 만나면 다 훌륭해 보이는데 다수인 사회인으로 보면 그만 열등하게 나타난다는 것은 외국인의 정평이다. 1+1+1=3으로, 보태면 그 질과 양이 더 좋아지는 것이 수학적 진리인데, 우리 사람들은 이상하게도 1+1+1=0이 되는 셈이다.

혼자 있으면 훌륭하지만 이런 훌륭한 사람이 셋만 모이면 모두 나쁜 사람이 되는 것이다. 학교는 늘고 신입생·졸업생의 수도 해를 따라 이렇게 많아져 가는데 왜 나라는 그와는 반대로 나빠져가기만 하는가? 오늘 이 자리에서 일만 수천여 명을 물리치고 입학을 하게 된 제군이 한번 깊이 생각하여야 할 것이 아닌가?

교육의 목적이 무엇일까? 제군은 무엇하러 대학 공부를 하려는가? 나는 '사람 만들기'가 그 근본스런 또 최고의 목적인 것임을 여기에 가락치는(强調하는) 바이다. 사람이면 다 사람인가? 사람이라야 사람이지. 사람다운 사람만이 참으로 사람을 만드는 것이 교육을 주고받는 목적이다. 소학, 중학에서는 스승이 움직여서 학생을 사람 만들지마는 대학에서는 학생이 제 스스로를 사람 만드는 법이니, 여기에 대학 입학의 뜻이 있는 것이다. 선생의 노트나 외워서 '좋은 성적' 따기만으로 능사를 삼고 4년 동안에 제 스스로 열심을 기울여서 선택한 좋은 책을 네 권도 못 읽고서 교문을 나가는 사람은 설혹 취직 시험에는 합격의 기쁨을 누리가 될는지 모르지마는 이러한 '취직 합격자'가 지도하는 사회는 도리어 질에서 떨어지기만 할 것이다.

그러면 그 마땅히 만들고자 하는 '사람다운 사람'이란 과연 어떠한 사람인가? 그것은

(1) 생각하는 사람이다. 지식을 스승으로부터 단순히 받아들임이 아니고 제 스스로 주체가 되어서 스승의 강의 내용을 해득하는 사람이다.

어떤 이는 "대학의 목적은 사회를 철학함에 있다."고 하였다. 제 개인적 이익보다도 사회 전체의 이익을 궁리하는 것, 개인의 장래보다 겨레의 장래를 생각하는 것이 대학 교육의 목적이라는 뜻이다. 매일 일어나는 잡다한 사회 현상에서 그 가운데 꿰어 흐르는 의미를 생각하는 것이 긴요한 일이다. 나날이 신문의 잡다한 기사만 읽지 말고, 반드시 사설이나 시평같은 것을 읽어야 한다.

(2) 사랑할 줄 아는 사람이다. 사람은 남을 사랑하는 본성을 가지고 났다. 그러나 자람에 따라, 그 심정이 좁아지며, 제 한 몸밖에는 사랑할 줄을 모르게 된다. 처자나 친구가 제 이기적 방편이 된다는 이유에서만 사랑하기 때문에, 그 이유가 없다고 생각되면 그만 그 사랑의 정은 끊어지고 많다.

대학 교육의 목적은 사랑의 폭을 넓히는 데에 있다. 중국의 맹자는 사람에게는 본디 인·의·예·지의 심정이 있음을 가르치고 《대학》이란 책에서는 "대학의 길은 밝은 덕을 밝히는 것"이라 하였다. 사람은 본디 만 가지의 생명을 사랑하는 밝은 덕을 가지고 있지마는, 온갖 이기적 물욕이 가리워서 흐리게 되기 쉽다. 그러므로, 대학 교육은 그 본디 가진 밝은 거울을 씻고 닦아서 그 앞에 나타나는 모든 생명의 가지가지 모양이 제대로 잘 비치게 되도록 함에 있다. 그래서, 국민을 사랑하며, 지극한 착함에 이르는 것이 대학의 길이라 하였다. 어떤 이는 말하였다. "천하의 근심을 앞서서 근심ᄒᆞ며, 천하의 낙(樂)을 뒤에서 즐긴다."고.

이것이 진실로 교육 받은 사람, 사람다운 사람의 심정이다. 제가 배운 지식과 기술로써, 남들의 해는 돌아보지 않고 다만 제 홀로의 이익만을 추구하는 자는 대학 교육을 거꾸로 받은 사람이니 이러한 대학 졸업생은 그 수가 많아질수록 그 나라는 점점 위태해지고 만다. 시방 우리 사회에는 거짓이 참을 이기고 가짜가 진짜를 내쫓고 다만 들어찬 것은 의심과 안믿음(不信)뿐이다. 믿음이 탕진한 사회는 시멘트 없는 돌무더기와 같아 단결과 협동을 기대할 수 없다. 협동이 없고 단결이 안 되는 사회가 무슨 성사와 승리가 있을 수 있으랴! "흩어지면 죽고 뭉치면 산다." 하였다. 사회에 불신을 양조(釀造)하는 교육은 나라 건지는 교육이 아니라 나라 빠뜨리는 교육이다.

근래 우리 식자들 가운데에서 가끔 교육 망국의 개탄이 나옴을 본다. 참 걱정스런 교육 현황이다.

나라를 사랑하거든, 제와 제 동포가 다같이 잘살기를 바라거든, 이기심 말고 이타심으로, 거짓말 말고 바른말로써 우리 사회에 믿음의 씨를 심지 않으면 안 된다. 모든 안믿음의 책임은 남 아닌, 나 스스로에게 있다. 남이 나를 안믿음을 나무랄 것이 아니라 먼저 제 스스로가 남의 믿음을 얻도록 힘쓸 것이다. 사람 사람이 제 스스로가 믿음의 씨가 되지 않으면 안 된다. 여기에 대학 교육의 근본 뜻이 있는 것이다. "信(신)"자가 "人(인)"과 "言(언)"으로 된 것은 사람의 말은 곧 믿음의 쫑지임을 보임이다. 사람으로서 믿음을 얻을 수 없는 말을 한다면 이는 아주 사람 아닌 사람, 교육 없는 사람인 것을 스스로 증명하는 것이다. 믿음을 심는 것으로써 대학 공부의 목적을 삼자. 그리하여 만사에 협력과 단결을 이룸으로써 나라를 건지자. 여기에 나라의 독립과 자유가 오고 행복과 번영이 열음한다.

(1964. 2. 28. 신입생 오리엔테이션 강연 내용 요약.)

-〈연세춘추〉(1964. 3. 9.)-

청년에게 하소한다

암실 속에 두어져 있는 화분의 화초는 밝은 창을 보고 그 가지를 뻗고 잎을 피운다. 모든 생물은 어두움 속에서 밝음을 찾는 기울성(傾向性)을 가진다. 더구나, 사람은 어두움을 깨뜨리고 밝음을 찾는 욕망이 더욱 강렬하다. 사람이 나서부터 모든 것을 알려고 하며, 배우기를 힘쓰는 것은 역시 어두움을 깨뜨리고 밝음을 구하는 성질(지성)의 한 발로인 것이다. 청년들이 혹은 스물이 넘도록, 혹은 서른이 넘도록 학교에 다니면서 지식을 구하는 것도, 그 밝음을 좋아하는 성질의 한 발로이라 하겠다.

사람의 사회는 지식의 증가로 말미암아 발달되어 온 것은 사실이다. 그리하여, 지식을 극히 존중하는 세상이 되었다. 소학에서 대학에 이르기까지 지식을 주고 받고 하기에 열중하고 있다. 학교를 나온 사람은 그 얻은 지식을 자랑한다. 지식이 많은 사람들을 가리켜, '식자' 또는 '지식인'(인텔리겐차)이라 하여, 그에게 사회의 지도적 지위를 주게 된다. 그러한즉, 사회의 건전한 발전과 국민의 항구한 행복은 이러한 지도적 책임을 가진 지식인의 심지(心志)와 태도의 여하에 크게 좌우되는 것임은 말할 것 없겠다.

그러면 오늘날의 우리 나라의 정신과 태도는 어떠한가? 나의 봄에는 오늘날 우리 사회의 지식인들의 마음그릇이 매우 작고 얕은 듯하다. 작기 때문에, 지식이 얼른 다 차아 버리고, 얕기 때문에 무엇이 뿌리깊게 박히지 못한다. 공붓군(scholar; 학자)은 쉽사리 한 사람 몫의 학자가 되어 버리어 더 정진하려 하지 않고, 이미 얻은 지식으로 만족하여 스스로 대가(大家)인 양하는 것이 예사이며, 기술자는 대번에 제가 일류 기술자로 자처하고서 그 기술의 갱일층의 연마와 개량에 유의하지 아니하며; 정치인은 국사에 관하여 국민의 생활 문제에 관하여 주도한 조사 연구로써 좋은 정견을 세우고, 또 그것을 발표함으로써 세인의 비평을 거쳐 더욱 그 정견에 대한 확호한 신념을 세우려고 하지는 않고, 대번에 대정치가가 되어 조석으로 달라지는 그 생각, 감정, 심기의 돌아가는 대로, 또 개인적 이해와 영달의 타산에 따라 행동하는 형편이다.―이러한 것들은 한두 가지의 보기에 지나지 않는 것이다. 그 나머지 어느 방면, 어느 사회를 보든지 다 좁고 약한 심지와 옅고 옅은 지식의 장난에 휩쓸리어, 경조 부박의 행동과 부화 허영의 기풍이 떠돌고 있지 않은 데가 없다. 제가 가진 모든 지식과 슬기는 거짓말하기, 남을 속이기, 중상하기, 모든 사회적 관계를 분리시키기에 이용되고 있다. 그래서 제 이름을 내고, 이권을 잡아 얻고, 일신의 영달을 꾀하기에 열중하고 있다. 쾌락을 탐하여, 호화롭게 잘난 체하고 살기만 위주한다. 이리하여 사회 생활은 점점 불건전으로 떨어지고, 나라는 자꾸 위태한 구렁으로 기울어지고 있다.

이러한 사회적 풍조에 쌓여서, 자라나는 청년들의 생활 태도도 이러함을 본받을 수밖에 없다. 우리 나라 교육자들이 모두 한가지로 말한다: 초등 학교를 졸업할 때까지는 다 착하던 아기가 중등 학교에 입학하면 그만 육 년 간의 교육의 결과가 허물어지기 시작하여, 대학에 들어가고 보면 아주 다 무너지고 만다고. 학교의 계단이 올라감에 따라 그 얻는 지식이 늘어 갈 것은 확실한 사실이지마는, 그 늘어 가는 지식을 닦는 태도와 그 지식을 쓸 목적이 점점 옳지 못한 데로 기울어지기 때문이다. 대학생들이 공부한다는 것도 진정한 지식과 올바른 덕행을 닦는 데 있지 아니하고, 오로지 겉이나 속을 반들반들하게 다듬기에 열중한다. 그 책상 위에는 공책 몇 권밖에 꽂아 두지 않기 때문에, 그 책상의 주인 학생이 문학을 공부하는 사람인지, 법학이나 상학을 공부하는 사람인지, 내지 자연 과학을 공부하는 사람인지가 분별되지 아니하지마는, 그 벽에는 교복 아닌 좋은 양복과 비싼 넥타이가 걸려 있다. 일 년이 다 가도록 교과서 밖의 책 한 권 살 돈은 없어도, 극장과 찻집에 가는 돈은 남에게 지지 않을 만큼 쓰려 한다. 신촌과 같은 유축진 곳이 아무리 제가 다니는 학교에 가깝더라도, 거기에는 사관(숙소)을 잡지 아니하고, 돈과 시간을 허비하면서 시내에서 다니는 학생이 많으니, 이는 극장이나 찻집에 나들며, 전차와 버스를 타고서 반들반들 닳기에 편리함을 취함이다. 공부가 목적이 아니요, 반들반들 닳기가 목적인 것이다. 오늘의 지식 청년들은 반들반들 닳았기 때문에 어떤 종류의 그물에도 걸리지 않고 솔솔 빠져나가기에 비범한 재주를 가진다. 귀찮은 일, 성가신 일, 힘드는 일, 땀나는 일, 해로운 일에서 빠지기가 일쑤다.

근래 각 대학에서 명사를 초청해 닥아 한 마당 강연을 듣는 일이 유행함을 본다. 대학생들이 그 선배들로부터 여러 가지의 지식, 경험, 의견 들을 듣는 일도 좋은 일이다. 이러한 몇 마디의 강연에서 큰 깨달음의 실머리를 잡아 얻는다면, 그리하여 그 방향으로 더욱 깊수룩하게 파고 들어가고자 하는 의욕을 불러 일으키게 된다면, 한마당의 강연도 매우 의미가 있고, 유조한 것이라 하기에 인색할 리가 없겠다. 그러나 나의 두리는 바는, 학생들이 이러한 한 자리 강연으로써 그만 그 강연자의 지식과 견해를 다 알았는 체한다면, 곧 그 강연만으로 만족하고, 다시 더 나아가 그 강연자 또는 다른 이의 그 문제에 관한 저서를 차근차근 읽겠다는 생각과 실행이 따르지 아니한다면, 이 또한 마찬가지의 천박한 심리의 한 나타남 이외에 아무것도 못 되는 것이다.

더러는 제 부모의 덕으로, 더러는 나라의 덕으로, 또 더러는 외국인의 덕으로 미국으로 공부하러 간다고 간 사람이 그 부유한 나라, 인심좋은 사회, 편리와 오락으로 들어찬 생활에 함뿍 빠져서, 가난한 제 나라, 무식한 겨레, 저열 불편한 우리의 사회 생활, 어렵고 더러운 우리 농촌, 화려하지 못한 우리 도시를 싫다 하여 돌아올 것을 잊어버리고, 그저 반들반들 양풍에 떠돌아 이리 굴고 저리 굴러, 그칠 줄을 모른다. 미국은 지상 천국인데, 내가 이까지 오게 된 것은 내가 잘난 덕이다. 무슨 맛으로 가난하고 어려운 고국으로 돌아갈까 보냐?—이것이 그네들의 심정인 것이다. 그리하여, 그들은 일생의 의무를 벗어 버리고 가볍게 쾌하게 살려 한다.

국회 의원이나 한 번 되면, 그만 큰 정치가나 된 듯이 너무도 잘난 듯이 뽑낸다. 오늘은 ㄱ정당, 내일은 ㄴ정당, 아침에는 이리 기울고, 저녁에는 저리 기울어, 그 변화 무쌍함은 실로 경탄할 만하다. 정부의 처사도 흔히 조령 모개(朝令暮改)식으로 주착 없이 자꾸 고치기만 한다. 성실히 일하여 공을 내려고는 아니하고, 그저 제도 법령만 뜯어고치기에 마음 썩인다. 이는 볼 만한 성과를 내지 못하였음은 오로지 그 제도 법령의 잘못되었음에 원인이 있다고 하여, 그 책임을 벗어 버리는 방책의 한 가지인 것이다.

장사하는 사람들은 어떻게 하면 밀수입이나 하여서 남몰래 큰 돈을 잡아 볼까? 어떻게 하면 탈세를 하고서 제 이익을 보호해 볼까? 이런 것이 그네의 밤낮의 용심처이다. 하필 장삿군뿐이랴? 모든 사람들이 다 그렇다. 어떻게 하면 남의 나라의 원조를 내 손에, 혹은 나와 밀약이 있는 상인의 손에 많이 돌려 넣어서 사복을 채워 볼까?

—이것이 우리 나라 권력 계급의 최대의 용심처이다. 정당하게 일하여, 정당한 수입으로써, 정당한 세를 물고 정당하게 살아 가는 사람이 과연 얼마나 되는지? 오늘의 우리 나라는 참으로 꾀 많고 재주 많고 약은 슬기 많은 사람으로 들어찬 느낌이 있다. 이렇게 약고 재주 많은 사람으로 들어찬 나라가 과연 어떻게 될 것인가? 그러나 고금의 역사에는 약음의 반대로 매우 어리석은 사람이 또한 없지 아니하다.

백이(伯夷)와 숙제(叔齊)는 고죽군(孤竹君)의 두 아들로서, 서로 나라를 사양하여 함께 도망하였다 하니, 이것부터 어리석은 일이었다. 주나라(周)의 무왕(武王)이 은나라(殷)의 사납고 못된 임금 주(紂)를 치는 군사를 일으키매, 천하가 다 향응하는 판에, 홀로 백이 숙제는 군신의 의(君子之義)를 굳이 잡아, 변할 줄을 모르고 무왕의 말고삐를 잡고 간하여 가로되: 신하로서 임금을 침이 옳지 못하나이다 하였으나, 물론 무왕이 들을 리가 없었다. 드디어 주왕(紂王)을 멸하매, 온 천하가 다 주(周)나라를 섬기게 되었다. 백이 숙제는 주나라의 땅에서 그 비이슬을 맞고서 자라나아 열음한 곡식을 먹고, 주나라의 신민으로 사는 것이 부끄럽다 하여 그만 수양산(首陽山)에 숨어 고사리나 캐어 먹다가 주려 죽었다 한다.—이 얼마나, 얼마나 어리석은 일인가? 아무리 구시대의 관념에서라도 군신의 의가 무엇이완대, 형체도 없고, 이익도 없고, 따라 소용도 없는 절조를 지키어서 세상으로 더불어 탁류에 함께 흐르지 아니하고, 세간적 영화 부귀를 헌신짝 같이 버린 백이 숙제는 고래로 대표스런 어리석은 이라 할 만하다.

우리 나라 세종 때의 신하 성 삼문(成三問)은 정 인지, 최 항, 박 팽년, 신 숙주, 강 희안, 이 개, 이 선로 무리와 함께 세종의 한글짓기를 도울새, 삼문이 세종의 명을 받들어 한문자의 음운(音韻)을 묻고자,

명나라 한림 학사 황 찬을 찾아 중국의 요동 따를 열세 번이나 왕복하였다. 그 충성, 그 우직, 그 끈기, 실로 놀랄 만한 것이라 하겠다.

세조(世祖)가 먼저 흉계로써, 공이 높고 정의를 지키기로 유명하여 '호랑 대신'이란 별명까지 듣는 김 종서를 철퇴로 때려 죽이고, 다음에 정 인지, 권 람, 한 명회 무리를 시켜 어린 임금 단종(端宗, 세조의 조캇벌 되는)을 저히어(威脅하여), 그 임금 자리의 물림(禪讓)을 받을새(1455년), 그때 삼문이 예방승지로서 국새를 안고 통곡하니, 세조가 꾸푸려서 겸양(謙讓)하다가, 고개를 들고 삼문을 노려보았다. 그 이듬해 그 아버지 성 승, 박 팽년 무리들과 상왕(上王, 端宗)의 복위(復位)를 꾀하여 중국 사신 청하는 잔칫날로써 일을 들고자 집현전에 모여 모의하였다. 삼문이 가로되: 신 숙주는 나하고 좋은 터이다. 그러나 죄가 중하니 버이지 않으면 안 된다. 다 가로되: 그렇다. 무신(武臣)을 시켜 각각 그 죽일 바를 정할새 형조 정랑 윤 영손이 신 숙주를 맡았다. 그러나 세조는 아부하는 무리로부터 밀고를 들은지라, 그 잔칫날에 갑자기 큰 칼(雲劍)을 차고 임금의 행차를 모시는 벼슬 '보검잡이(別雲劍)'를 없이하였으므로 그 음모는 중지될 수밖에 없었다. 그러나, 무신 윤 영손은 이를 모르고, 신 숙주가 머리 감고 있는 방으로 칼을 만지며 나아가는 것을 삼문이 눈짓하여 이를 말리었다. 일이 이렇게 되매, 같이 꾀한 김 찬이 일이 틀렸음을 알고 변심하여 일을 일러 바치니, 그만 일이 다 드러나서 모두 잡히었다. 세조가 몸소 죄인들을 국문하여 가로되: 너희들이 무엇 때문에 나를 배반하는가? 삼문이 소리 질러 가로되: 옛 임금을 도로 세우려 할 뿐이다. 천하에 누가 그 임금을 사랑하지 아니할 이가 있으랴? 나의 마음은 온 나라 사람들이 다 잘 안다. '나으리(進賜)'가 평소에 걸핏하면 주공(周公)을 끄어 대었다. 주공도 이런 일이 있었나 없었나? 삼문이 이런 일을 꾸민 것은, 하늘엔 두 해가 없고 백성에겐 두 임금이 없기 때문이다. 세조가 발을 동당거리며 가로되: 선위(위물림)를 받을 적에 왜 이를 저지하지 않고서, 곧 나에게 붙었다가 이제 나를 배반하는가? 삼문이 가로되: 형세가 할 수 없는지라, 내가 굳이 나아가아 말릴 수 없었고, 물러가아 죽기만 생각하였다. 그렇지마는, 그저 한갖 죽음은 유익이 없으므로, 참고 참아 이에 이른 것은 뒷벼름(後圖)을 하고자 함이다. 세조 가로되: 네가 내 곡식(粟)을 먹지 아니하였느냐? 녹을 먹고서 배반하는 것은 반역의 사람이다. 이름은 상왕을 되돌린다 하고, 실상은 제 몸을 위하려는 것이다. 삼문이 가로되: 상왕이 계시거니 '나으리'가 무엇으로 나를 신하라 하는가? 나는 '나으리'의 녹을 먹지 아니하였다. 만약 내 말을 믿지 아니하거든, 내 집을 들추어서 세어 보라고. 이에 세조 성이 심히 나서, 무사(武士)를 시켜 철을 달워서 그 다리를 뚫고, 그 팔뚝을 자르게 하니, 삼문이 안색이 변하지 않고 조용히 가로되: '나으리'의 형벌은 참혹하도다고. 그때에 신 숙주가 왕의 앞에 있는지라, 삼문이 이를 꾸짖어 가로되: 내가 너와 집현전에 있을 적에, 세종이 어린 왕손(단종)을 안고 거닐으시다가, 여러 유신(儒臣)에게 부탁하여 가로되: 내가 이 세상을 떠난 뒤에 경들이 모름지기 이 애를 두호하라고 하시던 그 말소리가 오히려 귀에 있거늘, 너는 어찌 홀로 이를 잊었느냐?고. 그때 제학(提學) 강 희안이 여러 말로 고문을 당하되 굴복하지 아니하니, 세조가 삼문에게 물어 가로되: 희안이 그 모사에 참예하였는가? 삼문이 가로되: 그런 일이 없다. '나으리'가 명사를 다 죽이는 것보다는 마땅히 그를 살려서 씀이 옳으니라고. 희안은 이로 말미암아 면함을 얻었다. 삼문이 모진 단근질을 당하다가 수레에 실리어 형장(刑場)으로 향하여 문을 나갈새 태연자약한 얼굴빛으로써 좌우를 돌아보며 가로되: 너희 무리는 새 임금을 도와서 '태평'을 이루라. 삼문은 돌아가아, 옛임(故主)을 지하에 뵈오리라고. 삼문이 형을 받아 죽은 뒤에 그 집을 추어본즉, 세조가 정권을 잡은 해부터의 녹봉은 따로 한 방에 두고, 일일이 어느 달치 녹이라고 적어 놓았으며, 침방에는 다만 뜸자리가 깔려 있을 뿐이었다. 성 삼문이 사람됨이 해학을 좋아하고 방탕스럽고 마디가 없어, 겉으로 아무 지님(持守)이 없는 듯하되, 속으론 지님이 굳건하여 빼앗을 수 없는 뜻이 있었다. 그가 국문을 받은 뒤에 짐깐 옥에 갇히었더니, 세조는 끝내 그를 달래 보고자, 근시(近侍)를 시켜 태종이 정 포은에게 한 노래를 부르게 하였더니, 삼문이 대답하여 읊었다:—

이 몸이 죽어 가서 무엇이 될고 하니,
봉래산 제일 봉에 낙락장송 되었다가,
백설이 만건곤할 제 독야 청청 하리라.

세조도 이 노래를 듣고는 길게 탄식하여 가로되: 지금엔 난신이로되, 후세에는 충신의 이름을 들으리라고 하였다 한다.

삼문이 일찍 중국에 갔을 적에, 백이 숙제 사당을 지나다가, 시(詩) 한 마디(一首)를 썼으니

當年叩馬敢言非 草木亦霑周雨露
(당년고마감언비 초목역점주우로)
忠義堂堂白日輝 愧君猶食首陽薇
(충의당당백일휘 괴군유식수양미)

그 국역 시조(이제 전하는)

수양산 바라보며, 이제를 한하노라.
주려 죽을망정, 채미(採薇)도 하는 것가?
아무리 푸새의 것인들, 그 뉘 땅에 났더니?

이 시를 쓰기 마치매, 이제의 비(碑)에서 진땀이 났다 한다.

세조는 단종의 아저씨이요, 세종의 둘째 아들인즉, 다 같이 이 태조의 자손이라. 태조의 창업한 나라를 갈아 가면서 다스리기론 큰 일이 없겠다고 생각할 수도 있을 것이어늘, 성 삼문은 군신의 의를 최고의 옳음으로 굳이 잡고, 또 세종의 부탁을 받은 것을 어디까지 지키어서, 세간적 영화 부귀를 똥갈이 더럽게 보고, 또 그 아버지와 처자가 다 같이 죽이힐 것을 번연히 알면서도 그 모진 형벌에도 굴ㅎ지 않고, 드디어 형장의 아슬로 되고 말았다. 그리고, 그 아버지 성 승과 다섯 아들과 동생과 사촌까지가 모두 연좌되어 죽고, 그 부인은 관비(官婢)가 되었다. 참 참혹하기 비할 데 없기도 하려니와, 삼문의 행위는 어리석다면 참 어리석기 그지없는 것이다. 이해 타산에 밝고, 대의를 몰각한 오늘의 사람의 눈에는 이렇게밖에는 안 보일 것이다.

우리 나라 역사 속에는 이러한 어리석은 사람이 적지 아니하다. 고구려 평강왕의 공주는 어릴 적에 울기를 잘 하였기 때문에, 그 아버지 평강왕이 회롱의 말로, 너같이 잘 우는 아이는 자라서도 사대부의 안해가 될 수 없으니 마땅히 바보 온달에게 시집 보내겠다고 매양 말하였더니, 공주가 이 말씀을 자주 듣고 어린 마음에 새겨 두었다가, 장성하여 양반의 집 고씨(高氏)에게 시집 보내려 하매, 공주 대꾸하여 가로되: 대왕께서 항상 「너는 반드시 온달의 안해를 삼겠다」 하시더니, 이제 무슨 연고로 앞말을 고치렵니까? 필부도 오히려 말을 먹고자 아니하거든 하물며 지존(至尊)이오리까? 그러므로, 임금이란 이는 우시게 말(戲言)이 없나이다. 지금의 대왕의 명령은 잘못된 것이라 제가 좇지 못하겠나이다. 왕이 성내어 가로되: 내가 내 시킴을 좇지 아니하니, 내 딸이 될 수 없다. 어찌 같이 살 수 있으랴? 마땅히

너는 네 뜻대로 하라. 이에 공주가 돈(쇠돈) 수십 장을 몸에 차고, 왕궁을 나와 홀로 걸어 바보 온달의 집을 찾아가서 그 뜻을 고하고, 드디어 온달의 처가 되어 온달을 도와, 전장에 나아가 큰 공을 세우게 하였다 한다.—일국의 임금의 딸로서 부왕의 우시게 말을 곧이 믿고, 호화로운 왕궁을 버리고 바보로 이름난 온달을 찾아간 평강 공주는 참으로 두 겹 세 겹으로 어리석은 사람이라고 할 만하다.

백제 사람 도미(都彌)의 안해는 음란한 개루왕(盖婁王)의 갖은 휼계와 강권을 물리치고 죽음을 무릅쓰고 도망하여, 드디어 그 몹시도 혹독한 형벌로 눈알을 빼인 남편의 죽지 않고 살았음을 만나서, 고구려로 도망가서 거기서 극진히 눈없는 남편을 기르며 일생을 마쳤다는 이야기는 흔히 듣는 이야기이다. 또 《속 삼강행실도(續三綱行實圖)》의 열녀도(烈女圖)에는 우리 나라 여자들의 높고 굳은 정절이 가지가지 실려 있다.

여산(礪山)의 송씨는 그 남편 정 희중이 조사하매, 통곡으로 종상하였다. 부모가 그 청상 과수를 불쌍히 여겨 개가시키고자 한데 송씨가 죽음으로 맹세하여 가로되: 시어미가 김제(金堤)에 있는데, 다른 자식이 없읍니다. 내가 만약 사람을 얻어 가면 시어미가 누구를 의탁할 것입니까? 부모가 듣지 아니하니, 송씨가 어린애를 업고 도망하여 시어미에게로 가고 여러 해가 되도록 친정으로 오지 아니하였다.

구(仇) 씨는 익산(益山) 사람으로 조 민의 안해이다. 나이 열 다섯에 조 문에 시집갔더니 불행히 청상 과부가 되었다. 머리를 깎고 다시 시집가지 않기를 맹세하고, 남편의 화상을 그리어 벽에 걸고, 그 옆에 의복을 차려 놓고 낮밤으로 애곡하며, 조석으로 상식하며, 출입에는 반드시 고하며, 철것(時物)이 나면 반드시 올리며, 맛난 음식을 먹지 아니하고 종신하였다.

이러한 이야기가 많은 중에는 심지어 이런 이야기까지 있다: 충주(忠州) 사람 최 씨는 한 약하고 정혼하였더니, 약이 일본 치러 갔다가 전사한지라, 최 씨가 이미 한 번 일생을 허락하기로 정하였은즉, 다시는 사람을 치거할 수 없다 하고 종신 수절하였다.

예로부터 전하여 오는 우리 나라의 이러한 이야기를 어찌 다 여기에 적을 수 있으리오. 기생 월매의 딸 춘향이는 이 도령과의 인연 맺은 정절을 지키어, 갖은 유혹과 별별 위협과 혹독한 형벌에도 굽히지 않았기 때문에, 우리 국민의 한 가지로 기리고 추는 바가 되어 있다.

어찌 옛날뿐이랴? 충의의 열사, 정렬의 부인, 신의의 선비가 망국의 비운 속에서도 잇달아 온 것은 우리들이 다 듣고 보고 겪고 한 일이다.—그러나 이러한 사람들의 행위와 처세가 어떤 사람들의 눈으로 본다면, 참 어리석은 짓이 아닐 수 없다.

남의 어리석은 이야기도 한두 가지 보태기로 하자. 유명한 물리학자 아이삭 뉴우톤은 연구실에서 그 연구 제목에 다소라도 관련이 있다고 생각되는 것이면, 그 결과가 신통치 못할 줄을 번연히 짐작하면서도, 일일이 실험하는 수고를 아끼지 아니하였는데, 스스로 이름하여 가로되: 이는 '어리석은 이의 실험'이라 하였다 한다.

일본의 어떤 학자는 실험실에서 실험만을 곧장 계속하고서 나와 보니, 어느새 이 년 간의 노일 전쟁이 끝났더라는 이야기가 있다.

공자는 그 수제자 안 회가 나물 먹고 물 미시고도 그 중에 즐김(낙)을 맛보는 것을 보고, 회는 참 어리석은 사람이라 하였다.

오늘날의 우리 사회엔들 어리석은 이가 아주야 없을손가? 선생이 시키는 대로 꼬박꼬박 숙제를 해 가고, 맡겨진 일을 기어코 다하는 학생이 얼마나 어리석은가? 한 반의 다른 학생들은 다 시험장에서 방맹이를 하여, 급제도 하고 우등도 되어 상까지도 타는데, 제(自己)는 모르는 것은 모른다 하고 아는 것만 적어 내었기 때문에, 꼴찌나 낙제를 먹은 사람, 그 얼마나 어리석은가? 남의 연설 마디나 신문 쪼가리에 만족하지 않고서, 어려운 저서, 귀찮은 원서에 나아가아 그 뿌리를 캐는 청년, 그 또한 얼마나 어리석은 이인가? 제가 세운 초지(첫 생각)를 변하지 않고 어려움과 괴로움을 예사로 견디면서, 평생 한 가지 일에 꾸준히 노력하는 사람, 그 또한 어리석지 아니한가? 제에게 적당한 배우자라 하여, 부자집 아들 딸을 마다 하고, 기어코 가난한 집의 아들 딸을 제 배우자로 선택하는 청년 남녀, 그 얼마나 어리석은 일인가? 죽어 버린 애인을 잊지 못하여 평생으로 수절하면서, 갖은 설움과 고생을 하는 사람, 그 얼마나 어리석은 짓인가?

이상에서, 나는 동서 고금을 통하여, 어리석은 이의 몇 이를 들어, 그 어리석은 행적의 대강을 베풀었다. 사람 사회의 사상과 풍습이 시대의 나아감을 따라 변천하는 것이매, 그 중에는 삼강오륜의 으뜸으로 치던 군신간의 의(義)와 같은, 오늘날 민주주의 시대에서는 이미 도덕의 앞쪽(前面)에서 물러가아 아주 사라져 버린 것도 있으며, 또 사라지지 않고 남아 있는 것들이라도 그에 대한 도덕적 평가의 경중은 옛날과 서로 같지 아니함이 있음은 또한 자연의 사세이라 하겠다. 그러한즉, 이제 나도 이러한 옛 사람의 관념, 옛 시대의 도덕이 오늘날 우리 사회에 다 그대로 재현되기를 바라는 사람은 아니다. 그러나, 이제는 이미 도덕의 앞쪽에서 사라져 버린 덕목(德目)일지라도, 그 시대, 그 사회에 있어서는 다 사람 사회의 문화 생활의 법도로서, 사회의 아름다운 질서를 유지하며, 사람의 참다운 품위를 세우기에 큰 구실을 하였던 것임을 우리는 잊어서는 안 된다. 백이 숙제의 행동은 무왕이 천하를 얻는 일에 아무러한 영향과 변동을 일으키지 못하였을 뿐 아니라, 수양산에 들어가아, 주려 죽은 그의 일생은 현실적으로는 하등의 작용을 함이 되지 못하였지마는, 그 일월보다 밝은 양심과 태산보다 높은 지조는 천추 만대의 사표가 되어, 오래오래 후세인의 정의감을 기르며, 고결한 절조심을 북돋우기에 큰 감화력을 주었던 것이다. 만약, 시대가 바뀌었다 하여, 옛날의 충신, 열사, 열녀, 효자들의 소행을 비웃는 자가 있다면, 이는 참으로 말 못할 경박자로서, 나의 이른바 '어리석음'의 덕을 모르는 자인 것이다. 우리는 저 확호한 신념으로써 모든 위협과 유혹을 이기고서, 죽음으로써 그 지님(所持, 持操)을 온전히 한 고금의 '어리석은 이들'에게서 영구 불멸의 양심의 교훈을 받아야 한다.

그러나, 그러나 오늘날 우리 나라에는 어리석은 이가 적음은 지울 수 없는 사실이다. 바른 말이지 간데마다 잘난 이, 재줏군, 꾀많은 이, 약바른 이로 들어찼음을 본다. 법을 범하고도 법망에서 솔솔 빠져 걸리지 않는 사람, 징집되어 가서도 거침 없이 용하게 병역을 면하고 나온 이, 세금을 내지 않는 사람, 제 주머니의 돈을랑 쓰지 않고 남의 돈, 구의(공공)의 돈, 나라의 돈을 제 돈보다 더 잘 쓰지 사람, 명리의 앞에서는 신의와 절조를 썩은 개같이 버리는 사람, 양주밥 먹고 고양 구실을 하기를 예사로 생각하는 사람—이런 이들의 하는 행동은 가지가지이지마는, 그 생활 태도는 한가지다. 개인주의, 이기주의, 방편주의, 현실주의, 당면주의가 그의 생활 철학이다. 이러한 사람들은 다 반들반들한 깐돌이요 비둑돌이며, 매끌매끌한 미꾸라지이다.

이러한 잘난 이, 똑똑한 이, 영리한 이, 재줏군 들로만 들어찬 사회와 나라는 과연 어떠한 결과를 가져올 것인가? 그네들 자신더러 말하라면이야 물론 걱정 없다. 다 잘 되어 갈 것이라고 하리라. 그러나, 과연 이런 사람들이 이 세상을 더 좋은 세상으로 진보 발달하게 할 수 있을까? 나는 여기에 대하여 '아니'라 하지 않을 수 없다고 생각한다. 먼 장래는 고사하고 오늘날의 우리 나라를 보라. 8·15해방이 된 지 13년이요, 6·25사변이 끝난 지도 이미 5년이다. 그 간에 세계 자유주의 우방들이 기를 쓰고서 막대한 힘으로써 군사적, 경제적 및 정치적으로 우리를 도와 왔고 또 돕고 있건마는, 오늘의 우리 나라는 확실한 소생은 하였다 할 수 없다. 정치적으로는 부패가 자심하여 참된 민주주의의 싹이 시들어 가며, 경제적으론 재건 자립의 기초가 아직 서지 못하고, 소수의 신생 특권 계급을 제하고는 일반 대중의 생활고는 더욱 심각해 갈 뿐인데, 만약 지금이라도 외국의 원조가 딱 끊어진다면, 우리 경제는 파멸의 벼랑(斷崖)으로 떨어지고 말 것이며; 도덕적으로는 사회의 상하층을 막론하고, 남녀 노소를 분간할 것 없이 다 한가지로 극도의 해이 타락으로 달음질치고 있어, 이기주의, 물질주의가 팽창하여 무엇으로써도, 무슨 방법으로써도 이를 만회 경장할 수 없을 정도에 빠지고 말은 것 같다.

우리 나라의 현실이 아무리 썩고 어지럽고 기막히게 답답하더라도 우리는 도로 찾은 한배 나라의 장래에 대한 소망을 내버릴 수는 없다. 우리는 어떠한 고난을 당할지라도, 겨레의 참된 자유와 행복을 추구하는 의욕을 포기할 수는 없다. 그러면 이렇듯 혼탁한 세상을 맑고 깨끗하게 하며, 이렇듯 어지러운 사회를 바로잡을 사람이 그 누구일까? 우리는 누구를 보고(향하여) 하소와 부탁을 할 수가 있을까? 그것은 겨레의 청년들이다. 청년은 아직 세상의 독소에 물들지 아니하였기 때문에, 그들에게는 이상의 꿈이 있고 의리의 기개가 있으며, 정열과 용기가 있다. 나라를 사랑하고, 겨레를 사랑하는 심정은 이러한 청년을 붙잡고 간절한 하소로써 우리와 장래를 부탁하는 수밖에 딴 도리가 없는 것이다.

대한의 청년 남녀들이여! 그대들은 우리 겨레의 새 순이요, 새 가지이다. 베달 겨레의 앞날에 아름다운 꽃을 피우며, 토실토실한 열음을 맺어 영화와 번성을 누리게 할 소임이 그대들의 두 어깨에 지워져 있는 것이다. 그대들이 이 무겁고도 영광스런 사명을 다하기를 바라는 마음이 간절한 나는, 그대들이 어리석은 사람이 되기를 바란다. 세상의 명예와 이익을 탐하지 아니하며, 지위와 권세에 아첨할 줄 모르는 어리석은 청년이 되기를 바란다.

내가 그대들에게 어리석은 사람이 되어 다오고 부탁하는 것을 웃지 말지니, 어리석음은 사람의 큰 덕(德)의 하나이기 때문이다.

나이가 육십이 넘어서, 과거의 가지가지의 경험을 뭉그려(종합하여) 보건대, 커 가는 어린아이들 가운데 무재(無才)가 재줏군보다, 어리배기(愚鈍者)가 꾀배기(怜悧者)보다 참을성과 믿음성이 많으며, 끈기와 부지런(勤勉)이 있으며, 장래성이 푸짐이 확실한 사실이다. 비유ㅎ건대 꾀배기는 놋화로에 담은 솔가지 불과 같아서 담은 그때에 화끈화끈 달다가 어느새 식어 버리기 쉽지마는, 어리배기는 질화로에 담은 겻불과도 같아서 그 위에 덮어 누른 돌덩이를 이고서 밤새도록 뭉긋이 타고도 그 이튿날 아침에도 여전히 뜨거운 기운을 품안고 있음과 같다. 인류의 역사에서 혹은 과학의 진리를 천명하고, 혹은 그 진리의 인생에의 활용을 마련하고, 혹은 종교의 개혁을 이뤄내고, 혹은 새 대륙을 발견하고, 혹은 새 대륙에 사람의 낙원을 건설하고, 혹은 망해 버린 한배 나라를 도로 찾아, 또는 위급한 제 나라를 건지어서 동포를 노예 상태에서 풀어 놓아 자유민이 되게 하고, 혹은 도덕의 권위를 나타내고, 혹은 사람됨의 존엄을 세우고, 혹은 이 세상에 사랑이 최대의 덕임을 실현하고, 혹은 사람의 값을 최고도로 발휘한 사람들은 다 일종의 어리석은 사람들이 있으니 갈릴레이, 쁘루노우, 뉴우톤이 그러하였고, 루터, 갈빈이 그러하였고, 컬럼버스, 청교도가 그러하였고, 칼리발디, 마사릭, 웰링톤, 이 순신이 그러하였고, 백이 숙제, 성 삼문, 박 팽년이 그러하였고, 소크라테스, 링컨, 간디가 그러하였고, 공자, 석가모니가 그러하였고, 예수가 그러하였다. 우리는 이러한 역사적 사실을 명념하여야 하며, 이러한 인류적 유산(遺産)인 교훈을 준수하여야 한다.

반 세기의 노예 상태에서 풀어 놓인 배달 겨레의 오늘의 처지는 실로 태령을 넘고 나니, 또 닥친 험산이요, 독사를 비켜 나니 앞에 나선 맹호일새, 겉으로는 결박을 풀었으나 속으로는 결장(結腸)이 시작했다. 한배 나라의 위기는 절박하다. 이 절박한 사태는 일촌의 유예를 허락ㅎ지 아니한다. 대한의 청년이여! 얼핏 일어서라! 사천년 유구한 역사의 나라는 백만의 어리석은 청년을 부른다. 이 소리없이 외치는 부름에 응답하고 나설 이는 결코 반들반들 닳은 재줏군이 아니요, 오직 어리석음의 덕을 가진 청년뿐이다.

풍우가 대작하고 도치(波濤)가 몹시 사나운 한바다를 외배를 띄워 저녘(彼岸)으로 건너려 하니 이 어찌 어리석음이 아니며; 큰 집이 방장 기울어지는데 외기둥으로 버티려 하니, 이 어찌 어리석음이 아니며; 온 세상이 다 사리 사욕에 혼탁한 판인데 나 혼자만 맑은 눈을 뜨려 하니, 이 어찌 어리석은 일이 아니며; 만인이 다 서로 이리(狸)인데, 나 혼자만 양이려 하니, 이 어찌 어리석은 일이 아니며; 천하가 다 사갈같이 서로 쏘는데, 나 혼자만 사랑으로써 접하려 하니 이 어찌 어리석은 일이 아니며; 모든 사람이 다 꽁보리밥같이 버그러지고 헐어지는데, 나 혼자만 찰밥같이 들어붙고 합하려 하니, 이 어찌 어리석은 짓이 아닐소냐? 남들은 다 아침엔 이 집에 아첨하고, 저녁엔 저 집에 절하여 감투를 얻어 쓰고, 빌은 호위(虎威)를 부리는데, 나만은 꼿꼿이 지님(持守)을 변ㅎ지 않고서, 세상의 부운 같은 권세가 다 무엇이냐? 나에게는 옳음과 바름이 있을 뿐이라 하니, 이 어찌 어리석음이 아니랴? 남들은 다 밀수입이나 벼락 융자로써 평지에 돌출한 부자가 되는데, 나만은 괭이나 망치를 들고서 밤낮 쉬지 않고 땀흘려 노동하면서 큰 소득은 보지 못하는 일을 하려 하니, 이 또한 어리석은 노릇이 아닌가? 남들은 날마다 좋은 술과 이쁜 색시를 수단 삼아, 이 세상 혼탁한 기운을 타고 엎치락뒤치락 별재주를 다 피우는데, 나 홀로 말똥말똥하게 깨어, 옳은 건 옳다 하고 그른 건 그르다 하니, 이 어찌 어리석은 처세가 아닐손가?

이러한 일들은 재줏군, 꾀배기들은 결코 취하지 아니하는 바이요, 오직 어리석은 이만이 찾아가면서 하는 것이니, 참 어리석은 사람임이 틀림없다. 그러나, 청년 제군! 오늘의 우리 나라는 이러한 어리석은 이를 부르는 것이다. 잘난 이들이 결코 하려 들지 아니하는 어리석은 일을 자담하고서 나서는 것이, 오늘의 청년의 의기이요 사명인 것이다. 이 한배 나라의 부름에 응답하고 나서는 젊은이가 이 구석, 저 구석에서 꾀배기들이 내버리는 일들을 하기 시작한다면, 이 나라의 위기는 능히 건짐(구원)을 받을 것이다. 여러분은 동지가 없음을, 또는 적음을 한탄하지 말 것이니: 본래 세상 사람들이 모두 머리를 싸매고 덤비는 일이라면야, 그대들의 일어남을 무엇 그리 장하다 할 것이겠는가? 그대들의 높은 사명은 이 버림받은 모든 착한 일들을 나 혼자라도 담당하고 나서서 죽을 때까지 해 나가겠다는 데에 그 갸륵함이 있는 것이다. 또, 그대들은 인류 역사의 진전에 있어서 개인의 힘의 위대함을 잊어서는 안 된다. 사람을 유익하게 하겠다는 생각, 좋은 일을 이뤄 내겠다는 결심, 나라의 위기를 건지겠다는 포부를 품고서 모든 장애와 싸우며, 온갖 고난을 겪으면서도 조금도 실망하거나 굴복하거나 자포하거나 하지 않고, 끝끝내 한 길로 나아가는 '불굴의 정신'의 소유자가 필경에는 그 나라와 옳음을 구하고 마는 것임을 잊어서는 안 된다. 온 천지가 허연 눈으로 덮이어 있는데, 홀로 생생한 절개를 자랑하는 푸른 소나무와도 같이 한 사람의 절조는 능히 그 나라를 구하고, 인류를 구할 수도 있는 것임을 우리는 믿어야 한다. 우리 젊은이들 각자가 내 혼자만이라도 곧은 뜻을 품고 바른 길을 걸어, 앞 닥치는 장애와 고난과 싸우면서 나아가서 내 겨레, 내 나라를 건지겠다는 마음을 먹을 것 같으면, 또 그러한 사람이 모든 단체에나, 기관에나, 사무실에나, 학교에나, 관청에나, 회사에나, 은행에나 한 사람씩만이라도 있다면 그 단체, 그 기관, 그 사무실, 그 학교, 그 관청, 그 회사, 그 은행은 능히 바른 길로 인도되고 나라와 겨레가 생명과 소망을 얻고, 자유와 행복을 누리게 될 것임을 그대들은 믿어야 한다. 젊은 세대여! 그대들은 나 하나를 무가치한 것, 무능한 것으로 자폄하지 말지니, 이 세상의 타락은 이러한 자기 멸시에서 조짐하는 것이니라. 또 그대들은 나 하나를 태산같이 세워 움직이지 말지니, 하나가 서면 다른 여럿도 따라 서는 것이다. 하나라 하여 각각 서지 아니한다면, 어디서 한 꺼번에 만이나 억이 설 수가 있을 것인가? 온 세상이 침침한 칠야에 잠겨 있을지라도, 한 집, 한 집이 각각 촛불을 밝히면 그 동네, 그 고을, 그 나라는 밝아 오는 것임을 우리는 깨쳐야 한다. 나의 사랑하는 배달 겨레의 젊은이들이여! 그대들은 각각 안으로 양심의 불을 밝히고, 밖으론 촛대의 불을 밝히고서 작으나마 뜨겁게 타면서 용감히 나아가라. 그리하여, 앞에 닥치는 모든 불의를 꺾고, 온갖 유혹을 이겨내라. 불은 어두움을 쫓고, 소금은 썩음을 막나니, 그대들은 불과 소금이 되어, 암흑한 이 나라를 밝히고, 썩어 가는 이 사회를 깨끗이 하라. 오늘의 한배 나라는 촛불로 타는 청년을 부르며, 소금으로 짠 젊은이를 기다린다.

이 한배 나라의 부름에 응답하고 나선 젊은이들이여, 그대들은 한바다를 외배로 건너는 뱃사공과도 같으며, 막막하고 거칠은 광야에 괭이를 메고 선 농부와도 같다. 그대들의 앞에는 하고 많은 할일이 기다리고 있다. 이 많은 일을 해내려면 땀도 많이 흘려야 하겠고, 애도 무척 써야 할 것이다. 그러나 그대들은 이로써 고생이라 하지 말고, 불행이라 하지 말지니; 흘리는 땀이 많으면 많을수록 그대들의 기쁨이 거기에서 더 많이 솟아나며, 고생이 많으면 많을수록 사람으로서의 영광이 거기에서 더욱 빛나게 나타나는 것이다.

이것이 실로 오늘날 대한 청년의 귀한 사명이며 참된 행복이니, 그대들은 이 사명을 자각하고 행복을 달성하지 않으면 안 된다.

-〈현대 수양 전집〉 10(1965)-

한글의 수난

한글은 실로 전세계 인류의 역사에서 가장 뛰어난 과학스런 소리글자이다. 오늘날 세계를 휩쓸고 있는 로마자도 좋은 소리글자이긴 하지마는, 그것은 이집트의 본뜨기 글자에서 비롯하여 여러 천년 동안에 여러 겨레의 무수한 사람의 부림과 다듬질을 거쳐서 로마 제국에 이르러 겨우 오늘의 로마자 소리글자로 굳어진 것이다. 이에 견주면 우리 한글은 세종대왕이란 거룩한 임금 한 분의 힘으로 당대에 완성된 소리글자로서, 오늘날 과학 시대에서도 한글을 이길 만한 더 좋은 글자가 없으니 이 얼마나 놀라운 일이며, 이 얼마나 훌륭한 업적인가? 한글은 우리 겨레 지혜의 자랑이요 우리 나라 발전의 기초스런 힘이다.

이렇듯 훌륭하고 고마운 한글이건마는 그것이 타고난 운명인즉 아주 험궂어, 여러 차례의 고난을 당하였다. 그 가장 뚜렷한 수난은 연산군의 언문 박멸의 폭정(포악한 정치)과 왜정의 우리말글 말살의 악정이다.

포악 무도한 연산군은 자기의 죄상을 한글로 적어서 방붙이고 선전한 사람이 있음을 미워하여, 서울 안의 한글 쓰는 사람은 모조리 잡아다 벌할 뿐 아니라 한글로 적은 책도 간직하지 못하게 하며, 한글 쓰는 사람이나 한글책을 간직한 사람을 알고도 고발하지 않는 사람도 또한 벌하고, 누구나 집에 간직한 언해(諺解)책은 불사르게 하고, 궁중에 한글 글발의 출입을 엄금하였다. 이것은 한글 반포된 지 59년 되던 해의 일이었다. 그러나, 이것은 연산군 당대의 일시적 현상이었다. 한글을 원수로 알고 이렇듯 지독하게 금압하는 일은 정신 이상에 빠진 폭군 연산밖에는 다시는 우리 사회 자체 안에서 있을 수 없는 일이다.

일본의 제국주의는 대륙 침략의 망령스런 꿈을 품고, 먼저 우리나라를 잡아먹어 36년간에 무단 정치를 제멋대로 행하였다. 왜놈들은 모든 권력을 잡아쥐고서 재물을 빼앗고 인권을 짓밟고 사람을 사람대접을 하지 않고 우마같이 다루어, 공연한 죄를 얽어 갖은 악형을 하기 일쑤이었다. 왜놈들은 우리 겨레를 아주 없애 버리고 모두 일본 사람으로 만들려는 정책을 세우고, 갖은 수단을 다 마련하였다. 우리의 말과 글은 배달 겨레의 상징임을 아는 그놈들은 먼저 우리말 우리글을 없애기로 하였다.

관청의 공문서도 다 일본글로 쓰고 그 사무 용어도 일본말만 쓰는 것은 그 시작부터 그리하였고, 학교의 교과서와 교수 용어는 모두 일본글 일본말이었다. 나중에 가서는 학교에서나 가정에서나 한국말은 쓰지 말고 일본말만 쓰라고 강요하였다. 보통 학교(국민학교)의 교장은 모두 일본인으로 하고, 그 교장의 지휘 아래에 왜정의 정책이 시행되고 있었다. 보통 학교 학생들에게 한 주간에 각각 열 장 혹은 열다섯 장의 표지를 나눠주고 나서는 어느 아이든지 한국말을 쓰는 것을 보면 반드시 그 표지 한 장을 앗아 받는 것이었다. 그리하여 어린 학생들로 하여금 제나라 말을 쓰는 것을 서로 감시하게 하는 동시에, 그 제나라말 쓰는 것이 일종의 죄악으로 생각하게끔 만들어 가는 것이었다. 이 얼마나 간악하고 비인도적 야만스런 권력의 행사인가? 더구나 이를 교육의 마당에서 교육이란 이름 밑에서 대담스리 행하였으니, 일본의 죄악은 하늘의 벌을 면할 수 없게 되었다.

처음에는 학교에 「조선어 및 한문」이란 과목이 있어 우리말을 가르치는 체하더니, 나중에는 아예 그 과목을 없이하고 말았다. 왜놈의 행악이 점점 심해 가더니 필경에는 우리들의 생명 특히 성을 왜식으로 갈기를 강요하였다. 우리 사회에는 맹세하는 말로 「만약 안 그러면 성을 갈겠다」는 것이 있다. 성을 가는 것은 첫째 조상에 대한 반역이요, 사람의 자리에서 금수의 자리로 떨어지는 지극히 천한 일로 생각되어 왔지마는, 고놈들의 그악스런 강요에 못 이겨 성을 갈은 사람이 적지 아니하였고, 또 이름까지도 왜식으로 갈기도 하였다(해방 후에 치욕의 개성(창씨)을 다시 본성으로 돌리었기 때문에 현재 왜식 성을 가지고 행세하는 사람은 없지마는, 계집애들의 이름에 「화자, 춘자, 순자,……」 따위의 왜식 이름을 그냥 지니고 있는 사람이 많음은 참 노예 생활의 수치를 모르는 답답한 현상이라 할 만하다).

왜정의 이렇듯 무도한 강제와 위압에 대하여 겨레의 선두에서 항거의 횃불을 들고 나선 이는 한글학회의 동지들이었다. 그렇듯 거칠은 정복자의 총칼 아래에서 우리말글의 연구와 정리와 보급과 보존을 위하여 한글 동지들은 「한글 맞춤법 통일안」과 「조선어 표준말 모음」을 오랜 시일과 백 수십 번의 진실한 토의와 낮밤으로 쉬지 않는 노력으로써 제정 반포하였고, 또 우리말의 영구 보존의 목적으로 우리말의 큰사전 편찬을 만 가지 곤란을 무릅쓰고 꾸준히 진행하고 있었다.

한글학회에서는 또 한쪽에 기관지 「한글」을 간행하여 한글에 관한 지식을 계몽하는 동시에, 겨레의 말글을 존중하는 사상을 북치었다. 서울 안에서 종종 한글 강연회를 열고 또 지방을 돌아다니면서 한글 강습을 하였다. 한글 맞춤법 통일안이 다 된 뒤에는 사회의 각계 각층에서 이에 대한 관심이 불같이 일어나아, 각종의 강연 강습들로써 우리말 존중·겨레 문화의 애호에 대한 겨레 의식의 고취됨이 매우 컸다.

이러한 한글 정신의 고취, 새 맞춤법의 선전 보급에 최대의 공헌을 한 이는 환산 이윤재 님이었다. 환산 선생은 젊을 적부터 늙음에 이르기까지 김해의 합성학교, 마산의 창신학교와 의신여학교, 영변의 숭덕학교, 정주의 오산학교, 서울의 협성학교, 동덕여자고등보통학교, 연희전문학교, 경신학교, 배재고등보통학교, 감리교신학교를 역임하면서 국어와 국사를 가르치었다. 청렴 결백한 교원 생활은 선생의 집안 살림을 항상 씻은 듯한 가난 속에 떴다 잠겼다 하게 만들었건마는 선생은 이를 걱정 근심하는 일 없이, 언제나 한글과 겨레의 흥망에만 관심을 집중시키셨다. 한글학회에서 내는 「한글」 잡지가 재정난으로 중단의 비운에 떨어지자, 선생은 살집(住宅)의 자금으로써 이를 속간하였다. 당시의 「한글」지에서 한 푼의 회수의 가능성도 없음이 불보다도 더 밝은데, 선생은 그것의 나오지 못하게 됨을 누구보다도 견디지 못할 답답한 일로 생각하였기 때문이었다. 「한글」의 편찬과 준보기도 선생의 독담이었다.

기독교와 한글의 관계가 매우 깊으니 새 맞춤법을 기독교 사회에 보급시킴이 무엇보다 긴요한 일로 생각한 선생은 혹은 장로교 총회에서, 혹은 「기독 신문사」에서 구설로, 친필로 한글의 보급에 힘썼으며 누구의 출판물이든지 그 교정을 자원하기도 하였으며, 또는 남의 준보기 부탁을 거절하지 않았다. 선생은 심사 숙고의 계획성 조직성은 적었던 반면에, 언제든지 한글 운동의 진진을 위하여 적극적이요 낙관적인 활동을 계속함으로써 무상의 낙을 삼으셨다. 선생은 주시경 스승에게 직접 배우지는 아니한 모양이지마는, 주 스승의 한글 존중의 정신은 누구보다도 열렬하였다. 동소문 밖 화계사에서 한글 맞춤법 통일안의 최종의 대회에서 주 스승의 말본 갈말인 「홀소리」와 「닿소리」를 살리기 위하여, 나와 함께 극한의 투쟁을 한 일이 있었음을 어제의 일인 양 생생히 나의 기억에서 되살아나고 있음을 깨닫겠다. 집안 살림을 불고하고 오로지 한글 운동의 전진을 위하여 최대의 정열을 쏟고 최선의 노력을 기울인 환산 선생의 공적은 후세인의 마음밭에 이름없는 비를 세우고도 남을 것이다.

1942년 10월 1일 새벽에 왜경은 불시에 한글학회 회원들을 각기 집에서 검거하기 비롯하여, 33인의 회원을 쇠사슬로 얽고 보퉁이의 「큰사전」 원고를 몰수하고 각 회원 집의 간직된 「한글」과 민족 관계 서류를 모조리 잡아 채어서 함경남도 홍원 경찰서로 데려 갔으니, 이것이 이른바 「조선어학회 사건」이란 것이다.

홍원 감옥(법적으로는 경찰서가 감옥이 되었음)에서 그 이듬해 9월 중순까지 한 해 동안에 갖은 천대와 온갖 악형을 받아 어느 사람 한 두 번 까물치지(기절하지) 않은 이가 없었고, 어떤 이는 열 번이나 죽었다 깨어났다. 여기에 그 악형의 가지가지를 가늘게 들어 말할 겨를이 없으므로 그만두거니와, 그렇게도 악독하게 우리 한글운동자들을 족치던 저 무도한 왜놈들의 만행을 생각한다면 우리는 그놈들을 다시 이 땅에 맞아들일 심정이 서지 않는다(근일에 정부에서 여론의 극렬한 반대를 억누르고서 한일협정을 체결하였으나, 아직 국회의 비준을 받지도 아니하였는데도 기차 정거장에서 비행기 공항에서 처음으로 한국으로 오는 일인을 혹은 열렬한 「만세」로, 혹은 남녀 함께 코가 땅에 닿도록 국궁 배례로 환영하더라는 실견자의 개탄의 보고를 듣게 되니, 이 무슨 치욕을 모르는 금수의 마음인가? 그러한 민족적 치욕을 그렇게도 쉽사리 잊어버리는 것은 개보다도 못한 비굴한 인생이 아닌가? 세계의 대세는 묵은 원수를 영구히 원수로만 다룰 수는 없어 친교를 재개한다 하더라도, 자존심을 가지고 주체성을 잃지 않아야 될 것이 아닌가?).

일 년간의 고문으로써 심문을 마치고, 이듬해 9월 13일에는 모두 함흥 감옥으로 옮겨졌다. 환산 이윤재 님은 홍원에서 「물먹이기」형으로써 여섯 번 이상(그가 살아남지 못하였기 때문에 모두 몇 번이었는지는 물어 알 길이 없다) 기절하였고, 또 다른 형으로는 몇 번이나 까물쳤던지? 쇠약에 기한이 겹치어서 그 해(1943년) 12월 8일에 옥창의 원혼으로 사라지고, 효창 한징 선생도 그 다음해인 1944년 2월 22일에 옥사하였다.

옥중에서 죽지 않고 목숨을 지닌 열한 사람들은 재판을 받은 결과 무죄 1인을 제하고는 2년에서 6년까지의 징역 언도를 받았다. 그 중의 몇이는 집행 유예로 나오고, 또 필역한 이도 있고 불복 항고를 하고서 최후까지 남아 있던 네 사람은 8·15 해방으로 겨우 목숨을 지니고 옥문을 나옴을 얻었다. 나와서 알아본 바에 기대면 함경도 어느 경찰서의 비밀 문서에서 8·15 3일 후인 18일에는 우리 네 사람을 총살형에 처할 예정이었다 한다. 일본의 무조건 항복이 사흘만 늦었더라면 우리 네 사람의 목숨은 해방을 보지 못하고 원한을 품은 채 저승으로 갔을 것이다. 왜놈의 악독한 계획은 이뿐이 아니었다. 그놈들은 우리 사회의 지도층 인사 3천 명을 죽여 버릴 작정을 하고 있었다는 것이다. 왜놈들의 깜찍한 흉계는 또 이뿐이 아니었다. 저이들이 중국까지 완전 정복하고서는 조선의 어린이들은 모두 외몽고로 옮겨 심고, 한반도에는 저항력 없는 노약만 남겨 놓고서 한반도로써 왜족의 대동아 경영의 본거를 삼아 지진 많은 섬에서 시진도 없고 기후와 풍경과 물산이 좋은 단단한 땅 한반도에다가 저놈들의 영구 번영의 낙원을 삼고자 하였다는 것이다. 참 하룻강아지 범 무서운 줄을 모르는 깜찍한 흉계 악몽이 아니었나? 섬나라 백성 왜놈의 심정은 갑자기 갈아 넣은 것도 회개 천선한 것도 아닌데, 속에는 여전한 악심을 가진 채 활보로 우리땅에 다시 들어오게 된다면 우리는 이를 무조건 받아들여야 한단 말인가? 우리 정부는 고놈들의 한마디 회개 사과의 말도 받지도 못하고서 가엾으니 도와준다는 무상 원조 얼마에 팔려서, 온 국민의 절대 반대를 무력으로 억누르고서 고 악종들을 끌어들이기에 급급하니, 이것이 굴욕이 아니고 무엇이냐? 이것이 매국이 아니고 무엇이냐? 배달 겨레가 또다시 왜족의 정치·경제·문화의 예속이 되어 버리지 아니할까? 나라 걱정 겨레 걱정이 우리의 어린이들의 마음에도 밀물처럼 일어난다.

-〈새벗〉(1965. 7. 5.)-

학문에의 길
-신입생에게 주는 글-

벅찬 희망을 안고 연세 학원의 문에 들어온 1,350명의 남녀 학생들에게 축하의 말을 아낌없이 보낸다. 더구나, 금년은 개교 이래 처음 보는 13,000명의 지원자 중에서 12,000여 명을 물리치고 합격, 입학의 영예를 얻은 제군 및 제군의 부모의 기쁨은 남이 만만히 측량할 수 없을 것으로 생각된다. 기쁨은 희망을 낳고, 희망은 용기와 노력을 낳고, 용기와 노력은 전진과 향상을 가져와, 소기의 목적을 온전히 달성하기를 빌어 마지 아니한다.

대학에는 왜 들어왔냐고 물으면, 누구나 "공부하러!"라고 답할 것이다. 그러면, 공부란 무엇인가? 다른 말로 하자면, 학문을 배우는 일이다. 여기에 학문의 방법과 목적이 무엇인가 하는 문제가 제기되거니와, 여기 먼저 학문의 방법에 대하여 생각해 보기로 하자.

첫째, 대학 공부를 시험 공부하듯이 해서는 안 된다. 제군은 대학 입학까지에 시험 공부에 많은 고생을 겪었을 것이니, 얼마큼 그러한 공부 방식이 몸에 익어 있을는지도 모르겠다. 대개 보면, 시험 공부는 책에 있는 지식을 기계적으로 암기하였다가, 그 시험 마당에서 그대로 토해 놓는 데에 그 목적과 방법이 있다. 그렇지마는 이러한 지식은, 다만 위를 통하였을 뿐이오, 체내에 흡수되지 못한 자양 음식과 마찬가지로, 그 사람의 사람됨의 성장에 아무런 영양이 되지 못하는 것이다.

대학의 공부에도 기억이 필요하다. 과학 공부에서 여러 가지 공식·분자식을, 역사 공부에서 그 사실을 기억함이 절대 필요함과 같이, 다른 모든 학문에서도 마찬가지로 기초스런 기억의 토대가 필요하다. 그러나, 여기의 기억은 시험 공부에서의 기억과는 달라, 그 기억된 지식이 완전히 소화되어, 내 몸의 영양이 되어야만 한다. 다시 말하면, 그 기억된 지식이 다만 책에 적혀 있는 지식, 또는 그 지은이의 지식에 그치지 않고, 나 스스로 지식이 되지 않으면 안 된다.

원래, 학문의 본질은 원리에 따라 조직된 지식의 체계이다. 그것을 만약 저장함이 없이 통으로 삼킨다면, 이러한 지식은 아무리 그 분량이 많다 하더라도, 그 인격의 성장에 아무런 도움이 되지 못할 것이다. 제군이 만약 배운 지식이 참으로 인격 성장의 피와 살이 되게 하려면, 모름지기, 선생이나 책이 가르치는 지식의 체계를 통으로 삼키지 말고, 제 스스로가 그 체계스런 조직을 '뒤따라 체험하지'(nacherleben) 아니하면 안 된다. 이렇게 해야만 그 지식이 진실로 나의 몸과 얼에 밴 지식이 되어, 성장의 힘이 되고 또 사용의 힘이 될 것이다. 대학에서도 시험이 있다. 대학의 공부는 시험 성적을 올리는 데 그 주안이 있지 않고, 그 사람됨의 성장에 목표가 있어야 한다. 그러나 이러한 완전 소화된 지식도 필경은 그의 학과 성적을 올리기는 함이 틀림없겠지만 즉, 간혹 그것이 통으로 삼켰다 통으로 토해 놓는 것보다 성적이 못하다고 근심할 필요는 조금도 없을 것이다.

그 사람의 인생 행정에서 힘으로 발휘될 수 있는 지식은 반드시 이렇게 '뒤따라 체험하면서' 스스로 조직한 지식임이 틀림없다. 일생의 성패가 반드시 그들의 학교 성적의 순서대로 되지 아니함의 원인의 하나는 여기에 있는 것이라 하겠다. 다시 말하면, 단순한 기계스런 기억은 비하건대 지게 위에 실은 나뭇단과 같아서, 한번 그것을 부려 내리고 나면, 그 지성(知性)에 아무런 남음이 없을 것이니, 시험을 다 치르고서 졸업장을 받아 사회에 나온 그는, 그 전일 기억의 소실과 함께, 일을 처리하며 살아가는 데에 쓸 만한 슬기의 힘이 없어지고 만다. 이에 뒤치어, 만약 그에게 제 스스로 '뒤따라 체험하면서' 산만한 지식을 조직하여 체계화하여 가지는 일을 공부로 알고 하여 온 경험이 있다면, 시일의 경과에 따라, 그 기억은 망각의 구렁으로 떨어지고 말았다손 치더라도, 그에게 그것을 재구성하는 능력이 있기 때문에, 잊어 버린 지식을 스스로 재구성하여 쓸 수도 있겠고 또는 새로운 문제에 당하여도 스스로 그 해결의 방법을 생각해 내어서 남보다 더 잘 처리할 수가 있을 것이다.

조직하는 힘, 체계화하는 힘은 사람의 생활에 성공을 가져다 주는 중요한 원동력이 된다. 우리가 공부하는 학과는 여러 갈래로 서로 다르지마는, 학문의 결과는 그 사람에게 이러한 조직력, 체계력을 주는 데에 있다.

하필 자기가 소속해 있는 학과의 교과목에 관한 지식 뿐 아니라, 일반적으로 모든 산만한 조각조각의 지식도 이를 조직화, 체계화하는 것이 학문하는 사람의 생활방법이다. 눈앞에 흩어져 있는 비근한 현상도 이를 심상히 지나오지(看過하지) 않고, 그것에서 어떤 원인 내지 원리를 찾으려 하며, 어떤 원리로써 그것을 설명하려 하며, 그래서 모든 편편의 지식을 체계화하는 데에 학문인의 장점과 특색이 있는 것이다.

뉴톤은 몇 천 년 이래로 그 허다한 사람들이 예사로 심상히 보아 넘긴, 가지에서 떨어지는 과실을 잡아가지고 그것이 무슨 까닭으로 가지에서 떨어졌으며, 하늘로 올라가지 않고 땅으로 내려오는가를 설명할 만한 원리를 찾아 낸 것이 소위 만유인력이란 것이다. 에디슨이 나날이 몇 가지씩의 발명을 하게 된 것도, 그의 과학스런 눈은 그 앞에 나타나는 현상이나 사물에 대해서 범연히 넘겨보지 않고, 그 까닭, 그 원인, 그 원리를 찾기에 관심을 기울인 때문이라 하겠다.

이는 하필 자연과학자에 한한 일은 아니다. 인문과학이건, 사회과학이건, 모든 학문은 다 마찬가지로, 모든 산만한 사상(思想)을 그대로 넘겨보지 아니하고서 차근차근하게 그 현상을 분석하고, 그 유래를 살피고, 그 원인을 천명하여, 그 찾아 낸 원리로써 다시 그와 같은 사상을 설명하는 것이 학문하는 정신이다. 나는 학문하려고 연세의 문에 들어온 제군에게 바라노니, 이와 같은 과학하는 정신으로써, 자발적으로 모든 사실과 현상에 대처하여, 교실에서 교수의 강의를 들을 적에도, 학우들하고 산야에 놀러갈 적에도, 아침 저녁으로 한 장의 신문을 읽을 적에도, 교정에 피는 한 송이 봄꽃과 떨어지는 한 낱의 가을잎을 볼 적에도, 언제나 항상 심상히 지나오지 말고, 모든 것에서 무엇인가를 캐고자 하며, 배우고자 하며, 일반스런 원리를 발견하려 하여야만 가히 학문하는 학생이라 이를 것이다.

학문의 목표는 진리에 있다. 그런데 진리는 먼 데 있지 않고 도리어 가까운 데에 있다. 자연과학의 진리도, 사회과학의 원리도, 인문과학의 진리도 다 특히 복잡하고 고원한 데에 있는 것이 아니다. 우주의 최후까지라도 다함이 없는 인생 문제의 진리도 다 마찬가지로 나의 둘레 지척의 사이에 있는 것임을 깊이 깨쳐야 한다. 그리고 진리에는 차등이 없다. 서푼짜리 진리가 따로 있고 천냥짜리 진리가 따로 있는 것이 아니다. 모든 진리는 다 동가치의 것이다. 서푼짜리 진리는 천시 무시하여도 좋지마는 백냥짜리 진리만 존중하면 된다고 생각하는 것은 극히 천박한 장사꾼의 사고방식이다. 학문하는 사람은 모름지기 진리를 존중·경외하는 심정을 가지지 않으면 안 된다. 진리를 멸시하는 사람은 아직 그 진리에 대한 인식이 바로 되어 있지 않기 때문이다. 진리는 숭엄하여 아무도 감히 범하지 못하는 바탕의 것이다. 학적 양심에 투철한 사람은 진리를 찾기 위하여 일생을 바치고 진리를 지키기 위하여 제 목숨을 털끝같이 가벼이 본다. 저 도망하라는 권고를 물리치고 태연히 독배를 마신 그리시아의 소크라테스, 온 천하가 다 옳다고 하는 주나라 무왕의 주를 치는 거동에 대하여 그 말 고삐를 붙잡고 이를 말린 백이·숙제, 빨갛게 단 쇠까치로써 단근질을 당하면서도 조금도 굴하지 아니하고 혹은 한 마디만 잘못했다고만 하면 살려 주겠다는데도 한결같이 굴하지 아니하고 죽음에 나아간 우리 사육신 같은 이는, 다 제가 옳다고 잡은 진리에 대한 절대의 충성을 다한 역사적 사실들의 한 본보기일 뿐이다. 인류의 사회는 이러한 진리를 애호하고 진리를 위하여 절대의 희생을 사양하지 아니한 거룩한 사람들로 말미암아 참다운 진보와 향상이 가져와 준 것이다. 나는 제군에게 진리를 위하여 사는 사람이 되기를 바라는 동시에 그러한 사는 길을 이 연세 학원에서 배워 얻기를 바란다.

다음에 학문의 목적이 무엇인가? 하는 물음에 대하여 생각해 보아야 할 계단에 이르렀다. 왜 대학까지 들어와서 공부를 하려는가? 나는 이 문제를 길게 다룰 종이의 여유가 없다. 다만 간단히 몇 말을 허비하고자 한다.

공부의 목적엔 여러 가지의 답이 있겠다. 혹은 취직하기 위하여, 혹은 좋은 상대자를 만나 혼인하기 위하여, 혹은 고래식으로 입신양명하기 위하여, 이러한 소원이 다 나쁜 것은 아니다. 일차적으로 누구나 다 생각하는 목적이라 할 만하다. 그러나, 학문을 다만 이러한 물질적, 세간적 내지 입신의 목적에 단순한 수단으로 생각함은 옳지 못하다. 학문에는 다른 것으로 바꿀 수 없는 고귀한 진리의 가치가 있음을 앞에도 말하였거니와, 이러한 진리가 단순히 앞에 든 목적의 수단으로만 사용되어서는 안 될 것임도 또한 자명한 이치이다.

학문은 진리를 구하는 것이다. 그러나 진리가 가치의 전부는 아니다. 예술의 미도, 도덕의 선도, 학문의 진과 더불어 한가지요, 인생의 고귀한 가치이다. 진을 짊고, 미를 누리며, 선을 행하는 것이 인생 행로의 목표이다. 다시 나아가서, 이러한 진·선·미의 가치생활이 종교의 성의 가치에 도달하여야만, 원만 성취의 경지에 이른 인생이 되는 것이다. 나는 제군이 앞으로 4년 동안에, 진을 찾는 동시에 선과 미를 아울러 찾아 원만한 인격자로서 사회에 나가기를 부탁한다.

(1967. 2.)

-〈연세춘추〉(1967. 2. 27.)-

국어 교육의 혁신을 제창한다

어린애가 세 살만 되어도 집안 어른들은 뻔질나게 그에게 그 이름을 묻는다. “네 이름이 무엇이냐?”의 대답으로, 제 이름을 똑똑히 잘 대면 기뻐서 칭찬한다. 사람은 세 살만 되어도 제 이름 하나는 똑똑히 잘 알아야 한다는 것이 ‘사람’에게 메워진 고귀한 책무인 것이기 때문에, 이 제1차의 책무를 무난히 이뤄 내는 것은 그 한살이의 생장 과정에서 가장 기초스런 것이 된다. 어느 한 국민이 제 나라의 이름을 똑똑히 알지 못한다면, 저 자연인 개인이 제 이름도 똑똑히 모르는 것하고 무엇이 다를까?

근자 라디오나 텔레비전에서 들으면, 월남인들이 우리 나라를 “따이한” 이라고 한다. 그러면, 그네들의 우리 나라를 “따이한” 이라 하는 지식은 어디서 배워 얻었을까? 그것은 물을 것도 없이 우리 나라 사람들에게 들어 배웠을 것이다.

그러나 내가 여기서 문제삼는 것은 [따이한]이란 발음에 관한 것이 아니오, “韓國(한국)”이란 한자 이름의 발음에 관한 것이다. 이제 우리 사회의 지식인으로 자처하는 사람들에게 물으면 “한국”의 “한”을 [한국]이라고 짧게 내는 이도 있고, 또 많이는 “한”을 길게 내어 [하안국]이라 하여 일정하지 않다.

그러면 세 살 난 어린애보다도 못한 부끄러운 이 국민의 말씨 생활의 원인은 무엇일까? 첫째, 우리 나라 사람들이 제 스스로에 관한 지식은 경멸 천시하는 예부터의 사대 사상의 여폐이오, 둘째는, 해방 이래 20여 년 동안의 국어 교육의 비정상적 상태이다. 일반적으로 해방 이래 우리 나라의 교육이 웃학교 입학 시험에 합격하는 것으로 최대의 목적을 삼고 있었기 때문에 '과외 공부'의 창궐 극심 및 그에 따른 폐단이 한두 가지에 그치지 않아, 드디어 사회 문제로까지 번지어 이런 교육은 도리어 망국의 교육밖에는 아무 것도 아니라는 혹평까지 받게 되었음은 누구나 다 잘 아는 바이어니와, 그로 말미암아 국어 교육에 미친 악영향도 어느 정도에 이르렀는가에 대하여는 아직 세상의 주의와 각성을 불러 일으키지 않고 있는 형편이다.

해방 이래 어느 급의 학교를 물론하고, 그 입학 시험의 문제는 오로지 글자로 적어 내고, 그 답안도 다만 '글자'로 써서 내면 그만이다. 그래서, 교사나 학생이나 국어의 '발음'에 대하여는 아무런 관심도 대지 않았다. 교실 안에서의 국어 수업에서나, 교내의 말씨 생활에서 말소리 내기에 관해서, 틀림과 바름을 거론하는 일은 거의 전무하다 해도 과언이 아닐 것이다.

국어의 소리내기는 엉망이다. 낯의 "눈"과 하늘에서 오는 "눈"과의 구별이 없고, 경기도의 "광주"와 전라도의 "광주"의 구별을 못하고, 나라를 다스리는 "정부"와 정 둔 계집의 "정부"를 혼동하는 따위의 슬픈 괴현상이 비일비재이다.

그러면, "한국"의 발음은 과연 어떻게 함이 바른 것일까? 첫째, 한글 학회의 《큰사전》에 보면, "한국"은 긴소리 [한ː국]으로 되어 있다. 그런데, 한쪽 "대한제국", "대한민국"의 줄인 말로서의 "한"(韓)은 짧은소리 [한]이라 하여, 저 같은 글자 긴소리의 "한"(漢) 과 구별되어 있다. 한가지의 "한"(韓)은 짧은소리로 하여 놓고서 "한국"(韓國)의 "한"(韓)은 긴소리 [한ː]으로 한다는 것은 짝없는 자가당착이 아닐 수 없다.

요컨대, "대한민국"의 줄인 말로서의 "한국"은 마땅히 짧은소리

[한국]으로 발음되잖으면 안 된다.

말은 근본적으로 소리로 되어 있다. 글자는 부수적으로 생겨난 보조물임은 틀림없는 인문 역사의 사실이다. 말의 소리내기를 무시한 국어 교육, 국민 생활이 있을 수 없다. 더구나 제 나라의 이름조차 발음을 틀린 대로 해 버려 두고서도 태연 자약한 것은 실로 정신 나간 사람들이라고 평할 수밖에 없다. 전국의 국어 교육자와, 국어의 연구 정리로써 제 임무를 삼는 한글 학회와, 특히 국어 교육을 지도·감독하는 문교부가 새로운 기획과 결심을 가지고 국어 교육에 일대 개혁을 단행함으로써, 국어 교육의 위기와 국민의 국어에 대한 무관심한 태도를 바로잡지 않으면 안 된다.

-〈한국일보〉(1968. 10. 8.)-

558째 돌 세종날

우리 나라 오천년 역사에서 가장 뛰어난 위인이 세 분이 있으니, 그 한 분은 시월 초삼일에 태백산에서 나시어 만년 흥왕의 나라를 열으셨고, 한 분은 음력 삼월 팔일에 한양 삼청동에서 나시어 외적 방비, 조국 수호의 공덕으로써 만세 불멸의 나라 사랑의 거울을 지으셨고, 또 한 분은 바로 오늘 오월 십오일 서울 경복궁 속에서 나시어 한결같은 정성과 노력으로써 이 겨레 영원 발전의 소망과 능력을 끼쳐 주셨으니 이 오늘 나신 분이 곧 세종대왕이다.

오늘은 558째 돌이 되는 '세종날'이다. '세종날'은 우리 나라 반만년 역사에서 민족 문화의 최고 은인 한양 조선(漢陽朝鮮)의 넷째 임금—세종대왕의 탄일을 기념·축하하는 날이다. 세종은 이태조 6년(단기 3730) 정축 음력 사월 십일에 태종의 셋째아들로 태어나서 22살에 태종의 물림〔讓位〕을 받아 임금의 자리에 올라 자리에 계시기 서른 두 해 동안에 많은 불멸의 업적을 남기시고 54살에 이승을 하직하시었다. 우리 사회가 '한글날'을 지키기는 서기 1926년 즉 '훈민정음' 반포 8주갑의 날부터이지마는 이 '세종날'을 지키기는 해방 뒤 곧 4281년에 조선어 학회·진단 학회·국립 기상대·구왕궁 아악부의 네 단체의 공동 주최로 비롯한 것이다. 그래서 그 이듬해 552째 돌부터는 한글날처럼 양력으로 환산하여 오월 십오일로 이 날을 지내게 된 것이다. 우리가 이 세종날을 지키는 뜻은 어디에 있는가?

첫째로 우리는 세종대왕의 거룩한 덕을 기린다〔稱頌한다〕. 대왕은 천성이 어질어 사람을 사랑하고 백성의 무식함을 민망히 여기고 백성의 살림의 어려움을 긍휼히 여기었으니 노예법을 폐지하며 "훈민정음"을 창작함이 다 거룩한 마음씨에서 우러나온 것이다.

다음에 우리는 세종대왕의 끔찍한 업적을 기린다. 대왕은 문무겸전한 정치가이시라 무로는 대마도(對馬島 즈시마=두섬)의 왜인을 쳐 굽히고 여진족(女眞族)을 물리치어 함경북도의 땅을 거둬 판도를 넓히었으며, 문으로는 천하의 인재를 등용하여 화충 협력으로써 학문을 연찬하였다.

대왕은 과학자로서 천문·지리에 통하였으며, 예술가로서 음악에 빼어났으며, 창작가·발명가로서 한글(訓民正音)·측우기(測雨器)·해시계(仰釜日影)·물시계(漏水)를 만들어 내었고, 저술가(著述家)로서 역사(高麗史)·지리(八道地理法)·농사(農事直說)·의학(醫方類聚)·예의(五體儀)·정치(治平要覺)·도덕(三綱行實)·불교(釋譜詳節, 月印千江之曲) 및 문학(龍飛御天歌)에 관한 저작을 지휘 감수하셨다. 동서 고금 허다한 제왕 가운데에 이렇듯 빼어나고 훌륭하여 썩지 않는 업적을 남긴 이가 우리의 세종 대왕밖에 또 어디 있을까? 우리는 대왕의 위업을 찬송하여 마지 아니한다. 이렇듯 만고에 뛰어난 업적은 다만 그 빼어난 총명과 예지(睿智)뿐 아니라 거기에 더하여 굳센 의지와 알뜰한 정성과 한결같은 부지런〔勤勉〕이 있음으로 말미암아 이루어진 것이다. 우리는 세종 대왕의 업적을 기림으로써 우리 배달겨레의 지력의 우수함과 의지의 견고함과 실행의 돈독함들의 풍부한 소질을 자랑하는 바이다.

셋째로 우리는 세종 대왕의 높고 큰 이상(理想)을 우러러 추모한다. 세종 대왕은 오백년 전에 나신 민본주의(民本主義) 정치가이었다. 그는 일단 정신이 온 백성을 사랑하며 온 백성을 기르기에 쏠리고 있었다. 어리석은 백성들이 하고 싶은 말이 있어도 글을 모르기 때문에 그 뜻을 펴지 못함을 민망히 여기어서 배우기 쉽고 쓰기 편리한 한글을 애지어〔創制하여〕 내셨으며, 대궐 문 밖에 북을 달아 두어서 백성이 임금께 아뢰고 싶은 일이 있으면 누구든지 자유로 그 북을 쳐서 알리게 하였으며, 날시계를 만들어서는 서울 거리에다가 차려 두어 만백성이 다 마음대로 보고서 때를 알게 하였다. 대왕은 자신이 궁중에 계시기 때문에 백성의 어려운 사정을 살피지 못함을 항상 근심하시었다. 세종 대왕의 이렇듯 거룩한 심정과 위대한 이상은 지난 오백년 동안에 이를 깨친 이가 전혀 없었을 뿐 아니라 20세기 오늘에 이르러서도 오히려 아직 완진히 깨치지 못한 이가 많음을 면하지 못하니 참 위인의 뜻의 완전한 체득과 실현은 용이하지 않은 것이라 할만 하도다. 우리 사회는 아직도 한글의 위대성을 멸시하는 자, 한자(漢字) 아니면 나라의 문명이 물러선다는 자, '한자 폐지, 한글 전용'을 반대하는 자가 사회의 소위 식자 가운데 많음을 본다. 우리는 이 세종날을 당하여 대왕의 반천년이나 앞선 높으신 이상을 다시금 추앙하여 그 완전한 실현을 맹세한다.

넷째로 배달겨레〔韓民族〕의 외형적 통일은 신라의 삼국 통일에 이루어졌지마는 그 내적 통일·정신적 통일은 세종 대왕의 위대한 이상과 초인적 지혜와 뛰어난 업적—특히 한글로 말미암아 이루어진 것이다. 만약 우리에게 세종 대왕이 주신 겨레 정신과 겨레 문화의 힘이 아니었다면 오늘의 우리 겨레는 이미 지나의 종이 아니면 일본의 종이 되고 말았을 것이다. 그러한즉 세종이 나신 이 날 5월 15일은 우리 배달겨레의 정신적 생일이라 하여도 조금도 지나침이 없다 하겠다.

그리고 또 세종날은 다만 오백년 전의 세종의 나신 날 또는 우리 겨레의 생일일 뿐만 아니라 실로 우리 겨레 무궁 발전의 원동력이 싹튼 날이다. 이 날이 있음으로 하여 우리에게 겨레스런 얼[民族的精神]이 있고 겨레스런 문화의 횃불이 있고 님과 같이 번영·발전의 지경으로 나아갈 힘이 생긴 것이다.

이와 같이 우리는 세종날을 당하여 그의 넓으신 인덕을 칭송하며[기리며], 그의 높고 높은 이상을 동경하며[그리며], 우리 겨레의 정신적 통일을 기뻐하며, 우리 겨레의 문화적 독립을 재선언(再宣言)하며, 우리 겨레의 풍부한 독창력을 자랑하며, 우리 겨레 발전의 희망을 북돋운다. 우리가 이 날을 지킴으로 말미암아 겨레 문화의 최고의 은인에 대한 감사의 심정을 온 사회에 퍼치는 동시에, 우리의 젊은 남녀 학도들이 발분의 기회를 지어 세종으로 더불어 한가지로 단군 한배의 피를 타고 난 각개 청년이 그 독창적 능력을 발휘하여, 세종이 끼쳐 준 겨레 문화를 더욱더욱 빛내어 그 광휘와 혜택을 함뿍 온 겨레에 덮이고 나아가서는 널리 온 누리에 퍼치기를 결심하고자 한다.

세종의 탄생은 우리 겨레의 탄생이오, 우리 문화의 탄생이오, 우리 이상의 탄생이오, 우리 행복의 탄생이오, 우리 광명의 탄생이다. 이 날을 기뻐하며 이 날을 감격하며 이 날을 빛낼지어다.

(4287.5.15)

-〈연희춘추〉(1954. 6. 7.)-

한글날의 由來(유래)와 意義(의의)

오늘은 陽曆(양력) 十月(십월) 二十八日(이십팔일) 한글날이고
내일은 陰曆(음력) 十月(십월) 三日(삼일) 檀君開天節(단군개천절)이다

一(일)

한글날은 곧 우리의 한글이 이 세상에 난 날이다. 한글의 「한」은 「大(대)」이요, 「一(일)」이요, 「正(정)」이니 곧 訓民正音(훈민정음)을 뜻하는 말이다. 그리하야 한글날은 곧 訓民正音(훈민정음)이 난 날이다.

訓民正音(훈민정음)의 創製(창제)에 世宗大王(세종대왕)께서 그렇듯한 睿聖(예성)의 天資(천자)로써도 長久(장구)한 歲月(세월)에 許多(허다)한 刻苦勉勵(각고면려)를 쌓으신 줄은 여러 史實(사실)로써 넉넉히 짐작할 수 있지마는, 그 完成(완성)에 이르기까지 꼭 몇 해나 걸리셨는지 그것은 꼭 알 수가 없다. 何如(하여)튼 世宗(세종) 廿五年(이십오년) 癸亥(계해) 冬(동)에 다 되기는 하였으나, 다시 三年(삼년)동안의 雕啄(조탁)과 鍊磨(연마)를 더하야 萬全(만전)의 成案(성안)을 얻어서, 廿八年(이십팔년)(西紀(서기) 一四四六(일사사육)) 丙寅(병인) 秋九月(추구월)에 頒布(반포)하신 것이다.

二(이)

訓民正音(훈민정음)의 完成(완성) 및 頒布(반포)는 實(실)로 우리 朝鮮(조선) 겨레의 精神的(정신적) 文化的(문화적) 再誕生(재탄생)이다. 訓民正音(훈민정음) 以前(이전)에도 우리에게 文字(문자)가 없은 바ㅣ아니요, 燦爛(찬란)한 文化(문화)가 없은 바ㅣ아니로되, 訓民正音(훈민정음)이 나서 비로소 우리 조선의 文化(문화)가 그 正路(정로)를 얻었으며, 백성이 그 生活(생활)의 利器(이기)를 얻었으며, 民衆(민중)이 그 無識(무식)의 愚盲(우맹)에서 解放(해방)되었으며, 萬代(만대)의 繁榮(번영)과 飛躍(비약)의 原動力(원동력)을 얻었다. 이는 오로지 千古(천고)의 睿智(예지)와 萬代(만대)의 聖德(성덕)을 兼全(겸전)하신 世宗大王(세종대왕)의 高恩深惠(고은심혜)의 주심이라. 年年歲歲(연년세세)로 이 날을 當(당)할 적마다 一邊(일변)으로는 世宗大王(세종대왕)께 感謝(감사)의 微衷(미충)을 表(표)하며, 또 一邊(일변)으로는 萬民(만민) 慶賀(경하)의 盛儀(성의)를 表(표)함이 當然(당연)한 일이라 하겠다. 다시 말하면, 訓民正音(훈민정음)의 誕生日(탄생일)은 우리의 全民衆的(전민중적) 名節(명절)이 될 만한 것이다.

무릇 어느 나라를 勿論(물론)하고 年中(연중)에 여러 번의 名節(명절)을 가지고 사람사람이 서로 기뻐하며 서로 하례하야, 或(혹)은 過去(과거)의 훌륭한 業績(업적)을 紀念(기념)하며, 或(혹)은 現在(현재)의 生存(생존)을 즐기며, 惑(혹)은 將來(장래)의 發展(발전)을 祝福(축복)함은 東西(동서)나 古今(고금)이 다름이 없다. 이제 辛酸(신산)이 많은 조선사람에게 한글날로써 文化的(문화적) 名節(명절)을 삼아서, 紀念(기념)하며 慶賀(경하)함은 매우 意義(의의) 깊은 必要(필요)한 일이라 하겠다.

三(삼)

訓民正音(훈민정음)의 生日(생일)을 紀念(기념)하기는 이제로부터 十年前(십년전)에 시작된 일이다. 世宗大王(세종대왕)의 二十八年(이십팔년) 丙寅(병인)으로 第八週甲(제팔주갑)인 丙寅年(병인년) 即(즉) 지난 丙寅年(병인년)(一九二六(일구이육)) 陰(음) 九月(구월) 二十九日(이십구일)에 新民社(신민사)와 우리 朝鮮語學會(조선어학회)(그 當時(당시)는 朝鮮語硏究會(조선어연구회))의 合同(합동) 主催(주최)로써 社會(사회) 各方面(각방면) 有志人士(유지인사)의 贊同(찬동)을 얻어, 市內(시내) 食道園(식도원)에서 盛大(성대)히 紀念式(기념식)과 紀念祝賀宴(기념축하연)을 擧行(거행)하였었다. 元來(원래) 訓民正音(훈민정음)의 頒布(반포) 日字(일자)는 李朝實錄(이조실록)에도 明記(명기)하지 아니하고, 다만 世宗(세종) 二十八年(이십팔년) 丙寅(병인) 九月(구월) 二十九日(이십구일) 條(조)에 是月(시월)에 訓民正音(훈민정음)이 頒布(반포)된다」고만 적혀있을 뿐이다. 그래서 어느 날로써 그 紀念日(기념일)을 삼아야 可(가)할가에 對(대)하야, 이 方面(방면) 識者(식자)의 論議考證(논의고증)이 있은 다음에 陰(음) 九月(구월) 二十九日(이십구일)이 옳다는 結論(결론)을 얻은 것이다. 그래서 그 뒤로 해마다 陰(음) 九月(구월) 二十九日(이십구일)로써 「한글날」을 직혀오다가, 世界(세계)의 大勢(대세)를 따라 지금부터 五年前(오년전)에 이 날을 陽曆(양력)으로 換算(환산)하여서 陽(양) 十月(십월) 二十八日(이십팔일)로써 한글날을 定(정)하였다. 이 陽曆(양력) 換算(환산)에 對(대)하여는 처음에는 多少(다소) 日字上(일자상) 疑義(의의)가 있엇으나, 朝鮮語學會(조선어학회)에서 各處(각처) 專門家(전문가)에게 請(청)하야 그 報告(보고)를 收集(수집)하여본 結果(결과), 世宗(세종) 二十八年(이십팔년) 丙寅(병인) 九月(구월) 二十九日(이십구일)은 西紀(서기) 一四四六年(일사사육년) 十月(십월) 二十八日(이십팔일)이었음이 確定(확정) 無疑(무의)하게 되었다.

오늘은 한글 頒布(반포) 第(제) 四百(사백) 八十(팔십) 九週年(구주년)인 十月(십월) 二十八日(이십팔일) 한글날이다. 가을빛도 漸漸(점점) 깊어져서 山(산)에는 紅葉(홍엽)이 繡(수)를 놓고 들에는 百穀(백곡)이 익어 사람 살이가 매우 즐거운 때이다. 더구나 來日(내일)은 陰(음) 十月(십월) 三日(삼일)이니, 即(즉) 檀君(단군) 開天節(개천절)이다. 開天節(개천절)은 朝鮮(조선) 生命(생명)의 發源(발원)이요, 한글날은 朝鮮文化(조선문화)의 原動(원동)이다. 이 때에 이 날을 紀念(기념)함이 더욱 기쁜 일이며 뜻있는 일이다. (끝)

-1935. 10. 28.-

-〈한글〉 3권 10호(1935)-

오늘은 한글날
-훈민정음 반포 502주년-

오늘은 세종대왕께서 『한글』을 반포하신 지 502주년 기념일이다.

우리는 수천년의 역사를 가졌건만 제나라 말에 맞는 글을 가지지 못하여 백성이 마음먹은 바 있어도 이것을 글로 나타내지 못하는 답답한 처지에 있었다.

그래서 중국의 한자를 빌려다 쓰기는 했으나 우리 말에 맞지 않을 뿐 아니라 지극히 어려워서 마음껏 배울 수가 없었던 것이니, 국민의 대부분이 무식쟁이였던 것은 말할 것도 없다.

이에, 세종대왕께서는 백성을 가엾게 여기시고 우리말에 맞는 글을 만드시게 된 것이다.

그러나 다시 한문을 진서(眞書)라고 믿는 사람들의 맹렬한 반대와 상상도 못할 심한 난관을 돌파하였던 것이니 충신 성삼문(成三問)이 요동(遼東)에 유배(流配)되었던 연나라 운문학자(韻文學者) 황찬(黃讚)에게 열세 번이나 갔다왔다는 사실로도 넉넉히 알 수 있는 일이다.

이리하여 세종 25년 단기(3776년)에 한글 스물여덟 글자가 제정되고 동 28년 10월 9일에 반포하시니 이것이 세계 문자 사상 가장 으뜸가는 우리 『한글』인 것이다.

뿐만 아니라 한글은 실로 못 적는 소리가 없고 돌려쓰는 법이 지극히 넓을 뿐만 아니라 체계적(體系的)이요 조직적(組織的)이요 과학적(科學的)이라는 점에 있어 5백년 전 우리 문화의 우수함과 우리 민족의 슬기로움을 말하는 것이다.

돌이켜 생각해 보건대 이조(李朝) 5백년 동안 사대주의(事大主義)

에 억매어 언문(諺文)으로 천대받았고 많은 국문 서적이 불 속으로 들어가게 된 것은 뼈아픈 지난날이 아닐 수 없다. 더욱이 일제 30년 동안은 우리말까지 빼앗길 뻔하였으니 한글의 운명은 민족과 더불어 이렇게도 고달팠다.

· 남다른 큰 문화, 올해 한글날의 특별한 뜻

한글 반포 7주갑 기념일, 곧 서기 1926년부터 조선어학회의 주최 하에 우리 사회가 한글날을 기념일로 지키기 시작하였다.

어언간에 22년이 지나서 그간에 500주년 기념식을 거행하였고 이제 오늘은 502주년의 날을 맞이하게 되었다. 해마다 맞는 한글날이지마는 올해의 한글날은 한층 더 깊은 뜻이 있는 것이다.

그것은 다름이 아니라 금년 10월 1일 제79차 국회에서 "대한민국의 공문서는 한글로만 쓴다"는 『한글전용법』이 통과되었다.

이 법이 불원에 우리의 바라는 바는 오늘 한글날에 국민에게 공포될 줄로 믿거니와 이 법이 한번 공포되어 실시에 옮기고 보면 그 영향은 민족 문화에 놀랄 만한 것이 있을 것이다.

한글이 원래 세종대왕의 성덕으로 말미암아 대중 교화의 사명을 띠고 이 대중의 일상의 생활을 유리하게 하기 위하여 난 것이로되 시대의 나아감과 백성의 자각이 너무도 부족하였기 때문에 한글의 고귀한 사명을 수백년 동안에 달성하지 못하고 항상 천대 아래에서 한문(漢文)에 대하여 언문(諺文)이란 이름으로 경시를 받아왔다.

경시뿐만 아니라 큰 압박을 당하여 금지를 당한 일조차 없지 않았으며, 한글을 씀으로 말미암아 형벌을 받은 일조차 있었으니 어찌 기막힌 일이 아닌가! 그러다가 갑오경장 곧 이제로부터 55년 전에 우리나라의 정치적 변혁이 생기어 중국의 기반에서 벗어나 독립을 얻게 되매 민족 의식의 돌아섬과 함께 문화 의식이 발연히 일어나서 한글이 다시 소중스럽게 쓰히게 되였다. 순한글의 신문이 나오고, 또 국한문 섞어쓰는 잡지·책자·교과서들이 나오게 되고, 내각에서는 고종 황제 22년에 "법률, 명령은 다 국문으로써 본을 삼고 한역(漢譯)을 부하며 혹 국한문을 혼용함"이라는 칙령이 나리었다.

이 칙령은 실로 시대 진행에 큰 변동을 나타냄이었음은 틀림없었으나 오히려 아직 민중의 문화적 자각과 민족 의식이 또렷하지 못하였기 때문에 이렇듯 중요한 법령도 그 100%의 효과를 거두지 못하였고, 다만 겨우 국한문 혼용의 부대적 조건만이 실행됨에 그치었다.

그러나 금번에 대한 국회를 통과한 『한글전용법』은 갑오경장의 칙령 모양으로 상층에서 돌발한 것이 아니요 삼천만 민중의 대표자로 말미암아 제정된 것이니 이 법은 확실히 민중적 기초를 가지고 있기 때문에 그 온전한 시행을 기대할 수 있음은 의심이 없다. 이 법이 완전히 시행되면 삼천만 겨레가 사람마다 다 세종대왕의 거룩한 덕택을 입고 한글의 위대한 광명을 받아 세계와 더불어 같이 현대 문화를 누리면서 잘 살아갈 수 있게 될 것이니 어찌 기쁘지 아니하랴?

우리 민중은 한문자의 무거운 짐을 벗어 버리고 세계적으로 우수한 과학적 글자인 한글을 만반 문서에 사용하기를 힘쓰지 아니하면 아니될 것이니, 공문서는 물론이어니와 신문·잡지 등 모든 책자도 순한글로 할 것이요 상점의 보람판과 집집의 문패까지 다 한결로 한글만 써야 할 것이다.

그리함으로 말미암아서 외국인이 대한 땅에 발을 디디자마자 귀로는 우리말을 듣고 눈으로는 우리글을 봄으로써, 이 민족이 독특한 말과 글자를 가지고 남다른 문화를 이루고 있음을 인식하게 될 것이다.

이 한글의 발달에는 우리 겨레의 생생한 용기와 꾸준한 노력이 요구되는 것을 각 개인은 명념하여야 할 것이다. 이것이 우리가 올해의 한글날을 뜻있게 기념하는 소이가 되는 것이다.

-〈서울신문〉(1948. 10. 9.)-

한글날을 기념하는 말
-국내 식자들의 반성을 촉구함-

오늘은 오백 아홉 돌 한글날이다. 우리 나라 반만년 역사에서 가장 거룩한 문화적 은인 세종 대왕께서 이 겨레에게 말은 있으되 그에 알맞는 글자가 없음을 어여삐 여기시고, 갖은 정성과 한결같은 노력으로써 빼어난 슬기를 기울이시고 한글 스물 여덜 자를 지어내시고, 태산 같은 믿음과 주도한 계획으로써 이를 다듬고, 이를 반포하고, 이를 실행하여, 이 겨레의 생존 발전의 힘을 주시고, 이 나라의 문화 발달의 한길을 여시었다.

이제로부터 반 천년 전의 일이었건마는, 그때 그 어른의 지어내신 한글이 오늘날 이십 세기 과학 시대에서도 그 이상 더 좋은 글자를 찾아낼 수 없을 만큼 그 지음이 특히 빼어나고 뛰어나서, 오천 년 인류 역사에서 우뚝한 문화 공랍으로서 우리 배달 겨레가 세계의 전 인류를 향하여 제 스스로의 영예를 자랑하는 동시에, 저승에서 명복을 누리시는 세종 대왕께 대하여 한 없는 감사를 드려 마지 아니하는 바이다.

우리가 해마다 돌아오는 이 한글날에 즈음하여 이를 우리 겨레 문화의 경절로서 축하하고 기념하는 것은 그 뜻이 다만 지나간 과거의 업적의 기념에만 있는 것은 아니다. 과거의 빛을 이어 받아 현재를 밝히고 나아가서는 미래까지를 밝히고자 함에 그 뜻이 있는 것이다.

그러면, 우리는 여기서 세종 대왕이 이 한글을 지어내신 이상이,

(안 보임)

게 문화 독립의 영광과 자유를 누리게 하고자 이 글자를 지어 주신 것이다.

두째, 우리 말 소리에 얼토당토 않은 어려운 한자를 빌어 쓰기 때문에 어리석은 백성이 하고 싶은 말이 있어도 능히 그 정을 펴지 못함을 보신 세종 대왕께서는 잘 되고 또 쉬운 한글을 지어 줌으로 말미암아, 모든 사람들이 다 글자를 부릴 줄을 알아, 자유로 그 생각을 나타냄으로 말미암아, 정치가 백성을 근본하는 밝은 정치라 할 수 있게 하여, 백성이 원망스런 구석이 없고, 편리하고 행복스런 생활을 할 수 있게 하고자 함이다.

세종 대왕의 이렇듯 거룩한 이상에서 우러난 한글이 도리어 이 백성에게 환영은커녕 천대와 멸시를 받아, 오백 년이란 기나긴 세월을 아무 한 일 없이 헛되이 보내었을 뿐 아니라, 그러한 자기 멸시의 죄과를 받아, 조그만 섬나라에게 오천 년의 한배 나라를 송두리째 잃어버리고, 서른 여섯 해 동안이나 사람이면서 사람의 노릇을 못하고, 그저 굴레쓴 망아지같이 지낼 수밖에 없는 슬프고 아픈 지경에서 허덕이었던 것이다. 그러다가, 다행이 8·15 해방으로 굴레를 벗고 자유의 백성이 된 지 이제 어느 덧 십 년이 지나갔다. 그러면, 캄캄한 노예의 구렁에서 벗어나와 광명의 세계에서 자유를 누리게 되었은즉, 모든 자기 과거를 반성함으로 말미암아, 지나간 과오를 말끔히 청산하고서 바른 길로 내 달아야 할 것이 천만 번 마땅한 일이다.

그러나, 우리 사회에 과연 그러한 반성과 혁신이 있나? 우리는 그 점에 대하여 도저히 긍정의 답을 할 수 없음을 슬퍼하는 바이다. 우리 사회에 아직 문자적 내지 문화적 독립의 정신이 서지 못하여, 정치적 사대사상과 함께 문화적 사대사상이 여전히 식자 계급의 의식을 지배하고 있으며, 만백성이 다 이 글로써 일용의 사무를 처리하며, 학문을 닦아, 생활의 편리, 문화의 향상을 꾀하는 일이 아직 너무도 미흡하다. 더구나, 8·15 해방으로 인하여, 우리 한글 학회 회원들과 같이 왜놈의 감옥에서 풀혀나온 우리 말 큰 사전 원고가 아직도 그대로 남아 있어, 적년 노고의 결정이 수포에 돌아갈 위험성이 많은 채 먼지 속에 묻혀 있으되, 이것이 이 새 나라의 국민 정신 진작 겨레 문화의 발달에 얼마나 큰 손실이 되는 줄을 모르는 척하고 지내니, 이 어찌 가탄가탄의 일이 아닐손가? 세계의 문화 지도자들은 우리 학회의 사전 사업을 원조하여 이를 적극적으로 추진 보급하는 것이 한국의 독립을 원조하는 최상의 방도라 하여, 최대의 평가로써 그 원조를 계획하였는데, 우리 나라의 지도자들은 이를 일소에 붙이고, 밤낮으로 급급하는 마음, 권세에 아부하여 지위를 도둑함에 있지 아니하면, 갖은 비열한 수단으로써 사리 사욕을 채우기에 있음이 대체의 현상이다. 그리고, 정부와 국회에서는 우리의 조상이 끼쳐준 미술품을 해외로 내어가서 외국인에게 이를 구경시킴으로 말미암아 우리의 문화적 긍지를 높이기로 작정하고 있다. 미술 공예품의 해외 전시도 좋은 일이다. 그러나, 우방 미국인들과 유네스꼬 지도자와 운끄라 책임자들이 최대의 평가로써 그 완성을 적극 원조하고자 하는 우리의 큰사전 사업은 불문에 붙이고서 다시 말하면, 국민의 생활과 겨레의 문화에 근본적 중요성을 띤 사전 사업을 내버려 두고서, 생명 없는 고물을 가지고서 외국에 자랑하러 간다면, 과연 세계의 눈가진이(具眼者)들이, 이러한 우리의 처사를 옳게 평가하고서 우리의 자랑을 자랑으로 인정하여 줄 것인가? 우리나라 속담에 "저 건너 빈 터에서 잘 살던 자랑만 하면 무슨 소용이 있나?"하는 것이 있다. 사실로 우리는 못난 자손으로서 조상의 양반만 자랑하고 살아 왔던 것이다. 이러한 뒤바뀐 버릇으로써 오늘날에도 세계를 향하여, 현실의 문화는 개똥만큼 여기고서 옛날 조상의 솜씨를 자랑하면, 과연 우리의 문화적 긍지가 될 것인가?

발등에 떨어진 불은 끄지 않고서 시렁 위 먼지 속에서 하품을 하고 있는 조상의 잘난 화상만을 자랑한다면, 이런 사람을 세계인들이 과연 훌륭하다고 경의와 찬사를 올릴 것인가?

본말을 전도하고 선후를 뒤바꿔도 분수가 있어야 할 것이 아닌가?

우리는 이 거룩한 문화의 경절 한글날을 당하여 우리나라 유심 인사의 반성을 시급히 촉구하는 바이다.

이 글을 인쇄에 붙인 후 이 대통령의 중대 성명이 발표되어, 그 동안 매우 긴장되었던 우리 학회, 아니 우리 문화계가 아주 명랑하여졌다. 그리하여 "록펠러 재단"의 원조도 받게 되고, 멀지 않아서 "큰 사전"도 속간되게 되었다.

그러므로, 국내에서는 "큰사전 속간의 서광이 비치고, 국외에서는 우리 미술 공예품의 찬란한 빛이 발동하여서, 안팎으로 아울러 비친 거룩한 빛이 우주에 꽉 차게 되었으니, 명명중에 계신 세종임금께서도 퍽 반가워하실 것이다.

-1955. 10. 9.-

-〈한글〉 114호(1955)-

한글날을 맞이하여

오늘 9일은 오백아홉째 한글날이다. 우리나라 반만년 역사에서 가장 거룩한 문화적 은인 세종대왕께서 이 겨레에게 말은 있으되 그에 알맞은 글자가 없음을 어여삐 여기시고, 갖은 정성과 한결같은 노력으로써 빼어난 슬기를 기울이시어 한글 스물여덟 자를 지어내시고, 태산 같은 믿음과 주도한 계획으로써 이를 다듬고, 이를 반포하고, 이를 실행하여, 이 겨레의 생존 발전의 힘을 주시고, 이 나라의 문화 발달의 한길을 열으시었다.

이제로부터 반천년 전의 일이언마는 그때 그 어른의 지어내신 한글이 오늘날 이십세기 과학 시대에서도 그 이상 더 좋은 글자를 찾아낼 수 없을 만큼 그 지음이 특히 빼어나고 뛰어나서 오천년 인류 역사에서 우뚝한 문화 공탑으로서 우리 배달 겨레가 세계의 전인류를 향하여 제 스스로의 영예를 자랑하는 동시에 저승에서 영복을 누리시는 세종대왕께 대하여 한없는 감사를 드려 마지아니하는 바이다.

우리가 해마다 돌아오는 이 한글날에 즈음하여 이를 우리 겨레 문화의 경절로서 축하하고 기념하는 것은 그 뜻이 다만 지나간 과거의 업적을 기림에만 있는 것은 아니다. 과거의 빛을 이어받아 현재를 밝히고 나아가서는 미래까지를 밝히고자 함에 그 뜻이 있는 것이다.

그러면 우리는 여기서 세종대왕이 이 한글을 지어내신 이상이 어디에 있었는가를 반성할 필요가 있다.

첫째, 우리 겨레가 문화적으로 남의 나라의 붙임나라가 되지 말고 독립 자주의 나라가 되기를 원함이다. 한 겨레가 나라를 세우고 말씨를 가지고 제 스스로의 생활을 일삼아 가는데 그 말씨에 알맞은 글자가 없고 다만 남의 나라의 글자—나 스스로에게는 맞지도 않는 따라 지극히도 어려운 글자를 빌어 쓰고서는 도저히 높은 문화를 가진 겨레가 될 수 없으며, 따라 독립 자주의 정신을 가진 백성이 될 수 없음을 살피시고, 사랑하는 이 겨레에게 문화 독립의 영광과 자유를 누리게 지어 주신 것이다.

둘째, 우리말 소리에 얼토당토않은 어려운 한자를 빌어쓰기 때문에 어리석은 백성이 하고 싶은 말이 있어도 능히 그 정을 펴지 못함을 보신 세종대왕께서는 잘되고 또 쉬운 한달을 지어 줌으로 말미암아 모든 사람들이 다 글자를 부릴 줄을 알아 자유로 그 생각을 나타냄으로 말미암아 정치가 백성을 근본하는 밝은 정치를 할 수 있게 하여 백성이 원앙스런 구석이 없고 편리하고 행복스런 생활을 할 수 있게 하고자 함이다.

세종대왕의 이렇듯 거룩한 이상에서 우러난 한글이 도리어 이 백성들에게 환영은커녕 천대와 멸시를 받아 오백년이란 기나긴 세월을 아무 할일없이 헛되이 보내었을 뿐 아니라 그러한 자기 멸시의 죄과를 받아 조그만 섬나라에게 오천년의 한배 나라를 송두리째 잃어버리고 서른여섯 해 동안이나 사람이면서 사람의 노릇을 못하고 그저 굴레쓴 망아지같이 지날 수밖에 없는 슬프고 아픈 지경에서 허덕이었던 것이다.

그러다가 다행히 8·15 해방으로 굴레를 벗고 자유의 백성이 된 지 이제 어느덧 십년이 지나갔다. 그러면 캄캄한 노예의 구렁에서 벗어나와 광명의 세계에서 자유를 누리게 되었은즉 모름지기 과거를 청산하고서 바른길을 내달아야 할 것이 천만번 마땅한 일이다.

그러나 과연 우리 사회에 이 점에 대한 반성과 혁신이 있나? 우리는 이에 대하여 도저히 긍정의 답을 할 수 없음을 슬퍼하는 바이다. 우리 사회에 아직 문화적 내지 정치적 독립의 정신이 서지 못하여 정치적 사대사상과 함께 문화적 사대사상이 여전히 식자 계급의 의식을 지배하고 있으며, 만백성이 다 이 글로써 일용의 사무를 처리하며 학문을 닦아 생활의 편리 문화의 향상을 꾀하는 일이 아직 너무도 미급하다. 우리는 이 한글날을 당하여 우리 사회의 맹성을 재촉하고 글자 생활을 간이하게 하여 생활의 능률을 올리자 하는 제안을 한다. 그 방도는 어떠한 것일까?

첫째 한자(한문자) 폐지, 한글 전용의 철저를 기하자.

해방이 되고 한배 나라가 광복되자말자 우리 국회는 한글전용법을 제정하고 우리 정부는 이제 이를 실행하고 있다. 그러나 이러한 일은 다만 법령이나 권력으로만은 다 되는 것은 아니요, 모름지기 삼천만 겨레의 개개인이 다 자각을 가지고 실천하지 않으면 안 된다. 더구나 식자층의 사람사람이 솔선하여 이를 실천하지 않으면 안 된다. 근래의 국민학교에서 선생들이 무자각하게 맞춤법을 두 가지씩이나 가르쳐 아이들의 머리를 혼란하게 하고 또 턱없이 한자를 가르쳐서 아이들의 머리를 빗길로 잡는 해악을 행하고 있다 하니 이런 일은 참으로 그 무자각·무신념·무정견에서 나오는 현상이 아닐 수 없다. 이러한 짓을 하지 말고서 우리 아이들로 하여금 자유스럽게 바른 한글로 말미암아 새지식을 얻고 새힘을 기르도록 하여야 한다.

둘째 한글을 풀어 가로쓰기를 실행하자. 한글의 간이화는 한글을 풀어 가로씀에 있다는 것은 재작년 문교부에서 차린 국어심의위원회의 최종의 결론이다. 우리나라는 세종대왕의 지어 주신 훌륭한 글자 24개를 가지고 있으면서, 오만 자나 되는 한자를 함께 쓰고 있을 뿐 아니라 한글 24자를 2천 자로 불우어서 쓰고 있다. 이렇듯 부자연한 글자 생활의 복잡화는 우리나라 문화 발전에 크나큰 장애를 주고 있다. 오늘 우리나라의 인쇄물이 다른 나라의 그것에 비하여 저렇듯 보잘것없이 떨어져 있는 것은 그 원인이 여기에 있다.

활자 수가 너무 많아서 인쇄소의 경영이 어려우며 능률이 나지 않고 책값은 비싸면서 그 모양은 극히 나쁘니, 이것이 다 한가지의 원인에서 온 결과이다. 이제 우리가 용기를 진작하여 한글을 풀어서 가로씨기로 할 것 같으면 한글의 기계화의 편리로 인하여 우리의 생활에 중대한 변혁을 일으켜서 뒤떨어진 우리 사회를 멀잖아 세계의 선진 나라에 따라갈 수 있게 할 것이니 여기에 세종대왕의 이상이 완전히 실현되어 겨레 문화의 발달, 국민 생활의 행복이 찬란한 빛으로 열매맺게 될 것이다. 이것이 우리의 영광이 아니고 무엇이며 이것이 우리의 자랑이 아니고 무엇일까?

-〈경향신문〉(1955. 10. 10.)-

한글날을 맞이하여

시월은 상달이다. 바람이 시원하고 기운은 맑고 하늘은 높다. 금수같은 이 강산에 상서가 가득 차고 생맥이 동하는 좋은 철이다. 단군 한배께서 나라를 비로소 세우신 것도 이 달이요 세종대왕께서 겨레의 글자를 애지에 내신 것도 이 달이다. 시월 상달은 나라와 겨레가 서던 달이요 번영과 문화가 약속된 달이다. 앞뜰 뒷뜰에서 거둬 들인 오곡으로써 우리의 살음(생)을 즐기면서 개천절을 경축하고 이제 또 한글날을 맞이하는 기쁨을 누리나니 이 백성의 살음의 즐거움이 영세 무궁토록 늘어 갈 것이요 이 겨레의 문화의 꽃이 푸른 바다(동해)와 같이 흐르고 퍼져 온 누리에 빛날 것이로다.

오늘 시월 구일은 세종대왕께서 배달 겨레의 말씨에 알맞는 글자가 없음을 민망히 여기어 한글을 지어내어 나라 안에 편 지 바로 오백열째의 돌날이다. 우리 겨레가 일본의 강포한 압제 정치 아래에서 흐려져 가는 겨레 정신을 붙들고자 한글날을 기념 축하하기 비롯한 것은 마침 훈민정음 반포 팔 주갑 곧 480주년 되던 지난 병인년(1926년)이었으니 이번이 바로 30째번이 된다.

한글날을 지키기 30년 동안에 우리는 많은 변천을 겪어 왔다. 삼천만 동포가 한 사람의 글소경도 없이 되도록 하자는 운동을 대대적으로 일으켜 동아일보, 조선일보가 중심이 되어 크게 세상을 깨우친 일이 있어 한글의 공덕이 널리 어리석은 백성들 가운데에 미치기도 하였으며 한글학회의 새 맞춤법이 발포되어 온 나라 사람들이 다토아 이를 배우고 익히기에 열중하기도 하였다. 다시 말하면 우리의 한글운동은 양적으로 대중의 글소경을 없이 하기와 질적으로 바른글을 쓰도록 하기가 전면에 나타난 목표이거니와, 그 뒷쪽에는 겨레 정신을 북돋우며 문화의식을 각성시키어 잃었던 나라를 도로 찾아 자유와 행복을 누리는 사람다운 생활을 하여 보자 함이 근본 목적이 되어 있었던 것이었다.

이와 같은 한글운동의 공효가 차차 커 감을 본 강도 일본의 집권자는 속으로 이를 크게 못마땅하게 생각하여 한글운동의 말살 정책을 취하게 되었다. 그리하여 처음에는 초등학교, 중등학교에 '조선어' 과목을 줄이다가 드디어 이를 전폐하고 오로지 왜말만 말하고 왜글만 쓰기를 강요하였다. 전쟁이 나아감을 따라 일본의 솥무게(鼎重)가 점점 가벼워짐을 자각하게 된 일인은 그 포악의 도를 더하여 우리의 성을 빼앗아 '개자식'이 되게 하고 우리의 족보를 위조하여 '사이도오', '야마모도'의 후손이 되게 하였다. 한글운동의 중심 분자들은 모두 감옥에다 가두고 한글의 사전 원고는 '독립운동'의 증거품으로 왜정 검사의 손에 들어갔던 것이다.

1945년 8월 15일에 겨레의 해방이 됨에 미치어 한글도 같이 해방되었다. 자유민의 민주 교육에 한글이 전적으로 채용되어 외국의 글자한 자는 그 오만한 자리를 넘겨주고 말았다. 삼 년의 미국 조정이 지나가고 대한민국이 섬에 미치어 우리 국회가 한글전용법을 통과시켜 대한민국의 공용 문서는 다 한글로 쓰기로 작정되었으며, 정부에서 곧 이 법을 공포하기는 하였으나 얼마 동안 주저와 되각의 기색조치 없지 아니하였었으나, 이 삼 년 전부터는 공용 문서에 한글만 쓰기를 시행하게 되었다.

이렇게만 말하고 보면 한글의 얼은 다 된 것 같기도 하다. 허다한 험로 장애를 받았지마는 필경에는 탄탄한 대로를 거침없이 달리고 있는 것 같기도 하다. 그러나 이는 일개의 피상적 관찰에 불과한 것이다. 사실은 아직도 멀었다. 한글의 앞길은 아직도 까마아득하게 멀어 있다.

첫째 한글학회의 사전 원고가 감옥에서 풀어 놓히어 나온 지가 발서 십년이 지났건마는 아직도 완성되지 못하고 배달 겨레는 아직도 사전 없는 비문명의 겨레란 더러운 이름을 면치 못하고 있다. 연합군이 우리를 일본의 굴레에서 풀어 내어 놓아주었으니까 그만 독립도 자유도 다 된 줄로만 알고 있지마는 알고 보면 사전도 하나 만들어 내지 못한 백성들이 무슨 독립이니 무엇이니 할 자격이 있을손가? 되어 가던 사전 간행이 6·25 동란으로 그만 꺾기었댔자 이것을 답답히 생각하는 사람은 우리의 지도자들보다도 태평양 건너편의 외국 사람들이다. 이를 못다 이룬 것을 못내 안타깝게 생각하는 미국 친구들이 거리막는 이 나라에 기어코 그 원조를 계속하여 원조 물자를 보내어 오기 시작했다. 이로 말미암아 사전 완성의 서기의 희망은 인제 겨우 확실하여진 것 같으니 적이 안심하여도 좋을가 한다.

다음에 글소경 없애기(文盲打破)는 민주주의 나라의 세우기에 가장 먼저 요구되는 조건이다. 국권과 함께 도로 찾은 한글—그 쉽고 또 편리한 한글 스물넉 자는 아직도 깨치지 못하고 무슨 사람다운 짓을 할 수 있을까?

물론 해방 후 여러 곳에서 한글 보급의 일을 하여 온 것도 우리는 알고 있다. 그래서 우리나라의 글소경이 인구의 10%이하로 떨어졌다고 보고되기도 함을 본다. 그렇더니 금년 5·15 정·부통령 선거 당시의 신문 보도에 의하면 서울 시민 총수 1,422,406명 중에 학교에 다니지 않고 자습과 강습으로써 글 깨친 이는 217,716명이요 눈뜨고도 한글 모르는 이의 수가 무려 326,811명(남자 136,005, 여자 190,806)으로 총 인구의 약 23%에 맞는다. 자동차가 연락 부절하게 다니며 내 잘났네 하는 사람이 거리에 가득찬 이 나라의 서울에 글소경이 이렇듯 많거든 저 유축진 산촌·어촌·농촌에야 그 얼마나 많겠는가? 해방된 뒤 10년에 그 쉬운 제나라 한글 24자를 아직도 깨치지 못했다는 이 사실은, 하나는 정치적 사회적 지도력의 한심함을 증시하는 것인 동시에 일반 민중의 자각과 노력의 부족함을 여지없이 나타낸 것이다. 이 23 내지 40%(가상) 나 되는 글소경을 내포한 국민이 작대기 기호에 기대어 겨우 그 기호의 이름 밑에 붓 대롱으로써 동글(圓)을 찍어서 공무원 선거를 행하고서 능히 민주주의의 진정한 실현을 기대할 수 있을까? 글소경의 작대기 선거로서 표방하는 민주주의는 단지 허명에 불과한 것이다. 나는 진정한 민주주의 실현을 촉진하기 위하여서 먼저 작대기 선거의 폐지를 제창한다. 이를 폐지하고 다만 글자를 씀으로 말미암아서만 제가 뽑고자 하는 사람을 뽑아 낼 수 있게 하여야 한다. 그러면 만인이 각각 제(自己)도 한 사람 몫을 하기 위하여 또는 후보선이(立候補者)가 제를 뽑아 주기를 바라 글 배우기와 글 가르치기를 열심으로 할 것이니 글소경 없애기, 민주 정치의 실현에 막대하고 급속한 효과를 가져오리라고 믿는다.—하여튼 글소경 없애기의 사업도 아직 앞길이 멀다. 끝으로 한글 전용은 어떠한가? 앞에 말한 바와 같이 국회가 한글전용법을 마련하고 정부가 이를 시행하고 있음에도 매히잖고 한글 전용은 아직도 까마득한 형편에 놓여 있다. 중등학교 선생님들이 학생들이 모르는 한자를 쓰고 가르침으로써 제 지식을 교단에서 자랑하고 대학 출신들이 한자를 사용함으로써 제 유식함을 뽐내고 있다. 그러나 이네들이 사용하는 한자는 흔히 그 글자가 잘못 되었거나 그 읽기가 잘못 되었거나 하여 우섭기 짝이 없는 형편이다. 신문 잡지가 제 생명을 유지하기에 유리하다는 이유로써 여전히 한자투성이를 이루고 있다. 문교부의 각 학교의 공문이 순한글로 나가는데 이에 대한 대답은 한자를 쓰기를 꺼리지 아니한다.

이러한 사람들일수록 연설을 하라면 반드시 입을 열어 한글의 과학성, 우수성을 가락친다. 입으로만 한글이 훌륭하니 한글은 우리의 자랑이니 떠들면서 제 스스로는 남의 글자 한문자나 로마자를 씀으로서 도리어 만족감을 품는 모양이다. 그러면 도대체 한글을 자랑하는 심리와 이를 천시하는 심리와를 함께 머리 속에 가지고 있는 사람들을 무엇으로 가르칠 수 있는가? 문앞에 잘 닦아 놓은 평탄한 한길을 버리고 뒷골목 눕고 험한 길만을 다니는 것은 무엇 때문인가? 이는 다름이 아니라 그 정신의 깨침이 그 행동의 완고한 버릇을 깨트릴 만한 힘을 가지지 못한 때문이다. 우리는 이 평탄한 한길이 만인의 말미암는 길이 될 날은 언제나 기대할 수 있을까? 그것은 다만 오늘의 우리 사회의 식자들을 진정한 자각과 실천의 용기를 요청하여 마지아니한다.

오백열째 돌 한글날을 맞이하여 한글의 과학성, 우수성에 대한 각성과 용기가 나라를 사랑하는 사람들의 마음에 깊이 힘차게 동하기를 비는 마음으로 이 글을 적는다.

-〈경향신문〉(1956. 10. 9.~10.)-

한글은 겨레 정신의 결정
-한글날을 국경일로 하자-

오늘 시월 구일은 세종대왕께서 한글을 지어내어 나라 안에 반포하신 지 꼭 510째 돌 한글날이다. 『훈민정음』의 서문에 한글 창제의 취의가 분명히 나타나아 있다. 첫째, 우리나라의 말이 중국의 말과 서로 다름을 인정하고 둘째, 중국의 한자가 우리나라 말에 맞지 아니함을 단정하고 셋째, 그러므로 우리가 한자를 사용한다는 것은 무식한 백성을 더욱 무식하도록 만들어 날마다의 일보기에 불편이 막대할 뿐 아니라 정치적 문제를 호소할 길도 없어, 민의에 따른 민주 정치를 할 수 없음을 딱하게 여기시고 이를 바로잡고 이를 구하기 위하여 우리 말씨에 딱 들어맞는 글자 28자를 지어내어 국민의 일상 생활에 편리함이 있게 하였다 하고 있다.

다시 말하면, 세종대왕은 우리나라가 중국이 아니며 우리의 말씨가 중국의 말씨와 같지 아니하며 따라 중국의 한자는 우리에게 매우 부적당 불리한 글자임을 확인하고 배달 겨레에게는 배달 겨레 자신에게 적합한 글자를 따로 가져야만 백성이 다 잘 살아갈 수 있겠음을 투철히 믿으시고서 갖은 정성과 애씀을 다하여 새로운 글자 한글을 지어내노라 하는 것이다.

그러한즉 『훈민정음』은 정히 우리 배달 겨레의 문화 독립 선언이요 한글은 문화 독립의 기초이다. 한글의 탄생은 다만 한 종류의 글자의 생겨남이 아니라 실로 그것은 겨레 의식 통일의 상징이요 겨레 문화의 영원한 발달의 원동력인 것이다.

이 지구상에 겨레가 허다하지마는 제손으로 지은 글자로서 이십

세기의 훌륭한 문화 생활을 일삼는(營爲하는) 겨레가 그 얼마나 있는가?

한글은 우리 세종대왕의 일인 일대의 창작으로서 인류 역사에 유례가 없는 독창적·과학적 글자이니 한글은 다만 훌륭한 취지에서 지어진 것일 뿐 아니라 또 가장 뛰어난 성능을 가진 배달 겨레 무상의 자랑이요 영원한 힘인 것이다.

겨레여! 생각해 보라. 아메리카 신대륙의 발견보다도 먼저 창작된 이 과학스런 글자를, 만약 우리 겨레가 세종대왕의 이상을 체득하여서 이를 십분 존중 애용하였더면 이 나라의 문화, 이 백성의 행복이 얼마나 두드러지게 더해졌을 것인가? 남들은 그간에 새 대륙을 발견하여서 거기에다 온갖 백성들을 모아서 새로운 문화와 생활을 세워 이제 온 세계에 큰 광휘를 날리는데, 우리 겨레는 이렇듯 과학스럽고 쉽고 편리한 문화의 기본 연장을 가지고 있으면서 능히 이를 살려 쓰지 못하였기 때문에 세계의 낙오자의 쓴잔을 마시고 있는 오늘의 현실을 생각하면 세종대왕의 성덕을 저바린 죄를 무엇으로 사하려는가? 그런 중에서도 만약 우리에게 한글의 유산이 전혀 없었던들 왜정 36년간의 모진 억압 아래에서 우리 겨레가 능히 해방 갱생의 정신과 능력을 보존하고 있었을 것인가? 우리가 한글의 위대성과 유능성을 생각하면 생각할수록 과거에서 이를 멸시한 죄를 사할 길이 없는 동시에 현재에도 아직 그 위대한 능력과 무한한 가치를 깨치지 못하고 한자를 천자라도 써야 하겠다고 앙탈하는 신식 완고가 이 사회에 수두룩 남아 있음을 생각할 적에 겨레의 장래를 염려하는 우리 마음의 답답함을 금할 수 없도다.

한글은 배달 겨레 독창력의 최대의 결정이요 배달 문화의 영구의 동력이요 겨레 정신의 온전한 표현이다. 우리가 한글의 창제 반포를 기념 축하하는 것은 곧 겨레 정신을 기르며 문화 독립의 의욕을 북돋우며 창조 능력의 발휘를 꾀함이다. 우리가 과거 왜정의 억압 아래에서 『훈민정음』 반포 제 팔 주갑을 기틀로 하여 처음으로 한글날을 지키기로 한 것이 이제 꼭 30돌이다. 집회의 자유가 없는 그때에 우리는 요리 먹는 것을 빙자삼아 해마다 요리집에서 한글날 기념식을 엄숙히 지냄으로서 겨레 독립·문화 자주의 정신을 고취하여 왔으니 그 주도자의 노릇을 한 이는 한글학회이었다.

해방이 된 뒤 십년이 되는 동안에도 한글날의 식전은 여전히 한글학회 중심으로 거행되어 오늘에 이르렀다.

한글학회는 한글날 지키는 주체로서 또 한글 운동의 중심으로서 그 과거의 업적에 대하여 스스로 만족의 정이 한쪽에 없지도 아니함은 사실이다. 그러나 다시 생각하건데 우리 나라와 겨레에 이렇듯 중대한 뜻을 가진 한글날의 지내기(擧行)는 홀로 전담사에 속해 버릴 것이 아니다. 한글학회는 이면에 있어서 전문적 선각자로서 조국을 잃어버리고 정부를 가지지 못한 그때에 제 정부의 할일을 대행한 것이니 조국이 광복되어 행정부가 있는 이때에야 전민족 영구한 경절인 한글날의 지키기를 어찌 하나의 학회에만 일임하여 버리고 모른 체하고 있을까 보냐? 더구나, 해방 직후에는 한글날의 식전 지내기도 온 국민의 큰 관심을 끄내 성대히 행하기도 하였었지마는, 그 뒤로는 천박한 인심이 점점 사리 사욕과 사권 사영들에 쏠리게 되고, 이러한 정신적인 행사에 등한하게 됨을 따라, 또 한글학회의 사업 및 경제가 부자연스럽게 쇠약하여짐에 따라, 한글날의 기념식은 너무도 소조한 감이 없지 아니하여, 이 일을 주관하는 우리 한글학회로서는 천박한 인심의 건망증에 한심과 개탄을 불금하는 터이다. 오늘날 우리나라의 진정한 내면적 완전한 독립 자주를 획득하기 위하여는, 한글날을 더 성대하고 더 엄숙하게 지키는 일이 간절히 요구된다. 한글학회는 결코 종래의 사명과 공헌을 조금도 변하고자 함은 아니요, 도리어 그 사명, 그 이념을 더 빛나게 살리기 위하여 한글날을 나라의 공휴일로만 하는 데에 그치지 말고, 나라의 경절로 하여 온 백성이 이날을 엄숙하게 또 즐겁게 지킴으로 말미암아 세종대왕의 이상을 실현하여, 한글의 사명을 다할 날이 하루라도 빨리 오기를 간절히 바라는 바이다.

-〈동아일보〉(1956. 10. 9.)-

한글날의 문화사적 의의
-한글 반포는 문화의 독립 선언-

내가 해마다 한글날에는 반드시 기념의 글월을 몇 마디씩 써 오되 항상 내용은 반드시 서로 같지 않도록 힘써 왔다.

금번에는 『큰사전』의 완성을 기틀하여 한글날이 우리나라 문화 역사상에 어떠한 무게의 뜻을 가지고 있는가를 생각해 보기로 하였다.

맨 첫째번 한글날은 곧 세종대왕 25년(단기 2779·서기 1446) 시월 9일이며, 이날에 대왕이 한글 스물여덟 자를 나라 안에 펴낸(반포한) 날이다.

이 한글의 펴냄으로 말미암아,

1. 우리나라에는 독특한 말씨가 있어 다른 나라의 말씨와 통하지 아니함을 발견하였으며,

2. 말씨가 서로 다른즉 다른 나라의 글자 한자를 쓰는 것은 부적당한 일임을 밝혔으며,

3. 우리나라는 우리 말에 알맞는 글자가 따로 있어야 할 것을 선언하였으며,

4. 백성의 의사(민의)가 자유스럽게 창달되는 정치가 실시되어야 함을 요청하였으며,

5. 새로 지어낸 28자의 한글은 배우기 쉽고 사용하기 편리하여 민생의 복리, 민의의 창달, 겨레 문화의 창조에 아주 유효함을 기하였다.

한말로 줄이면 세종대왕의 한글의 창제 반포는 바로 겨레 문화의

독립 선언이며, 민본주의 정치 이상의 실현에 관한 가장 근본스럽고 가장 적절 유효한 근본 수단을 대중의 앞에 제공한 것이니, 여기 한글날은 겨레 문화의 무한한 동력이 비롯하고, 겨레 생존의 무궁한 발전이 약속된 날이다.

그다음 둘째번으로 특히 기억되어야 할 한글날은 『훈민정음』 반포 8주갑(곧 480돌)의 병인년인 서기 1926년의 그것이다. 일제의 압박 아래에서 쓰러져 가는 겨레 문화를 이어받으며 엷어져 가는 겨레 의식을 북돋우기 위하여 우리 사회의 유지 인사 수십 인이 이날에 서울의 요리집 식도원에 모여 처음으로 '훈민정음 반포 기념회'를 성대히 의미심장하게 지내고 이 자리에서 앞으로 해마다 훈민정음의 반포된 날을 한글날(그당시 처음엔 '가갸날'이라 하였음)로 하여 기념회합을 할 것을 결의하였다.

셋째번으로 1929년 한글날에는 유지 인사 108인이 서울 수표동 42번지의 조선교육협회에 모여 기념식을 지내고 나서 그 자리에서 우리말 사전 편찬회를 발기하여 위원 50(?)인과 상무위원 5인(이○○·안재호·이중건·신명균· 최현배)을 뽑아서 그 일의 추진을 맡기었다.

넷째번으로 기억할 만한 한글날은 1932년의 한글날이니 이날에 '조선어학회'(한글학회의 전이름)에서 세 해를 허비하여 125번의 회의를 거듭하여서 이루어진 『한글맞춤법통일안』을 기념식장에서 발표하였다. 이 안이 한번 발표되매 동아일보와 조선일보에서는 그 신문지에 간행하여 전국 대대적으로 선전하였으며, 그 뒤에 또 이어 각계 인사 및 관심 많은 외국인까지 합동하여 통일안을 제정 발표한 조선어학회 회원의 노고를 치하하는 회합을 돈의동 명월관에서 성대히 개최하였다.

다섯째번으로 기억할 만한 한글날은 1934년의 한글날이니 이때에는 그 한글날을 중심하여 송현 전보성전문학교 교사 자리에서 '제1회 조선어학 도서 전람회'를 2일 동안 열었는데 입장자가 천백 명이나 되었다.

여섯째번으로 기억할 만한 한글날은 1936년의 한글날이니 이날에 인사동 천향원 요리집에서 다수의 인사가 모여 기념식을 거행하고 그 자리에서 『조선어 표준말 모음』을 발표하였는데 '안창호' 선생이 축사를 하다가 왜경에게 중지를 당하고 비상한 충격을 회중에게 주었다.

일곱째번으로 1942·1943·1944년의 한글날은 조선어학회 회원 전부가 독립 운동을 하였다는 죄목으로 일제의 경찰에 검거되어, 홍원 함흥형무소에서 보내었으며, 한글날 기념 축하회는 바깥 사회에서도 거행되지 못하였다고 생각된다.

여덟째번으로 기억할 만한 한글날은 1946년의 500돌 한글날이니 해방된 자유로써 덕수궁 뜰에서 미증유의 성대한 기념식을 거행하였으며, 이날에 또 나는 나의 수십년래, 특히 일제의 감옥에서 완성되고, 해방후 한글가로글씨연구회의 검토를 거쳐 인정된 한글 가로글씨의 체를 인쇄한 『글자의 혁명』을 널리 세상에 발표하였다.

아홉째번으로 기억할 만한 한글날은 1947년의 한글날이니, 이날에 우리 한글학회가 천만고 끝에 드디어 『큰사전 첫째 권』을 펴내었으니, 이는 참으로 희생의 결과이며, 우리나라 글자의 가장 거룩한 업적이라 할 만한 것이었다.

열째번으로 기억할 만한 한글날은 곧 오늘 4290년 서기 1957년의 한글날이니, 한글학회의 『큰사전』의 첫째 권이 발행된 뒤에도, 한글학회의 이 헌신의 사업에 갖은 액운이 거듭거듭 이르러, 넘고 넘어도 또 산인 탄식을 자아내는 고비가 한둘이 아니었지마는, 우리는 지성껏 쉬지 않는 믿음과 노력으로써 마침내 오늘의 완성을 보게 되어, 오늘의 기념식장에서 이를 발표하고 이를 우리 국민에게 바치는 일을 하게 되었다.

이상에서 나는 열 번의 한글날을 들어 이날에 이뤄진 우리 겨레의 문화적 업적을 드는 동시에, 그 한 번은 문화 창조의 도상에서 몽착한 수난의 한글날을 들어 벌리었다. 만약 연합군의 빛난 승리로 말미암은 배달 겨레의 해방이 없었더라면, 우리는 그러한 철장 안의 한글날을 기념하면서 영영히 돌아오지 못할 길을 떠나고 말았을 것이다.

해방이 오고 중첩한 난관이 차례로 극복되어 드디어 금번의 한글날에 그 완성을 고하게 되었으니, 이것이 어찌 다만 우리 한글학회 회원만의 기쁨이랴? 삼천만 겨레가 다 한가지로 이 4천 년의 역사에서 처음으로 이뤄진 이 문화 업적을 기뻐하지 아니하면 안 될 것이다.

위에 적은 역사적 사실로 보건대, 한글날은 배달 겨레의 겨레 의식 통일의 날이요, 겨레 문화의 독립 선언의 날이요, 겨레 의식을 힘차게 가락치는(강조하는) 날이요, 겨레 문화의 끊임없는 발전의 성과를 거둔 날이요, 겨레 문화의 영구한 전진이 약속되는 날이다.

우리에게 만약 이날이 없었더라면 온 겨레가 행할 바를 모르고 캄캄한 칠야에 헤맬 것이요, 운면 개척의 무기를 얻지 못하고, 큰 한숨을 금치 못할 것이다. 이제로부터 511년 전 이날에 '세종대왕'이 이 글을 창제 반포하여 주신 거룩한 은덕을 생각하면, 한글날은 바로 우리 겨레 생존 발전의 역량이 부여된 날인 동시에 또 감사 보은의 도리를 강구하여야 할 날인 것이다.

-〈서울신문〉(1957. 10. 10.~11.)-

축사

오늘 시월 9일은 세종대왕께서 한글을 지어 나라 안에 펴신 지 513번째의 돌날이올시다.

천여 년래로 한문화의 세력에 눌려서 자존 자립의 정신을 잃고, 다만 사대주의의 정신적 노예가 되어 있을 그때 15세기에 있어, 배달 겨레의 독특한 말씨가 있음에 따른 독특한 제 글자가 있어야만 할 것을 확인하신 세종대왕의 투철한 슬기는 실로 천고에 빼어났다 하겠습니다. 한번 이를 간파하신 대왕은 모든 시간을 이에 쓰며, 정력을 기울이고 지혜를 쏟아 대고 갖은 정성을 다하여 우리말에 알맞는 글자를 지어내기에 최선의 길을 다하였습니다. 그리한 결과로 이뤄진 한글 28자는 한 사람 당대의 창의스런 업적으로서, 일찍 그 유례를 보지 못한, 훌륭한 글자이었습니다.

한글은 그 조직이 과학스러워, 글자 발달의 최고 계단에 딸린 낱소리글자로서 그 수효가 적고 획이 간단하여 배우기가 쉬울 뿐더러, 쓰기조차 지극히 간편하니 참으로 "사람마다 쉽게 익혀, 날로 씀에 편리하게 하고자 하는" 세종대왕의 백성을 사랑하고 나라의 문화 발전을 기원하시는 이상은 거의 완전히 실현되었다 할 만한 것입니다.

그렇건마는, 당시 사대사상에 완전히 중독된 완고한 한학자들은 맹렬한 반대를 하였습니다. 세종대왕은 확고한 신념과 부동의 태도로써 이 반대론을 물리치고 기어코 초지를 관철하여, 가을 하늘 맑고 높은 시월 이날에 한글을 우리글 나라글로 반포하였습니다. 백세를 달관하는 투철한 슬기와 갸륵한 사랑을 가지신 세종대왕은 다만 그 반포로써 만족하지 아니하고, 그 보급 발전을 위하여 갖은 방법과 수단을 다하였습니다. 그랬기 때문에 한글이 저 청기와나 철갑선이나 내지 활자 모양으로 한때 한 자리의 재주로 끝막지 아니하고, 그럴듯한 천대 가운데서도 능히 그 생명을 보존하여, 극히 제한된 범위에서나마 그 글자스런 사명을 계속할 수 있었습니다.

만약 우리 겨레에게 이 훌륭한 글자가 없었더라면, 우리는 일찍 완전히 한족화한 소(小)중화인되었거나 그렇잖으면 가짜 왜놈이 다 되고 말았을 것입니다. 실로 배달 겨레의 겨레 의식의 확립도 한글로 말미암아 되었으며, 그 확립된 겨레 의식·겨레 정신의 배양과 유지도 또한 한글로 말미암아 가능하였기 때문에 우리가 해방의 행운을 맞이하고 광복의 영광을 누릴 수 있은 것입니다.

그러한즉 한글날은 배달 겨레에게서는 가장 뜻깊은 즐거운 날이올시다. 이날은 실로 우리의 겨레 정신의 탄생날이요, 겨레 문화의 동튼 날이요 나라스런 소망의 생긴 날이라 하여도 조금도 과장한 말이 아니올시다.

일찍 방약무도한 일본 제국주의자들이 우리말 우리글의 말살을 강행하다가 드디어, 한글 연구자들까지 감옥에 가둠을 입었더니 이제는 그 일본의 서울 동경 안에서 당당히 한글날의 기념 축하식을 지내게까지 되었으니 이는 하나는 세계 개조 자유 정신의 발현이요, 또 하나는 쉽고 과학스런 한글 그것의 위대한 성능의 당연한 발전이라 하겠습니다.

우리는 한글날을 맞이하여 세종대왕의 은덕을 감사하며, 한글의 존중과 발전을 맹세함으로써 자손만대의 행복과 자유의 씨를 뿌리고자 하는 바입니다.

-한글학회(1959. 10. 9.)-

한글날에 재일 동포에게 부침

세종대왕의 훈민정음의 서문은 실로 배달 겨레의 의식적 통일을 보임이요, 또 겨레 문화의 독립 선언입니다. 우리가 오백년래 한자의 압제 아래에서도, 또 일제의 36년간의 극악한 동화 정책 밑에서도 능히 제 스스로 겨레 의식을 잃지 아니하고 독립 자주의 정신을 유지할 수 있었고, 그리하여 드디어 8·15 해방을 맞아, 한배 나라의 광복을 할 수 있게 된 것은 오로지 세종대왕의 지어 끼쳐 준 한글의 은덕이외다. 말과 글은 그 겨레의 정신이요 문화의 발전이올시다.

일본에 머물러 있는 동포 여러분! 참되고 힘찬 본국의 원호가 부족한 타국 살림에 얼마나 고생을 많이 하시고 지내십니까? 사실로 본국 정부는 해방 이래 재일 동포들에 대한 비호의 성의를 보이지 못한 점은 매우 부끄러운 일이었습니다. 그러나, 이제 사월 혁명으로 이뤄진 제이 공화국 정부는 여러분에게 관한 특별한 관심과 비호를 꾀하고 있는 줄로 압니다. 우리는 안팎으로 동심 협조하여 민주주의 조국의 발전을 꾀하지 아니하면 안 될 것입니다. 재일 동포 여러분은 아무리 해외에서 살림에 쪼들리더라도 겨레의 정신이요, 문화의 터전인 한글과 배달말의 교육을 각자의 자녀들에게 힘써 주시기를 바랍니다. 아무리 멀리 타국에 있더라도 제 나라의 말글을 배워 익힘으로 말미암아 능히 한배 나라에 대한 충성과 사랑을 계속 발양할 수 있습니다. 여러분의 자녀가 일본말만 하고 제 나라의 말과 글을 모르게 된다면, 비록 여러분의 물질적 생활이 풍부 안락하게 된다 하더라도 여러분의 자자손손은 한배 나라가 없는 가엾은 유랑 겨레밖에는 될 수 없을 것입니다.

세종대왕은 배달 겨레의 만대의 무궁한 문화적 발전을 위하여 우리에게 한글이란 최상의 호신부를 지어 주셨습니다. 우리는 한글날을 기뻐하는 동시에 세종대왕의 은덕을 감사하며 아울러 우리 겨레의 자유 민주적 발전을 기원합니다.

-1960. 10. 9.-

겨레여, 한글의 무기를 들자
-515돌 한글날에 즈음하여-

(1)

목숨을 걸고 전장에 나간 군사는 반드시 승리를 얻어 제나라를 지키어 국민의 생명과 재산을 보호하며, 나라의 독립과 자유 및 발전을 보장하여야 한다. 전쟁은 이겨야 하지 지면 만사가 그만이다. 크게 본다면 인생은 한 전쟁이요, 더구나 국가 생활은 한 전쟁이라 할 수 있다. 그런데 전쟁에는 소리 있는 포화의 전쟁과 소리없는 생활의 전쟁이 있으니, 창검과 총포는 실전의 무기이요, 글과 지식은 생활전의 무기이다. 예로부터 문무(文武)가 나라 다스림의 이대 요소로 되어 있다.

이제로부터 515년 전에 거룩하신 세종대왕은 배달 겨레의 문명 발전을 위하여 초인적 슬기를 기울이어 한글을 지어내시고, 만난을 배제하여 이를 나라 안에 반포하였다.

한글은 참으로 과학스런 조직을 가진 훌륭한 글자로서 우리 겨레의 문화 역사상 최대의 공탑인 동시에 또 나라 발전의 영구의 원동력이 되는 것이다.

그러나 우리 겨레는 이 고맙고 훌륭한 한글의 무기를 충분히 부리지 않았기 때문에 드디어 평화전(平和戰) 내지 포화전(砲火戰)에 참패를 당하고 말았다. 그러면 이 한글의 무기를 부리지 않았던 이유가 무엇일까?

첫째 우리 조상들은 사대주의와 한자 숭배의 사상에 사로잡혀 있어 제나라 것은 무엇이든지 다 나쁘다 하여 이를 천시 몰각한 때문이며, 둘째 한글은 너무 쉽기 때문에 무가치한 것이라고 멸시하여, 당시 사회적 활동을 아니하던 여자의 글자로 보았다. 한문은 진서(참글)이요, 한글은 언문(상말글) 또 암글(여성글)이라 하였다.

다시 말하면 한글은 쉽고 빠른 우리나라의 글인 까닭으로 해서 천대받고 무시되었던 것이다. 우리는 이 배우기와 쓰기에 쉽고도 빠른 국민 생활의 무기인 한글을 사용하여 이로써 국민을 교육하고, 이로써 제반적 말을 만들고, 이로써 나라를 다스리지 않았고, 다만 저 수 많고, 어렵고 더딘 한자만을 숭상하였기 때문에 드디어 역사와 조국을 잃어버리고 딴 겨레의 굴레를 쓰고 종이 되어 갖은 박해와 고통을 겪었던 것이다. 생각하면 참 어리석은 일이었다. 가탄스럽고 통분스러운 일이었다.

(2)

8·15 해방으로 나라를 도로 찾은 때로부터 우리 한글 동지들은 소리를 가다듬어 높이 외쳤다. 한자는 우리 겨레의 나라 생활에서의 장애물이요, 해독을 주는 구악(舊惡)인즉, 이를 폐지하고자 그리고 우리글 '한글만 쓰기'(한글 전용)로 하자고.

미국의 교육 시찰자들은 이 해방된 '코리아'는 장래 유망하다, 왜냐하면 이 나라에는 한글이란 가장 진보된 소리글이 있기 때문이라—고 하였다.

한글만 쓰기의 세론은 나라 안 나라 밖에 미만하였다. 제헌 국회는 '한글전용법'을 통과시키고 '한글날'을 공휴일로 정하였다. 우리 한글 투사들은 한글날은 마땅히 국경일로 정하여야 한다고 주장하고 있는 터에 만족하지는 않지마는 우선 공휴일로 되는 것만으로도 뜻이 있다고 여기었다. 초등·중등 교과서는 전부 순한글로 되어 나오고, 수많은 고안자들이 한글 타자기를 만들어 내었으며, 대처의 거리의 보람판은 다 한글로 되기까지에 이르렀다. 이만큼 한글 쓰기의 전진은 있었으나 '한글만 쓰기'의 실현은 아직도 가맣다. 각종 신문이 아직도 국한문 섞어쓰기를 하고 있을 뿐 아니라, 어떤 경우에서는 어려운 한자를 일부러 많이 쓰는 일조차 없지 아니하다.

작년엔 4·19 혁명이 있었고, 금년에 5·16 군사혁명이 있음에 미치어 우리나라는 인제야 겨우 바른 길로 들어선 느낌이 있다. 모든 구악을 일소하고 민족 정신을 진작하는 혁명 공약의 실천에 있어서 겨레의 정신이요, 생명력인 한글을 숭상하는 것이 가장 그 근본이 됨은 당연한 일이 아닐 수 없다. 과연 혁명 정부는 모든 공문서는 한글만을 쓰되, 가로줄로 하라고 각 관공서와 교육 기관에 지시하였으며, 또 한글 타자기의 사용을 적극 장려하여 국가 사무의 능률내기를 꾀하고 있다. 이와 같은 조처는 결코 정권이란 '힘'의 행사가 아니라, 급속도로 전진하는 세계 진운에 순응 병진하는 당연의 처사이다. 이 뒤에 아무리 정권의 교체가 있더라도 이러한 시대 순응의 조처는 다시 고쳐서 역행할 수 없을 것을 우리는 굳이 믿어 의심하지 아니한다.

혁명 정부로 말미암아

'대한민국의 공문서는 다 한글로 쓴다'는 『한글전용법』은 완전히 실현되어 가고 있음은 우리 국민으로 하여금 혁명 정부에 대한 신뢰를 두텁게 하는 바가 있다.

그와 동시에 우리 한글인(國文人)들은 한걸음 더 나아가아 민적법 그 밖의 모든 법령이 다 한글만으로 되기를 요구하여 마지 아니한다.

그리고 또 한글은 나라의 글일 뿐만 아니라 나라의 주인인 국민의 글인즉, '한글만 쓰기'도 관공서에서만 할 것이 아니라 온 국민 개개인이 다 한가지로 '한글만 쓰기'를 하여야 하며, 또 국민 대중을 상대로 하는 모든 글은 당연히 한글만 쓰기로 하여야 한다.

여기에 아직 낡은 자기 본위의 사상과 버릇을 버리지 못하고 있는 사회 지도자 지식인들의 각성이 절대적으로 요청된다.

먼저 나라에서 민주주의의 실현을 위하여 지도적 구실을 하고 있는 각종 신문들이 하루빨리 순한글로 찍혀 나와서 정말로 민중의 그릇이 되어야 한다.

정치란은 한글로 하면 못 알아 본다, 한글만 쓰기로 하면 신문이 안 팔린다, 나는 한글만 가지고는 글월이 잘 쓰여지지 않는다, 한자를 섞어서도 타자기가 가능하다.

이따위 이론과 구실로써 급속도로 전진하는 시대 조류를 역행할 수는 도저히 없다.

시대는 전진한다.

전진하는 시대는 한글을 부른다.

한글은 새 시대의 이로운 무기이다.

겨레여, 늦었지마는 인제라도 빨리 이 한글의 무기를 들고, 남과 같이 나아가자.

-〈서울일일신문〉(1961. 10. 9.)-

나라사랑

사람이 사람 노릇함에 극히 소용되는 나라는 실로 우리의 가짐(所有) 가운데 가장 귀하고 좋은 것임이 틀림없는 사실이다. 물론, 나라가 가장 좋은 것이란 사상은 여러 모로 비평할 수 있으며, 여러 가지의 폐해도 자아낼 우려성이 없지 아니하지마는, 망국의 쓰라린 경험을 가진 우리 겨레로서는 그 참됨을 인정하지 아니할 수 없다고 나는 생각한다. 그러면, 이렇듯 귀중한 나라를 잘 차리고 잘 기르지 아니하면 안 될 것은 두말할 것 없다. '나라사랑'은 모든 사람에게 두루 요구되는 절대의 명령이다.

그러면 나라사랑의 참된 길은 어떠한가?

나는 동양의 성현 공자, 맹자의 끼친 가르침에서 이 나라사랑의 길을 찾아볼 수 있다고 생각한다. 먼저 《논어》의 첫머리에 공자가 가라사대

「배워서 때로 익히면, 또한 즐겁지 아니하냐?」

고 하였다. 이는 물론 개인의 선자리(立場)에서 배움 곧 지식을 얻음이 정신적 행복의 근원이 됨을 말한 것이로되, 이를 국민의 위에다가 옮겨 본다면, 그것은 곧 나라사랑의 길을 보이는 것이 된다. 다시 말하면, 국민의 지식을 계발시킴은 곧 그 국민을 행복되게 만드는 일이니, 이것이 바로 그 나라를 사랑하는 길이 되는 것이다. 다시 말하면, 나라사랑의 길은 그 국민 전체의 지식을 증진시키는 일이다. 널리 학교를 차려서 모든 학령 아이들이 하나도 빠짐없이 다 국민 교육을 받게 하며, 학문의 길을 열어 총준한 청년이 다 높

은 배움의 기회를 얻도록 함이 더도 말할 것 없이 곧 나라사랑의 길이다.

《맹자》의 첫머리에는 다음의 말이 있다. 맹자가 양나라 혜왕을 본데, 왕이 가로되, 「선생이 천 리를 멀다 아니 하시고 오시니, 장차 내 나라를 이롭게 하시겠읍니까?」

맹자가 대답하여 가로되, 「왕은 어찌 반드시 이익을 말씀하나이까? 또한 어짊과 옳음(仁과 義)이 있나이다. 왕은 어찌해야 내 나라를 이롭게 할까 하며, 대부(大夫)는 어찌해야 내 집을 이롭게 할까 하며, 평민은 어째야 내 몸을 이롭게 할까 하여, 위 아래가 제각기 이익만 찾게 되면 나라가 위태하리다. 만승(萬乘)의 나라에 그 임금을 죽인 이는 반드시 천승(千乘)의 집이요, 천승의 나라에 그 임금을 죽인 이는 반드시 백승의 집이다. 만에 천을 가지며, 천에 백을 가짐이 많지 않음이 아니언마는, 진실로 옳음을 뒤에 하고 이익을 먼저 할 것 같으면, 빼앗지 않고는 못 배기나이다. ……왕은 또 어짊과 옳음을 말할 따름이니, 어찌 반드시 이익을 말할 것입니까?」

이 문답은 맹자가 나라사랑의 길이 사사 이익을 탐하지 아니함에 있음을 소극적으로 가르친 것이다.

그리고, 맹자는 다시 이어서 나라사랑의 적극적 도리를 말하였으니: ……옛적 사람은 백성과 함께 즐긴 때문에 능히 즐김을 누리었다. 농사 때를 어기지 아니하면, 곡식을 이루 다 먹을 수 없으며; 소문 코의 그물을 못에 던지지 아니하면 물고기를 이루 다 먹을 수 없으며, 도끼를 때로써 산림에 들이면, 재목을 이루 다 쓸 수가 없을 것이다. 곡식과 고기를 이루 다 먹을 수 없으며, 재목을 이루 다 쓸 수 없음은, 곧 백성으로 하여금 살음(生)을 기르고 죽음을 조상하기에 유감이 없게 함이니, 살음을 기르고 죽음을 조상하기에 유감없음은 곧 왕도의 처음이니라.

-516돌 한글날-

한글날 식사

오늘 겨레의 명절 한글날을 맞이하여 삼부 요인을 비롯하여 각계의 명사들을 모시고 교육자·학생·시민 여러분과 함께 뜻깊은 기념식을 올리게 된 것을 기쁜 일로 생각합니다.

한글은 이제로부터 522돌 해 전에 겨레 의식과 나라 자립의 정신적 자각에 터잡아 창조되었습니다. 거기에는 우리 겨레의 창의력의 뛰어남과 과학 정신의 투철함이 입증되어 있습니다. 또 한글은 세종대왕의 백성으로서 나라의 근본을 삼는 민본적 내지 민주적 정치 이념에서 국민 교화, 대중 문화의 이상을 가지고 창제되어 철석같은 굳은 신념으로 말미암아 완고한 사대주의적 반대를 물리치고서 반포되었습니다.

이러한 한글은 확실히 겨레의 자랑이요 나라의 힘이외다. 나라의 힘은 총칼에만 있는 것도 아니요 또 돈과 물질에만 있는 것도 아닙니다. 전쟁과 같은 파괴적 작업에서는 경제와 군비가 힘으로써 설치지마는 이러한 현상적인 힘의 근본에는 사람의 정신과 글자가 있음을 잊어서는 안 됩니다. 더구나 과학스럽고 쉬운 글자는 확실히 그 나라의 힘입니다.

한글은 모든 생활의 무기이며 온갖 문명의 원동력입니다. 이 생활의 무기를 가다듬고 이 문명의 원동력을 북돋는 데에 대한민국이 자라나고 굳세게 되는 것입니다. 금년 아니면 명년에는 사람의 달나라에의 여행이 실현될 것이 거의 확실해진 오늘날 20세기 후반기 과학 시대에 살고 있는 대한민국의 지도층 문필인들이 아직도 한글이 이 나라 발전의 원동력됨을 깨치지 못하고 여전히 저 중국의 백성들이 오천년 전에 상형의 원리에 터잡아 제작하여 비록 오랜 역사 생활에서 많이 연마되었다고는 하지만 상형적 원리를 떠나지 못한 한자를 끔직히 존중하는 태도를 버리지 못하고 한글만 쓰기를 주저 혹은 반대하고 있는 것은 오늘날의 과학 정신을 이해하지 못한 지극히 완고한 어리석은 짓이 아닐 수 없습니다.

이제 대한민국은 남북 통일의 역사적 지상 명령을 받들어 이를 수행하기 위하여 조국의 근대화로써 자립 경제를 확립하여 국력의 비약적 발전을 꾀하고 있습니다. 오늘날 월남에 파견된 우리 국군의 전술과 용맹이 널리 세계적 인정을 받게 된 것도 그 원인의 하나는 확실히 한글 전용으로써 군대 교육과 군사 통신을 함에 있는 것입니다. 우리가 조국의 힘을 기르지 않고는 국토의 통일 겨레의 중흥도 그림의 떡이 되고 말 것입니다. 한글만 쓰기로써 한글의 과학적 기능을 충분히 발휘시키는 일은 20세기 과학 시대인의 마땅히 이루지 않을 수 없는 시대적 의무이며 배달 겨레의 조국에 대한 국민적 의무입니다. 우리가 이 역사적 지상 명령을 거부한다면 이는 위로는 세종대왕의 성덕을 저버리는 것이 되며 아래로는 자손 만대에 치욕을 길이는 죄를 범하는 일이 됩니다. 한글만 쓰기는 우리 국민의 시대적 사명임을 잊어서는 안 됩니다.

우리가 한글날을 지키는 것은 다만 형식적 행사에 그치지 말고 실질적으로 오늘을 기하여 온 국민이 한글만 쓰기를 결심하기를 바랍니다. 이것만이 생활의 과학화, 국력의 근대화를 불러일으키는 근본의 길입니다.

한글 운동을 해 온 국어 학자, 교육자들이 『훈민정음』 반포 8주갑 병인인 1926년에 비롯하여 한글날을 기념일로 지켜 온 지 이제로 42돌이 됩니다. 한글 운동의 성과는 이 한글날을 기하여 사회에 공표되어 왔습니다. 한글 맞춤법 통일안, 조선어 표준말의 모음, 국어 사전 편찬회 창립, 큰사전의 완성이 다 그러하였습니다. 오늘 522돌 한글날에도 중대한 두 가지의 발표가 있습니다. 그 하나는 한글 타자기의 글자판 통일안입니다. 그 기초 작업은 1951년 피난 서울·부산에서 시작되어 그 성과를 문교부에서 발표하였고 그것에 기대어 타자기 글자판 통일의 기도는 문교부, 한글학회를 거쳐 상공부 표준국에서 완성되어 시작 18년만에 오늘 그 안을 세상에 공포하게 되었으며, 또 하나는 지난 1956년 한글날에 발기된 세종대왕기념사업회의 십여 년의 꾸준한 노력이 헛되지 않아 널리 교육계의 협찬을 얻고 또 정부와 국회의 협조로써 종합 민족 문화 센터의 일환으로서 오늘 한글날에 이 유서깊은 홍릉에서 세종대왕기념관 기공식을 올리게 되었음은 우리 문화 국민의 쾌심의 일이 아닐 수 없습니다.

이와같이 한글날을 기념하여 한글의 창제 반포를 기뻐함과 함께 한글 발전에 의의 깊은 일들이 해마다 해마다 계속적으로 들어나기를 비는 마음이 간절한 가운데 특히 현 정부에서 추진하고 있는 한글 전용의 완전 실현이 하루 빨리 오기를 바랍니다. 고맙습니다.

-세종대왕기념사업회(1968. 10. 9.)-

한글날 식사

오늘 시월 아흐렛날은 겨레의 은인 세종대왕이 한글을 애지어 나라 안에 반포한 523돌 기념일입니다.

서기 1446년대는 유럽에서는 문예부흥의 물결이 각국에 일어 흐르는 때이었습니다. 문예부흥이란 중세 장구한 세월에 절대적인 권위를 휘두르던 죽은 말씨, 라틴 말의 압박을 벗어나서, 독일·이탈리아·프랑스·영국의 나라들이 제 입으로 날마다 생활에서 사용하고 있는 제 나라 말로써 글자 생활을 일삼자 함에서 비롯된 것이니, 서양은 이 문예부흥 운동으로 말미암아 중세의 암흑을 타파하고 근세 문명의 새벽빛을 맞이하게 된 것입니다.

한글은 수천년 동안 내 나라 말과는 서로 맞지 않는 어려운 한자 한문의 거만한 횡포에 위압되어, 백성의 생활에 막대한 지장을 받아 오는 배달 겨레에게 새 생활의 개척과 새 문명의 창조를 일으키기 위하여, 천고에 빼어난 성인의 높은 인덕과 밝은 슬기로 말미암아 창제된 겨레의 글자입니다. 다시 말하면, 서양 천지에서 낡은 권위, 죽은 속박을 벗어나려는 해방의 운동이 일어남과 때를 같이하여, 동양 천지에서도 남의 글자, 낡은 권위의 속박을 벗어나고자 하는 새 글자의 기운이 동트어 오른 것입니다. 그렇건마는, 서양에서는 각 나라의 제국어 존상의 문예부흥 운동으로 말미암아, 근대 문명이 자꾸자꾸 왕성히 일어났으나, 동양에서는 한글의 지음이 큰 자극, 큰 물결을 일으킴에 미치지 못하고 말았으니, 이는 서양의 문예부흥의 첫걸음이 각 나라의 식자들의 자각에서 일어났음에 대하여,

동양의 한글은 한 나라의 임금의 슬기와 의사로 말미암아 지어지고 펴어진 것이므로, 다수 국민의 시대적 각성을 동무하지 못한 때문이었습니다.

한글이 인류 사상 가장 발달한 소리글자로서 또 적토에 떨어진 꽃씨였건마는, 그 뒤 500년의 긴 세월에 능히 제 노릇을 발휘하지 못한 것은, 절후 풍우가 제철의 온도와 수기를 더하지 못한 탓이라 하겠습니다. 곧 세종대왕은 500년을 앞당겨 보는 밝은 눈을 가졌기 때문에, 너무 이르게 민중의 글자를 지어내신 것입니다. 이는 세종대왕 자신이 500년이나 기다릴 수 있는 목숨의 소유자가 아님을 생각하고서, 그 재세의 날에 겨레의 글자를 지어 길인 것입니다. 그렇지마는, 그 한글의 반포를 받은 우리 자손으로 보면, 참으로 후회와 부끄러움을 금할 길이 없습니다.

이미 500년을 잃었은즉, 인제는 잃어도 좋은 시간의 여유는 조금도 없습니다. 우리는 과거의 배은망덕의 허물을 보상하기 위하여, 또 만대의 뒷줄(後裔)에게 부끄러움을 물려주지 않기 위하여, 마땅히 굳센 결심과 용기를 진작하여 한글만 쓰기를 단행하지 않으면 안 되겠습니다. 한글만 쓰기는 우론 세종대왕의 성의를 이어 받듦이 될 뿐 아니라, 배달 겨레의 역사적 사명인 겨레 중흥을 달성하기 위하여, 또 시대 정신의 요청인 과학 기술의 발달과 민주주의 사회의 건설을 위하여 반드시 실현되지 않으면 안 된다고 생각합니다. 정부가 명 70년부터는 모든 공문서에 한글만 쓰기를 단행하기로 한 것은 무엇보다도 나라의 경사, 겨레의 기쁨입니다.

나라는 힘이외다. 힘을 기르는 것이 나라사랑의 최대의 의무입니다. 한글은 힘의 샘터입니다. 교육도 이로써만 가능하고, 만반의 과학적 지식도 이로써 기록되고 전수되어야 하며, 산업의 기초도 이에서 생기는 것이며, 국방력의 강성도 이에서 샘솟지 않으면 안 됩니다. 조국을 광복한 지 이제 25년에, 조국의 힘이 각 방면으로 뻗어나가는 것은 그 근원이 한글에 있음을 우리는 잊어서는 안 됩니다. 한글은 모든 힘의 샘터입니다. 우리는 이 샘터에서 힘의 줄기가 더욱 활발하게 솟아나기를 바라는 마음 극히 간절합니다. 그리하여, 이 한글의 창제 및 반포를 기념하는 한글날 기념식에 다다라 이로써 식사를 삼는 바입니다.

-세종대왕기념사업회(1969. 10. 9.)-

머리말

한강을 앞으로 바라보고, 청청한 솔숲 속에 깊이 싸힌 연희 학원에서 반생을 보내신 철학 박사 백 낙준 님의 환갑을 맞음에 즈음하여, 그 장수를 축하한다.

임은 일찌기 중국에서 배우고, 또 미국에서 신학과 역사학을 공부하여 학위를 얻어, 모든 차림이 다되매 삼십 삼의 장년으로써 고국에 돌아와, 교육 사업에 몸을 던지니, 그 곳이 곧 연희 학원이었다. 당시 포악한 일정하에 엄연히 서어 있는 연희 학원은 그리스도의 복음을 전하여 믿음과 사랑의 「사람」을 만들기에 합당할 뿐아니라, 겨레의 얼을 북돋우고, 조국의 사랑을 길러, 광복의 뜻을 이루기에 가장 적당한 곳이었다. 임은 문과 과장으로서 왜정의 기탄을 무릅쓰고 우리말, 우리 역사의 학과의 설치 및 교원의 초빙에 심력을 기울였다. 그의 역사학은 다만 과거의 사실을 책으로 가르치는 데에만 있는 것이 아니라, 현재 및 장래의 현실을 움직여 변하는 데에까지 있었던 것이다.

임은 일제의 끝무렵에 연희의 학원에서 쫓겨났다가, 八(팔) 一五(일오)해방 후에 다시 돌아옴을 얻었다. 그러나 일많은 광복된 조국은 그를 연희의 숲속에만 국축함을 허하지 아니하였다. 임은 조선 교육 심의회의 일원으로서, 우리 국민의 교육 이상이 「홍익인간」에 있음을 제의 결정하고, 문교 행정의 책임자로서 이 교육 이상을 실현하기에 힘썼으며, 공산군 침입으로 파괴된 강산에 교육을 재건하기에 용기와 수완을 발휘하여, 노천 교실에서 교수를 시작하게 하여, 우리 겨레의 문화의욕을 널리 세계에 입증하고, 멀리 미국에까지 가서 교과서 용지의 원조를 받아 와서, 댈데없이 가난한 이백만 학동들에게 정신의 양식을 이바지하였다.

동란에 처한 우리 나라의 정치적, 경제적, 사회적 변천에 적응하는 교육 방침으로서, 제힘으로 살 수 있는 사람, 자유를 누리는 사람, 평화를 실현하는 사람을 길러야 함을 외쳤다. 그리하여, 「사람마다 한 가지 재주」의 교육을 장려하고, 도의 교육을 강조 하고, 민주 교육을 발전시키었다.

우리 임은 문교의 책임을 내어 놓자, 안으론 연희 학원의 재건 사업에 바쁘고, 밖으론 국제적 회의에서, 우리 겨레의 대표로서 한국의 존재를 자유 세계에 빛내기에 바빠, 앉은 자리가 더워 질 겨를이 없이, 일신의 노고를 잊고, 두 귀밑의 털이 세어 감을 모른다.

임의 「한국 신교사」는 비단 종교뿐 아니라, 널리 한국의 근세사를 연구하는 이에게 불멸의 등불이 될 것이요, 허다한 논문은 현실 한국의 역사적 진전의 자취를 보이는 바가 된다. 그 구슬같이 영롱한 문장과 그 유수같이 유랑한 언론은 한국어, 영어, 중국어로써 내외국인의 감탄을 자아낸다.

내가 임으로 더불어 학원과 고직에서 한 가지로 종사하기 전후 이십 년에, 그는 다만 우연의 직업상 동반이 아니라, 조국애에 입각한 동지이다. 내가 그에게 도움되는 일은 별로 없음에 뒤치어, 그는 항상 나의 뜻을 이루게 하여 주기에 힘을 아끼지 아니한다.

임은 실로 우리 겨레의 기둥이다. 그의 오늘의 환갑에 즈음하여, 그 쌓아온 과거의 업적을 기리며, 뒷날의 더 큰 활동을 기대하고, 나이가 더할수록 힘조차 더하기를 비는 마음에서, 내 외국 친구 및 문하 제자들이 정성들이 이 논문집을 이루어 축하의 선물로 바치는 바이다. 내가 한 논문을 엮어 한 가닥의 빛을 보탤 겨를을 얻지 못하고, 겨우 이 변변ㅎ잖은 머리말을 적어, 써 축하의 뜻을 표한다.

-백낙준 회갑 기념논문집 (四二八八(사이팔팔)년 삼월 구일 외솔 최 현 배)-

《노변야화》 머리말

8·15 해방으로 말미암아 우리 겨레에게 주어진 자유의 바람은 사람 본래의 요구를 만족시켜 주는 동시에 우리 사회 각 방면에 말할 수 없는 혼란을 가져왔었다.

이 혼란이 언만히 갈아앉은 듯하자, 뜻밖에 터진 사변은 또다시 우리의 바깥 및 아낙의 살림을 온통 뒤집어 놓았기 때문에 온 국민은 생활의 파멸과 동시에 정신의 안정을 잃고 헤매었다.

이렇듯 어지러운 세태 속에서 착착히 바른 길을 찾고 안정의 푯대를 세워, 세도 인심에 의지하고 나아갈 길을 마련한 것은 곳곳의 교육자들의 힘을 너무 적게 칠 수는 없다. 그뿐 아니라 우리 겨레에게 미래의 광명을 비추며, 전진의 원동력을 주는 것도 또한 교육자의 힘이라 할 수 있다.

조석기 님이 해방 직후부터 정성과 용기를 다하여 새나라 교육 건설에 이바지한 바 큰 것이었다. 내가 재작년 창영 국민 학교 창립 50돌 기념식에 참석하였을 적에, 창영 학교의 바깥스런 발전상과 아낙스런 진보상을 듣보고서 님의 교육 공로가 그 지역 사회에 미친 영향의 큼에 감탄 경하하지 않을 수 없었다. 인천 바다의 밀써는 조수는 인천 학생들의 지적 노력의 끊임없이 계속함을 상징하고 있음에 대하여 조 교장의 태산 같은, 확호 부동의 교육적 신념과 궁행은 소년 청년의 덕성 함양의 거룩한 사표가 되고 있음을 느끼었다.

님은 한 쪽에서는 미군정청의 조선 교육 심의회의 회원으로서, 대한 교육 연합회의 부회장으로서, 경기도 교육회의 회장으로서, 인천 초등 교육회 회장으로서, 또 인천 교육 연구소의 소장으로서, 새나라의 민족 교육의 건설과 전진에 높은 공을 쌓았으며, 다른 쪽에서는 신생활 연구회의 간부로서, 교직 보호 위원회 간부로서, 한글 학회의 회원으로서, 대한 소년단 중앙 지도 위원으로서, 사회 지도의 심력을 기울인다. 님은 한글 사랑의 구현자로서, 교육 원리의 실천자로서, 겨레의 새싹을 기르고 국민의 도리를 가르치기에 괴로움을 잊고 기쁨을 삼아 귀 밑의 털이 희어짐을 모른다.

흐르는 세월은 어느덧 환갑의 소식을 전달하였다. 그에게 배우고 인도받던 몇몇 사람들이 서로 의논하여 선생의 회갑의 기념으로 그의 때때로 지어 내신 글들을 모아 한 권의 책으로 찍어 냄에 다달아, 나에게 그 머리말을 청하기로 얼른 훑어 보매 혹은 사회상을 베풀고 혹은 교육을 논하고 혹은 세계의 교육 견문을 다루고, 님의 심정과 모습이 글 가운데 방불하다. 이에 그 청하는 대로 무딘 말을 적어 한글의 동지, 교육의 친구의 공로를 기리며 장수를 축하하노니, 늙어갈수록 더욱 정정하여 빛난 공탑에 더 큰 빛을 더하시기를 빈다.

4292년 11월 25일

노고 산방에서

-〈노변야화〉(1959)-

〈한국지명총람〉 머리말

배달 겨레에게 진작부터 제 고유의 말씨가 있었은즉, 사람의 이름은 물론이요, 그 사는 따(곳)의 이름으로부터 그 만들어내는 문물 제도, 생활 방식, 그 사용하는 물건의 이름에 이르기까지, 다 그 고유의 말씨가 쓰였을 것은 틀림없다. 오늘날 남아 있는 순 한문으로 된 역사 서책에서 살펴보더라도, 넉넉히 이를 확인할 수 있다.

이를테면, 신라 초기의 나라이름에서부터 임금·벼슬·따·사람의 이름들이 온전히 배달말로 되었었는데, 서기 6세기 초부터 한자의 사용을 비롯하여, 순 배달말로 된 각종의 이름들이 한자말로 바뀌게 되었다. 곧 22대 지증왕(智證王) 때에, 종래 "사로(斯盧)·서나벌(徐那伐)·서라벌(徐羅伐)·서벌(徐伐)"로 일컬어 지던 나라이름을 "신라(新羅)"로 고치고, "거서한(居西干)·니사금(尼師今)·마리한(痲立干)"으로 일컬어 지던 나라 통치자의 자리를 "왕(王)"이라 고치고, 중국식으로 상복제(喪服制)와 고을이름을 고쳐 정하였으며; 제23대 법흥왕(法興王) 때에는, 처음으로 백관의 공복(公服)을 제정하고, 또 처음으로 연호(年號)를 사용하기 비롯하였으며; 그 다음의 진흥왕(眞興王)·진평왕(眞平王) 때에는, 중국식 관제(官制)가 차차 정비되었다.

이러한 결과로, 드디어, 이사마로(異斯夫)·거칠마로(居柒夫=荒宗)·벌마로(原宗=法興王)·털보마로(彡麥夫=眞興王)·복호(卜好)·미사헌(未斯欣) 같은 사람이름; 구불(仇火)·아불(阿火)·나는벌(難隱別) 같은 고을이름; "1 伊伐湌(이벌찬)(舒弗翰, 角干)·2 伊尺湌(이척찬)·3 迊湌(잡찬)(蘇判)·4 波珍湌(파진찬)·5 大阿湌(대아찬)·6 阿湌(아찬)·7 一吉湌(일

길찬)·8 沙湌(사찬)·9 級伐湌(급벌찬)·10 大奈麻(대나마)(大奈末)·11 奈麻(나마)·12 大舍(대사)(韓舍)·13 舍知(사지)·14 吉士(길사)·15 大烏(대오)(大烏知)·16 小烏(소오)(烏知)·17 造知(조지)(先沮知)(신라 17 官階)" 같은 관직이름; 들이 다 사라지고, 그에 갈음하여, "金春秋(김춘추)·崔致遠(최치원)·薛聰(설총)" 같은 사람이름, "高丘縣(고구현)·比屋縣(비옥현)·七重縣(칠중현)" 같은 따이름; "侍中(시중)·侍郞(시랑)·郞中(낭중)·大監(대감)·都督(도독)" 같은 관직이름이 행하게 되었다.

이러한 경향의 변천은 고구려·백제도 한가지 바뀌였으며; 또 세월이 흐르고 대가 내려, 고려·한양조선에 이르러서는, 배달 고유의 말씨의 자취가 이런 방면에서 거의 전연 사라져 없고, 완연 "작은 중화(小中華)"의 모습을 나타내었다.

그러나, 자기 말살의 한화주의의 극심한 가운데서도, 오히려 제 본래의 모습을 지녀 온 것은 따이름들이다. 그 중에도 군현(郡縣)과 같은 관청 단위의 것은 말고, 그 아랫길의 동네·마을·뜸·산·내 같은 것들의 이름은, 시골 벽촌은 물론이요, 서울 같은 한 나라의 문화 중심지에도 옛말 모습 그대로를 지니고 있음이 많으니, 이는 대게 그 작은 따이름은 그 고장 사람들의 일상 생활과 밀접히 관련되어, 그 입에 익고, 마음에 맞고, 정에 들었으므로, 여간한 치자 계급의 웃바람으로써는 그 서민 대중의 말씨 의식을 좀처럼 바꾸기 어려운 때문이었다.

그러나, 갑신 정변·갑오 경장을 거쳐, 우리 나라에도 국민 대중을 상대로 하는 새 교육이 시작되자, 또 불행히도 일본의 침략을 받아, 그 혹독한 식민지 교육을 강제당한 결과로, 이 지녀온 따이름마자 말끔히 지워진 바 되었다. 보기하면, 내가 연희 전문 학교에의 취직으로 서울에 온 1926년만 해도, 전차의 앞이마에 마포 "麻浦"라 적혀 있었지마는, 그 전차를 타는 늙고 젊은 사람들은 다 한가지로 "삼개"가는 차라 하더니, 40년이 지난 오늘에는 "삼개"란 말을 서울 사는 사람들의 대다수는 도무지 알지도 못하는 형편이다. 생각하면, 서글픈 느낌이 가슴을 메운다.

하필 "삼개"뿐이랴? 또, 어찌 다만 서울에서뿐이랴? 시골 산촌에 이르기까지, 신식 교육이 미치는 곳에는, 모조리 따이름에 관한 말씨 문화는 거의 온전히 그 자취를 감추게 되었다. 만약, 이를 이대로 내버려 둘 것 같으면, 현재의 육칠십 노인이 다 가고난 뒤에는, 우리의 누백대 조상들이 지혜로이 지어 정답게 부르던 무수한 따이름들은, 다시 고 고유의 모습을 찾아볼 수 없게 될 것이 뻔하다.

때는 바야흐로 우리 조상들의 끼친 말씨 문화의 일면이 영원한 소멸의 위기에 놓여 있다. 이 때점에 살고 있는 우리는 앞으론 조상에게 죄를 짓지 않고, 뒤론 자손에게 부끄러움을 면ㅎ기 위하여, 이, 노인들의 입에만 남아 있는 삼천리 방방곡곡의 따이름을 캐모아 두지 아니하면 안 된다. 혹은 말하리라: 그것을 캐모아서 무엇에 쓸텐가고.

무릇 목전의 소용에만 눈이 벌겋고 마음이 바쁜 사람들은 이러한 일의 소용됨을 의아 내지 부인할 것이다. 그러나, 눈을 높이 들어 고금과 장래를 통찰하고, 마음을 널리 가져 겨레 문화의 항구한 발전을 기원한다면, 이러한 옛 따이름의 캐모음의 뜻이 언제고 얼마큼 깨치게 될 것이다.

나는 우선 여기에 나의 보는 몇 가지 점을 들고자 한다. 그것은 ① 우리의 역사·지리·풍속·제도 들 문화 생활의 연구에 도움될 것이이요, ② 우리의 옛말·말소리의 변천·말의 꼴과 뜻의 변천·배달말의 계통 들 언어 과학적 연구에 다방면으로 소용될 것이요, ③ 배달 겨레의 성립 및 이동에 관한 연구에 무슨 기틀을 줄 수 있을 것이요, ④ 우리와 이웃 겨레와의 겨레스런, 문화스런 관계의 천명에 필요한 자료를 대어줄 것이요, ⑤ 뒷날에 우리 나라의 따이름을 순우리말로 되살리게 될 경우에는, 크게 소용될 것이다.

다시 한 걸음 더 나아가, 우리의 "三國史記(삼국사기)"에 한자로 적혀 있는 따이름으로써. 배달말과 일본말과의 사이에 셈씨(數詞)의 일치를 밝혀냄으로써, 배달말 내지 일본말의 계통론에 획기적인 유리한 자료를 제공한 일본의 언어학자 신무리(新村出) 님(나의 스승)의 연구를 간단히 소개하겠다.

"三國史記(삼국사기) 卷(권)37 高句麗(고구려) 地理志(지리지)"의 따이름표에, 다음의 네 군현에 각각 별명이 붙어 있음이 주목되었다.

三峴縣 一云 密波兮, 五谷郡 一云 兮次云忽,

(삼현현 일운 밀파혜, 오곡군 일운 혜차운홀)

七重縣 一云 難隱別, 十谷縣 一云 德頓忽.

(칠중현 일운 난은별, 십곡현 일운 덕돈홀)

이를 여러 쪽으로 상고하여, 신무라 님은, "三(삼)"에 맞는 "密(미)"는 일본말 "미(三)"와 일치하고, "五(오)"에 맞는 "兮次(혜차)" 또는 "宇次(우차)"는 일본말 "이쯔(五)"와 일치하고, "七(칠)"에 맞는 "難隱(난은)"은 일본말 "나나, 나누, 나노(七)"와 일치하고, "十(십)"에 맞는 "德(도, 독)"은 일본말 "도오(十)"와 매우 가깝다고 단정하였다. 곧 셈씨 열 가운데 三(삼)·五(오)·七(칠)·十(십)의 넷이 서로 일치하였다는 것은, 그 나머지 여섯도 어떤 일치가 있었음을 추측하게 한다고 하였다.(新村出: 東方言語史叢考, 얼러보라).

일찌기 가나사와(金澤庄三郞) 님은 "일한어 동계론"이란 논문으로, 배달말 연구자로서의, 최초의 문학 박사의 학위를 얻었다. 그 뒤에도 두 말씨의 한줄기됨에 관한 연구는 여러 사람들이 하여 왔지마는, 한줄기 말씨됨에 가장 필요한, 가족·가축의 이름과 셈씨와의 일치가 없음이 항상 그 연구자들에게 부족감을 주어 오던 터이러니, 신무라 님의 우리의 옛 따이름의 연구는 그 해갈제(解渴劑)가 된 셈이었다.

우리는 겨레 문화의 영구한 창조발전을 기원한다. 또 진리는 목전의 소용에 시중들기 위하여 발견되는 것이라기보다는, 차라리 소용을 떠난, 소용없는, 어리석은 노력 끝에 발견되어, 끝장에는 유형 무형의 인류 문화의 발달에 이받게 되는 것임을 우리는 깊이 깨쳐야 한다.

이, 한글 학회의, 옛 따이름 조사의 성과가 이 뒤에 널리 또 크게 소용될 것을 기대하면서, 이 머리말을 적어, 써 이 사업의 첫머리를 열게 해 준, 미국의 하버드=연경학사와, 이 사업을 본격적으로 지원하고 있는 우리 정부의 후의에 대하여, 감사의 뜻을 나타냄과 함께, 이 사업의 전국적 완성에까지 원조와 지도가 있기를 바라는 바이며; 아울러 이 조사의 편의를 적극 지원해 주신 관계 요로와, 이 조사에 고마운 협력을 하여 주신 각처 유식 유지들에게 감사를 드리는 바이다.

1965년 11월 22일

한글 학회 이사장 최 현 배

-〈한국지명총람〉(1987)-

삼일 충혼비 비문

일천구백 십구년 독립운동이 서울에서 일어나매 삼천리 각처에서 우뢰같이 호응궐기하였다. 울산에서는 병영 청년회 간부 양석룡, 이종욱, 이문조, 박영하, 이종근, 김장수, 이종필 들이 몰래 모의 획책하여 사월오일 오전 아홉시에 병영 일신학교 학생들의 합세를 얻어, 대한 독립 만세란 깃발을 앞세우고, 사람마다 손에 태극기를 휘두르며 독립만세를 우렁차게 부르면서, 큰 길로 나아가다가, 울산읍에서 급히 달려온 일본 수비대와 순사 수십명에게 잡혀갔다. 그 이튿날 남아 숨었던 청년회 간부들과 문성초, 윤학이, 최현구, 황정달, 백봉근 들이 합동 획책으로, 전날보다 더 큰 기세로써 독립만세를 부르면서 큰길과 성뚝으로 행진하니, 미리와서 기다리던 성밖 촌락의 많은 사람들도 함께 참가하여, 만세소리가 성안천지에 가득찼다. 노도 같은 군중들은 경찰주재소로 돌진하자, 때마침 울산읍으로부터 몰아 닥친 수비대 일병들은 주모자 여럿이를 읍으로 잡아보낼새, 수천 군중은 한결같이 만세를 부르면서, 잡힌 사람들의 석방을 요구하여 수비대를 포위하였다. 무자비한 일병의 쏘는 총탄에 엄 준, 문성초, 주사문, 김응룡 네 열사는 그 자리에서 순사하고 송근찬, 김규식, 김두갑 서이는 증상을 입었다. 절치부심의 통분을 무엇으로 형언하랴. 이때 철장에 구속된 이 모두 이십이명에, 이년 내지 육개월의 징역형을 받은이가 열 일곱명, 태형 다세명, 무죄 두 명이었다. 극악무도한 일본제국주의의 침략속에서, 겨레의 자유 정신을 세계에 선포하고자, 우리 고장의 청년용사들이 죽음을 무릅쓰고 독립운동을 하던 모습을 같이 후세의 거울로 전하고자 이 충혼비를 세운다.

최현배는 글짓고, 조원규는 글쓰고 새김

서기 일천구백육십칠년 사월오일

병영삼일사 재건 기성회 세움

-삼일 충혼비, 1967. 4. 5.-

특집호를 내면서

한글 학회의 창립된 지가, 내명년이면 꼭 50 돌이 된다. 지난 50 년 동안에 세상의 변천도 많았거니와, 우리 학회의 변천도 매우 다양스러웠다. 이제 변천된 일들을 일일이 들어 말하려고 하진 않지마는 그중에도 일제의 동화 정책에 꿋꿋이 항거하여, 주야로 마음을 써서 백방으로 우리말 우리글의 연구 정리 보급에 혼신의 정력을 기울여 협동 분투하던 동지들을 잃은 것은 인간의 한스런 일이 아닐 수 없다.

1917년 1월에 맨처음으로, 한글 운동의 기관지 "한글"을 창간한, 이 중건(李重乾), 주산 신 명균(申明均) 두 정열가를 잃은 것은 오히려 기억에 아물거리는 일이거니와, 1942년 10월 1일부터 비롯한 이른바 "조선어 학회" 사건으로 3년간 옥고를 겪는 가운데, 환산 이 윤재(桓山 李允宰, 1943. 12. 18), 효창 한 증(韓澄, 1944. 2. 22) 두 분을 잃었음은 철천의 한사이며, 6·25 동란에 북괴군에게 끌려간 동운 이 중화(洞芸 李重華)선생은 그 생사조차 알 수 없고, 부산 피란 서울로부터 "큰사전" 세째 권의 준보기를 위하여 서울로 올라와 혼자서 애쓰던 석인 정 태진(石人 丁泰鎭)님이 교통 사고로 목숨을 잃은(1953. 11. 7) 것은 아깝기 그지없다. 이밖에 한글의 교육과 운동에 일생을 바쳐 오던 애류 권 덕규(崖溜 權悳奎)님이 조국 광복을 본 밝은 천지에서, 간데도 모르게 사라지고 만 것은 우리 동지들의 항상 마음 아파하는 일이며, 일제 치하에서 겨레의 말글을 수집 보존하는 목적으로 조선어 사전 편찬회를 조직하고, 그 상무 위원장으로서 일보다가, 그 일이 뜻같이 짧은 시일 안에 성취될 가망은 없고, 오랜 계속적 노력을 거친 뒤에라야 비로소 그 완성을 기할 수 있겠음을 간파하여 이를 아주 조선어 학회에 맡겨 버리는 것이 그 성공의 상책이 됨을 판단하고서, 사전 편찬 사업을 아주 조선어 학회에 넘겨준 민세 안 재홍(民世 安在鴻)님이, 6·25 동란 때 북쪽으로 끌려가아, 드디어 이승을 떠나고(1965) 말았으며, 큰 사전 편찬 사업의 초기에 재정적 후원을 전담하던 남저 이 우식님(南樗 李祐植, 1966. 7. 5)과 그 뒤에 비밀리에 조직된 사전 편찬 후원회의 일원으로서, 조선어 학회 사건 때 옥고를 같이 겪은 바 있는 상산 김 도연님(常山 金度演 1967. 7. 19)이 이승을 떠났으며, "한글 맞춤법 통일안" 제정 위원으로, 한글 학회 이사로 많은 공적을 쌓은 명재 이 탁님(命齋 李鐸, 967. 4. 24)과, 우리 학회의 가장 오래된 회원으로, 또 한글집 이사로 계시던 추정 이 강래님(秋汀 李康來, 1967. 2. 19)이 세상을 떠났으며 ; 학회의 이사로 일한 일사 방 종현(一蓑 方鍾鉉)님을 아깝게도 부산 피란 서울에서 여의고(1952. 11. 18), 독실한 학자 유 창돈(劉昌惇)님을 근년에(1966. 10. 20) 갑짜기 잃은 것은, 다 국어 학계의 큰 손실로서, 길이 유한스런 일이다. 학회의 "한글 맞춤법 통일안" 제정 제 2 독회의 자금을 원조하여 이의 완성을 보게 하여 준 인촌 김 성수(仁村 金性洙), 고하 송 진우(古下 宋鎭禹), 김 철중(金鐵中) 세 분이 이미 이승을 하직한 지 오래라, 우리 학회의 외곽적 원호의 허전함을 느낀다.

세월은 쉬지 않고 흘러 우리 학회에 끊임없는 사람스런 변함을 가져왔다. 작년 1968년 11월 29일에 가람 이 병기(李秉岐) 박사를, 올해 2월 3일에 한결 김 윤경(金允經) 박사를 여의었다. 두 분은 다 한글 학회 창립 회원으로서, 일제 36년을 통하여, 한글 운동으로 겨레 정신을 고취한 공적, 맞춤법 통일안 제정, 학문적 연구로 국문학·국어학에 끼친 업적이 현저함은 세상이 다 익게 아는 바이다.

가람은 여산군(지금 전북 익산군 여산면)에서 나서, 경성 사범 학교를 다니는 동안에, 주 시경 스승에게 조선어 강습원에서 국어를 공부하였다. 소학·중학·대학에서 평생 국어 국문학 교육에 몸바쳤다. 휘문 학교 시절에 한글 학회를 창립하고 그 실무를 몸소 맡아 하였다. 시조 시인이요, 국문학자요, 서지학자요, 국학자로서, 많은 저서를 남기었다. 1957년 학글날 "큰 사전" 완성을 공포한 날에, 우연히 병을 얻었으나 기적적으로 건강을 회복하여 십 년의 한가한 날을 보내고, 고향 옛집에서 76 세를 일기로 가셨다.

한결은 경기도 광주군에서 나서, 상동 청년 학원에서 주 시경 스승에게 한글을 배우고, 뒤에 일본 입교 대학 사학과를 졸업하였다. 소학·중학·대학에서 글자 그대로 일생을 국어학 교육에 바치었다. 일제 때는 배화 여학교에서, 해방 후는 연세 학원에서 국어를 가르치기에 성근을 다하였고, 최우엔 한양 대학교에서 일보는 중 교수들과 함께 울산 공업 단지 시찰 중에 갑자기 심장병으로 부산에서 75 세를 한 살음(生)으로 이승을 하직하였다.

가람과 한결은 학계의 중진으로, 학술원 평생 회원이요, 한글 학회의 창설자로 간사로 이사로, 가지가지의 공적을 쌓으셨다. 이제 이 두 분의 가심을 기념하는 "한글" 특집호를 냄에 즈음하여, 아울러 지나간 많은 학회 공로자들을 추념하는 뜻을 붙인다. (1969. 5. 10)

-〈한글〉 143호(1969)-

셋째 가름

우리말·글의 길

한글 글씨의 이름에 대하여

우리의 한글은 소리글이다. 모든 글씨(文字)는 제각기 독특한 소리를 가졌다. 이 독특한 소리는 우리의 한글이 날 적부터 가지고 난 것이다. 《훈민정음》에서 각 글씨의 아래에 그 내는 법을 말하였음은 곧 그 소리를 풀이한 것이다. 사람은 누구든지 그 자식을 낳기는 하지마는 그 이름조차 낳는 것이 아니오, 그 이름은 그 아이가 난 뒤에 새삼스럽게 짓는 것이다. 그리하여 그 아이의 이름을 '잘난이'라 하든지 혹은 '못난이'라 하든지 그것은 그 아이의 어버이의 생각대로 하는 것이다. 또 아이의 이름은 아이의 아버지나 어머니가 꼭 짓는 것도 아니오, 다른 사람—특히 작명가가 짓기도 하는 것이다. 그리하여 각 사람은 타고나지는 아니한 이름을 각각 가지게 되는 것이다. 그와 같이 우리 한글은 나기는 세종 대왕이란 어머님으로 말미암아 났지마는, 그 이름은 일찍이 그 어머님한테서 지어받지 못하였었다.

호적이나 민적이나 없을 적에도 사람마다 이름을 가지고 있어 서로 구별됨과 같이, 우리 한글도 그 이름이 기록에 오르기 이전에도 반드시 무슨 이름으로써 구별되어 불리었을 것은 우리가 넉넉히 추측할 수 있는 일이다. 그렇지마는 섭섭하게도 그 어린 적의 이름을 이제 알 수가 없다. 그리고 그 이름이 기록에 남아 있는 것으로 말하면, 훈민정음이 탄생한 지 약 80년 후 중종 때의 최 세진의 지은 《훈몽자회》란 책에 나타난 것이다.

그런데 우리가 하나 생각할 것은, 무슨 이름이든지 그 사물의 본질, 혹은 작용을 잘 표시하는 것이 될수록 더욱 좋을 것이다. 소리글인 우리 한글 글씨의 이름은 될 수 있는 대로 그 소리 그대로 이름 지으면 좋을 것이다. 그런데 글씨 가운데에 홀소리〔母音〕는 제 홀로 잘 드러나는 것인즉 그 소리로써 이름 지어서 부르는 것이 제일 편리한 것이다. 그러므로 홀소리 글씨〔母音文字〕의 이름은 예전부터 문제될 것이 없고, 다만 문제되는 것은 고유한 소리가 있기는 하지마는 제 홀로는 잘 드러나지 못하는 닿소리〔子音〕이다. 다음에 이 문제에 관하여 좀 세설(細說)하고자 한다. 먼저 남의 의견을 들어서 그를 비평하여 보아서 어떻게 이름 짓는 것이 좋을지 나의 생각을 말하고자 한다.

닿소리 글자의 이름에 관하여는 여러 가지의 설이 있음을 본다. 그 하나는 "그 느 드 르 므 브 스 으 즈 츠 크 트 프 흐"로 부르자는 것이니, 그 이유는 명명에 통일이 있으며, 부르기 쉬우며, 배우기 쉽다는 것이다. 그 까닭이 그럴 듯도 하기는 하지마는, 이는 다만 책상 위의 공론에 지나지 못한 것이오, 실제에는 맞지 못한 것이다. 첫째, "그"라 하면 'ㄱ'을 가리킴인지 '그'를 말함인지 분간하기 어려우며, 둘째, 홑낱내〔單音節〕의 이름은 부르기는 쉽지마는 분간해 듣기가 어려우며, 셋째, 예전부터 써 내려오던 이름을 졸지에 고치기 때문에 불편한 일이 많이 생기나니, 이를테면 '낫 놓고 기역 자도 모른다'는 말은 없어지든지 혹은 그냥 쓴다 할지라도 그 뜻을 깨치기 어려우며, 또는 '그 자도 모른다'로 고친다 하더라도 그 말의 힘이 여려질 것임과 같은 따위이다. 그러므로 나는 그 설을 취하지 아니하노라.

또 하나는, 예전 《훈몽자회》에 적힌 그대로 "기역(其役) 니은(尼隱) 디귿(池末) 리을(梨乙) 미음(眉音) 비읍(非邑) 시옷(時衣) 이응(異凝) 지(之) 치(齒) 키(箕) 티(治) 피(皮) 히(屎)"로 읽자 한다. 이 설은 대개 전습을 중히 여기는 데에 있나니, 일면의 이치가 있지마는 나는 여기에도 찬성할 수가 없다고 생각한다. 그 중에도 'ㄱ ㄴ ㄷ ㄹ ㅁ ㅂ ㅅ ㅇ' 의 이름은 두 낱내(그 소리를 첫소리와 끝소리로 삼은)로 지으면서 'ㅈ ㅊ ㅋ ㅌ ㅍ ㅎ' (이 밖에 ㅿ:ᅀᅵ(而), ㆁ:ᅌᅵ(伊)가 있음)의 이름은 다 한 낱내(그 소리를 첫소리로 삼은)로 지은 것은, 'ㄱㄴㄷ…'은 첫소리와 끝소리(받침소리)로 두루 쓰이지마는 'ㅈ ㅊ ㅋ ㅌ ㅍ ㅎ'은 첫소리로만 쓰인다는 생각에서 나온 일이다. 그러나 그렇지 아니한 것은 오늘의 우리가 다 아는 바인즉, 구태여 그러한 편견을 고집할 필요가 없을 것이다. 곧 'ㅈ ㅊ ㅋ…'도 'ㄱ ㄴ ㄷ…'과 같이 두 낱내의 이름을 지어야 할 것이다. 이리하여 다음과 같이 닿소리를 이름 짓는 것이 옳다고 세우고자 한다.

ㄱ:기역 ㄴ:니은 ㄷ:디귿 ㄹ:리을 ㅁ:미음 ㅂ:비읍
ㅅ:시옷 ㅇ:이응 ㅈ:지읒 ㅊ:치읓 ㅋ:키읔 ㅌ:티읕
ㅍ:피읖 ㅎ: 히읗

이제 이와 같이 이름 짓는 까닭을 다시 말할진대, (1) 'ㄱ ㄴ ㄷ ㄹ ㅁ ㅂ ㅅ ㅇ' 여덟 글씨는《훈몽자회》를 따랐노니, 이는 그 이름이 이미 세간에 쓰이어 온 지가 오래이매 일반이 다 잘 아는 바이며 또 서로 사이에 구별도 잘 되어 있기 때문이오, (2) 'ㅈ ㅊ ㅋ ㅌ ㅍ ㅎ' 여섯은《훈몽자회》를 따르지 아니하고 새로 이름 지었노니, 이는《훈몽자회》의 이름이 본시 일종의 편견에 기인하였을 뿐 아니라, 그것이 또한 일반에게 잘 익어 쓰이지도 아니하였은즉, 그를 이제 모든 요건에 맞도록 새로 이름 짓더라도 아무 구애가 없고 더욱 편리할 뿐이기 때문이다.

여기에 또 하나 다른 생각이 있나니, 곧 김 두봉 님은 'ㄱ'에서 'ㅎ'까지 모두 일정한 형식으로 "기윽 니은 디읃 리을 미음 비읍 시읏 이응 지읒 치읓 키읔 티읕 피읖 히읗"으로 하자 하나, 이것은 다만 정제의 요구만 만족시킬 뿐이오, 아무 다른 편익을 주지 못할 뿐 아니라, 실제에 있어서 도리어 불편만 있을 따름이기로 이 설을 취하지 아니하였노라.

그리하여 나는 'ㄱ'에서 'ㅇ'까지는 예전부터의 이름을 쓰고, 'ㅈ'에서 'ㅎ'까지는 편견에 잡힌—더구나 일반으로 익게 쓰이지도 아니한 옛이름을 버리고 정제·합리한 새 이름을 지었노라.

-〈한빛〉 제26호(1928. 7.)-

우리말을 깨끗이 하자

지난 36년 동안에 일본의 학독한 침략 정치로 말미암아 우리 겨레가 재산을 빼앗기고 생존권을 잃어 버리고 드디어 성명까지 빼앗김에 이르렀다. 3천만 겨레가 그 야만스런 동화 정책의 만만한 대상이 되어, 마치 질그릇 굽는 사람이 찰흙을 만지듯이 제멋대로 뭉치고 펴고 하였다. 반만년 유구한 역사와 찬란한 문화가 여지없이 짓밟히고, 섬나라 일본의 기괴망칙한 언어·풍속이 들어오게 되어 거의 왜놈의 별통없는 종이 되고 말 지경에 이르렀던 것이다.

다행히 연합국의 승리가 우리에게 해방 선물을 가져오게 되어 우리가 그 캄캄하고 비참한 지경에서 벗어나게 되었다. 그래서 전 민족의 정성과 힘을 다하여 역사의 조국을 회복하고 민족의 오랜 문화를 다시 세우려고 노력하는 중에 있다. 진실로 이 조국 광복과 문화 재건이 오늘날 우리에게 태워진〔賦課된〕 중대한 역사적 임무이다. 우리가 이 임무를 완전히 이루지 못한다고 할 것 같으면, 위로는 우리 선조에 대하여 자손의 도리를 행하지 못한 것이되고, 아래로는 우리 자손에게 대하여 부끄러운 죄과를 끼치게 될 것이다.

그런데, 우리의 새 문화를 건설하는 데 있어서 여러 가지 문제가 많지마는, 여기에 내가 말씀 드리고자 하는 것은 우리가 잃었던 말을 찾아 살려 쓰자고 하는 것이다. 다시 말하자면 일본사람이 우리에게 동화 정책을 강제로 시행하여, 우리들에게 일어를 강요하고, 조선말을 쓰면 벌까지 주어 조선말을 없이 하려고 악랄한 갖은 수단을 다 썼다. 우리는 이 강제를 받은 결과 우리 언어 생활에서 일본말이 많이 쓰이고 있는 것은 사실이다.

해방이 된 지 1년 반이나 되는 오늘날에 와서도, 거리에서나 차 안에서나 모임에서나 학교에서나 여관에서나 관청에서나 흔히 우리는 일어를 여전히 쓰는 사람이 있음을 본다. 이제 그네들은 학교에서 그것을 배우고 나와서도 그것만을 썼기 때문에 부지불식간에 일어를 쓰는 일도 있겠고, 혹은 일제 시대에 일본말을 써서 지위를 얻고 재산을 모으고 권세를 얻어서 득의양양하게 지내던 그러한 심정이 아직도 남아 있어서 일본말을 씀으로 말미암아 옛날에 득의양양하던 추억의 쾌미를 느끼는 이도 없지 아니할 줄로 생각한다.

그러나 그것은 극히 부끄러운 짓이다. 우리에게 일본말의 지식이 남아 있고 우리에게 일본말 쓰는 습관이 남아 있는 것은 일본 사람이 우리의 마음밭에 강제적으로 심어 놓은 노예의 씨이다. 우리가, 그네들의 종노릇 잘 하라고 우리에게 위력으로써 심어 놓은 이 부끄러운 씨를 해방된 오늘날에도 여전히 즐겨서 기르고 있다고 할 것 같으면, 이것은 자유를 요구하는 인성에 위반되는 것이다. 제 1 차 세계 대전 후 독일의 서울 베를린에서 프랑스말을 쓰든지, 프랑스의 서울 파리에서 독일말을 쓸 것 같으면, 그 옆으로 지나가는 사람이 그 사람을 뺨을 치면서 책망하였다고 하는 것을 들었다. 이제 이 치욕의 그루터기인 일어를 여전히 즐겨서 쓰는 것은, 첫째, 그 사람의 양심이 마비된 것이라 하겠고, 둘째로는, 그것을 듣고서, 무심히 지나는 것은 민족적 국민적 감정이 너무도 비약하다고 볼 수밖에 없다.

그러므로 우리는 이 점에 특히 주의하여서 가정에서나 학교에서나 회사에서나 관청에서나 모든 사람이 일어의 뿌리를 완전히 빼어 버려야 하겠다. 이러한 말씀은 당연한 것이니까 특별히 말씀 드릴 것이 없을 것 같이도 보이지마는, 그래도 세상에는 너무도 이러한 점에 무관심한 사람이 많은 것이 사실이다. 들으면, 충청북도 어느 곳에서 학교에서는 선생이 아이들에게 겨울 방학의 숙제를 내는데 아직도 여전히 일본말을 가지고 내었으며, 어떤 학교에서는 일어로써 교수를 하는 선생이 있다 하니, 자각이 없고 시대를 보지 못하고서야 어찌 국민 교육의 중대한 임무를 담당할 수 있을까? 우리는 자손에게 만대의 수치를 남기지 않기 위하여 이 때 이 자리에서 곧 일어의 더러운 때를 깨끗이 하여야 한다.

우리말을 깨끗이 함에는 일어 그것을 쓰지 아니할 것은 물론이오, 또 일어로 말미암아 우리 조선말이 비뚤어진 것, 여려진 것들을 바로잡아야 한다. 그러나 근 40년 동안이나 일본의 압박 정치, 노예 교육, 동화 정책 밑에서 자라나며 교육 받으며 생활하여 온 50살까지의 조선사람의 대다수는, 오랜 동안의 익어진 버릇으로 말미암아 자기의 언어 생활에 대한 근본적 비판력이 없어졌으므로, 자기의 말씨에 섞이고 묻어 있는 일어의 더러운 때를 분간해 깨치지 못하는 상태에 있는 것도 또한 지울 수 없는 한심한 사실이다. 그러므로 나는 여기에 조선말 깨끗이 하는 운동의 효과를 크게 하기 위하여, 혹은 일인의 압박으로 말미암아, 혹은 조선사람의 비굴한 추종 심리로 말미암아, 혹은 조선사람의 자아 의식, 문화 의식, 창조 의욕의 여림으로 말미암아, 순전하고 깨끗한 조선말을 버리고 일어로 흉내내어 비뚤어진 말을 쓰게 된 말 형편을 밝히고자 한다.

(1) 순전한 조선말이 예사로 두루 쓰이고 있는 데에 일어가 한자로 나타날 적에는, 그것이 조선사람의 언어 생활에 이중(二重)의 위력을 가지고 영향하나니, 곧 한자를 높이고 숭상하는 우리의 사대 심리와 현실적으로 정치력·경제력·문화력을 가지고 다다르는 일본에

대한 사대 심리와가 작용하여 그 일어를 아무 저항도 없이 순히 받아들여 쓰게 되었다. 이를테면 "어음"을 버리고 "수형(手形)"을 쓰며, "연장"을 버리고 "도구"를 쓰며, "다룸, 다루다"를 버리고 "취급하다"를 쓰며, "얼맛동안"을 버리고 "당분간"을 쓰며, "빈정거림"을 버리고 "피육(皮肉)"을 쓰며, "탈"을 버리고 "고장(故障)"을 씀과 같다.

(2) 한자로 된 우리말이 번연히 있건마는 한자로 된 일어가 나타날 적에는, 그 일어의 한자어가 우리말의 한자어보다 한자의 용법으로 보아 아무 나은 점이 없건마는 다만 정복자 일인(日人)의 쓰는 말이란 이유로써 그만 우리말을 눌러 버리고 쓰이게 되었나니, 이를테면 "혼인" 대신에 "결혼"이, "혼례" 대신 "결혼식"이, "노비, 노자" 대신에 "여비"가, "일거양득" 대신에 "일석이조"가 쓰임과 같다.

(3) 우리의 한자의 원의로 보아 훨씬 마땅하건마는, 제 것은 나쁜 것, 무가치한 것이오, 일인의 것은 훌륭한 것, 가치있는 것이라 하는 심리에서, 우리말을 버리고 일어를 가진 것이 적지 아니하다. 이를테면 "단속" 대신에 "취체(取締)"를, "도급" 대신에 "청부"를, "시세" 대신에 "상장"을, "경우" 대신에 "장합(場合)"을, "거래" 대신에 "취인(取引)"을, "형편" 대신에 "도합(都合)"을, "절차" 대신에 "수속"을 씀과 같은 것이다.

(4) 마땅하고 좋은 제 것을 버리고서 마땅하지 못하고 나쁜 남의 것을 가지는〔취하는〕 조선사람들은 선조 적부터 써 오는 한자어를 일인의 흉내를 내어 단박에 거꾸로 만들어 쓰는 일조차 적지 아니하다. 이를테면 "하륙"을 "상륙"으로, "상동(上同)"을 "동상"으로, "호상"을 "상호"로, "견식"을 "식견"으로, "채소"를 "소채"로, "양식"을 "식량"으로, "계단"을 "단계"로, "해방(害妨)"을 "방해"로 씀과 같다. 우습지 아니한가? 우리 조선사람들은 바로 선 제 말을 버리고 거꾸

로 선 남의 말을 흉내냄으로써 저의 유식함을 자랑하며 저의 잘남을 자랑하려 하였으니, 이런 태도와 행동이 하필 말씨에서만 그랬을 리가 있을까?

(5) 조선말의 "애매하다"는 벌은 받았으나 그 실은 죄 없음을 뜻하는 말이니, "억울하다"와 같은 말이다. 그런데 일어의 "애매(曖昧)"는 조선말의 "모호"와 같은 말이니, 조선말 "애매"와는 딴판이다. 그렇거늘, 언어상 맹목적 사대주의를 받드는 조선사람들은 그만 "애매"를 "모호"의 뜻으로 쓰는 일이 적지 아니하니, 이는 말소리만은 조선 말소리이면서, 그 정신은 아주 일본말로 된 것이다. 이렇게 제 말과 제 머리에다가 남의 정신을 갈아 넣은 조선사람들은 제딴은 훌륭한 조선사람, 조선 정신 가진 조선사람으로 자처하지마는, 그 실은 이러한 환골탈태한 얼빠진 존재인 경우가 적지 아니함을 우리가 인정하지 아니할 수 없는 것은 슬픈 일이다.

(6) 일인들이 서양식 새 방식의 표현을 하려 할 적에, 그것이 일어에는 원래 없는 방식이기 때문에, 부득이 새로운 억지의 방식을 생각해서 쓰는 일이 있다. 이를테면, 영어의 '더 높은 줄'〔com-parative degree;비교급〕을 억지로 흉내내어 "ヨリ"를 어떻씨〔形容詞〕 위에 더하여 씀(보기: ヨリ高イ, ヨリ好イ)과 같다. 우리 조선말의 본은 영어와 같지는 않지마는, 이런 표현 방식으로서 "더"를 더하여 씀(보기: 더 높은, 더 좋은)이 예사로 있건마는, 구태여 일인을 흉내내어, "보다"를 더하여 쓰니(보기: 보다 높은, 보다 좋은), 이는 이쁜 얼굴로써 남의 찡그림〔嚬〕을 본받으며, 성한 다리로써 남의 절룩거림〔跛〕을 흉내내는 것과 마찬가지라 아니할 수 없다.

또, "여덟 시 안으로 오라."고 할 것을 "여덟 시까지 오라."고 하는 시체 조선사람이 많다. 이것도 일어를 맹목적으로 직역한 것이다.

원래 조선말의 "까지"는 반드시 동작의 시작(설령 그것이 말과 글에 나타나아 있지는 않더라도)이 있어서 어디까지 미침을 뜻하는 것인즉, 이 "까지"를 다만 어떤 싯점(時點)을 금하는〔限定하는〕 뜻을 나타내는 것으로 씀은 틀린 것이다. 그러므로, 비록 "여덟시까지에 오라."와 같이 "에"를 하나 더하여 쓰더라도, 마찬가지로 틀린 것 됨을 면하지 못한다. 왜 그러냐 하면, 원래 "여덟 시까지 오라."의 "까지"는 도움토씨〔補助助詞〕이기 때문에 위에 적은 보기에서는 그 아래에 자리토씨〔格助詞〕 "에"가 당연히 있어야 할 것이 생략되어 있는 것인즉, 비록 "에"를 더하더라도 딴 뜻이 새로 더 나타날 것이 없기 때문이다. 다음의 월을 보라.

(ㄱ) 한 시부터 네 시까지(에) 공부하였다.
(ㄴ) 여섯 시까지 잠 잤다.
(ㄷ) 네 시 안으로 공부를 마쳤다.
(ㄹ) 열시 안으로 잔다.

곧 (ㄱ), (ㄴ)에서는 그 움직임이 시작된 점이 있어((ㄴ)은 비록 문면에 나타나지는 아니하였더라도) 어디까지 마치도록 계속되었음을 나타내고, (ㄷ), (ㄹ)에서는 그 움직임의 시작이 실제에서는 따로 있기는 하겠지마는 그것은 도무지 문제가 아니고, 다만 어떠한 싯점을 한정하여 그 안으로 됨을 나타내는 것이다.

(7) 조선에 없는 물건이 일본서 들어왔기 때문에 일본사람의 부르는 이름을 그대로 받아 쓰는 것이 있나니, 보기를 들면, "가방"〔鞄〕, "구두"〔靴〕, "우동", "스시", "인력거", "기차(汽車)" 같은 것들이다.

이상의 일곱 가지 경우 가운데에서 (7)의 한 경우를 제하고 나머지는 다 당연히 우리 고유의 말로 돌아가야 한다. 이리하여, 일어의 치사스런 때묻음을 지워 버리고, 깨끗한 조선말이 되도록 해야 할 것이다.

다만, 위에 적은 (7)의 것만은 세계 어느 나라 말을 물론하고 이런 외래어의 생기는 가장 큰 원인의 하나인즉, 이 따위만은 무조건적으로 쓸어 버리기 어려운 것이 있음을 인정하지 아니할 수 없다. 보기하면〔例하면〕, "인력거", "기차"와 같이, 정당한 한자로 되어, 조선말로 되기에 너무 서투른 형식이 아닐 뿐더러, 또 오랜 동안의 씀으로 말미암아 아주 우리말로 익은 것은 구태여 없애어 버리지 아니하여도 좋을 것이다. 또 "가방", "구두"와 같은, 한자 아닌 것이라도, 그것이 아주 익어서 너무나 평범하게 된 것은 부득이 그대로 한 외래어로 인정하지 아니할 수 없을 것도 있다.

그러나, 이 (7)의 따위라 해서, 무조건으로 그대로 다 외래어로 인정할 수는 없다. 왜 그러냐 하면, 아무리 외국의 사물이 제 본고장의 이름을 가지고 들어오더라도, 그 나라 사람이 언어상 창조력이 왕성할 것 같으면, 그대로 피동적으로 받아 쓰지 아니하고, 반드시 제 창작력을 발휘하여서, 제 나라 고래의 사물 가운데에 그것과 비슷한 것으로써 그 새 물건의 이름을 삼기도 하며, 또는 새로 제 말로써 그 이름을 번역하여 짓기도 하나니; 일본말에서 그 보기를 들건대, 일본에 새로 들어온 서양의 신〔履物〕에 대하여 일인들이 제 나라에 옛날부터 그 서양신과 비슷한 것의 이름 "クツ"로써 삼았으며, "Steamship"을 "汽船(기선)", "Train"을 "汽車(기차)"라 번역하였음과 같은 것들이다. 그러므로 우리도 될 수 있는 대로 이러한 대용(代用)의 태도, 번역의 태도를 취함이 필요하다. 아니, 우리말에도 이미 이러한 것이 없지 아니하다. 이를테면, 서양식 비누를 경남에서는 에스파냐말 "Cabon"을 흉내낸 일어 "シャボン"을 그대로 받아서 "사분"이라 하지마는, 서울에서는 조선 고래의 한자기 물건의 이름인 "비누"로써 부름과 같다. 아닌게 아니라, 재작년 해방 이후로, 서울의 길거리의 광고판에서도 이러한 물건에 대한 새로운 번역의 나타남을 보나니, 이를테면, "スシ"를 "초밥", "ゼンザイ"를 "설탕팥죽" 또는 "단팥죽", "スキヤキ"를 "왜전골", "デンブラ"를 "왜전"이라 함과 같은 것들이다. 이는 곧 해방이란 경천동지의 변동으로 말미암아 조선사람의 자아 의식, 문화 의식, 국어 정화의 의욕이 저절로 발동된 증거이니, 당연한 현상이며, 기쁜 현상이다.

나는 위 "가방", "구두"같은 것을 그대로 쓸 수밖에 없다고 하였다. 그러면, 어떤 것은 버리고 어떤 것은 그냥 가져도 좋을까? 이 점은 이론적으로 금을 그을 수는 없는 문제이니, 다만 오늘날 조선사람의 자아 의식의 각성, 정치적 광복과 동시에 문화적 광복에 대한 열정과 의기(意氣)의 여하에 달렸다고 말할 따름이라 하노라. 일인이 서양말을 한자로 번역한 것을 다만 그것이 우리가 같이 쓰는 한자라 하여 무비판적으로 맹종하여 차용할 것도 아니며, 일인이 가나〔假名〕로써 음역한 것을 다만 소리로 되었다 하여 무비판적으로 받아쓸 것도 아니다. 우리는 방제 의약(醫藥) 방면의 사람들이 "초산(硝酸)"을 "질산(窒酸)"이라 하며, "醋酸(초산)"을 "초산"이라 번역한 것을 보았으니, 이는 매우 좋은 일이다. 또 "グラム"를 "구라무"라 하여서는 안 될 것이다.—더구나 우리는 앞으로 반드시 한자쓰기를 폐지하여야 할 것인즉, 모든 한자말도 그것이 일본서 왔거나 중국서 왔거나 우리 조선서 되었거나를 물론하고, 반드시 새로운 볼모〔視角〕에서 다시 살피고 다시 다듬질하여야 할 것이다. (그러나 이 점에 관하

여는 다른 기회에 구체적으로 가늘게 풀이하기로 하고 여기서는 그만둠.) 하여야 우리의 말이 제 본연의 몰골을 회복하여 순전하고 깨끗하게 될 것이다.

나는 위에서 "가방"과 "구두"로 그 익음의 까닭으로써 허용하자 하였다. 그러나 이와 비슷한 말 "벤또(弁當)"만은 아무리 하더라도 우리말로 고쳐야 하겠다고 주장한다. 만약 우리가 이 말을 버리지 못하고 여전히 달아 쓴다면 금후 수년 안에 오늘날 쫓겨간 일인이 다시 외국인으로서 우리 나라에 나그네하여 올 적에 배에서 내리자마자 부산 정거장에서부터 이 저희들이 가르쳐 놓은 말 "벤또"를 듣게 될 것이니, 이러한 일어식 조선말이 그네들 나그네의 첫인상에 얼마나 또 우월(優越)의 감회를 자아내어 주게 될 것인가? 이를 생각하면 우리는 이 때에 이 말은 기어코 고쳐야 하겠다고 세우는 바이다. 그러면 일어 "ベントウ"를 무어라고 할까? 이것은 용이하지 아니한 문제이다. 나는 여기에 몇 가지의 벼름〔案〕을 내어두어 여러분의 참고에 바친다.

(ㄱ) 일인이 서양의 "shoes"를 "クツ"라 하듯이 "ベントウ"를 조선서 그대로 써 오는 "도시락밥", 줄여서 "도시락"이라 하기
(ㄴ) "찬합"이라 하기
(ㄷ) "참밥"이라 하기
(ㄹ) "난끼니", 줄여서 "난끼"(나가서 먹는 끼니)라 하기

어느 것이든지 하나 정하여서 쓰기로 하면 될 것이다.

끝으로, 남의 이름 밑에 붙여서 높임의 뜻을 나타내는 말을 똑똑히 고쳐 정하여 두어야 한다. 일어의 세력 밑에서 얻은 왜식 용어를

아직도 더러 쓰고 있다. 이를테면, "金(김) 상, 李(이) 상"의 "상", "趙(조) 孃(양), 黃(황) 孃(양)"의 "양"과 같다. 이런 것들은 어떻게 우리말로 나타낼까?

첫째, "상"에 대신할 만한 우리말은 다음의 세 가지로 함이 좋겠다.

(ㄱ) 선(남자)

(ㄴ) 씨(여자)

(ㄷ) 님(남녀 공통 직함)

남자를 높여 부를 적에 우리 나라에서 고래로 여러 가지의 용어가 있다. "김 書房(서방), 박 生員(생원), 정 主事(주사), 최 校理(교리), 이 參判(참판)"과 같이 그 사람의 벼슬 이름으로 하기도 하고, 또 "張(장) 公(공), 申(신) 公(공)"과 같이 "公(공)"을 쓰는 것, "吳(오) 兄(형), 盧(노) 兄(형)"과 같이 "兄(형)"을 쓰는 것 들이 있다. 그러나 이 따위는 다 쓰임이 좁게 국한되어 있어 오늘 사람이 평등적으로 휘뚜루 쓰고자 하는 높임의 말씨로는 적당하지 못하다. 다시 말하건대, 오늘날 우리들이 요구하는 이름의 높임말은 관직의 유무·고하를 불문하고, 또 나이의 다소를 불문하고, 그저 그 사람의 인격을 높이는 의미에서 그 이름 밑에 붙여서 두루 부르기에 알맞는 말이어야 한다. 이러한 요구에 들어맞는 것으로 나는 위의 말씨를 제안하는 바이다.

"선"은 삼국 시대부터 불러 오던 높임의 말씨이니, 그 뜻인즉 '튼튼한 사람, 장한 사람'이다. 옛 기록에 "皀衣先人(향의선인), 皀衣仙人(향의선인), 國仙(국선), 善人(선인), 仙人(선인)" 들이 다 조선사람을 가리킨 말이니, 이는 조선사람이 서로 부를 적에 "선"이라 한 것에 터잡은〔基因한〕 것인데, 그 한자 "先(선), 仙(선), 善(선)"들은 다만 취음자에 불과한 것이니, 구태여 그 한자의 본뜻에 구애될 것은 아니다. 또 《훈몽자회》에 "丁(정)"을 "순뎡"이라 하였다. 이 "순"은 곧 '壯丁(장정)' 곧 '튼튼한 젊은 남자'이다. 남자를 "산아이", "슨아이"라 하며, 젊은 남아를 "선머슴아이"라 하며, "士"를 "선비"라 하니, 이 "산, 슨, 선"이 다 한가지로 옛말 "순"의 변형이다. 이러한 역사와 말밑〔어원〕을 가진 "선"으로써 남자의 이름 밑에 붙이어서 높임의 뜻을 나타내기로 함에 아무 부족함이 없다고 생각한다. 또 이 "선"밖에 삼국 시대에 사람의 이름 밑에 붙여서 높임의 뜻을 나타내는 말에 "지(智, 知)"가 있음이 그 실증이 역력 하며(보기: 창녕 眞興王 巡狩碑의 餘夫智, 福登智, 武力智; 《三國史記》의 薛聰智), 또 현재에도 서울말에 여러 사람이 모였다 할 적에 "金(김) 지, 李(이) 지가 다 왔다."라 하여 방제 쓰이고 있다. 그러나 이 "지"는 그 음창〔소리울림〕이 좋지 못하여 이를 채용할 수가 없다. 이에 대하여 "선"은 그 음창이 매우 좋으며, 또 아무러한 구애도 없으며, 그 뜻의 밑이 좋으며, 현재는 그렇게는 쓰이지 않기 때문에 그 말에 불순한 예감이 붙어 있거나 하여 도리어 우리의 요구에 들어맞아 아무에게나 두루 쓰기에 편리한 말이라 하겠다.

일어에서는 그 이름 높임말에 남자와 여자를 가르지 아니하되, 서양에서는 이를 구별한다. 그런데 그 나타냄을 똑똑히 하여 사회적 인식을 밝히며 또 문학적 작품의 요구에 맞도록 하려면, 남녀의 구별을 함이 매우 필요한 일이다. 조선에서는 그래도 여자에게는 특히 "씨(氏)"를 써 온다. "郭 氏(곽 씨), 具 氏(구 씨)"라 하면 으레 여자를 가리킨다. 그러므로 이제 이를 그대로 살려서 "씨"로써 여자의 이름의 높임말로 씀이 좋다.

“님”은 “아버님”, “형님”이라 하여 남자에게도 쓰이며, “어머님”, “누님”이라 하여 여자에게도 쓰인다. 그러므로 이로써 남녀에게 두루 쓰기로 함이 무방할 것이다. 또 “면장님”, “사또님”이라 하여 관직 밑에 두루 쓰인다. 그러므로 이를 또 관직 밑에 붙여서 높임말을 제안한다. 보라, 오늘의 조선 사회를. “긴 상, 이 상”이 아직 남아 있는 한편에는 또 새로 “미스터 김, 미스 박”의 소리가 우리의 청각을 두드린다. 우리는 항상 남의 장단에만 노는 족사람이 됨으로 만족하여서는 안 된다. 모름지기 남의 흉을 버리고 제 고장으로 돌아와 제 어미말로써 언어 생활을 건설하여야 한다.

일어의 “孃(양)”은 안치운〔미혼의〕 계집아이를 높이는 말이니, 이는 한자의 원의에도 그리 맞지 못한 말씨일 뿐더러, 그 음 “양”이 조선말 될 수는 도저히 없는 것이다. 우리 조선에는 “작은아기, 큰아기, 아기, 아가씨, 아기씨”가 있으니, 이 중에서 “아기씨”를 취함이 가장 마땅하다. “아가씨”는 “아기씨”를 특히 작게 부르는 말이니, 높임말로써 두루 쓰기에 좀 부적당한 느낌이 있다. 서울에서는 ‘아기씨’의 뜻으로 “새악씨” 또는 줄여서 “색씨”를 쓰기도 하나, 이는 원래 안치운 여자가 아니다. 갓치운〔기혼〕 여자를 가리키는 말이니 “신부”에 당한 말이다. 다음에, 또 이 안치운 여자에게 “아기씨”란 높임말을 쓰기로 하고 보면, 장가 안 간 남자의 높임말을 따로 정함이 필요하겠는데, 이는 고래로 경향을 물론하고 “수재(秀才)”란 말이 있으니 이를 취함이 좋겠다. “총각”이란 말도 있으나 이 말에는 높임의 뜻이 적으니 취하기 어렵다.

위에서 나는 치사스런 일어의 때를 닦아 버리어 우리말을 깨끗이 하여야 할 까닭을 말하고, 다시 그 문제를 말하고, 그 해결의 보기를 들었다. 그러나 40년 동안이나 일본의 교육과 제도 밑에서 살아

왔기 때문에 갑자기 그 용어를 버리고서 조선말만을 쓰려 함에 적절한 우리말을 찾기와 만들기에 여러 가지 문제가 있다. 그러므로 문교부에서는 이러한 것을 해결 짓기 위하여 학술어를 제정하는 위원이 있고, 또 일상어(日常語) 가운데 일본말을 없애기 위한 특별한 위원들이 있어서 연구하고 있으니, 그 성과는 멀지 않아서 세상에 발표될 것이다.

이 일을 완전히 이루어 내려면, 그 말을 마련하기와 그것을 실행하기에 조선의 3천만이 다 같이 협력하여야 할 것이오, 결코 한두 사람이나 몇십 명의 위원만으로 될 일이 아니다.

말은 민족의 상징이다. 세계 민족들은 각각 그 특유의 말을 가지고 있어 그 말을 같이 씀으로 말미암아 민족적 사랑의 줄이 연결되고 민족 의식이 굳어진다. 각 민족은 그 특유의 말로써 그 생활을 경영하며 그 문화를 만들어 낸다. 말은 민족 문화의 근원이오 기초가 되며, 민족적 생활의 힘이 되는 것이다. 이와 같이 민족과 지대한 관계를 가진 말을 사랑하며 기르며 북돋우는 것은 곧 그 민족을 사랑하며 기르며 북돋우는 것이 된다. 이제 우리 겨레가 해방을 얻어 생존·발전의 만년의 터전을 닦는 마당에 있어서 겨레의 상징이오 생활의 힘이오 문화의 근원인 우리말을 사랑하며 살리며 기르기 위하여, 또 조선의 문화를 세계에 빛내기 위하여, 먼저 왜적이 강제한 치욕의 흔적인 일어를 쫓아내어 버리고 우리 조선말을 깨끗이 하자. 그리하여 자주의 문화를 세우며 독립의 나라를 세우자. (4280. 3.1.)

-〈신천지〉(1947. 5.)-

한글 간소화안과 나의 견해

우리는 극비밀리에 구성되었다는 맞춤법 간이화안의 입안자가 누구임을 알지 못한다. 그러나 그 솜씨의 결과로 미루어서 알 수 있는 것은 그가 너무도 말과 글에 대한 현대적·과학적 소양이 없고, 다만 권력 만능의 맹신을 가지고 스스로의 주관의 행하는 대로 조금도 거침도 없이 학문의 전당을 마구 파괴한 만용에 도취된 일종의 행동의 상태에 있은 듯한 점이다.

첫째, 28개의 받침 가운데서 10개만을 취하였으니, 그 필요 유무의 표준이 어디 있었는가? 만약 한자 단독으로서의 발음이 똑똑히 드러나는 점으로써 구별하였다면 ㄺ, ㄻ, ㄼ의 필요는 어디 있는가? 혹은 "닭"(鷄)의 보기를 들는지 모르지마는 "닭"은 서울서는 /닥/, 시골서는 /닭/이라 하니 "닭이 운다"는 "달기 운다" 하면 족하지 아니한가? 그뿐 아니라 ㄻ, ㄼ은 ㄺ의 "닭"만한 보기 말이나마 어디 있는가? 없다. 그러면 ㄻ, ㄼ, ㄺ 따위도 다 없이하는 것이 더욱 간이화, 따라 더욱 좋지 아니할까? 그뿐 아니라 모든 닿소리는 제 단독으로는 발음(말)이 극히 불완전하니, 아예 그 글자조차 모두 부인, 폐지해 버리면 더욱 간단하지 아니할까? 만약 그 낱낱의 닿소리 글자가 다른 소리들과 연합하여 쓰임으로 해서 소리가 잘 드러난다고 변호한다면, 또, ㄻ, ㄼ, ㄺ도 다른 소리들과 연결됨으로 해서 소리가 잘 드러난다(보기: 굵어, 넓으니, 맑음)고 한다면, 우리는 모든 낱말이란 것은 월(文) 가운데에 쓰이어서 처음으로 제 소리와 뜻을 완전히 나타내는 것이란 언어학적 진리를 들어 반박 내지 훈유할 수밖에 없다.

둘째, 줄기(어간)와 씨끝(어미)을 구별한다면서 "업다, 업시, 업스니"로 하였으니, 그 소위 줄기와 씨끝이란 무엇을 가리킴인가 도무지 알 수 없도다.

셋째, 몇 개의 표준말(ᇚ, ᇊ, …)은 현재 통용하지 않기 때문에 폐지하였다 하니, 누가 언제 그런 것을 표준말로 정하였던가? 또 그 나머지의 것들은 현재에 통용하기 때문에 폐지하였는가? 통용하고 있는 "젖"(乳)을 "젓"(鹽)으로 고쳐야 한다는 것인가? 이 안의 기안자의 눈에 비치는 필요성의 유무는 다만 권력 만능의 미신에 맞고 안 맞음에 맺혔을 말이오, 아무런 객관적 과학성이 없다. 이러한 멋대로의 판단·재단이 과학 정신에 살고자 하는 현대인의 심리를 압도, 승복시킬 수 없음은 불보다도 더 밝은 일이다.

멋대로 취사한 받침의 변경은 다만 어원 표시 내지 줄기와 씨끝과의 구별이 말살되었을 뿐 아니라 낱말 그 자체조차 분간 안 되게 되었다. "꽃도, 꼬치, 꼬츨" 내지 "꼬테"에서 우리는 과연 무엇을 花(화)에 맞는 말로 잡을 것인가? 국민은 장차 花(화)와 "flower" 따위 외국말은 잘 알아도 제 나라의 "꽃"은 몰라도 좋다는 생각인가? 도대체 낱말조차 확립되지 않은 맞춤법이 20세기 과학 시대, 더구나 원자탄·수소탄으로 인류가 제 손으로 만들어진 과학적 산물에 스스로 놀라고 있는 이 때에 어디에 또 있는가? 세계의 어느 미개 민족에게는 있을는지도 모르겠다. 그러나 확립된 낱말을 허물어서 도로 미개·초매의 상태로 환원시키는 나라가 어디에 있을까? 문교부에서는 이러한 간이안의 효과를 말하여 (1) 활자의 수를 397개를 줄이게 되며, (2) 타자기의 방아쇠의 수를 줄이게 되며, (3) 학술과 교육에 편하다 한다.

만약 (1) 활자의 수를 줄이는 것만이 능수라 할진대, 우리의 생활을 모두 그런 방식으로 줄이는 것이 좋을 것인가? 양복의 주머니는 겉에 붙은 큰 것 둘만으로 할 것이오, 사는 집은 방 한 칸, 부엌 한 칸만으로 줄이고, 밥상은 밥 한 그릇과 콩나물국 한 그릇으로 줄이고, 국가의 기구는 삼권 분립에 입법과 사법의 두 기관은 없이 하고 행정 기관 하나로만 줄이고, 학교의 교과는 국어, 수학, …의 몇 개로 줄이는 것이 좋을 것인가? 우리도 생활의 간소와 평이를 취하고자 힘쓴다. 그러나 현재의 높은 문화는 우리에게 턱없이 단순·간단·소박으로만 살기를 허락하지 아니한다. 여기에 억지로 미개의 단순·소박으로 돌아가고자 한다면 이는 더도 말할 것 없이 문명에의 반역이오, 시대의 역행이오, 인류의 역사적 진전의 부인이 되는 것이 아닐 수 없다.

(2) 타자기의 방아쇠가 줄어진다는 건 물론 좋은 일이다. 그러나 현행 맞춤법대로 된 '공 병우 한글 타자기'가 영문 타자기를 그대로 이용하여 그 이상의 능률을 내고 있으니, 우선 그것을 대대적으로 이용하여 이 나라의 뒤떨어진 기계적 문화 생활을 촉진 시킴이 어떠한가? 그리고 한 걸음 더 나서고자 하거든 아주 100년을 전진해서 한글을 풀어서 가로쓰기로 하는 것이 가장 버젓한 개혁이 될 것이어늘, 구태여 50년 100년을 후퇴하여 타자기의 간단을 취하고자 함은 문명 이기의 본래의 목적을 망각함이 아닐까? 모든 문명 이기는 더욱 문명 발달을 위하여 존재 이용되는 것이지, 문명의 퇴보를 위하여 있는 것은 아니다.

(3) 학습과 교육에 편하다 한다. 그러나 모든 것은 규칙과 조리가 있는 데에 참쉬움이 있는 법이니, 규칙과 조리가 없는 것은 얼른 보기엔 쉬운 것 같지만 그 실은 어려운 것임을 깨쳐야 한다. 오늘날 맞춤법으로 된 글을 어린이가 학교에 들어가기도 전에 능히 읽으며 아무리 무딘 아이라도 국민학교 2학년이면 다 읽을 줄을 안다. 이것이

어려워서 못 쓴다면 우리 국민은 뱃속에서 나올 적부터 글을 알아야 한다는 말인가? 그렇잖으면 아예 학교를 모조리 없애 버려야 한다는 셈인가? 학교가 있고 교육의 필요가 있는 이상 이만한 글이 어려워서 못 쓰겠다는 것은 교육 그 자체의 개념에 이그러지는 것이다. 교육 일반으로 문맹은 사람의 착실한 노력의 현상 및 결과이다. 전연히 노력을 않겠다는 생각은 교육의 부정이오 문명의 반역이 되고 마는 것이다.

이 나라의 교육이 우리 정부—문교부의 지도·감독 아래에 행하고 있다. 소학에서 대학에 이르기까지 각층의 교육자의 밤낮의 노고는 학생을 이치로써 가르치는 데에 있다. 수학에 수학의 이치가 있고 화학엔 화학의 이치가 있다. 이제 만약 수학과 화학에는 이치가 있지마는 어학—특히 홀로 국어에는 이치가 없다고 교육자로 가르치게 한다면 이러한 교육을 마땅한 것으로 여길 것인가? 더구나 어제까지는 이러이러한 이치가 있다고 가르쳐 오던 선생이 오늘부터 갑자기 시침을 딱 떼고서 이치가 없다 하여 어제까지의 교육을 부인한다면, 그 학생은 당연한 것으로 받아들일 수 있는 것으로 생각하는가? 교육자의 권위가 설 수 있는가?—왜 그보다도 먼저 양심있는 교육자 스스로가 어제까지의 자기를 생도들 앞에서 부인할 심정을 가질 수 있는가? 미성인의 인격을 양성하기로 목적하는 교육에 종사하는 교육자가 먼저 제 스스로의 인격을 헌신짝같이 내버릴 수 있는가? 광복된 조국의 교육자들을 단순한 한 기계로 보지 않는 다음에는 이렇게 간단히 둔갑하는 재주를 대한의 교육자에게 강요한다면, 이는 참 큰 실책이 아닐 수 없다.

조국이 광복되어 정부가 서고 문교부의 교육 방침이 근본적으로 자유인의 정신에 선 때문으로 해서 우리 국민은 환호하고 따르는 것

이다. 어제까지

낮(晝), 낮이, 낮은, 낮에.
낫(鎌), 낫이, 낫은, 낫에.
낯(顔), 낯이, 낯은, 낯에.
낱(個), 낱이, 낱은, 낱에.
낟(穀), 낟이, 곧은, 날에.

로 가르치던 선생이 오늘부터 갑자기

낫(晝), 나지, 나즌, 나제.
낫(顔), 나치, 나츤, 나체.
낫(個), 나치, 나튼, 나테.
나달(穀), 나다리, 나다를, 나다레.

'穀(곡)'도 "나달", '穀粒(곡립)'도 "나달"로 가르치되, 이것은 문교부에서 그래야 한다기 때문이라 하면, 대한의 3백만 학도들이 첫째 그 선생을 진리를 가르치는 선생으로 믿을 것이며, 문교부를 진리의 지도자로 믿을 것인가?

혹은 "안 믿어도 좋다. 그렇게 강요만 하면 된다."고 할는지도 모른다. 그러나 이렇게까지 나간다면 이야말로 말길이 막힌다(言語道斷). 사리로써 백성의 마음밭을 계발함으로써 목적을 삼는 교육이 이렇게 되어, 따르고자 하는 사람의 순리의 추종을 사지 못하고 국민의 신뢰를 얻지 못한다면, 그 밖의 모든 정치적 지도에 대하여 모든 국민의 신뢰·추종함을 기대할 수 있을까?

-〈연희춘추〉(1954. 7. 17.)-

한글 신문을 기르자
-대중 문화의 향상을 약속-

한글 신문이 나왔다! 원하고 바라던 한글 신문이 나왔다!

서울신문사에서는 금년 한글날에 그날을 더욱 빛내고자 전면을 순한글로만 꾸민 「서울신문」을 내고 다시 한층 더 발분하여 시월 십팔 일부터 종래의 판과 병행하여 매일 「한글판 서울신문」을 내게 되었다.

우리 나라 신문 역사에 있어서 이제로부터 육십 년 전 갑오경장 직후에 나온 「독립신문」은 우리 나라 민간 신문의 원조인 동시에 또 순한글 신문의 첫머리이었으며 그 다음에 나온 「제국신문」이 또한 순한글 신문이었다. 그러나 이 신문들이 불행히 오래 계속되지 못하고 말았음에 대하여 국한문 혼용의 신문들이 오래 계속하다가 구한국의 비운과 한가지로 기울어져서 나라와 함께 없어지고 말았다.

그 뒤 왜정의 악정 아래에서 새로이 출발한 「동아일보」, 「조선일보」로부터 오늘까지의 각종 신문은 전수가 국한문 혼용으로 된 것뿐이러니 이제 새 출발을 한 「한글판 서울신문」은 실로 시간적으로 세째인 한글 신문인 동시에 또 현대적인 한국 신문계에서의 첫 시험이라 아니할 수가 없다.

우리가 우리 나라의 신문이 한글을 전용하여야 한다고 외친 지 오래이건마는 각 신문사가 서로 돌아보면서 주저하고 있는 것은 그 이유가 오로지 그 판매 정책에 있다고 본다. 순한글 신문으로 본래의 사명 수행상으로 보아 당연하기는 하지마는 한 신문만이 혼자서 순한글로 고친다면 혹시나 판매에 큰 불리한 결과를 불러오지나 아니할까? 그러므로 모든 신문이 협의하여서 동시에 한글로 고친다면 어느 한 신문만이 타격(혹시나 하고 염려하는)을 입을 리가 만무한즉 경영상 치명스런 손해를 당하지 아니할 것이로되, 각 신문사가 이러한 협의를 하자고 누가 제의하기에는 우리로 하여금 솔직히 말하게 한다면 각자가 너무 이기적이며 비협력적이기 때문에 아직껏 그러한 제의가 있은 일조차 없이 지나오는 터이다. 이러한 판에 처하여 이제 서울신문사가 이러한 위구를 무릅쓰고서 용감히 한글 전용의 신문을 내게 되었으니 그 용단과 열성에 대하여 감히 전민중을 대신하여 감사하며 치하하여 마지 아니하는 바이다.

첫째, 한글의 과학성·우수성을 확신하고 이를 실제적으로 실현하게 된 것을 치하한다. 우리 나라의 사람들이 입을 열면 다 한글이 훌륭한 과학스런 글자이라고 말하지마는 그 실제에 당해서는 한자 아니면 못 살겠다는 식으로 여전히 국한문 혼용으로써 만족하는 형편이다. 알음(知)과 행함이 두 가지이며 머리와 손이 분열되어 있는 사람들의 사회에는 아무것도 될 수 없으니 우리는 무슨 소용이 있을 것인가? 이제 서울신문사는 알고 행하는 용기를 가졌으니 이는 참 귀중한 공덕이다. 우리는 모두 입을 모아 이 공덕을 찬양하고자 한다.

둘째, 신문의 한글 전용은 한글의 사명과 신문의 사명을 동시에 실현하는 최선의 방도임을 치하한다.

한글이 오백여 년 전에 세종대왕의 거룩한 뜻에서 만백성에게 의사 발표의 자유를 주기 위하여 그리하여 민중의 사정이 치자층에 트이고 치자층의 의사가 아래의 민중에게 전달되어 나라의 정치, 백성의 생활이 순조롭게 화평하게 또 명랑하게 되어 가게 하기 위하여 지어 낸 것이요, 신문은 안팎의 소식을 국민에게 널리 전하여 온 국민으로 하여금 안팎의 정세를 잘 살피어서 개인 및 국민 생활이 꾸김없이 잘 피어나가게 함에 그 본지가 있는 것이다.

그러므로 우리 나라의 신문으로서 만인이 잘 아는 한글을 버리고서 극소수인만이 능히 볼 수 있는 한자 섞은 글을 사용함은 한글의 과학적 위대성을 모독함이 될 뿐 아니라 대중의 눈을 가리고 그 요구를 무시하여 신문 본래의 사명을 망각한 것이 되고 마는 것이다.

이제 쉽고 편리한 한글을 씀으로 말미암아 산간 해변의 어려운 동포들에게 나라안 나라밖의 형편을 날날이 주어 그 막혔던 가슴을 트게 하고 그 감았던 눈을 뜨게 하여 그 마음을 즐겁게 하고 그 지식을 늘게 하여주는 「한글판 서울신문」은 곧 한글과 신문 자체와의 사명을 동시에 이루어내는 것이다. 이 어찌 한글을 사랑하고 동포를 사랑하고 나라를 걱정하는 사람들의 기쁨이 아니고 무엇이랴?

끝으로 신문의 한글 전용은 전사회의 견식을 넓힘으로써 대중 문화의 향상을 결과하는 동시에 민족 자립의 정신을 함양하게 되어 우리 나라의 자주적인 민주주의를 육성함이 된다. 민주주의를 육성하여 대한민국의 민주주의적 발전을 촉진함은 곧 다름아닌 나라 사랑의 운동이요 겨레 건지는 사업인 것이다. 이렇듯 고귀한 사업에 선착수한 「한글판 서울신문」이 나옴을 축하하는 동시에 그 나날의 발전을 빌어 마지 아니한다.

나는 「한글판 서울신문」의 불 같은 흥성 발전을 비는 마음에서 몇 마디 말을 더 붙이고자 한다.

첫째, 앞뒤로 큰 지지의 기반을 가진 서울신문사가 어찌해서 종래의 「서울신문」 그것을 아주 순한글판으로 뒤집지 못하고 다만 따로 「한글판 서울신문」을 더음으로 덧붙여서 찍어 내게 되었을까?

이는 아마도 지나친 모험(?)으로써 신문의 운영을 걸지 말고 두 가지를 동시에 내어놓아서 독자로 하여금 점차적으로 낡은 것을 버리고 새 것으로 옮아가는 것을 기다리고자 함이리라. 그러나 단순한 이러한 시험의 성공을 거두려면 불가불 상당한 시일을 소용할 것이기 때문에 그간에는 가외의 비용을 소모할 수밖에 없겠다. 따라 혹은 경제적 관계로 해서 이 모처럼 용단한 이 사업이 유종의 미를 거두지 못하게 된다면, 이는 아예 시작하지 아니함만 같지 못할 것이다. 왜그러냐하면 오늘날 「서울신문」과 같은 굳건한 지반을 가지고서도 이 한글 신문을 성공시키지 못하고 보면, 그 밖의 다른 신문에게서 그러한 신문의 한글삼기(한글化)의 생각의 싹을 막는 결과가 되고 말겠기 때문이다. 그러므로 이미 한글 신문을 내기 시작한 서울신문사는 반드시 이 사업을 성공시켜야 할 책임을 전민족의 앞에서 지고 있는 것이다.

이 짊어진 책임을 다하려면 서울신문사는 어떠한 방도를 취하여야 할까? 나는 이에 대하여 두 가지 방법을 제의하고자 한다.

하나는 이제라도 곧 종래의 국한문 섞어쓰는 「서울신문」을 아주 끊어 버리고서 「한글판」 한 가지로만 내는 것이다. 그리하면 신문지의 제 일면에 한자가 없다고 해서 그 신문 보기를 거절하는 사람이 없으리라고 생각한다. 설령 있다 하더라도 극소수일 것이다. 이러기 위해서는 편집에 주도한 주의를 더하여 어린이란을 특별히 재미나게 할 필요가 있으니 이는 대개 각 가정에서 한글 신문을 환영하여 이를 절대 지지할 사람은 어린이일 것이기 때문이다.

둘은 한글판의 판매에 대하여 특별한 노력과 계획을 하기를 부탁한다. 국방부의 협력을 얻어서 일선의 병사 및 장교들에게 널리 이것을 보내는 것이 좋겠고, 또 국민학교에서는 반드시 한글 신문을 보도록 하는 방도도 있을 것이요, 또 산간·어촌·농촌에 한글판이 널리

들어가도록 적당한 방법을 강구함이 좋겠다.

마지막으로 나는 우리 한글 동지들에게 이르노니 우리가 바라고 기다리던 순한글 신문이 이미 나왔은즉 우리는 이것을 길러 내기에 최선의 협력을 아끼지 말아야 한다. 우리가 다소의 구애가 있더라도 그것을 물리치고 이를 길러 내기만 하면 그것이 곧 다른 모든 신문을 한글삼는 최선의 방도가 되는 것임을 명념하여야 한다.

이 세상에 무슨 좋은 일은 그것이 비록 작더라도 경시하지 말고 여러 사람들이 협력해서 북돋우어 주어야만 그 작은 것이 자라날 수 있는 동시에 자꾸자꾸 뭇 좋은 일이 일어날 것이요, 나쁜 일은 모든 사람들이 마음을 같이 하여 내 발에 가시가 박힌 것같이 기어코 이를 뽑아 없애어 버려야만 그 사회에는 악이 자라나 번성하지 아니하는 것이다. 작은 좋은 일, 작은 나쁜 일도 그러하거든 하물며 전민족에게 관계되며 우리 한글 운동에 지대한 관계가 있는 이렇듯 귀중한 사업에 대하여 우리 한글 동지들이 모른 듯이 가만 있어서는 절대로 옳지 못한 일이다.

「한글판 서울신문」은 길고 긴 삼동 뒤 이른 봄에 앞뜰에 돋아난 화초의 싹이다. 우리가 이 싹을 작다 하여 길러 내지 아니한다면 화창한 봄날엔들 아름다운 꽃의 핌을 어디서 찾아볼 수 있으랴?

나는 우리 나라 문자의 역사, 신문의 역사, 문화의 역사에서 길이 빛날 수 있는 「한글판 서울신문」이 나옴을 그지없이 치하하는 동시에 그 순조로운 육성과 발전을 위하여 감히 우리 사회의 유심 인사들에게 이 글을 보내는 바이다.

-〈서울신문〉(1956. 11. 8.)-

큰사전의 완성을 보고서

큰사전 여섯 권이 이에 완성되어, 한글날 기념 식장에서 이를 발표하고 우리 국민에게 바치는 식을 행하게 되었다. 이 편찬 사업에 직접으로 종사하여 온 여러분의 수고가 헛되지 아니하여 드디어 그 열매를 맺게 된 것을 한글 학회 회원으로 더불어 함께 기뻐하며, 우리 배달 겨레도 제 말씨의 사전을 가진 버젓한 문화 겨레의 반열에 참여하게 된 것을 삼천만 동포로 더불어 함께 축하한다.

돌아보건대, 일제의 학정 밑에서 겨렛말을 보전하며, 겨렛넋을 잃지 않기 위하여, 4262(서기 1929)년 한글날에 우리 사회의 문화인 108명이 한 자리에 모이어, 우리말 사전 편찬회를 발기 한지 이제 28년을 지내었다. 이 동안에 밖으론 두 번째 세계 대전이 있었고, 강포 일본의 무조건 항복에 따라 배달 겨레의 해방이 되었고, 6·25 사변이 있었으며, 안으로 한글 학회 회원 삼십여 명이 일제의 감옥 속에서 고생하였고, 사전 원고는 혹은 회원을 따라 함흥 경찰에게 몰수되었고, 혹은 6·25 사변 당시에 땅속에 묻히었고, 혹은 1·4 후퇴로 천안과 부산으로 피란하였었다. 이렇듯 중첩한 파란 속에서 사전의 원고가 보존되었음은 천만 다행이라 하겠지마는, 앞에는 이 윤재, 한 징 두 동지가 함흥에서 옥사하였고, 뒤에는 이 중화 선생이 북한으로 끌리어 가서, 불귀의 객이 되었고, 정 태진 동지는 비워진 서울에 돌아와서 고적히 사전의 준보기를 계속하다가 불의의 변고로써 순직하였다. 맨 처음 발기회에 참석하였던 108인 가운데 사나운 세파에 이승을 하직한 이가 다수이요, 최초의 편찬 사업 추진 상임 위원 5인 중 둘이는 저승으로 가고, 둘이는 북한으로 가고, 한이만이 아직 이 자리에 남아 있다.

이러한 거친 세파 속에서 이 편찬 사무에 관여한 여러 사람들 가운데 천우의 건재(健在)로써 가장 오랫 동안 중심적으로 각고 면려하여 오늘의 성과를 이룬 이는 정 인승 님이요, 일제 때로부터 오늘까지 한결같이 일한 이는 권 승욱 님이요, 해방 후로부터 오늘까지 편찬에 힘쓴 이는 이 강로 님이요, 수장 사무를 맡아본 이는 유 제한 님이다. 오늘의 성과는, 이미 저승으로 간 이 윤재, 한 징, 이 중화, 정 태진 네 분의 글자 그대로의 헌신과 적공과 정 인승, 권 승욱, 이 강로, 유 제한, 네 분의 꾸준한 노력과, 이 밖에 각분야 전문어의 뜻매김에 협력하여 준 50여 전문가의 고마운 성의와 및 편찬과 교정에 종사한 전후 수십여 분의 정성스러운 협력의 결정이라 할 것이며, 맨처음 발기회에서 위임된 상임 위원의 한 사람으로서 사전 편찬 사업과 그 원고로 더불어 끝까지 운명을 같이하다가 마침내 그 완성을 보게 된 나 스스로의 기쁨도 비길 데 없다.

이상은 큰사전 완성에 심신의 정력을 기울인 이들이어니와, 다른 쪽에는 또 물질적 원조가 아니었더면, 도저히 오늘의 결과가 있을 수 없음도 또한 사실이다. 맨처음 발기 때부터 일제 때 사전 첫째 권의 원고가 인쇄에 붙여지기까지 최대의 물질 공헌자는 이 우식 님이요, 또 사전 사업 찬조회 김 양수, 장 현식, 김 도연, 신 윤국, 이 인, 서 민호, 김 종철, 민 영욱, 임 혁규 들 여러분의 원조도 컸다. 또 재단법인 한글집 창설자 이 중화, 정 성권, 장 세형, 공 병우, 최 현배 여러분의 힘보탬도 적지 아니하였으며, 이 밖에 사회 각 방면에서 많은 성원과 다소의 자금을 보내어 온 이도 적지 아니하였다. 그리고 주위 사정의 여러 가지 난관을 불구하고, 시종 일관 출판의 수고를 맡아준 을유 문화사의 성의와 박문, 협진, 서울신문, 선미 각 인쇄소 여러분의 협조적 호의가 두터웠다. 이에 큰사전 편찬 사업의 완성을 봄에 다다라, 한쪽으로, 순진한 여러 동지에게 보고와 감사를 올리며, 다른 한 쪽으론, 이 사업에 전력을 다한 여러분의 공적을 찬양하며, 물심 두 쪽에서 협조를 아끼지 아니한 분들에게 깊은 감사를 드리는 바이다.

그리고 큰사전의 오늘의 완성을 얻게 한 도미의 최대의 원조자는 미국의 록펠터 재단임을 명기한다. 이 재단이 8·15 해방 뒤 한국 재건의 원조를 주고자 하는 뜻에서, 한글 학회의 사전 사업을 선택하여 큰사전 두째 권에서 여섯째 권까지 각 권 이만 책씩, 도합 십만 책 발행에 필요한 물자를 기증하여 주었으므로, 우리는 이를 받아쓰는 도중에, 불행히 6·25 사변으로 인하여, 그 물자를 말끔 잃어버렸기 때문에, 다시 일어설 힘을 얻지 못하고 있던 차에 이 재단에서 또다시 오만 삼천 책 발행의 물자를 기증하여 주었음을 힘입어, 작년 사월부터 편찬 및 발행 사무를 시작하여, 이제 완성을 고하게 된 것이다. 이에 그 전말을 적어, 한결같은 우방 원조의 후의로써 이 사업의 유종의 미를 거두게 하여 준 록펠터 재단 이사 여러분과, 이 원조를 주기 위하여 물물 수만리의 먼길에서 여러 차례나 한국을 찾아오는 노고를 아끼지 아니한 그 재단 인문 과학 부장 파아스 박사와, 이 원조에 길을 인도하여 준 미국 대사관 공보원의 슈우바꺼 님에게 깊은 감사의 뜻을 표하는 바이다.

끝으로, 우리가 이 사전의 완성을 기뻐함은, 그것이 배달 겨레 역사상 처음으로 이뤄진 문화 공탑인 때문이요, 결코 그 최선의 내용을 가진 때문은 아니다. 비록 삼십 년의 긴 세월을 허비하였다 하더라도, 모든 악조건 아래에서 간신간신히 이뤄진 것이니만큼, 그 체재와 울림말수(현재 164.125 낱말)와 뜻매김에 많은 틀림과 부족이 있을 줄로 생각한다. 속담에 "첫 술에 배부를 수 있나?"하는 말과 같이, 오늘의 완성이 완전이 아님은 당연의 일이 아닐 수 없다. 다만 천하의 식자 여러분이 친절한 가르침을 주시와 이 겨레스런 문화탑의 광휘를 갈수록 더욱 빛나게 하여 주시기를 바랄 뿐이다.

-〈한글〉 122호(1957)-

“감사하신 하나님”은 말이 안 된다

그리스도교 신도들이 기도할 적에, 흔히들 “감사하신 하나님”을 부른다. 이 말이 과연 무슨 뜻이며, 또 그 뜻한 바를 바로 나타내었나? 이를 한번 잘 생각해 보는 것이 여러 모로 유조한 일이라고 생각된다.

1

나는 이제 본론에 들어가기 전에, 잠깐 “하나님”이란 말에 대하여 생각해 보고자 한다.

“하나님”은 “하날”에다 높임말 “님”을 더하여, “하날님〉 하나님”으로 된 말이겠다. 그런데, “하날”은 옛글에는 “하놀”이라 하기 때문에, “하나님”도 종래 성경에 “하ᄂᆞ님”으로 적혀 왔다. 그러던 것을 해방 후 성경도 오랜 숙원을 이루어서, 한글 학회의 〈한글 맞춤법 통일안〉의 채용을 실현함에 다달아, 아래 ㅏ 자(·)를 폐기함에 따라 “하ᄂᆞ님”이 “하나님”으로 고쳐진 것이다.

그러나, 한글 학회에서는 옛 맞춤법에서의 “·”는 으레 다 “ㅏ”로 고친 것이 아니오, 각 낱말의 실제의 표준 발음에 따라, 더러 “ㅏ”로, 더러는 “ㅡ”, “ㅓ”, …로 고치었다. 그래서, “하놀”은 “며놀, 마놀, 바놀, …”과 한가지로, 각기의 “·”는 “ㅡ”로 고치었다. “하놀”이 “하늘”로 되는 동시에, 거기서 번져나간 “하ᄂᆞ님”도 당연히 “하느님”으로 되었다.

그런데 교회에서는 "하나님"이라 하였다. 그 까닭이 무엇이었을까? 이에는 다음과 같은 몇 가지 까닭을 생각해 볼 수 있겠다.

(1) "·"를 안 쓰게 되었은즉, 그에 갈음할 것은 당연히 "ㅏ"이다.
(2) "하놀〉하늘"을 시인하고 보면 "하놀님〉하나님", "하늘님〉하느님"을 순하게 인정해야 하겠지마는, 이렇게 하고 보면 "하느님"은 곧 '천주(天主)'가 되어 어째 빙탄불상용의 천주교를 따라가는 것 같아서 내심에 좀 맞갖잖다.
(3) 그보다는 차라리 하느님은 오직 한 분이시니, 이 유일신의 표현으로서는 "하나"와 서로 통하는 "하나님"으로 함이 좋겠다.

이러한 이유는 내가 혼자서 추측해 보는 것일 따름이오 실제에는 어떠한 까닭에서 그리하였는지 나는 잘 모른다. 그러나 이러한 이유가 정당히 성립되지는 아니한다.

첫째, 옛적에 "·"로 적던 것이 새 맞춤법에서는 으레 "ㅏ"로 되는 것은 아님은 앞에 이미 말하였거니와, 그리스도 교인들도 다 "하늘"이란 말을 대중말로 쓰고 있는 것은 사실이다.

둘째로, "하느님"이 '천주'와 같음을 꺼리어서 그랬는지는 다만 나의 사추에 지나지 않는 것이지마는, 만약 그렇다면 이는 크게 잘못이라고 생각한다. 구교와 신교와가 갈린 것은 그 받드는 신이 다르기 때문이 아니오, 다만 그 신을 섬기는 방도가 달랐기 때문이다. 아무리 하더라도 "하느님"은 '하늘'과 깊은 관련이 있는 말임을 부인할 수는 없을 것이다.

셋째, 그리스도의 신이 유일신임을 나타내기 위하여, 특히 "하나+님=하나님"으로 하였다면, 이는 이른바 잘 하려다가 도리어 나빠진 결과이라고 본다. 기독교에서나 재래 한국의 전통 사상에서나 우주의 주재자이신 신(神)의 계신 곳은 '하늘'이라고 한다. '하늘에 계신 아버지'의 사상을 떼어 버리고서는 그리스도교의 사상을 말할 길이 없을 것이오, 또 한국사람의 마음속에 옛적부터 감응하는 신의 계신 곳도 또한 '하늘'인 것이다. 이리하여 두 사상은 이 점에서 완전히 일치한 것이다. 그러므로 이렇듯 '하늘'과 깊은 관계가 있는 신을 일부러 '하늘'에서 떼낸다는 것은 이중 삼중으로 스스로 부르는 불리점일 수밖에 없다.

더구나 수효의 "하나"에서 인연을 찾아 "하나님"으로 하였다면, 이 말은 인격성을 가지신 신을 나타내는 말로서는 매우 부적당한 말씨이다. 옛적(서기 3세기) 끄리시아의 큰 철학자 부로띠누스가 우주의 절대적인 근본 실재를 "to hen"(the one, Das Eine, 一者)이라 하여 신비스럽고 심오한 철학적 사고를 하였는데, 그의 이른바 "하나님"(一者)은 인격자로서 우주를 창조하는 것이 아니오, 만 가지의 정신과 물질은 다 이 "하나님"으로부터 절로 '흘러 나온다'고 풀이하였다. 그래서, 그의 설을 '흘러나옴설'(Emanation Theory, 流出說)이라고 한다. 이와 같은 만유의 흘러나옴을 풀이하는 부로띠누스의 종교스런 철학에서 그 최고 유일의 실재자를 "하나님"이라고 이름지은 것은 매우 적절하다 하겠다. 그렇지마는, 인격신을 모시는 그리스도교에서 그 최고 유일의 신을 "하나님"이라 함은 매우 부적당한 이름지음이라 아니 할 수 없다고 생각한다.

그러므로, 우리가 '하늘에 계신 아버지'로 숭배하는 검님을 "하늘님〉하느님"으로 부르는 것이 자연스러우며 또 합리스럽다 할 것이다. 더구나 "하느님"은 배달겨레 고유의 사상과 말씨에도 서로 일치함이 있는 점에 더욱 그 당연성의 위에 또 적합성조차 있어 믿기와 선교하기에 무한한 유리함이 있는 것이다.

2

인제 본론으로 들어가기로 하겠다. 내가 이 제목을 걸은 것은 "하나님"이란 말씨를 논하자는 데에 그 뜻이 있는 것이 아니오, "감사하신 하나님"의 "감사하신"에 대하여 그 바르고 틀림을 밝혀 보자 함에 있다.

여기에 "감사한"은 "고마운"과 같은 뜻으로 쓴 모양이다. 그러나, 과연 "감사하다"와 "고맙다"가 같은 뜻의 말일까? 나의 보기에는 세상 사람들이 "감사하다"와 "고맙다"와를 혼동하는 동시에, "감사하다"도 잘못 쓰고 "고맙다"도 잘못 쓴다.

첫째, "고맙다" 의 뜻이 무엇일까? 이 말은 세 살 먹은 어린아이도 능히 제 경우에 따라서 쓸 줄을 아는, 아주 평범한 말이다. 그러나, 그 뜻을 바로 이해하고 바로 매기는 일은 쉽지 아니한 모양이다. 다른 것은 다 그만두고, 먼저 국어사전을 들여다 보기로 하자. 문 세영의 《국어 대사전》에

고맙다 (ㅂ변)(形) 신세를 입어 즐겁다. 감사하다.

고 되어 있다. 이 뜻매김이 그 두 말의 혼동과 뜻매김의 잘못을 그대로 드러내고 있다. 한글 학회 지은 《큰사전》에는

고맙다 (그. ㅂ벗) 은혜를 받아 마음이 뜨겁고 즐겁다.

고 되어 있다. 여기에는 혼동은 나타나지 아니하였으나, 뜻매김은 문 님의 그것과 다름이 없다.

다음에 "감사하다"는 《대사전》에

> 감사하다 (他) 고맙게 여기다. 마음에 고맙게 알고 사례하는 뜻을 표하다.

고 되어 있다. 분명히 "감사하다"로써 남움직씨〔動詞〕로 잡았다. 앞에 "고맙다"에서는 "감사하다"와 같다 하여 놓고서, 여기서는 '他'(타동사 = 남움직씨)이라 하여 저 "고맙다"의 形(형용사=그림 씨)과는 아주 구별하였음은 그 자체 안에서의 불일치·모순이 되어 있다. 《큰사전》에는

> 감사하다 (그, 제, 남) 고맙게 생각되다. 고마운 마음으로 사례하다.

고 되어 있다. "감사하다"를 분명히 그(림씨)도 되고 움직씨도 되는 것으로 보고, 또 움직씨로서는 제(움직씨)도 되고 남(움직씨)도 되는 것으로 보았다. 여기에는 문자상으로는 저 "고맙다"와의 혼동은 없지마는, 뜻매김으로는 "고맙다"와 걸침〔交叉〕이 있다. 곧 혼동이 있다.

그러면, 이러한 뜻매김들이 이론적으로 보아 어떠한가를 살펴보기로 하자. "고맙다"의 뜻이 과연 '은혜를 받아 마음이 느껍고 즐겁다'일까? 아니다. 가령 여기에 ㄱ이 배고픈 ㄴ에게 밥을 먹여 주었다면, 고마운 사람은 ㄱ일까, ㄴ일까? 나의 보기에는, 고마운 사람은 ㄱ이오, ㄴ은 고마운 ㄱ에게 대하여 '그 ㄱ이 나에게 대하여 고맙다.'고 생각할 것이다. 다시 말하면, ㄴ은 ㄱ에게 "감사한다." 할 것이

다. 바꿔 말하면, ㄱ의 ㄴ에 대한 성질은 "고맙다"의 그림씨에 맞고, ㄴ의 ㄱ에 대한 반응의 움직임은 "감사하다"의 움직씨에 맞는 것이다. ㄱ은 ㄴ에 대하여 고맙고, ㄴ은 ㄱ에 대하여 감사한다. 더 줄여서 말하면,

ㄱ이 고맙다(ㄴ에게 대하여).

ㄴ이 감사한다(ㄱ에게 대하여). 또는, 고맙게 여긴다.

로 된다. 곧, "고맙다"의 임자〔主體〕는 호의나 은혜를 베풀은 ㄱ이오, "감사한다"의 임자는 그 호의나 은혜를 받은 ㄴ인 것이다.

사람의 생각과 그 느낌을 나타내어 전달하는 말은 그 임자됨〔主體性〕이 분명하여야 할 것임은 뻔한 일이다. 그렇건마는, 우리말의 버릇으로서 월의 임자말을 줄이는 일이 매우 많다. 그렇기 때문에, 그만 그 말씨의 임자〔주체〕를 아주 그르치는 수가 적지 아니하니, 여기의 문제 "고맙다"가 바로 그 때문에 생긴 문제인 것이다.

이만큼 밝혀 놓고서 다시 되돌아가 앞든 "고맙다"의 뜻매김을 살펴보면, 《대사전》에서는 '신세를 입어 즐겁다' 하였고, 《큰사전》에는 이를 조금 더 꾸미어서 '은혜를 받아 마음이 뜨겁고 즐겁다'고 하였으며, 그 밖의 새로 난 사전들은 거개가 이 《큰사전》의 뜻매김을 되새겨 놓은 것에 넘지 못한다. 그런데, 내가 앞에서 풀이한 바에 기대면, 호의나 은혜를 준 사람이 고맙고, 그 호의나 은혜를 받은 사람이 감사한다(고맙게 여긴다)로 되었다. 그러한즉, 여기 '신세나 은혜를 입어서 즐겁다'고 한 "고맙다"의 뜻매김은 완전히 주객전도의 풀이임이 틀림없다. 그것은 앞든 ㄴ의 움직임 "감사하다"의 뜻이지, 결코 은혜를 베풀은 사람의 마음의 태도 "고맙다"의 뜻은 되지 못하

는 것이다.

이러한 사체는 어린이도 능히 판단함을 우리는 날마다 본다. 이를테면, 한 자리에 서너 살 난 어린아이를 데리고 어머니·아주머니·외할머니·아저씨들이 모여 앉았다고 하자. 이 자리에서 아저씨가 그 아이에게 과자를 주었다. 외할머니가 그 어린아이에게 "고맙지?" 하고 다져 묻는다. 아이는 "응!" 하고 대답한다. 어머니가 아이에게 "누구가 고마우냐?"고 물었다. 아이는 "아저씨가!"고 댄다.—이 경우에서 외할머니의 물음 "고맙지?"는

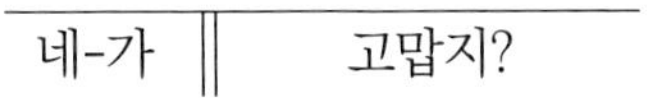

가 아니오,

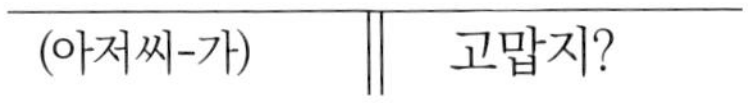

이다. 더 자세히는 "고맙지?"는 '사실'을 묻는 것이라기보다 그 사실에 대한 어린아이의 '생각함'을 묻는 것이다. 곧

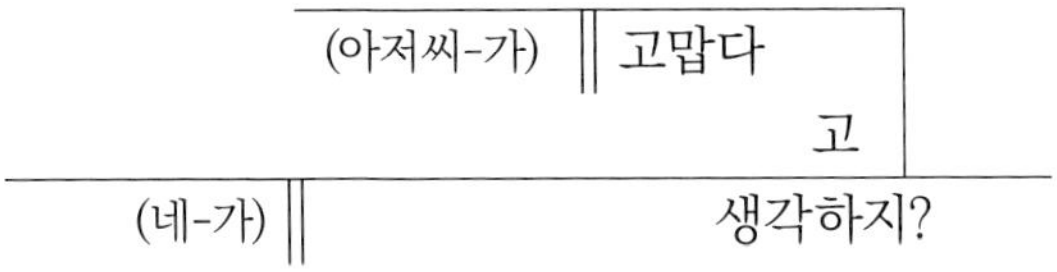

와 같은 뜻인데, 다만 본줄거리 "네가 생각하지?"가 숨어 있고 나타나지 아니하였을 뿐이다. 어머니의 물음 "고맙지?"에 대한 "응!" 하는 아이의 대답은 "내가 (그가 고맙다고) 생각한다."를 뜻하는 것으로,

그 물음에 딱 들어맞는 답이다. 그리고, 어머니의 물음 "누구가 고마우냐?"에 대한 아이의 대답 "아저씨가!"는 분명히 그 "고맙다" 의 임자가 제(아이)가 아니오, 아저씨임을 판단한 것이다. 다시 말하면, 이 어린아이는 저에게 과자를 준 아저씨가 고맙고, 그 과자를 받은 제 스스로는 고마운 것이 아니라 '고맙게 생각한다'고 판단한 것이다. 우리는 이러한 단순 평범한 나날의 대화에서도 말씨의 참된 교육이 행해지는 것임을 재미스럽게 깨치겠다.

3

다음에 본 제목에 바로 나타나아 있는 "감사하다"에 대하여 생각해 보자. "감사하다"는 첫째로 움직씨이다. 이 말은 ㄱ의 주는 호의를 받은 ㄴ이 ㄱ에 대하여 느껍게 생각하거나 또는 그 생각을 말이나 행동으로 나타내는 움직임을 뜻한다. 그런데, 하느님은 우리 사람에게 은혜를 베풀으셨다. 하느님이 베푸신 은혜를 받은 사람에게 "감사하는" 움직임을 할 리가 만무하다. 그러므로, "감사하신 하나님"의 "감사하신"이 이러한 뜻의 움직씨의 매김꼴(冠形詞形)이 될 수는 없다.

"감사하신 하나님" 하고 말하는 이의 생각에는 "감사하신"을 "고마우신"과 마찬가지의 그림씨로 여긴 모양이다. 다시 말하면 움직씨를 그림씨로 쓴 모양이다. 도대체 움직씨가 꼴의 달라짐이 없이 그림씨로 몸바꿈(轉成)하는 일이 있는가? 이것부터가 문제이다. 그림씨(ㄱ)가 그 꼴을 좀 달리하여 움직씨(ㄴ)로 몸바꿈하는 것은 매우 흔하다. 보기 :

밝다(ㄱ)+히 = 밝히다
높다(ㄱ)+이 = 높이다.
낮다(ㄱ)+후 = 낮후다(>낮추다)
맞다(ㄱ)+후 = 맞후다(>맞추다)

그리고, 그림씨가 제 꼴을 달리 바꾸지 않고서 움직씨로 된 것 도더러 있다.

크다(ㄱ) 〉 큰다(ㅜ)
돋다(ㄱ) 〉 돋는다(ㅜ)
붉다(ㄱ) 〉 붉는다(ㅜ)
질다(ㄱ) 〉 진다(ㅜ)

그런데, 움직씨가 그 꼴을 좀 달리하여서 그림씨로 몸바꿈한 것은 더러 있다. 보기로

두리다(ㅜ)+ 입 〉 두렵다(ㄱ)
믿다(ㅜ) + 브 〉 믿브다(ㄱ) (>미쁘다)
놀라다(ㅜ) + ㅂ 〉 놀랍다(ㄱ)

와 같다. 그렇지마는, 그 꼴을 바꾸지 않고 그대로의 움직씨가 그림씨로 몸바꿈하는 일은 거의 없는 모양으로 보기말 찾기가 썩 어렵다. 보기로, "가다, 오다, 먹다, 잡다, 자다, 놀다"가 그림씨로 되지 아니함과 같다. 더구나 "감사하다"와 같은 "하다" 따위 움직씨가 그대로 그림씨로 몸바꿈한 보기는 더욱 더 어렵다. 저 "하다" 따위 그림

씨인 "청결하다"가 "청결한다"와 같이 움직씨로 몸바꿈한 보기는 더러 있는 것 같지마는, 보기로

운동하다, 공격하다, 존경하다, 기증하다, 숙청하다, 굴복하다.

와 같은 움직씨가 그대로 그림씨로 몸바꿈하는 일이 도무지 없음과 같다. 그러나, "하다"가 공통의 꼴인즉, 억지로 움직씨 "감사 하다"를 그대로 그림씨로 몸바꿈하여 쓴다고 하면, 이를 절대로 거부할 까닭은 없을 것 같다.

그러나, 아무리 "감사하다"를 그림씨로 몸바꿈한 것으로 본다 치더라도, 문제의 "감사하신 하나님"은 그 가정에 기대어 그 말본스런 형식으로는 틀림이 없다고 하겠지마는, 그 내용에서는 도저히 성립할 수 없는 것이다. 이 이은말(句)에서 "하나님"을 꾸민 매김꼴 "감사하신"은 "하나님"에 딸린 성질을 가리킨다. 그런데, 내용으로 보아서는, 하느님은 은혜를 주었고, 사람은 그 은혜를 받았은즉, '감사하다'는 속성은 사람에 속한 것이오, 결코 하느님에 속한 것은 아니다. 하느님의 속성은 '고맙다'이오, '감사하다'(그림씨로 보고서)는 아니다. 그러므로 이 표현을 바꿔서

고마우신 하느님
감사한 우리 인생들

로 하면, 비로소 그 뜻이 바로 성립되는 것이다.

이 사리를 똑똑히 보여 주는 것은 영어의 표현이다. 영어에서 "thank"(감사하다)는 남움직씨(뿐)이니, 이는 반드시 그 부림말(目的

語)을 소용한다. 그래서

We thank God for His providence.

와 같이 말한다. 곧 "thank"란 움직임의 임자는 은혜를 입은 사람 "우리(we)"이오, 은혜를 베풀으신 "검님(God)"은 아니다. 그런데, 이 "thank" 움직씨가 그대로 이름씨가 되고, 다시 거기에 말만드는 씨가지 "-ful"이 붙어서 "thankful"이란 그림씨(정확히는 매김씨)가 된다. 그래서, 이 "thankful"이란 매김씨는 언제나 은혜를 입은 이를 꾸미는 노릇만 하여

thankful man

으로만 쓰이고, 절대로

thankful God

으로는 쓰이지 아니하나니, 원래 은혜를 주는 하느님은 "merciful"(자비스러운) 또는 "gracious"(은혜로운)이오, 그 은혜를 받은 사람의 마음은 "thankful"(감사에 찬, 감사스러운)이기 때문이다.

이상의 풀이의 결론은 "감사하신 하나님"은 말이 안 된다. 이를 바로 하자면,

고마우신 하느님
감사는 죄인

으로 할 것이라 함이다.

"추수 감사일"이 앞으로 머잖아 다가온다. 감사일은 하느님의 날이 아니오, 사람의 날이다. 곧 하느님의 덕택으로 가을을 거둔 우리 사람들이 그 덕택을 내려 주신 하느님께 감사하는 날이다. 감사하는 이는 사람이오, 하느님은 사람들의 감사함을 받으시는 것이다. 추수 감사일을 맞이하는 기회에 "감사하는"의 임자됨(주체성)을 바로 깨치고서, 우리 교우들이 다시는 "감사하신 하나님"이란 주객전도의 표현은 쓰지 말기를 바란다.

4

이 김에 "고맙다"의 뜻을 더 구체적으로 풀이하여 두는 것이 유조한 일이겠다.

첫째, "고맙다"는 한 이〔一人〕가 다른 이〔他人〕에게 대하여 '호의스럽다, 은혜스럽다'의 뜻을 가진다. 한 사람이 다른 사람의 호의나 은혜를 받고서 "고맙습니다"고 인사하는 경우에, 그 뜻은 결코 '내가 고맙습니다'가 아니오, '당신이 고맙습니다'임은 앞에 이미 말한 바이다. 그런데, 이 말이 다른 사람의 호의와 은혜에 대한 제의 느낌의 표현으로서의 인사로 나타내었을 적에는 단순히 '당신이 고맙다'가 아니오, '당신이 나에게 고맙다고 내가 생각한다'의 뜻이 된다. 곧

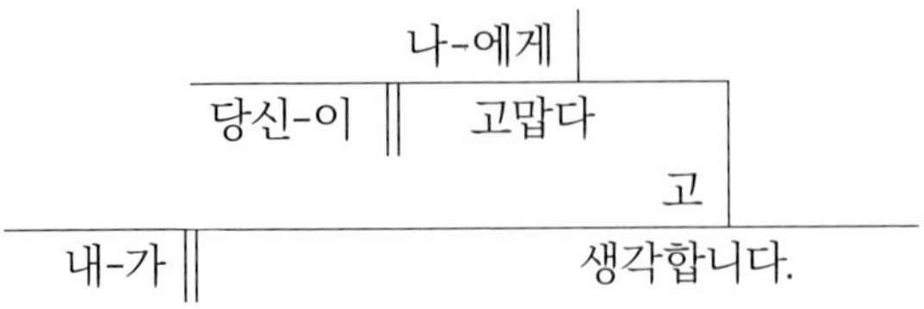

의 그림풀이가 되는 것이다. 여기에서 "고맙습니다"의 뜻에는 "당신의 호의와 은혜를 입은 나는 마음이 느껍고 즐겁습니다. 그래서 당신에게 인사를 드립니다."의 뜻이 있는 것이 된다. 이러한 인사 말로서의 "고맙다"를 해석한 것이 곧 앞에 든 《국어 대사전》과 《큰사전》에서의 뜻매김이 되며, 동시에 "고맙다"는 "감사한다"(ㅜ)의 뜻이 되는 것이다. 그렇지마는 이러한 뜻매김이 객관성을 띠지 못함은 앞서 밝힌 바와 같다. 우리말로 "고맙다."고 인사할 경우에, 영어로는 "Thank you."라 한다. 그렇지마는 "고맙다."는 "Thank you."와는 표현 방식이 서로 같지 아니하다. "Thank you."의 임자말은 "나"(I)이오, "고맙다" 의 임자말은 "남"(당신, 그이, …)이다.

I thank you. = 내가 감사한다.
고맙습니다. = You are kind (merciful, gracious, …).

이 경위를 한 월로 나타낸다면 "고마운 당신에게 내가 감사한다."로 될 것이다.

다음에, "고맙다"의 용법에는, 동네 청년이 성공했다는 소문, 친구의 자녀가 효성 있다는 소문을 들었을 적에, "고마운 일이다."고 노인은 말한다. 이 때의 "고맙다"의 뜻은 "반갑다, 귀엽다, 기특하다"에 가까운 것임은 최 재서 교수의 말씀(연세 춘추 제177호)과 같다. 그리고, "고맙다"를 뻔쩍 하면 자주 사용하는 버릇은 일본인에게 배웠다는 것도 어느 정도 참일이다. 그러나, "고맙다"의 근본 뜻은 그 첫째의 뜻이오, 이 둘째의 뜻은 그에서 파생된 쓰임에 지나지 않는 것이라고 나는 보고자 한다. 앞에 든 동네 청년이 돈벌이를 잘했다든지, 제 부모에게 효성스럽다든지, 친구의 자녀가 오랜 병이 나았다든지 하는 소문을 들은 노인이 "고맙다."고 하는 것은, 노인이 그들 청년의 돈벌이와 행실과 건강을 위하여 항상 염려와 걱정을 하였더니, 이제 그들이 혹은 돈벌이에 성공하고, 혹은 효행이 있고, 혹은 병이 완쾌되어, 나로 하여금 다시는 그런 심려를 하지 않아도 좋게 하여 주었은즉, 그들 청년들이 고맙다 하는 뜻인 것이다. 그래서 이런 "고맙다"를 단적으로 뒤치자면, 경우를 따라, 더러는 "반갑다", 더러는 "기특하다, 착하다", 더러는 "기쁘다"로 뜻잡아도 좋을 것이다. 이리하여 "고맙다"에는 두 가지의 용법이 있다.

-〈연세춘추〉(1959. 11. 23.)-

성서와 한글

한글이 너무 쉽기 때문에 가치 없는 것으로 천대 받아 왔다. 사회의 식자 계급으로부터 천대 받아 오는 '언문'은 정당한 글 축에는 들지 못하고 다만 부녀자의 친정에의 편지에나 하천민의 이야기책에나 쓰이는 형편에 떨어지고 말았던 것이다.

예수교 신교가 우리 나라에 들어올 때 일본에서 또 만주에서 한글로 뒤쳐진 성서를 가지고 선교사가 들어왔다. 선교사·목사·전도사는 전도하기 위하여 한글을 가르치고 민중은 새로운 복음을 받아들이기 위하여 한글을 배웠다. 가난한 사람, 천한 사람의 종교가, 한국에 와서는 가난하고 무식한 대중의 글자인 한글을 얻음으로 말미암아, 그 전도가 더욱 쉽게 되었고 한글은 신교의 한글 성서로 말미암아, 널리 민중의 사이에 스며들어 가게 되었다. 곧 성서의 전파는 교리의 전파인 동시에 한글의 전파이었다.

농촌·산촌의 부녀자들이 성경을 읽기 위하여 한글에 눈을 뜨게 되니, 심령의 구원은 지성의 개발을 겸하였던 것이다. 성서의 한글 번역이 완성된 지 50돌 해인 1960년의 통계에 발표된 성서의 총수가 3천만 권에 달하였고, 그 뒤 매년 백만 권씩 배포되었다면 오늘에는 그 총수가 3천 5백만에 가깝게 되었겠다. 여기에 성서가 사람의 심령을 구원하는 동시에 글소경의 눈을 뜨게 한 공적은 끔찍이 크다 하겠다.

성서는 이와 같이 한글의 양적 발전에만 공헌하였을 뿐 아니라, 질적 발전에도 공헌한 바가 크다.

성서의 진리를 존중하는 신도의 마음에는, 그 진리를 나타내어 적은 한글을 존중하는 생각이 따르게 됨은 당연의 사리이다. 그리 하여, 한글을 사랑하는 동시에 이를 연구하는 생각이 생기게 되었으니, 국어학자의 대다수가 다 성서와 친한 관계를 가지고 있는 것은 이를 증명한다고 하겠다. 그뿐 아니라, 성서를 고쳐 번역하기 위하여 외국인과 본국인이 다 한글을 연구하게 되어, 외국 선교사 가운데 많은 한국 말·글의 학자가 나왔고, 또 그네들의 연구 논문들은 그 기관지에 실리어, 널리 세계에 전파되기도 하였다.

세종 대왕이 한글을 창제 반포해 놓고는, 이를 민중의 마음에 심고자, 당시 민중이 널리 믿는 종교 불교의 경전을 한글로 뒤치었던 것이다. 그러나, 불교가 5백 년래로 유교에 억압되어 온 탓도 있겠지마는, 불교는 한글과의 관계를 발전시키지 못하였다. 한글은 불교로 말미암아 그 전파를 이롭게 하지도 못하였다. 그런데, 4백 수십 년 뒤에 들어온 기독교는 한글의 민중성을 가장 잘 이용함으로 말미암아, 그 전도의 꿈을 높였을 뿐 아니라, 한국민의 신문명에의 각성을 촉진시킨 것은 엄연한 사실이다.

이제 한국의 문화인들은 한글의 근대화의 첫째 조건으로서 '한글만 쓰기'를 외치고 있다. 기독교는 실로 '한글만 쓰기'의 선구자이다. 한글 성경에 친숙한 사람들은 누구나 다 '한글만 쓰기'가 국민의 근대적 각성에 가장 필요함을 시인하는 심성과 사상을 가지고 있다. 따라 신교도들은 '한글만 쓰기'의 앞장으로 나서는 용기를 가지고 있다고 생각된다. 한글만 쓰기가 빨리 실현되는 것은 또 기독교 선교에 반사적으로 좋은 결과를 가져올 것임은 의심할 여지가 없다.

끝으로, 나는 성서의 새 번역에 대하여, 약간의 요망을 간단히 적어 보겠다. ① 말씨는 현대말, 쉬운말을 쓸 것, ② 말씨는 현대인의 어감에 적합한 것으로 할 것, ③ 맞춤법, 띄어쓰기를 정확하게 할 것은 물론이오, 특히 부탁하고자 하는 것은 월점 치기를 정확히 할 것. —월점 치기는 안 해도 괜찮다고 생각하는 사람이 많은 모양이지마는, 이는 결코 그렇지 아니하다. 이리하여 성서는 심령 구제서일 뿐 아니라, 글쓰기의 모범 교본이 되기를 바란다. 성서는 내용과 형식이 한가지로 바른 것이어야 한다. ④ 8·15 해방 후에 갑자기 작정한 "하나님"은 "하느님"으로 고쳤으면 한다. "하느님"은 "하늘에 계신…", "하늘에 오르사…"의 "하늘"에 높임말 "님"을 더하여 인격화한 말이다.

"아돌→아들→아들님→아드님" 모양으로 "하놀→하늘→하늘님→하느님"이 어학적으로 바르다. 이러함은 말의 원리에 맞고 한글학회의 학리에도 맞으며 한국 사상과 기독교 사상과의 일치에 터잡은 교리 전파에도 유리한 것이다. 신교와 구교가 한가지로 "하느님"이라 함은 예수교의 본원으로 돌아가 하나 되고자 하는 현대인의 심정과도 일치한 것이다.

-〈크리스찬 신문〉(1965. 5. 1.)-

국어 생활의 반성
-우리말 속에 도사린 일본

국이는 그 국민으로 더불어 성쇠존망의 운명을 같이 한다. 배달나라의 역사가 순탄하지 못하였음에 따라 배달말의 역사도 또한 험궂은 운명 속에 헐떡거리지 않을 수 없었다.

몽고족·청족과의 관계는 아직 그만두고 여기서는 다만 일본말과의 관계, 우리말 속에 도사린 일본말을 되살펴 보기로 한다.

일본은 1910~1945년의 36년 동안 한국을 침략하여 압제 정치, 동화 정책으로써 배달 겨레의 경제를 빼앗고 문화를 발산하기에 갖은 간계와 수단을 다하였다.

그네들의 베푼 교육이란 우리 청소년들에게 일본말과 숫자를 가르치어, 더 한층의 침략 전쟁에서의 앞잡이로, 총밥으로 부려 먹는 데에 그 최고의 목표가 있었다. 겨레 의식, 자아 의식을 지워 버리고 오로지 복종 잘하는 노예민을 만듦이 그 영구의 목표이었다.

이러는 동안에 우리는 문화 생활, 특히 말씨 생활은 극심한 유도 간섭, 강제 금지를 당하였음은 그 고난을 겪은 우리의 마음 속에 생생한 기억으로 남아 있다.

이제 양국의 국교 정상화를 목표로 하는 한·일조약이 정식 조인이 되어 국회 비준의 계단으로 들어 가려는 즈음에 처하여, 일어와의 관계에서 우리말 생활의 진상을 되살려 보는 것은 매우 뜻있는 일이라 하겠다.

솔직히 말해서 일본 제국주의의 무도한 압제가 있기도 하였지마는, 또 우리 국민의 제 말씨에 대한 자각이 투철하지 못하였기 때문에 과거 36년간 식민지스런 생활에서 우리 국어의 훼손됨이 적지 아니한 반면에, 일어의 침입이 각가지 방면에 창궐하였다. 그것은 학교 교육에서만의 현상이 아니고 건축계, 수산계, 공업계, 금융계, 관청 등 어느 방면에서나 마찬가지의 형편이었다.

뚜렷한 우리말이 있는데 그저 무턱대고 일본인을 따라 일어를 쓰는 것이 여간 많지 않다. 여기에 그 얼마의 보기말을 들면 '일거양득'을 버리고 '일식이조'를, '세월'·'좋은 세월'·'무세월'을 버리고 '경기'·'호경기'·'불경기'를, '날변'(장변, 달변)을 버리고 '일보(日步)'를, '가구(家口)'를 버리고 '세대(世帶)'를, '마중'을 버리고 '출영(出迎)'을, '배웅'을 버리고 '견송(見送)'을, '얼마 동안'을 버리고 '당분간(當分間)'을 씀과 같다.

◇ 조금만 생각한다면 우리말을 찾아낼 것인데, 즐겨 일어를 쓴다. 보기하면 '양복지'는 '양복감'으로 해야, '3인분'은 '세 사람 치'로 해야, '하숙'은 '사관' 또는 '숙소'로 하여야, '백처(百處: 햐꾸메)'는 '백 돈'으로 해야, '취급'은 '다루다·다룸'으로 해야, '지불'은 '치름'으로 해야, '내역(內譯)'은 '속가름'으로 해야, '현인(玄人)'은 '구군'·'익수'로 해야, '소인(素人)'은 '초대'·'날무지'·'풋내기'로 해야, '시아게(仕上)'는 '마무리'·'마무리하다'로 해야 할 것인데, 그저 그저 왜놈의 소리만 흉내내어 온 셈이다. 취급이 우리말이 될 수 없음과 같이 미련과 추월 따위도 또한 도저히 우리말이 될 수 없다. '추월하다'를 근자에 '앞시르나'·'앞시름하다'로 뒤치는 일이 있는 모양이나, 나는 '쫓넘다' 또는 '(따라)제치다'로 함이 좋겠다고 생각한다.

미련은 '끊기 어려운 정'을 뜻한다. 우리말로는 '섭섭'·'섭섭함'이라 하거나 또는 '남은 정'이라 할 만하다. 일본말에 익은 사람은 '미련'이 아니고는 그 뜻을 그대로 나타내지 못하는 것으로 생각하지마는 우리의 '섭섭'이 그 경우에 써서 덜 맞음이 없다고 생각한다. '미련'도 본 뜻은 '아직 숙련하지 않음'이지만 그것을 '끊기 어려운 정'으로 일인들이 자꾸 쓰니까 그런 뜻으로 굳어진 것이다. 이것이 말씨 발달의 진상인 것이다.

이와는 조금 다르지마는 비슷한 한자말도 제 것은 버리고 일인의 것을 잡아 쓰는 것으로는 '조처(措處)'를 버리고 '조치(措置)'를 취함과 같은 것이다. '처(處)'는 '처리(處理)'·'처분(處分)'·'처사(處事)'·'처벌(處罰)'·'처신(處身)'·'처단(處斷)'·'처치(處置)'·'처변(處辯)'·'처형(處刑)'의 '처(處)'이니, '조치'보다는 '조처'가 타당한 것이요, 또 예로부터 나날의 말씨에 쓰이고 있는 말이다. 일어로서는 '조치'만 있고 우리말로서는 '조처'만이 있다. 내 것은 천시, 멸시, 경시, 포기하고 남의 것은 높이고 중시하고 부러워하고 애용하고 숭상함은 독립 자존의 정신이 있는 국민의 생활 태도가 될 수 없다. 제 것은 멸시하고 남의 것만 존중 숭상하는 국민이 능히 겨레 문화를 보존 발양하지 못하고 정치적 독립과 생존권을 유지하지 못하는 구렁에 떨어지게 되는 것은 당연하고 또 자연의 추세라 하겠다.

◇ 우리가 오래 써 오던 한자말로 그대로 쓰기는 하지마는 그것은 다만 소리꼴이란 껍데기뿐이요, 그 뜻이란 속살은 일본말 뜻으로 채우는 것이 있으니, 이는 말하자면 왜정이 뜻하는 "조선인의 외형 속에 일본 정신을 집어넣자."는 것의 한 가닥의 실현이라고 볼 수 있는 것이다.

'애매(曖昧)'가 본래 죄없는 사람이 벌을 받을 경우의 원통함을 뜻하는 말인데, 일인의 말로서는 '모호(模糊)'를 뜻함을 배워서 얼사좋다고 아예 '모호'는 아주 쓰기를 싫어하고 '애매'로서 그 뜻을 채운다. 다시 말하면, '애매'와 '모호'는 근본 그 뜻이 다른데 일인을 닮노라고 이런 자기 멸시의 비천한 행동을 한다는 말인가?

'묘하다'는 원래 무엇이 잘되어 얌전하고 아름답고 보임을 뜻하는 말인데, 일어의 뜻을 따라서 '이상하다'·'이상스럽다'의 뜻으로 쓰는 것을 흔히 본다. 우리말로서는 '묘하다'와 '이상하다'와는 딴판으로 서로 다르니 결코 혼동해서는 안 된다.

'교접(交接)'은 본래 '교제하다'·'서로 만나 접전하다'를 뜻하는 것임은 1880년에 된 한불사전과 1897년의 제일 한영사전에 보이고 있었는데, 총독부 조선어 사전에 비로소 그 뜻 밖에 또 교합(交合), 곧 성교(性交)의 뜻을 더 붙였다. 그러던 것이 이제는 완전히 성교의 뜻으로만 쓰이고 해서, 시골 노인들과의 대화에서 노소가 피차 서로 맞쟎는 이상스런 장면을 나타내기도 한다.

생산(生産)이 본래에는 여자가 아기 낳음을 가리키는 말인데(보기: 그는 생산을 많이 해서 몸이……), 이제는 일인의 용법에 따라 생산은 사람 생산에서 물건 생산으로 옮겨갔다. 그러나, '생산'이 완전히 뜻 바꿈한 것이 아니기 때문에 '생산 장려'는 왕왕이 '산아 제한'의 반대로 들릴 수도 있을 것이다. 허나, 요사이는 모두들 일식을 좇아서 '생산'과 '출산'을 구별한다.

인간(人間)이 본래 사람서리 곧 사람 사회(人世, 世間)를 뜻한다. "선녀가 인간에 내려와서……."에서와 같다. 그리고 지방적으로는 평안도에서 '집안식구'를 '인간'이라고 하고, 경남에서는 '시원ㅎ잖은 사람'을 '인간'이라 한다. 근래 사람들은 '인간'을 오로지 일어의 뜻으로만 써서, 그의 '인간 개조'가 '사회 개조'가 되지 못하고, 다만 '사람 개조'를 가리키게 되었다. 그러나 사람을 '인간'이라 함은 좀 덜 맞는 말이 아닐 수 없다. '사람'을 버리고 구태여 '인간'을 쓸 필요와 맛이 무엇인가? 범사에 왜식 추종의 심리는 심히 가련하다 아니할 수 없다.

의뢰(依頼)는 본래 남에게 의지함을 뜻하는 것인데 일어의 용법을 따라 더러 '남에게 부탁함'을 뜻하기도 한다. 이러한 외국말, 특히 일본말을 맹목적으로 높여 따르는 도도한 물결의 흐름 속에서 홀로 정신을 차리고 제 말씨와 글을 높임으로서 일본말의 침입 발호를 막아 겨레의 자주 문화의 창조적 발달을 꾀하는 운동이 있었으니, 그것은 곧 주 시경 스승의 가르침을 받은 사람들이 중심이 되어 힘차게 용감스리 항쟁에 항쟁을 거듭하면서 벌여온 한글 운동이다.

한글 운동자들은 우리말의 과학적 연구의 길을 열친 주 시경 스승의 자주 자존의 정신을 이어 받들어 그 운동의 핵심을 이룬 국어 말본의 용어를 순 우리말로 하였다.

이와 같은 한글 운동의 성과에 대한 일본인의 양심적 고백은 한국의 맞춤법 따위는 일본말의 그것보다 앞섰다고 인정하였으며, 대전 후에야 우리의 말본의 씨가름에서 매김씨를 배워서 연체사(連體詞)를 창설하고, 도움 움직씨, 도움 그림씨를 배워서 '보조 동사(補助動詞)'·'보조 형용사(補助形容詞)', 더러는 동사 및 형용사의 보조적인 용법을 풀이하기도 하였다.

이 한글 운동은 왜정 36년간을 통하여 많은 탄압을 받기는 하였지마는 위에 적은 말본갈말의 사용은 한 번도 금지를 당한 일이 없었다. 해방 후 문교부에서 말본 용어를 순 우리말과 한자말의 두 가지로 정하여 놓았음에도 매히잖고, 순 우리말 용어의 보급된 부수가 한자 용어의 3배 내지 4배에 달한 현상에 있다.

그뿐 아니라, 교육상 실험의 결과 교수 내용의 이해와 기여의 효과에서, 한글 용어가 한자 용어에 견주어 4배 이상이 될 뿐 아니라, 배우는 아이들에게 자국어에 대한 자존심의 자각을 불러 일으키게 되며, 겨레 문화의 자주적 창조의 의욕과 포부를 품게 하는, 정신 교육의 위대한 효과조차 있는 것이 분명하다.

이렇듯 훌륭한 우리말 용어를 문교부는 검인정 교과서에서 그 사용을 금지하고 말았다.

그러므로 일본인들이 쓰는 말의 한자를 우리의 한자음으로 읽어서 우리말을 삼는 것은 생각하면 정말 우스꽝스런 일이라 하겠다. 보기하면 '낭만주의(浪漫主義)'의 '낭만(浪漫)'은 Romance, Romantic의 소리를 딴 일본 발음 '로오만'이어늘, 이를 우리 음으로 '낭만'이라 하는 것은 무의미한 것이다.

말씨 생활에서 우리가 일인의 그것을 맹목적으로 따라가는 태도는 참 한심하다. 일인이 '가나라즈(必之)'로 한자밑에 가나를 붙여쓰니 우리도 그리 해야겠다고 '必히'란 말 아닌 말을 태연히 사용하며 '수속'·'미련'이 우리말 될 가능성이 근본 없건마는, 신식 유식자들은 이런 말을 쓰고 있으며 '수속'은 '절차'라 해야 우리말이 된다고 가르쳐 놓으니까, 그 소중한 문자 '수속'을 버리기가 아까와서 '수속절차'로 연달아 써서 제가 가진 바 긍지를 나타내고 있다.

이상에서 나는 우리의 국어 생활이 너무나 일본말을 뒤쫓는 형편을 살피었다. 제 나라 말에 대한 이러한 일은 도저히 독립 자존의 정신이 있는 국민의 태도라 할 수 없다.

국어에 대한 이와 같은 자기 멸시의 태도는 곧 그 나라에 대한 자기 멸시의 태도인 것이다. 진실로 자유 대한의 조국을 훌륭한 독립 자유의 문화 국가로 만들려면, 먼저 국어에 대한 올바른 태도와 정당한 심정을 기르지 아니하면 안 된다.

말은 자연히 생긴 것이 아니요, 모두 사람이 만들어낸 것임을 올바로 인식하고서, 우리말은 우리 겨레 심리에 들어 맞도록 내가 만들어내야 하겠다고 생각하고서, 필요에 따라 각 개인이 재간을 다하여 새 말을 만들어 내도록 힘쓰지 않으면 안 된다.

말은 사람의 창조 생활의 가장 근본이 되는 것이니, 말의 창조력을 잃어버린 겨레는 물건도 만들어내지 못하고, 새 역사도 만들어내지 못하고, 다만 남이 만들어낸 물건과 말씨와 사상을 비럭질하여 쓰면서, 남이 치는 물결 속에서 이리 흔들리고 저리 밀리다가 쇠퇴멸망의 최후의 비극을 만나게 되는 것이다.

-〈한국일보〉(1965. 7. 8.)-

겨레의 얼과 국어의 앞길
-한글 학회 경북 지회 결성 기념 학술 강연 초

사람은 말을 가져서 비로소 사람다운 것입니다. 말도 못하는 어린 애가 겨우 말을 알아듣고 작은 심부름을 할 때 '강아지보다 낫다.'고 하는 것은 비로소 사람답게 되어 가는구나 하는 소리입니다. 그러니 말은 그 민족의, 그 나라의 상징입니다. 말이 다르면 겨레가 다르고 나라가 다릅니다. 나라를 잃으면 말을 잃고, 말을 잃으면 겨레를 잃는 것입니다.

그래서 말은 겨레답게 합니다. 아일래드 사람들이 오랜 영국의 굴레에서 벗어난 뒤 나라를 찾았으나 말은 거의 잃어버렸읍니다. 그래서 아일랜드 사람들은 잃어버린 제 말을 찾기 위해 피나는 노력을 했읍니다. 영국말의 침략을 적게 받은 시골의 할머니를 찾아가서 말을 다시 찾기 위해 다시 배우고 연구하고 강습회가 열리고, 온 국민이 노력해서 마침내 제 말을 다시 찾았읍니다.

이스라엘은 어떠합니까? 그들이 오랜 슬픈 역사! 나라 없는 설움을 맛보고 제 땅 이스라엘에 돌아오기 시작한 것은 2차대전 후입니다. 그러나 그들은 제 말을 완전히 잃어버리고 각기 다른 말들을 쓰고 있었읍니다. 48가지의 말이 쓰였다고 합니다.

제 땅은 찾았으나 말을 잃었으니 이것은 나라 잃은 설움보다 더 컸던 것입니다. 그 때 48가지 말 중에서 영어가 제일 많이 쓰였다고 합니다. 만일 다수결로 했더라면 영어가 국어가 되었을 것입니다.

그러나 그들은 잃어버린 유태말을 다시 찾기 시작하였읍니다. 교과서를 정리하고, 사전을 만들고, 여기에는 정말 어려움이 컸읍니다. 그런데 20년이 지난 오늘날 그들은 완전히 제 말을 찾았습니다.

조국 근대화는 문자 생활에서부터

우리는 조국 근대화를 서둘고 있습니다. 그러나 공장의 굴뚝 수효가 많아지면 근대화가 되는 줄 압니까? 어림도 없는 말입니다. 중공이 지금 원자탄을 터뜨리고 있습니다. 그러나 중공의 근대화가 원자탄만 가지고 될 줄 압니까? 원자탄이 터졌다고 8억의 중국인이 다 근대 문명에 젖을 수 있읍니까? 근대 문명은 문자 생활의 대중화에 있읍니다.

'글자가 있는 나라도 중국이요, 글자가 없는 나라도 중국'이라는 말이 있읍니다. 중국에 글자는 분명히 있읍니다. 그러나 그 글자는 일부 권세있고 머리 좋은 귀족들의 것이지 8억 중국인의 것은 아닙니다. 그러니 그 글자가 있으나마나 한 것입니다. 한자를 버리지 않는 한 중국의 근대화는 이룰 수 없읍니다. 그것은 중국인들도 너무나 잘 압니다.

그래서 그들은 백 년 전부터 한자 폐지 운동을 해 왔읍니다.

최근 외국 잡지를 보니 중공은 한자를 없애기로 했다고 합니다. 언제 없앨는지는 모르나 좌우간 없애야 할 것입니다.

"4천 년 내려온 우리 글자도 참 아까운 것이다. 그러나 4억의 중국인은 더욱 아깝다. 한자를 버리느냐, 중국인을 버리느냐, 한자도 귀중하지만 중국인이 더욱 귀중하다."

이것은 중국의 선각자들 말입니다. 어떤 사람은 일본은 한자를 쓰고 있는데 어째서 발전했느냐고 따지지만, 일본이 한자를 버렸다면 지금보다 더 발전했을 것이 아닙니까? 일본은 글자가 병신이라 한자를 버릴 수 없습니다. 우리가 병신의 흉내를 내자는 것입니까? 중국은 또 그 말이 한자를 버리기에 애로가 많습니다.

중국과 일본, 그들도 모두 한자를 버리려고 몸부림치고 있습니다. 그런데 우리가 왜 이 꼴입니까. 공장을 세우는 것도 중요합니다. 그러나 그것보다는 우선 급한 것이 문자 생활의 대중화입니다. 이것이 근대화의 지름길입니다.

뼈골에 사무친 사대 근성을 버리자

최근의 서양 형편을 보면 모든 학술용어들이 모두 제 나라의 고유의 말로 바뀌고 말았습니다. 과거에 라틴 말로 써 오던 말본 용어나 의학에 대한 말을 모두 제 말로 고쳤습니다.

라틴 말의 마지막 보루였던 가톨릭 교의 여러 가지 의식도 모두 제 나라말로 하게 되었습니다. 그런데 우리는 아직 한자를 쓰고 한자말을 곧잘 만들어 내고 있습니다. 제 것은 무엇이나 나쁘고 남의 것이 무엇이나 좋다는 사대 근성입니다.

해방 전에는 '긴상'·'복상' 하던 사람들이 해방이 되자 '미스터 김'·'미스 박' 하게 되었습니다. 요건 뭐ㅅ입니까? 이제 우리말을 거의 찾았다고 하지만, 아직도 우리 속에는 일본말이 많이 있고, 일본 딸들이 많습니다.

서울 어느 여자 대학의 경우 60명 중 48명이 '자(子)'자 항렬이라고 합니다. '정자'·'숙자'·'애자', 이건 제 딸을 낳아 일본 딸을 만든 것입니다. 내가 내 심정대로 한다면 이 '자'자를 가진 딸들은 모조리 현해탄 너머로 쫓아 버리고 싶습니다.

얼빠진 사람들! 한심한 사람들! 딸을 낳아서 일본의 딸로 만들다니 이것이 어찌 통탄할 일이 아닙니까?

'자'자는 현해탄 너머로 보내자, 이 최 현배 민족의 이름으로 외치는 바입니다.

여러분, 나라를 사랑하는 길은 많지만, 첫째, 제 것을 찾고 제 정신에 살아야 합니다. 그러기 위해서는 제 말 제 글 들을 사랑해야 합니다.

여러분, 오늘밤 가슴에 손을 얹고 생각해 보시오. 내가 과연 내 정신에 살고, 내 스스로의 길을 가고 있는가를.

-〈영남일보〉, 〈매일신문〉, 〈대구일보〉(1966. 6. 1.)-

"큰 사전"의 수정 증보의 일을 비롯으면서

한글 학회의 "큰 사전"은 1929년 한글날에 비롯아, 1957년 한글날에 완성 공포되었다. 그 사이 28년에 걸친 편찬자의 각고면려의 적공이, 극도의 거친 세파에 부대끼면서도 드디어 온 겨레의 축하와 기쁨 가운데 세상에 나오게 되었다. 나는 그 꼬리말에서,

> "우리가 이 사전의 완성을 기뻐함은, 그것이 배달 겨레의 역사상 처음으로 이뤄진 문화 공탑인 때문이요, 결코 그 최선의 내용을 가진 때문은 아니다. 비록 28년의 긴 세월을 허비하였다 하더라도, 갖은 악조건 아래에서 간신간신 이뤄진 것인이만큼, 그 체제와 울림말수와 뜻매김에 많은 틀림과 부족이 있을 줄로 생각한다. 속담에 "첫 술에 배부를 수 있나?" 하는 말과 같이, 오늘의 완성이 완전이 아님은 당연의 일이 아닐 수 없다."

고 하였다. "큰 사전"이 한번 발표되매, 이를 기준으로 하여, 크고작은 국어 사전이 여기저기서 빗뒤 죽순처럼 솟아나왔다. 그리하여, 국어, 존상의 기풍이 을연히 일어났음은 우리 문화사상의 한 경사가 아닐 수 없었다.

그러나, 앞에 든 꼬리말과 같이, "큰 사전"에는 혹은 준보기의 잘못으로, 혹은 생각의 못 미침으로, 혹 은 손의 모자림으로 해서, 여러 가지의 틀림과 부족이 있음을 면ㅎ지 못하였다. 이러한 미급한 점, 틀린 점들에 대한 식자들의 깨우쳐 줌을 고맙게 받는 한편, 또 "큰 사전"의 잘못이 다른 사전에 그대로 옮겨져서, 그 해독을 널리 끼치는 일을 심히 송구스럽고 미안하게 생각하기도 하였다.

우리는 이제 "큰 사전"의 미비한 점들을 여러 모로 발견할 수 있었다. 그뿐아니라, "큰 사전"의 모습이 마치 여러 자식들에게 젖을 빨리기 때문에, 극도로 수척한 어진 어미 모양으로, 천전백투를 겪은 노장 모양으로 기름과 살이, 쑥 빠진 거대한 체구를 스스로 가누기조차 잘 못하는 모습을 바라볼 때, 그 산모인 우리 한글 학회 회원은 위안의 정과 함께 측은의 감조차 금할 수 없다. 만약, 이 역전 승리의 노장 "큰 사전"을 이대로 방치하여 돌아보지 않는다면, 이는 그만한 성과에 쉽사리 만족해 버리고, 다시 더 높은 문화를 창조하려는 의욕이 부족한 증거인즉, 겨레 문화의 앞날을 위하여, 심히 한심한 일이 아닐 수 없을 것이다.

겨레 문화 창조의 의욕이 어찌 박해 아래에서만 움직이고 말 수 있으랴? 자유의 천지에 처한 오늘의 우리는 더욱 분발하여, 이 낡은 공탑을 깁고 채워, 더욱 튼튼하게, 더 높고 아름답게 만들지 아니하면 안 된다.

우리는 이제 일어섰다. 낡은 공탑인 "큰 사전"의 수정 증보를 위하여 일어섰다. 그러나 가난과 곤궁은 한글의 숙명이자 또 한글 학회의 숙명이기도 한 모양이라, 오늘에 있어서, 이 수정 증보의 사업은 결코 경경한, 용이한 일이 아닌데, 그 재원은 넉넉지 못하다. 그러나, 이 일이 국가의 보조 밑에서 시작된 이상, 그 완성을 볼 때까지 국가적 및 국민적 지원이 계속적으로 자꾸 커지고 두터워질 것을 바라고 있는 바이다.

"큰 사전" 꼬리말에서 이른 바와 같이, 이 "큰 사전"의 시작으로부터 완성에 이르기까지 시종여일히 그 성의를 경주한 이 사람이, 이제 또 다시 그 수정의 붓을 잡고 보니, 실로 무량한 감개를 금할 수 없는 바가 있다. 나의 나이가 이미 "일흔에서 여든"의 고개에 오르게 되었으매, "큰 사전"의 노쇠와 함께 체력의 쇠약함을 느끼지 않을 수 없다. 그렇지마는, 나는 아직 겨레의 정신, 창조의 의욕에서는 남에게 사양하고 싶지 아니하다. 이미 지난적에 나에게 베풀어 주신 하느님의 가호의 은총이 한결같이 쉬지 않음을 확신하고서 나는 용감히 거창한 일을 맡았으매, 나에게 생명이 허여되는 끝날까지 나는 나의 최선을 다하여서, 우리 배달말을 빛내는 동시에, 우리 나라 사전 문화의 갱일층의 진보를 가져올 것을 기약한다.

나와 및 동지들이 이 첫번의 수정 증보를 완결하여 출판하였을 적에는, 그 수정 증보판 "큰 사전"은 얼마 뒤에 또다시 새 사람들의 손으로 말미암아 세 번, 네 번, 다섯 번……의 수정을 받음으로써, 우리 국어 문화의 항구한 발전이 있을 것이요, 동시에 시대를 따라 새로 와지는 "큰 사전"이 영구 불후의 국어의 지침이 될 것이니, 여기에 겨레 문화 지도자의 대대로 끊임없는 의무와 책임이 있는 것이다.

(1967. 3. 1.)

-〈한글〉 139호(1967)-

근대화와 한글

오늘날 우리 나라에 '근대화'란 말씨가 한 바람을 이뤄 있는 모양이다. 그러나 '근대화'란 무엇일까? 그것은 가장 쉬운 듯하고, 또 누구나 잘 알고 있는 듯하기도 하지마는, 실상은 그렇지도 못한 듯하다. 산촌·농촌·어촌의 무식한 사람들이 이를 잘 이해하지 못하고 있는 것쯤은 문제가 안 되겠지마는 일국의 지도자가 이를 바로 이해하지 못하고 있다면, 이야말로 문제가 안 될 수 없다.

행정부의 총수인 대통령은 이 '근대화'를 위하여 동분서주 영일이 없는데, 행정부의 일부, 더구나 교육·문화를 지도 감독하는 문교부의 당국자가 이를 올바로 이해하지 못하고 있다면, 이 어찌 쉽게 보아 넘길 수가 있는 문제이라 할 수 있으랴?

나는 나라 걱정의 충정으로써 여기에 소위 '근대화'의 근본 뜻에 대한 나의 소견을 펼쳐 보고자 한다.

오랜동안 캄캄하던 중세의 밤이 지나고 환한 빛이 근대의 새벽을 고하니 그 대표스런 사건으로서, 우리는 15~17세기에 일어난 유럽 학계의 문예부흥을 들 수밖에 없다.

이 문예부흥 운동에 앞서서, 로저 베이컨(13세기 말)은 중세말의 철학자로서 독특한 지위를 차지하고 있다. 그는, 스콜라 철학의 방식과는 반대로, 일몬의 지식을 일몬 그것에 대하여 찾아내는 것이 중요하다. 세계는 선입견에 잠겨 있다. 권위·습관·빈말·자기 비판의 결핍들이다. 학문은 교양이 없이, 버릇만을 좇는 무리들과 싸우며 천천히 진보된다.

학문에 대한 최악의 덕(德)은, 학문이 이미 완결된 것같이 생각하는 것이며, 권위에 대한 숭배이며, 항상 유명한 사람을 의뢰하는 것이라고 말하였다.—여기에서 우리는 확실히 스콜라 철학 붕괴의 포탄을 보잡을 수가 있다. 이러한 사상이 곧 다음의 문예부흥의 시대를 인도해들인 것이었다.

문예부흥은 이탈리아에서부터 시작한 것으로서, 고대 그리이스의 문학 예술을 부흥시킨 것이다. 그런데, 그것은 홑으로 옛날의 그리이스의 문학 예술을 부흥시킨 것만은 아니요, 그것은 실로 오랜 동안 사람의 의식에서 잊어버려졌던 '자연 및 사람'의 재발견이었다.

신(神)을 중심삼아, 사람이 초자연 세계에서 다만 신(검)과의 교섭에서 시종하는 사람들이, 제가 태어난 땅 위의 세계로 돌아와, 주어진 자연 속에서 삶을 누리게 되었다.

본래 자연 속에서 즐겁게 행복스럽게 살아가기를 원하던 그리이스의 사람 정신이 근대의 첫머리를 열게 된 것이다.

사람이 제 힘으로 자연 속에서 자연을 잘 살핌으로써 신(검)을 찾으려 하였으며, 사람의 슬기를 높이 또 널리 부림으로 말미암아, 자연 속에 감춰져 있는 신비를 열치어 새로운 발견(發見)·창조(創造)를 뜻하고 또 수행했다.

그것은 다만 신변의 일몬에만 국한하지 않고, 지구상의 각종의 발견, 천문상의 새로운 지식과 주장을 창도하게 되었다. 곧 옛적의 학문 예술의 부흥에서 새것의 발견·창조로 나아간 데에, 우리는 분예부흥기의 근대적 의의를 발견하게 된다.

그러면, 우리는 여기서 '복고에서 창조에로'의 근대 정신의 발전의 자취를 살펴보기로 하자.

16세기에는 독일에서 타락된 로마 교회에 항쟁을 벌이어 종교개혁을 함으로 말미암아, 중세기의 전대 권위의 아성인 카톨릭 교회의 권위를 무너뜨리었고, 정치적 절대 전제주의에 항쟁하여 17세기에는 영국에서, 18세기에는 프랑스에서 저 유명한 혁명이 일어났으며, 북아메리카에서는 독립 혁명을 성공하였으며, 이러한 정치 혁명은 농노와 상전의 세습적 제도인 봉건 제도의 붕괴를 가져와서, 드디어는 사회의 계급적 조직·경계 조직·정치 체제 등의 전반적 근본 혁명을 뜻한 사회 혁명을 이루었고, 특히 18세기 후반에서 19세기 전반에 걸쳐 이뤄진 산업혁명은 생산 조직의 근본을 혁신함으로 말미암아 우리의 사회 혁명을 더욱 굳히었다.

이상에서, 나는 서양에서의 근대화의 과정을 극히 요령적으로 베풀었다. 이제 나는 다시 한 번 근대화의 근본의를 밝혀 보기로 하겠다.

근대화의 근본은 개인의 사람스런 각성이었다. 개인의 각성은, 저절로 학문·종교·정치·사회 생활에서의 일반적 절대적 권위를 타파하고, 제 스스로의 지력·의지력으로써 모든 학문 세계에 새로운 발견·창조를 하고, 교통·생산·정치 방면에서 새 길, 새 방법, 새 조직을 하였다. 그리하여 각 개인, 각 민족의 독립·자존을 요구, 획득한 것이다.

이렇게 시대를 움직여 온 원동력은 '사람의 정신'이었다. 이 정신은, 물론 그 당시의 외면에 나타나 있는 자연계·인사계의 모든 사상(事象)에 대하여 생겨났고, 또 작용하였다. 이러한 정신 활동에 있어서, 말과 글의 노릇이 절대적으로 컸음을 나는 여기서 강조하고 싶다. 왜냐 하면, 각 개인이 생각한다 할 적에는 거기 반드시 말씨가 함께 하였으며, 그 생각·감정·의지를 발표함에도 반드시 거기에 말씨가 있었으며, 그 발표된 생각을 받아들이고 또 다른 데로 널리 전파하며 또 행동으로 나타내기에도 거기에 반드시 말씨가 있었기 때문이다.

말씨는 로고스(Logos)이다. 로고스는 정신인 동시에 또 말씨이다. 그러므로, 우리는 근대화를 이해하거나 실천함에 다달아서, 반드시 말글의 문제를 함께 생각하지 않으면 안 된다. 말은 사람살이의 처음인 동시에 또 끝인 것이다.

통일적 보편적 절대 권위주의가 지배하던 중세기 사회에서는, 라틴 말의 권위는 보편적·절대적이었다. 종교·학문·정치·법률 등 모든 고등 활동은 라틴 말로써 하히었다(수행되었다).

근대 정신의 각성은 곧 각 겨레의 근대말의 각성을 의미한다. 유럽 천지의 각 겨레는 생각하였다. 왜 우리가 날마다 내 입과 내 귀로써 사용하고 있는 산 말을 두고서, 무슨 까닭으로 옛사람이 쓰던 죽은 말을 쓰는 것일까? 더구나 그것은 우리말이 아니다. 그래서 죽은 라틴 말은 어렵고도 거추장스럽다. 우리는 독립 자존의 새 정신으로써, 우리 나라 사람들이 날마다 쓰고 사는 우리말을 써야 하겠다고.

그래서, 사죄권을 파는 타락한 로마 교회에 대하여 용감히 95개조의 항의문을 공포한 루우터는 라틴 말의 성경을 독일말로 뒤치었고, 이탈리아 문학의 시조요, 세계 최대의 시인인 단테는 13~14세기에 이탈리아 말로 『신곡』을 지었고, 영국의 14세기 시인 초오서는, 당시 시인들이 라틴 말·프랑스 말 들을 사용하고 있을 때 대항하여, 영어를 사용하여 『캔터베리 이야기』를 완성하여 영시의 주초를 놓아, 영시의 아버지가 되었고, 또 16세기의 영국의 문호, 세계 일류의 시인이요, 최대의 극작가인 셰익스피어는 종횡무진의 천재로서 사극·비극·희극 들을 지어, 영어의 문학적 능력을 극대로 높여, 영국 최상의 보물을 끼치었다.

프랑스에서는, '칠성파' 시인의 거두 좌샹 듀 뻬레에 (Joachim du Bellay, 1522~1560)는 '프랑스 말의 지키기와 빛내기'란 논문에서, 프랑스 말이 결코 야만 말이 아니며, 미세한 점에서 그리이스 말, 라틴 말에 못함이 없음의 이유를 들어, 노력이 많이 들고, 배워서 효과가 적은 라틴 말을 버리고, 프랑스 말로써 모든 문학적 교육적 활동을 할 것을 베풀고, 최후에 듀 뻬레에는, 프랑스 인이 제 나라의 국어에 대하여 십분의 자랑을 가질 것을 역설하고, 프랑스 말로써 글을 짓는 일에 수치감을 품어서는 안 된다고 뇌는 말로써 간절한 당부를 하였다.―이리하여 이탈리아, 독일, 영국, 프랑스에 제각기 표준말이 성립되고 국어 사진이 편찬되었다.

이 때에 마침 독일의 구텐베르크가 1441년에 활자를 발명하여, 활판 인쇄술로써 많은 책자를 찍어 내어, 널리 보급하게 되었다. 이로 인하여, 일반 평민 사회에 많은 책이 읽히게 되어 일반 대중의 지식 수준이 높아졌다. 문예부흥 이후로 계몽의 사상과 운동이 온 유럽을 휩쓸었으며, 근대적 민족 국가가 벌여서서, 서로 다투기·식민지 얻기에 열중하게 되었었다.

『세계 문화사』의 지은이 에이치 지 웰스는 동양의 종이가 유럽인을 해방시켰다고 하였다. 구텐베르크보다 200년이 먼저 발명된 한국의 활자가 일찍 유럽 세계로 전파되지 못하고, 다만 중국의 종이 만드는 법이 그리로 전파되어, 독일에서 발명된 활판 인쇄술(活版印刷術)과 어울려서, 드디어 온 유럽인의 슬기의 눈을 띄워, 중세기의 어둠의 세계로부터 해방시켰다.

이 문예부흥기에 활약한 각국의 문인·시인 중, 이탈리아의 단테는 13~14세기에, 영국의 초오서는 14세기에, 셰익스피어는 16~17세기에, 프랑스의 뻬레에는 16세기에, 독일의 괴테는 늦게 18~19세기에, 동양에서 건너간 제지법(製紙法)의 덕택으로 제 재주를 발휘하여 제 나라 말글을 부리어, 훌륭한 영구 불멸의 일국 내지 전세계의 보물을 이뤄 내어 끼치었다.

그분네들의 활동의 결과는 다만 그러한 몇 개의 작품에 그친 것이 아니라, 온 국민, 온 유럽인 내지 온 세계인에게 '근대 문화'란 크나큰 유산을 남기게 하였음을 우리는 기억하잖으면 안 된다.

종이를 보내 주어서 서양을 해방시킨 동양이 오늘날까지 능히 대중적 해방을 이루지 못하고 있음은 무슨 까닭일까? 이는 분명히 지극히 번타하고 어려운 한자 때문인 것은 식자들의 공인하는 바이다. 중국의 선각자는 "중국이 안 망하려면 한자가 망해야 하고, 한자가 안 망하려면 중국이 망해야 한다. 한자와 중국은 양립하지 못한다. 한자 문화도 조상 전래의 한 소중한 보물이기는 하다. 그러나, 조상의 피를 이은 중국인은 더 소중하다. 우리는 가장 소중한 중국민을 건지기 위해서는 한자를 망하지 않으면 안 된다."고 절규하였고, 일본의 식자는 명치 초년부터 식자들이 한자의 폐지를 주장하였고, 또 무조건 항복한 세계 대전 뒤에도, 일본의 패망 원인은 어려운 한자 사용에 있다고 절규하였다.

그러나, 중국과 일본은 아직도 한자를 폐지 못하고 있다. (그 이유는 여기서 설파할 겨를이 없기로 다른 기회로 미룬다.) 이 두 나라의 답답한 현상을 보고서, 한국의 몇몇 소견 없는 신판 사대주의자들은, 그것 봐라, 한자란 본래 폐지할 수 없는 불가사의의 마술적 괴력이 있는 것이라고 탄복한다. 이 어찌 가탄스럽지 않으며, 가소롭지 아니한가?

한국은 15세기 중엽에 위대한 세종 대왕으로 말미암아, 전무후무한 최상의 글자 한글이 창제 공포되었건마는, 사대자모(事大自侮)의 사상에 굳이 사로잡힌 이 나라의 지배 계급은, 이 글자의 참 값어치를 깨치지 못하고 멸시 천대하여 오기 4백 년에, 드디어 국력의 쇠퇴, 국권의 상실에까지 이르렀던 것이다.

36년의 노예 생활에서 구출된 8·15 해방 직후에, 온 사회 지도자 70여 명으로 구성된 '조선 교육 심의회'에서 신중 토론한 끝에 한글만 쓰기로 국가 교육 방책을 정하고서, 이를 시행해서, 크게 그 보람을 거둬온 지 15년에 이르러, 문교부는 돌연히 한글만 쓰기의 대방침을 아무런 공식 회의도 거침이 없이 독단적으로 결정하여, 대담스럽게 국민 학교부터 한자를 가르치기 비롯하였다.

더구나, 이러한 중대한 결정이 대한 민국 성립시에 국회를 통과한 '한글 전용법'에 위배될 뿐 아니라, 20세기의 시대 정신에도 역행하는 짓이니, 이는 반드시 세계의 식자의 웃음을 면하지 못할 것으로, 시대를 정시하고, 나라의 장래를 우려하는 식자(識者)들의 분노와 통탄을 자아내고 있는 것이다.

더구나, 그래 놓고서는, 요사이는 한자가 어렵다 하여, 그 약자를 짓기에 골몰하고 있다 하니, 이런 몰상식하고 암매한 반민족, 시대 역행의 행정이 어디 있을손가? 백성에게서 나간 권력을 잡고서, 그 권력으로써 백성을 우롱하는 것이 아니고 무엇인가? 대통령은 우리나라의 근대화를 위하여 최대의 노력을 아끼지 아니하는데, 문교부는 '고대화(古代化)'를 하려는 셈인가? 우리의 보통 상식으로는 이해하기 어렵도다.

나는 앞에서 문예부흥 시대에 활동한 유럽의 문학가들이 다 제 나라 말로써 세계 불후의 대명작들을 지어, 제 나라 말을 빛내었음을 말하였다. 종교개혁의 횃불은 독일말로 쓰인 95개조의, 로마 교회에의 반항문이었음을 우리는 기억해야만 한다. 17~18세기의 독일의 철학자 볼프(Christian Wolff)는 대학에서 독일말(로써 철학을 강의하였다. 그가 처음 독일 말) 강의를 한다니까, 구경꾼이 교실 창 밖에까지 들이모이어서, 그를 조소하면서 구경하였다 한다.

그러나 그는 끝내 독일어 강의를 계속하여 독일어의 철학상 발달을 가져옴에 이르렀다.

동양에서 옛날에 교육이라면, 서당에 가서 한자·한문을 배우는 일이었음과 같이, 서양에서 교육이라면 라틴 말 배우는 일이었다. 오늘에도 영어에서 중학교를 가리켜 그래머 스쿨(Grammar school)이라 하는 말이 짙어 있는 것은 곧 이를 증명하는 것이라 할 수 있다.

그러나, 시대의 나아감을 따라, 라틴 말의 권위와 필요는 점점 도를 감하여서, 오늘날에는 대학 공부를 하는 아이들도, 특별한 학자가 아니면 라틴 말은 아예 배우지도 않는다 한다. 이렇게 쇠퇴해 가는 라틴 말의 최후의 보루는 천주 교회의 예식에 쓰는 말씨이러니, 그것조차 3,4년 전에 구교의 세계 공의 대회에서 용어의 현대화를 선언하여, 각국은 그 지방말로써 천주교의 예식을 집하기로 되어서, 한국에도 한국말을 사용하고 있다.

요ㅎ건대, 세계 어느 곳임을 막론하고, 그 근대화의 첫째 요건은 사람의, 정신의, 말글의 생활에 있어서의 낡은 권위에서 해방하는 일이다. 사람의, 정신의, 글말 생활의 해방 없이, 근대화를 한다는 것은 본말전도의 착각이다.

우리 배달 겨레는 8·15 해방으로 인하여, 겨레와 함께 말글의 해방을 성취하여 왔더니, 뜻밖에도 문교부 당국이 이를 역행하여, 앞에는 반 세기 이상 일제에 항쟁하면서 새로 세워온 말본의 한글 용어를 폐지하고(그 뒤 국회의 항의에 의하여 겨우 그 전멸을 면하여 괄호에 속박되어 가련한 옥살이를 하고 있는 처참한 상황이다. 이것은 악독한 우리말 말살 정책을 쓰던 일제도 일찍 하지 않던 가열한 권력 남용이다.) 뒤에는 한글을 죽이고서 고만큼 한자를 되살렸으며, 이제는 또 되살린 한자가 너무 어렵다고 그 간단화를 꾀하는 부질없는 일을 하고 있다.

한글은 서양의 문예부흥 시기에 한국민의 해방을 위하여 창제된 것으로서, 미국의 완전 승리의 덕으로 비로소 겨레 해방의 본무를 수행하기 시작하였더니, 이게 다시 근대화를 고창하는 우리 정부 그것으로 말미암아, 또다시 속박의 몸으로 옥중에 갇히게 되었으니, 이 무슨 괴변인고?

더구나, 말본 용어는, 진실한 중등 국어 교사의 성실 정확한 과학적 실험에 기대면, 한글 용어가 한자 용어에 견주어 그 교육상 효과가 4배 이상(9%:67%)임이 밝혀졌으며, 광범위의 여론 조사의 결과에서도 한글 용어 중심의 통일이 한자 용어 중심의 통일보다 훨씬 많았음에도 불구하고 다만 권력 자행에만 쾌미를 느낌인지, 한글 용어를 말살하는 민족 자살적 처리를 하려 하니, 이것이 근대화의 반대 고대화가 아니고 무엇이냐? 교육상 4배 넘는 효과를 돈연 무시하는 교육 행정이 도대체 이 현대 세계에 어디 또 있을 것인가?

대통령은, 근대화는 국민을 잘 살게 하기 위하여, 또 국가를 잘 되게 하기 위하여 절대로 필요한 일이라고 동분서주 목이 닳도록 외치는데 문교부 당국자는 국민을 못 살게 하기 위하여, 또 국가를 잘못되게 하기 위하여 '고대화'를 꾀하고 있는 셈인가? 우리의 나라사랑·겨레사랑의 충정은, 문교부의 '고대화'의 자살적 행정에는 승복할 수가 없다. 이로써 정성껏 또 엄숙히 문교부 당국에 항의하는 터이다. 그리고 또 진정한 '근대화'는 우리의 말글의 완전한 해방 없이는 이뤄질 수 없음을 우리 정부에 충고하는 바이다.

-〈현대문학〉 제150호(1967. 6.)-

"국어"의 발음독본 편찬을 마치고서

해방 이래 20여 년 간 우리 나라 국어 교육은 그 바른 길을 밟지 못하였다. 전체적으로 학교 교육이 웃 학교 입학 시험에 합격하는 것으로 당면의 목적을 삼았기 때문에, 과외 공부 및 그에 따른 여러 가지 폐단이 드디어 사회 문제로까지 번져난 것은 누구나 다 잘 아는 바이어니와, 그로 말미암아 국어 교육에서 어떠한 또 어느 정도의 나쁜 결과가 생겼나 하는 점에는, 아직 세인의 주의와 각성을 불러이르키지 않고 있는 형편이다. 그러나, 국어에 대한, 또 국어 교육에 대한 정당한 견해를 가진 이로서 본다면 오늘의 국어는 실로 위기에 놓여 있다고 할 수밖에 없다.

해방 이래 어느 급의 학교를 물론하고, 그 입학 시험의 문제는 오로지 글자로 적어내고, 그 답안도 다만 글자로 써 내면 고만이다. 그래서, 교사나 학생이나 국어의 발음에 대하여는 아무런 관심도 없다. 교실에서의 국어 시간에서나 교내의 말씨 생활에서나, 말소리의 발음에 관해서 틀림과 바름을 거론하는 일이 거의 없다 해도 과언이 아닐 것이다. 서울에서도 국민 학교 교사가 대종말을 잘 부리지 못하는 이가 없지 아니하니, 시골 학교에서야 더 말할 것도 없다. 전국적으로 보아, 한 학교에 대종말을 부리는(구사하는) 교사가 한 이도 없는 데가 거의 전부가 아닐가고도 추할된다. 이리하여 국어의 발음은 엉망이다. "눈"(낯의)과 "눈"(하늘에서 오는)의 구별이 없고, 경기도의 "광주"와 전라도의 "광주"와의 구별을 못하고 "정부"(나라의) 와 "정부"(정둔 계집)을 혼동하는 따위는 비일비재이다. 대학을 나오고, 사회의 지도자로 행세하는 사람들의 국어 발음도 마찬가지다. 영어 같은 외국말의 발음은 조금만 틀려도 큰일났다는 듯이, 문제삼으면서도, 우리말의 발음은 이래도 좋고 저래도 좋다고 생각한다. 그리고서 이를 문제 삼는 사람을 도리어 이상한 사람으로 본다. 외국말의 맞춤과 발음은 꼭 바로 해야 한다고 생각하면서, 그 잘못은 교육받는 사람의 수치로 생각하면서, 제나라말의 맞춤이나 발음은 아무렇게 해도 무방하다고 생각하는 모양이다. 이 어쩐, 남은 높이어 귀중히 여기고, 제 스스로는 낮추어 천시하는 사대자모의 사상인고!

한글 학회에서는 이 국어 교육의 위기를 간파라고, 이를 바로잡고자, 1966년 말부터 전문위원을 뽑아 발음의 정리 및 대종삼기(표준화)를 이루고, 다시 그 위원회의 결정에 따라 "우리말의 소리내기"를 지어 이를 누구나 알아볼 수 있게 풀이를 하여 그 "앞붙임"으로 하고, 국민 학교 교과서 "국어"(1학년-6학년)에다 그 발음이 맞춤과 꼭 같지 않은 것은 낱낱이 그 발음을 가로글씨로 달아서 교사나 학생이나 쉽게 그 차이점을 잡아 그 바른 발음을 익힐 수 있게 하였다.

혹은 이 결과를 보고, 대수롭잖은 것으로 경시할는지 모르지마는 사실은 이 발음달기에는 많은 문제와 고심이 있었다. 어떤 낱말을 그 발음이 사전을 따라, 또는 개인을 따라 다르고, 방언을 따라 다름이 있음은 더 말할 것도 없다. 하나의 문제를 해결하기에도 사전편찬원 사이의 토론을 거치잖으면 안 된 것도 적지 아니하였다.

우리 학회에서는, 이 발음 독본에 더하여, 국어 발음의 패도와 소리판도 만들어서 방금 문교부에 시청각 교재로서의 검인정을 받고자 한다. 이 세가지 저작을 전국의 교육자들이 잘 이용하여, 먼저 제 스스로의 발음을 바로 잡고, 다음에 실제의 교수에 다달아 학생들의 발음을 바로 지도한다면 국어 교육을 위하여 큰 다행이 되리라고 단언하는 바이다.

어떤 출판업에 종사하는 이는 "이 책이 좋기는 하지마는 발행되어도 팔리지 않을 것이라"한다. 그 이유는 이러하다. 이런 책 아니고도, 20여 년 간이나 구어 교사로서 곧잘 일해 왔는데, 무엇 또 새삼스럽게 돈을 드려서 이런 책을 살 필요가 없다고 생각하는 국어 교사가 많을 것이기 때문이다. 정말 이 말이 사실로 나타난다면 그것은 참 슬픈 일이 아닐 수 없다. 모든 학과목 가운데도 국어는 국민의 자존 사상, 국어 사랑, 문화 창조의 의욕, 나라사랑을 기르기에 가장 중요한 중심적 학과인데 이 국어의 교육의 개선과 진보에 대한 아무런 적극적 태도와 노력이 없다면 이런 교육자에게 어찌 귀중한 아들딸의 교육을 안심하고 부탁할 수 있겠는가? 말이다. 그러나, 이런 일들은 헛걱정이 되기를 바란다.

당신은 단미…… 여보는 그림비*
-최 현배 님과 패티 김의 날틀적 대화-

길 옥윤 선
김 패티 씨 내외분

나는 평생 노래 하나 불러 본 일도 없으며, 나이도 이미 여든에 가까와 가는 사람이건마는 노래 듣기를 좋아하여 저녁에 글을 보다가도 아이들이 '패티김 쇼' 한다는 알림을 하면, 다 덮어 던지고서, 안방으로 가서 당신네 두 내외분의 노래와 색스혼의 아름다운 곡조를 듣기에 여념없이 취하는 사람이외다.

고맙습니다. 두 분과 같은 이는 진실로 우리 공동의 자랑이라고 생각합니다. 회수를 거듭하여 갈수록 점점 더 깊은 가경에 들어감을 실감하게 하시는 두 분의 연마된 예술적 재분은 분명코 그 길에서의 달통 능숙의 경계에 이른 것임을 생각하고서, 한평생 건조무미한 한 가지 길에만 골몰하여 오건마는, 아직도 두 분과 같은 능숙원통의 경계에 이르지 못하였음을 스스로 반성하고서, 부러운 심정을 금하지 못하는 동시에 중흥해 가는 우리나라에 모든 길에 그렇듯 달통 원숙한 천재가 많이 나타나기를 비는 마음 간절합니다. 부

---

* 외솔 최 현배 박사님께서 돌아가시기 40일 전에, 전혀 인사도 없는 패티 김 부부가 텔레비전에서, 서로 무엇이라고 불러야 할지 몰라 망설이는 것을 보시고, 어학자로서의 사명감을 억제하실 수 없으셔서, 친절하시게도 몸소 써 보내 주신 편지의 전문이다.
—1970. 2. 한글만 쓰기.

디부디 자중자애하시며, 길이길이 우리 나라에 음악의 길을 높고 넓게 닦아 주시기를 바랍니다.

이상과 같은 소감과 부탁이 두 분에게 무슨 소용이 된다고 생각해서 이 글을 쓰는 것은 아닙니다. 다만, 어제 9일 저녁 텔레비전 연극 때에, 내외분이 중인 앞에서 서로끼리의 호칭에 관하여 적절한 말을 찾지 못해서 하니, 혹 좋은 의견을 말씀해 달라는 부탁을 하심을 듣고, 그 좋고 나쁨은 별문제로 하고, 한글 학회에서 사전 편찬에 종사하는 사람으로서 한 마디 의견을 말하는 것이 스스로 진 의무인 양 생각되어 붓을 잡으며, 저절로 상기와 같은 소감을 안 적지 못하여 간단히 적은 것이, 도리어 귀중한 예술 정진의 시간을 빼앗은 결과가 되어 도리어 미안히 생각합니다.

오늘 아침 사무실에 나가서, 여러 젊은 친지들하고 한참 동안 의논하였습니다. 다음과 같은 그 요지를 대답하오니, 혹 그 중에 해답되는 것이 있어, 그 말이 두 분으로 말미암아 널리 우리 사회에 퍼지어, 우리 겨레의 말씨 생활에 한 가닥 향상을 가져오게 된다면, 이것이 어찌 몇 개인의 다행으로만 볼 것이겠습니까?

① 객관적 사실(말씨에서의)

부부는→남자, 여자. 혼례에서는→새서방(신랑), 새악씨(신부). 혼례 치른 뒤→남편(지아비), 안해((혹은 아내), 지어미, 옛말로는 남진겨집)

② 부부끼리 서로 부를 적에

여보

③ 부부간에 서로 가리켜 말하는 두째 가리킴. 대이름씨(제2인칭)

당신, 임자

④ 한쪽이 맞쪽을 다른 이들에게 소개할 적

안해가 남편을 소개할 적……저(나)의 남편, 혹은 가장
남편이 안해를 소개할 적……저(나)의 안해, 내자, 집사람

그러나 무대 위에서 쓰고자 찾으시는 말씨는 이와 같은 법적 명칭보다 훨씬 로맨틱한 말씨인 줄로 압니다.

영어의 다알링에 맞는 말로는 '사랑'이 좋겠고

'女는 미, 男은 비'
Lover(남성)는 애인, 그림비.
Sweet heart(여성)는 연인, 단미.

'애인'과 '연인'에 본래 남녀의 구별이 없지마는, 말씨는 필요에 따라 규정되어 가는 것인즉, 상기와 같이 구별해서 쓰는 것도 좋은 일로 생각하며, '그림비', '단미'의 '비'는 남자(아비), '미'는 여자(어미)의 뜻인데, '그림비'는 '사모하는 남성'의 뜻, '단미'는 '달콤한 여자' '단꿀같이 나를 끌어당기는 여자'의 뜻으로 새로 지어본 말입니다. 이렇게 여러 가지로 말해도 아마도 구하는 말씨로 쾌히 납득 동감이 안 갈는지 모르겠읍니다. 그래서 나는 끝으로,

임: (:는 긴소리표)

이란 말을 추천합니다. 이 말은 존경하여 사모하는 대상을 가리키는 말이니, 그 대상은 임금, 나라, 애인, 연인이 다 될 수 있읍니다. 옛날부터 널리 쓰이는 말씨이니, 조금도 서투르지도 아니하고 또 남편이 안해를 소개할 적에나 안해가 남편을 소개할 적에나 두루 통용할 수 있읍니다.

'임(이임)'은 곧 '나(저)의 임'의 약어라 하겠읍니다. 그뿐 아니라

'임'은 맞편을 부르는 경우(특히 편지 같은 데에서)에도 쓰이는데, 이를 일상 회화에도 확장할 수 있다고 생각합니다. 혹은 앞에 들어 말한 '임자'가 이 '임'에다가 '자(사람)'를 더한 것이라 할 수 있다고 생각됩니다. 밤이 깊어 가니 이만큼 말씀드리고 그칩니다.

1970년 2월 10일 최 현배

* "님"이란 말이 있으니, 이는 성이나 성명 밑에, 또는 관직이나, 친족 관계의 이름씨 밑에 쓰이어, 그 사람을 존대하는 뜻을 나타내는 것이니, "님"과 "임"과는 구별해야 합니다. "님"은 한자 로 "氏(씨)"에 맞는 말입니다.

길선이 그때 말씀하시기를 "나는 이 사람을 '패티 김'이라 해도 좋을 듯하다고 생각됩니다마는 이 사람은 나를 무엇이라고 소개할는지?"라고 했습니다. 이에 대한 생각은 이러합니다. 남 편이 안해의 이름을 불러 소개함이 무난하다면, 안해도 남편의 이름을 불러 소개함이 마찬가지로 당연합니다. 그러나 "패티 김"이라 해도 무관하다는 생각은 순전히 양식이오, 한국식으로는 부당하겠습니다. 그러니, 피차 마찬가지로 이 경우와 적당한 말씨를 소용한다고 생각합니다. (만약 "패티 김"이 본명이 아니고, 예명이라면 좀 다르겠습니다.) 그래서 어느 쪽에서든지 맞편을 소개할 적에는 "임"이라 함이 어떨는지요?

한 가지 더 보태고자 하는 바는, 근래 한국의 교육받은 여성 들이 자기 남편을 가리켜서, "우리 주인"이란 말을 씀을 보는데, 이 말은 순전히 일본 여성의 말씨를 그대로 뒤친 것으로서, 천부당만부당한 말씨입니다. 남녀 동등권을 주장하는 신여성이 자기 남편을 자기의 주인이라 함은, 스스로 자기를 집짐승과 같은 대우를 자청하는 무자각한 말씨이라고 아니할 수 없습니다. 어째서 남편이 안해되는 사람의 주인이란 말입니까? 일본인이 하는 게면 무엇이든 무조건 낙종함으로써 자랑을 삼으려는 부응 심리는 교육받은 사람의 사회에서 깨끗이 청산되어야 한다. 고 생각합니다.

-〈한글만 쓰기〉(1970. 2.)-

외솔의 해적이

1894. 10. 19.	경남 울산군 하상면 동리 나심
1910.~1915.	관립 한성고등학교(경성고등보통학교) 입학, 졸업
1910.~1913.	스승 주시경의 조선어 강습원에서 한글과 말본을 배움
1915.~1919.	일본 히로시마고등사범학교 문과 제1부 입학, 졸업
1920.~1921.	경남 사립 동래고등보통학교 교원
1922.~1925.	일본 교토제국대학 문학부 철학과 입학, 졸업
1926.~1938.	연희전문학교 교수
1926.~1931.	이화여자전문학교 교수
1938.	흥업구락부 사건으로 강제 실직
1941.~1942.	연희전문학교 복직, 도서관에 근무
1942.~1945.	조선어학회 수난으로 옥고를 치름
1945.	조선어학회 상무이사
1945.~1948.	미군정청 문교부 편수국장
1949.~1950.	한글 전용 촉진회 위원장, 한글학회 이사장
1953.~1970.	한글학회 이사장.
1954.	학술원 회원
1954.~1961.	연희대학교 교수, 문과대학장, 부총장, 명예교수
1956.~1968.	세종대왕기념사업회 부회장 겸 이사
1962.	건국훈장 독립장 받음
1962.	한글 기계화 연구소 소장
1964.~1966.	동아대학교 교수
1969.	제2회 민족상 받음
1968.~1970.	세종대왕기념사업회 회장
1970.	국민회 이사
1970. 3. 23.	돌아가심

외솔의 주요 저서

1. 《조선민족갱생의 도》, 정음사(1926)
2. 《우리말본》(첫째매), 연희전문 출판부(1929)
3. 《중등조선말본》, 동광당(1934)
4. 《시골말 캐기 잡책》(1936)
5. 《중등교육 조선어법》, 동광당(1936)
6. 《우리말본》(온책), 연희전문 출판부(1937) / 정음사(깁고 고침 1955, 세 번째 고침 1961, 마지막 고침 1971)
7. 《한글의 바른길》, 조선어학회(1937)
8. 《한글갈》, 정음사(1942)
9. 《글자의 혁명》, 문교부 군정청(1947) / 정음문화사(1983)
10. 《중등말본 초급》, 정음사(1948)
11. 《참된 해방(배달 겨레의 제풀어 놓기)》(원고)(1950)
12. 《우리말 존중의 근본 뜻》, 정음사(1951)
13. 《민주주의와 국민도덕》, 정음사(1953)
14. 《한글의 투쟁》, 정음사(1954)
15. 《고등말본》, 정음사(1956)
16. 《중등말본》 I~III, 정음사(1956)
17. 《나라사랑의 길》, 정음사(1958)
18. 《고친 한글갈》, 정음사(1961)
19. 《나라 건지는 교육》, 정음사(1963)
20. 《한글 가로글씨 독본》, 정음사(1963)
21. 《배달말과 한글의 승리》, 정음사(1966)
22. 《외솔 고희 기념논문집》, 정음사(1968)
23. 《한글만 쓰기의 주장》(유고), 정음사(1970)

외솔 최현배의 문학·논술·논문 전집 1
- 문학 편

1판 1쇄 펴낸날 2019년 3월 19일

지은이 최현배
엮고옮긴이 외솔회(회장: 성낙수)

펴낸이 서채윤 펴낸곳 채륜
책만듦이 김미정 책꾸밈이 이한희

등록 2007년 6월 25일(제2009-11호)
주소 서울시 광진구 자양로 214, 2층(구의동)
대표전화 02-465-4650 팩스 02-6080-0707
E-mail book@chaeryun.com Homepage www.chaeryun.com

책값은 뒤표지에 있습니다.
ISBN 979-11-86096-94-9 94800
ISBN 979-11-86096-93-2 (세트)

이 도서의 국립중앙도서관 출판예정도서목록(CIP)은 서지정보유통지원시스템 홈페이지(http://seoji.nl.go.kr)와 국가자료공동목록시스템(http://www.nl.go.kr/kolisnet)에서 이용하실 수 있습니다. (CIP제어번호 : CIP2019007934)